国家社会科学基金项目资助:"百年新诗选本与中国现代新诗的经典化研究"(编号:16BZW141)

郭勇 著

# 百年新诗选本与中国新诗的经典化研究

中国社会科学出版社

## 图书在版编目(CIP)数据

百年新诗选本与中国新诗的经典化研究/郭勇著．—北京：中国社会科学出版社，2022.4
ISBN 978-7-5203-9744-5

Ⅰ.①百… Ⅱ.①郭… Ⅲ.①新诗—诗歌研究—中国 Ⅳ.①I207.25

中国版本图书馆 CIP 数据核字(2022)第 027288 号

| 出 版 人 | 赵剑英 |
| --- | --- |
| 责任编辑 | 陈肖静 |
| 责任校对 | 刘　娟 |
| 责任印制 | 戴　宽 |

| 出　　版 | 中国社会科学出版社 |
| --- | --- |
| 社　　址 | 北京鼓楼西大街甲 158 号 |
| 邮　　编 | 100720 |
| 网　　址 | http://www.csspw.cn |
| 发 行 部 | 010-84083685 |
| 门 市 部 | 010-84029450 |
| 经　　销 | 新华书店及其他书店 |

| 印刷装订 | 北京君升印刷有限公司 |
| --- | --- |
| 版　　次 | 2022 年 4 月第 1 版 |
| 印　　次 | 2022 年 4 月第 1 次印刷 |

| 开　　本 | 710×1000　1/16 |
| --- | --- |
| 印　　张 | 21.75 |
| 插　　页 | 2 |
| 字　　数 | 325 千字 |
| 定　　价 | 126.00 元 |

凡购买中国社会科学出版社图书，如有质量问题请与本社营销中心联系调换
电话：010-84083683
**版权所有　侵权必究**

# 目 录

绪论 …………………………………………………………（1）

## 第一章　新诗选本的初创与发展 …………………………（15）
第一节　新诗选本的问世与早期发展 ……………………（15）
第二节　30年代新诗选本：诗艺探求与诗歌史意识………（28）
第三节　新诗编选的个性化走向 …………………………（46）

## 第二章　在审美与政治之间的一体化选本 ………………（70）
第一节　树立典范：从解放区文艺到新中国的人民的文艺 ……（71）
第二节　选集编纂与"五四"以来新文学的遴选、
　　　　定位与重塑 ……………………………………（90）
第三节　《中国新诗选(1919—1949)》对中国现代
　　　　新诗史的建构 …………………………………（112）

## 第三章　回归审美与追求现代性的新诗选本 ……………（139）
第一节　新诗编选向审美回归 ……………………………（139）
第二节　流派诗选的兴起 …………………………………（151）
第三节　"百年中国文学"视域下的新诗选本 ……………（176）

## 第四章　21世纪新诗选本的多元化景观 …………………（206）
第一节　年度诗选的发展历程 ……………………………（207）

第二节　选本中的百年新诗 …………………………………………（272）

结语 ……………………………………………………………………（313）

参考文献 ………………………………………………………………（315）

附录　中国新诗选本举隅 ……………………………………………（321）

后记 ……………………………………………………………………（345）

# 绪　　论

以选本为切入点,这是文学研究的一条重要路径。它实际上是立足于接受、传播这一根本点,属于文学经典化研究的范围。中国古典文学研究界在这个方面已经取得了非常丰硕的学术成果,但在中国现当代文学领域还有很大的开拓空间。

就新诗选本而言,目前学术界的研究主要从三方面展开:史料收集、整理与研究;理论探析;对代表性选本、编选阶段的分析与探讨。这些研究为本课题的开展提供了重要的参考。

一是史料收集、整理与研究,这是学术研究的奠基性工作,其重要性自不待言。中国现代文学的史料工作已做得比较成熟,而当代文学史料也已经引起学界的高度重视。在新诗领域,就史料收集的宏富、整理的细致与解读的深入而言,刘福春的成果最为重要。他对新诗资料的收集,上自民国,下至当今,可谓极其宏富。在此基础上整理出的《中国现代诗论》(与杨匡汉合编)、《新诗名家手稿》《新诗纪事》《中国当代新诗编年史》(1966—1976)、《中国新诗书刊总目》《中国现代文学总书目·诗歌卷》(与徐丽松合编)、《中国新诗编年史》《中国新诗总系·史料卷》等,再加上他所撰写的各类文章(包括博文),为学界提供了百年中国新诗史料的一座宝库。此外,他主编的《二十世纪中国文艺图文志·新诗卷》,与高秀芹合作主编的《北大新诗日历》等[1],也是极

---

[1] 杨匡汉、刘福春编:《中国现代诗论》(上、下编),花城出版社1985—1986年版;刘福春编:《新诗名家手稿》,线装书局1997年版;刘福春编:《新诗纪事》,学苑出版社(转下页)

为重要的新诗选本，从中也可见出刘福春作为选家的新诗观念与眼光。

此外，郭志刚主编《中国现代文学书目汇要（诗歌卷）》、张建智《诗魂旧梦录》、张泽贤《中国现代文学诗歌版本闻见录：1920—1949》《中国现代文学诗歌版本闻见录续集：1923—1949》[①]等，也是新诗史料整理的专门成果。

除了公开发表或出版的诗歌、诗集、选本等外，未曾公开的手稿、抄本、民刊等，也正在进入研究者的视野，选本选刊还只是其中的一部分。史料工作更趋深入，而新的材料，也可能会改变新诗观念甚至重塑新诗史。在这方面，20世纪六七十年代，由于历史语境的特殊性而成为关注的重心。刘福春与贺嘉钰编的《白洋淀诗歌群落研究资料》（2014年，未公开出版）是对白洋淀诗群资料较为系统的整理，而此前刘禾与廖亦武就已经开始了对地下诗歌资料的收集与整理[②]。在口述史的线索中，牵引出自白洋淀诗群到《今天》诗刊、朦胧诗派的历史意义。张清华主编的《中国当代民间诗歌地理》[③]则以文化地理的视域，对中国当代的民间诗歌作了更宏大的扫描，进一步突破了历史线性叙事所带来的遮蔽。他们提供的丰富史料，还有更为广阔的研究空间。

二是理论探析，即对于选本的意义、功能、地位与特点在理论上加以阐释。这为选本研究提供了理论上的指导，值得重视。20世纪30年代鲁迅对选本发表过不少意见，非常辩证地表达了他对选本的看法，

---

（接上页）2004年版；刘福春：《中国当代新诗编年版史》（1966—1976），河南大学出版社2005年版；刘福春编：《中国新诗书刊总目》，作家出版社2006年版；刘福春、徐丽松编：《中国现代文学总书目·诗歌卷》，知识产权出版社2010年版；刘福春主编：《中国新诗总系·史料卷》，人民文学出版社2010年版；刘福春编：《中国新诗编年史》（上、下卷），人民文学出版社2013年版；刘福春主编：《二十世纪中国文艺图文志·新诗卷》，沈阳出版社2002年版；刘福春、高秀芹主编：《北大新诗日历》，北京大学出版社2017年版。

[①] 郭志刚：《中国现代文学书目汇要（诗歌卷）》，书目文献出版社1994年版；张建智：《诗魂旧梦录》，上海远东出版社2006年版；张泽贤：《中国现代文学诗歌版本闻见录：1920—1949》《中国现代文学诗歌版本闻见录续集：1923—1949》，上海远东出版社2008—2009年版。

[②] 刘禾：《持灯的使者》，广西师范大学出版社2009年版；廖亦武主编：《沉沦的圣殿：中国20世纪70年版代地下诗歌遗照》，新疆青少年出版社1999年版。

[③] 张清华主编：《中国当代民间诗歌地理》（上、下），东方出版社2015年版。

因而经常被引用。在鲁迅看来，选本的历史非常悠久，如《诗经》就可以说是"中国现存的最古的诗选"[①]。今天流传下来的《诗经》，其实是经过后人删汰的选本。因此，选本在文学史上的地位是极为重要的，它有着重要的功能："凡是对于文术，自有主张的作家，他所赖以发表和流布自己的主张的手段，倒并不在作文心，文则，诗品，诗话，而在出选本。"[②]

鲁迅如此重视选本，是因为优秀选本之"选"可以萃取精华，为读者提供精良的作品，同时任何选家都会秉持一定的标准，在编选中寄寓自己的主张与倾向，因而选本对于文学观念的传播、对于读者趣味的引导，都有着专集、全集所难以替代的作用。但是，鲁迅也对选本的不足有着高度的警觉，正因为选本的主观性强、往往只集中于一点而不顾及全篇全人，加上选家水平高低不齐，所以鲁迅特别提醒读者不可完全依赖选本，更不可只依赖某一家："读者的读选本，自以为是由此得了古人文笔的精华的，殊不知却被选者缩小了眼界……选本既经选者所滤过，就总只能吃他所给与的糟或醨。况且有时还加以批评，提醒了他之以为然，而默杀了他之以为不然处。"[③] 读者必须有清醒的意识与独立的判断能力，这就需要跳出选本之外："有些名人，连文章也看不懂，点不断，如果选起文章来，说这篇好，那篇坏，实在不免令人有些毛骨悚然，所以认真读书的人，一不可倚仗选本，二不可凭信标点"，如果不能顾及全篇全人，"是很容易近乎说梦的"[④]。

鲁迅对选本的意见看似矛盾实则辩证而深刻，选本固然重要，但要全面而深入地了解作家作品，就还需要知人论世，从历史时代、社会环境、作家经历及其作品全貌中多方面地加以审视。

除了对选本本身加以探析外，中国学界还对中西选本、中国古代选本与现代选本进行了比较研究，并进一步强调不同选本的编选，也

---

[①] 鲁迅：《选本》，《鲁迅全集》（第7卷），人民文学出版社2005年版，第137页。
[②] 鲁迅：《选本》，《鲁迅全集》（第7卷），人民文学出版社2005年版，第138页。
[③] 鲁迅：《选本》，《鲁迅全集》（第7卷），人民文学出版社2005年版，第139页。
[④] 鲁迅：《"题未定"草·六至九》，《鲁迅全集》（第6卷），人民文学出版社2005年版，第439—444页。

是受到各种因素的影响，因而在形态、功能上可能呈现出较大的差异。张伯伟《中国古代文学批评方法研究》是把选本作为中国古代批评方法最早的一种外在形式加以研究，他认为"作为总集之一的选本，其功能更偏于区别优劣，也就是文学批评"，这与西方选本偏于保存文化遗产的功能有所不同[1]。邹云湖的《中国选本批评》[2]是专门探讨选本问题的一部专著，该书力图做到史论结合。作者也同样视选本为一种文学批评方式，较为系统地梳理了自汉魏至清代中国文学选本的历程并就选本原理进行论述。与前两者不同的是，徐勇在《选本编纂与八十年代文学生产》中重点关注的是中国现当代文学选本。陈思和在为该书写的序言中把文学选本分为年度选本和专题性选本两种，认为二者具有各自的功能与特点[3]。徐勇的选本研究中非常有特色的是他对中国古代选本与现代选本所做的比较，特别是他对二者差异的分析。他认为，中国现代选本属于"二度发表"，涉及版权问题，因而保存文献的功能已大大降低，"选"的功能被极大地强化了。同时，现代选本的"现代性"特征，使得其时效性、当下性格外突出，但又在飘忽易逝中追求恒久性，这在年选中表现得最为突出。随着现代技术和教育体制的兴起，选本不再具有古代选本的培养精英阶层的意义，而是力图塑造具有现代人格的国民，因而选本更多地只是在"选"，其地位已经不如从前。[4]

　　传播是文学选本所具有的重要功能，但传播显然不是一个简单的原样照搬的过程，这其中会产生种种变异，因而有学者提出"次源性传播"的概念并与"本源性传播"相对应，认为二者的来源是一致的，但是在传播的内容、方式及效果方面存在差异[5]。此外，选本研

---

[1] 张伯伟：《中国古代文学批评方法研究》，中华书局2002年版，第277—278页。
[2] 邹云湖：《中国选本批评》，上海三联书店2002年版。
[3] 陈思和：《序》，徐勇《选本编纂与八十年版代文学生产》，人民文学出版社2017年版，第1—2页。
[4] 徐勇：《选本编纂与八十年版代文学生产》，人民文学出版社2017年版，第2—13页。
[5] 梁笑梅：《〈小说星期刊〉与香港早期新诗的次源性传播》，《中国现代文学研究丛刊》2010年第3期。

究还会涉及文学经典化问题。1993年,佛克马与蚁布思到北京大学讲演而成的《文学研究与文化参与》①,为中国学界思考经典问题提供了域外视角,开启了一个经典讨论的热潮。童庆炳、陶东风主编的《文学经典的建构、解构和重构》,是新世纪经典化研究的重要成果②。总体而言,学界对于经典及经典化问题还存有不小的分歧,特别是当这一观念运用于现当代文学时,矛盾更显突出。即使新诗已走过百年发展历程,但直至今日,其合法性问题仍然还会遭受质疑,更不用说"新诗经典"这样的话题了。

三是对代表性选本、编选阶段的分析与探讨。中国文学历史悠久,选本也很早就出现了,按鲁迅所言,自孔子删《诗》就开始了。此后的《文选》《唐诗三百首》《古文观止》《古文辞类纂》等,都是中国文学史上极其著名、影响巨大的选本,针对它们的研究也有不少,"《诗经》学""选学"是典型的例子。就中国新诗选本的研究而言,目前学界的研究是以阶段性研究为主,涉及民国、50年代或"十七年""文化大革命"、新时期、新世纪等,在宏观论述中结合具体个案——诗人诗作的经典化、具体的新诗选本及相互比较等,呈现出点面结合的良好态势。

就民国时期新诗选本研究而言,方长安的新诗接受研究与陆耀东的新诗史研究、龙泉明的新诗特质研究,构成了武汉大学新诗研究的特色。在新诗接受研究中,选本研究是题中应有之义,方长安出版的专著《新诗传播与构建》《中国新诗(1917—1949)接受史研究》③,都有专门的对于现代新诗选刊、选本的研究。他以接受理论为根基,以1917—1949年的新诗为范围,以数据分析和理论阐释为基本方法,同时又以现代新诗史上有代表性的诗人诗作为重点个案(胡适、郭沫若、闻一多、徐志摩、李金发、戴望舒、冯至、何其芳、艾青、"中

---

① [荷]佛克马、蚁布思:《文学研究与文化参与》,俞国强译,北京大学出版社1997年版。
② 童庆炳、陶东风主编:《文学经典的建构、解构和重构》,北京大学出版社2007年版。
③ 方长安:《新诗传播与构建》,中国社会科学出版社2012年版;《中国新诗(1917—1949)接受史研究》,中国社会科学出版社2017年版。

国新诗派"等），将文学史著、评论、选本、读者来信等文献熔于一炉加以综合考察，涵盖选本、读者等对诗人形象的塑造、文学史中的诗人形象、诗歌作品经典化等诸多方面。方长安还主编了"中国新诗传播接受文献研究丛书"，他自己所著《中国新诗传播接受与经典化研究》①即为丛书中之一种。方长安对于新诗选本的研究已经引起学界的高度重视，特别是他担任首席专家的国家社会科学基金重大项目"中国新诗传播接受文献集成、研究及数据库建设（1917—1949）"，是对新诗接受史料前所未有的整理，也会对新诗研究产生重大影响。

　　方长安指导的陈璇的博士学位论文《叙述与确认：民国时期新诗选本研究》②是对民国新诗选本的系统研究成果，研究范围上迄1920年第一部新诗选本《新诗集》出版，下至1948年开明书店出版《闻一多全集》中的《现代诗钞》。该文主要探讨了新诗选本对新诗合法性地位的争取、对新诗作品的经典化、对新诗史的建构等问题，同时还涉及新诗教育、同人新诗选本，需要特别指出的是作者还对历来被忽视的女性诗人新诗选本进行了研究。当时的选本共有4部，即云裳（曾今可）编选的《女朋友们的诗》、张立英选的《女作家诗歌选》、姚名达编选的《暴风雨的一夕——女作家新诗集》、俊生编选的《现代女作家诗歌选》。作者以它们为对象，研究了女性诗人的表达方式与读者的阅读消费模式及其文学史境遇之间的关系。论文从理论上分析了新诗选本所具有的批评、述史及经典化功能，进而对选本展开具体研究，既有对编选背景、选家理念等方面的探讨，也有对选本编选特点的数据化分析，这些也正是当前学术界在选本研究中经常采用的方法。

　　罗执廷的研究则涵盖了民国与当代两大时期，《民国社会场域中的新文学选本活动》着眼民国，以新文学选本为对象；《文选运作与当代文学生产：以文学选刊与小说发展为中心》立足当代，以文学选

---

① 方长安：《中国新诗传播接受与经典化研究》，社会科学文献出版社2020年版。
② 陈璇：《叙述与确认：民国时期新诗选本研究》，博士学位论文，武汉大学，2014年。

刊的运作为研究对象，聚焦小说这一文学体裁。① 虽未专论新诗选本，但他的思路和方法仍然有重要意义。此外，梁笑梅的《中国新诗传播空间中诗集序的历史镜像》《汉语新诗集序跋的传播学阐释》② 也值得重视。

当代的新诗选本研究，都注意到新时期以前的文艺界的重组、文学创作与出版的一体性与新时期以后的多元化的特点。研究新时期以前选本的重要成果有陈改玲的《重建新文学史秩序：1950—1957年现代作家选集的出版研究》③、贺桂梅的《转折的时代：40—50年代作家研究》④、陈宗俊的博士学位论文《"十七年"新诗选本与"人民诗歌"的构建》⑤、徐勇《十七年时期选本出版与文学一体化进程》⑥、罗执廷《1949—1976年中国大陆的文选运作与文学生产》⑦ 等。陈改玲的著作系统地考察了自《延安文艺座谈会上的讲话》发表以来被纳入出版计划的几套丛书的策划、编选、修改及出版情况，也是从"选"的角度揭示了中国现代文学在当代的命运、新中国成立初文学史的重塑及文学的经典化等问题，涉及新华书店与人民文学出版社版"中国人民文艺丛书"、开明书店版"新文学选集"、1952—1957年人民文学出版社版中国现代作家选集丛书。袁洪权除了研究"文艺建设丛书"、《中国新文学大系·诗集》、开明书店版"新文学选集"等之外，还注意到50—70年代最有代表性的总集性选本即臧克家主编的

---

① 罗执廷：《民国社会场域中的新文学选本活动》，暨南大学出版社2012年版；《文选运作与当代文学生产：以文学选刊与小说发展为中心》，山东文艺出版社2015年版。
② 梁笑梅：《中国新诗传播空间中诗集序的历史镜像》，华中师范大学出版社2008年版；《汉语新诗集序跋的传播学阐释》，人民出版社2016年版。
③ 陈改玲：《重建新文学史秩序：1950—1957年现代作家选集的出版研究》，人民文学出版社2006年版。
④ 贺桂梅：《转折的时代——40—50年代作家研究》，山东教育出版社2003年版。
⑤ 陈宗俊：《"十七年"新诗选本与"人民诗歌"的构建》，博士学位论文，南京师范大学，2014年。
⑥ 徐勇：《十七年时期选本出版与文学一体化进程》，《青海社会科学》2015年第4期。
⑦ 罗执廷：《1949—1976年中国大陆的文选运作与文学生产》，《暨南学报》2012年第6期。

《中国新诗选（1919—1949）》，对其做了细致的研究①。

对新时期以来选本的研究，既有总体上的分析如刘春对1985年至新世纪近20年新诗选本的评说②、刘晓翠《新时期诗歌年选研究》③、陈代云抽取五种新诗选本进行定量分析④等，更多地是进一步细分阶段进行探讨，如徐勇《选本编纂与八十年代文学生产》重点关注80年代，彭敏则着眼于90年代⑤。此外，21世纪以来的新诗选本也开始得到关注与研究，罗振亚《百年新诗经典及其焦虑》⑥、霍俊明《新世纪诗歌精神考察》设专章"选本文化与诗歌生态"⑦、赵思运《新世纪诗歌的切片呈现——评张清华年度诗歌选本》⑧等，是对新诗选本的近距离追踪。

新诗选本的研究，学界通常采用理论阐释、选篇解读、数据分析相结合的方法，同时在宏观评判中结合个案研究。就个案而言，按照类别主要有诗人诗作入选研究、具体选本及编选专题研究。诗人诗作入选研究方面，主要对象集中在胡适、郭沫若、徐志摩、闻一多、戴望舒、卞之琳、艾青等诗人身上，被视为他们代表作的《尝试集》《女神》《再别康桥》《死水》《雨巷》《断章》《大堰河——我的保

---

① 参见袁洪权《开明版〈赵树理选集〉梳考》，《文学评论》2013年第1期；《开明版〈郭沫若选集〉梳考》，《郭沫若学刊》2013年第4期；《开明版〈丁玲选集〉梳考》，《现代中文学刊》2013年第4期；《〈臧克家诗选〉四种版本梳考》，《平顶山学院学报》2014年第3期；《〈中国新诗选（1919—1949）〉的版本、编选与代序修订》，《现代中文学刊》2014年第5期；《朱自清〈中国新文学大系〉诗集卷过程梳考》，《长沙理工大学学报》2015年第3期；《"文艺建设丛书"的命运与共和国初期文学的场域》，《现代中文学刊》2016年第1期；《"新文学讲义"的命运与〈中国新文学大系〉诗集卷的生产》，《玉溪师范学院学报》2016年第10期。

② 刘春：《近20年版新诗选本出版的回眸与评说》，《江汉大学学报》2005年第1期。

③ 刘晓翠：《新时期诗歌年版选研究》，硕士学位论文，首都师范大学，2008年。

④ 陈代云：《20世纪汉语诗歌的双重想象——对几种新诗选本的定量分析》，《康定民族师范高等专科学校学报》2009年第3期。

⑤ 彭敏：《选本与"90年版代诗歌"——以〈岁月的遗照〉和〈1998中国新诗年版鉴〉为中心》，硕士学位论文，北京大学，2009年。

⑥ 罗振亚：《百年版新诗经典及其焦虑》，《文艺争鸣》2017年第8期。

⑦ 霍俊明：《新世纪诗歌精神考察》，河北大学出版社2014年版。

⑧ 赵思运：《新世纪诗歌的切片呈现——评张清华年度诗歌选本》，《文艺争鸣》2009年第2期。

姆》等，既得到新诗选本的青睐，也是选本研究的重点。在对诗集、诗歌流派、诗群或诗歌思潮现象等的研究中涉及或切入选本问题的也有不少成果，如姜涛的《"新诗集"与中国新诗的发生》①、张志国对朦胧诗的研究②、杨庆祥、罗执廷、徐勇等对选本与"第三代诗歌"之间关联的探析③。

就具体选本及编选专题研究而言，当下主要集中于这样几个方面：

第一，对有代表性的选本进行重点探讨，大体有这样几类：一是总集性选本，如朱自清编《中国新文学大系·诗集》、闻一多编《现代诗钞》、臧克家编《中国现代新诗选》；二是流派选本，《新月诗选》《朦胧诗选》等是学界研究较多的对象；三是年度选本，学界的研究集中于三个对象：1922 年出版的《新诗年选》（一九一九年）、50 年代的年度选本，新时期以来的年度选本，《中国新诗年鉴》是受到较多研究者关注的对象；四是地域选本或选本中的地域问题，如颜同林《百年新诗选本的地域化呈现——论贵州新诗的选本现象》④。

第二，发掘新诗史与新诗选本史上的重要时间节点，如 1979 年是新的诗歌潮流涌动并喷薄而出的时期，而此时期的新诗选本也在各方面呈现出新的气象，刘晓翠对新时期诗歌年选的研究、徐勇对 80 年代文学选本的关注，都是以这个时间点为开端；再如 1985 年为方岩、曲竟玮、刘春、徐勇等学者关注，刘春、徐勇指出这是中国诗歌乃至中国文学的分水岭⑤，这一年《朦胧诗选》正式出版，却也正是朦胧诗派退场，后朦胧诗、现代主义文学逐步占据文学舞台中心

---

① 姜涛：《"新诗集"与中国新诗的发生》，北京大学出版社 2005 年版。
② 张志国：《〈今天〉与朦胧诗的发生》，博士学位论文，暨南大学，2009 年。
③ 杨庆祥：《选本与"第三代诗歌"之建构》，硕士学位论文，中国人民大学，2006 年；杨庆祥：《从两个选本看"第三代诗歌"的经典化》，《文艺研究》2017 年第 4 期；罗执廷：《选本运作与"第三代诗"的文学史建构》，《江汉大学学报》2012 年第 1 期；徐勇：《选本编纂与"第三代诗"的发生学考察》，《南方文坛》2018 年第 6 期。
④ 颜同林：《百年版新诗选本的地域化呈现——论贵州新诗的选本现象》，《北方论丛》2018 年第 2 期。
⑤ 刘春：《近 20 年版新诗选本出版的回眸与评说》，《江汉大学学报》2005 年第 1 期；徐勇：《现代主义文学思潮与选本编纂》，《宁夏社会科学》2016 年第 2 期。

的时候。

  第三，从新诗教育视角切入，是教育学与文学研究结合的产物。黄晓东《政治、权力与美学：民国以来的新诗教育研究》[①]依据民国、1949—1978、新时期以来三个阶段分别论析中小学、大学的新诗教育，在民国时期作者更侧重于教材与讲义，此后更注重新诗史著作，个案研究则涉及"人力车夫"题材作品、胡适、徐志摩、艾青、穆旦、余光中、舒婷、梁小斌的接受史、经典化历程的梳理等。林喜杰的博士学位论文《群体性解读与想象——新诗教育研究》[②]将新诗教育置于现代性的框架中，以新诗与语文教育之间的互动，探讨新诗进入语文教材，重构了现代语文教育的诗教传统。同时语文教育又使得新诗的合法性与传播得到保障，促成了新诗的经典化。总体来看研究的视域已经覆盖中小学、大学的教育与选篇问题[③]，在时段上也已将百年来的教育涵括其中，如黄耀红的《百年中小学文学教育史论》[④]、林海燕的《论新世纪以来中学语文教育中的新诗教育》[⑤]等。在这些研究中，多少都会涉及新诗教育、新诗选篇，而学界关注的重点又主要集中于这样几个方面：对民国时期大学教材文学选篇的研究，选取的学校主要为北京大学、清华大学、西南联大、复旦大学等高校；对教师及其讲义、观念的研究，集中于朱自清、废名、沈从文、苏雪林

---

  ① 黄晓东：《政治、权力与美学：民国以来的新诗教育研究》，中国社会科学出版社2015年版。

  ② 林喜杰：《群体性解读与想象——新诗教育研究》，博士学位论文，首都师范大学，2007年。

  ③ 例如申红季《中学语文中国新诗选篇有效教学策略研究》，硕士学位论文，陕西师范大学，2017年；李琳琳《人教版初中语文教材新诗选文研究》，硕士学位论文，华中师范大学，2017年；孙翠翠《语文教材中新诗选篇的流变研究——以新时期人教版高中语文教材为中心》，硕士学位论文，东北师范大学，2012年；金明珉《从两岸高中语文教材看两岸新诗教育》，硕士学位论文，上海师范大学，2014年；安宇《基于选文类型鉴别理论的高中语文教材新诗选文研究》，硕士学位论文，辽宁师范大学，2014年；董延武《1930年版代的大学新诗教学：以四部讲义为例》，硕士学位论文，首都师范大学，2014年。

  ④ 黄耀红：《百年版中小学文学教育史论》，湖南师范大学出版社2008年版。

  ⑤ 林海燕：《论新世纪以来中学语文教育中的新诗教育》，硕士学位论文，东北师范大学，2008年。

等人；对中小学语文教材选篇的研究，集中于民国与新时期以来两个时段。

新诗选本研究目前来看已经取得了较为丰硕的成果，这也为进一步的研究打下了坚实的基础。当然，在进入这一课题之前，还有必要对"选本"范围加以圈定：选本最核心的特点在于"选"，因而各类选本就理应成为考察的对象。文学选本历来种类丰富，新诗选本也是如此，除了总集性的综合选本外，各类专门选本数量更为庞大，类别也是五花八门，如女性诗选、校园诗选、青春诗选、流派诗选、地域诗选、年度诗选。但是，如果对"选"作更为宽泛的理解，则有更多的对象还能容纳进来，如诗人在出版诗集时其实也会对诗作进行删汰去取，胡适的《尝试集》第四版就是一个典型的例子，这方面陈平原和姜涛已经做过细致的分析[①]。此外，各类报纸杂志乃至出版社、网站，在面对诗歌稿件时，也必然会进行选择。此外，各类评选、评奖、论坛等，又何尝不可以说是一种选择行为呢？只是如此一来，选本的范围就会无限扩大。因此，本书的研究还是以通常认可的新诗选本为对象，且主要探讨总集性的综合选本，兼顾有代表性的专门选本，同时也适当注意有特殊意义的新诗评选、评奖等活动。

在此背景下，本书即是尝试第一次对百年新诗选本进行较为系统的梳理和探讨，以求揭示新诗编选与新诗创作、传播、经典化、新诗思潮、社会心理、意识形态、文化观念等之间的复杂关联与相互影响，同时也力图阐明百年新诗编选的总体性历程、规律、特点与趋向，分析不同阶段的特点及各阶段之间的相互关系、各类选本之间内在的竞争或对话关系等。由此，研究的时限上起1920年1月，上海新诗社出版《新诗集》（第一编），这是中国文学史上第一部新诗选本，下至2020年，中国新诗编选走过百年历程。一个世纪的历程中，新诗编选大体可以划分为四个阶段，四个阶段中各有其高潮：

第一个阶段，起于1920年1月《新诗集》（第一编），止于1948

---

[①] 陈平原：《经典是怎样形成的——周氏兄弟等为胡适删诗考》（一）（二），《鲁迅研究月刊》2001年第4期、第5期；姜涛：《"新诗集"与中国新诗的发生》，北京大学出版社2005年版。

年收录《现代诗钞》的《闻一多全集》①出版，这是新诗编选的开创期。除了《新诗集》（第一编）问世之外，同年8月，作为教材，《白话文范》第2册②第一次选入新诗作品。早期的新诗选本主要特色有三点：一是宣传、捍卫、传播新文学，扩大新文学的影响；二是起到保存新诗史料的作用；三是遴选佳作，树立典范。北社所编《新诗年选》（一九一九年），以其编选谨严、点评精辟而颇具影响力。

这一阶段的高潮在30年代，新文学立住了脚跟，但是早期新文学的艺术成就却受到了质疑，此时的新诗编选，重点便落在树立典范这个方面，其中最具影响力的选本就是1935年朱自清编选的《中国新文学大系·诗集》。进入40年代，由于战争的影响，新诗编选进入低潮，个性化选本是这一阶段的特色，以孙望、常任侠主编的《战前中国新诗选》《现代中国诗选》和闻一多编选的《现代诗钞》为代表。

第二个阶段是1949—1979年，这个阶段在国家意志支配下有意识地重新书写新文学史，将"五四"以来的新诗纳入新民主主义革命的传统中，重新赋予其意义。以《文学作品选读》（邵荃麟、葛琴合编）、"中国人民文艺丛书"（周扬主编）为开端，以《中国新诗选（1919—1949）》第三版（1979年）结束。从40年代以来，自解放区文学成为文学主流之后，"五四"以来的文学是以"反帝反封建"的"革命"面貌而被接纳的。要确立当代文学的地位，就需要梳理出一条人民文学的历史线索，这是由当时的国家意志所主导的。考察这一时期的选本不能只局限于通常意义上的选本，还应该注意到当时出版的丛书或选集也可以视为选本，如新华书店及人民文学出版社推出的"中国人民文艺丛书"、开明书店和人民文学出版社推出的"新文学选集"、人民文学出版社推出的"中国现代作家选集丛书"等。

这一阶段的高潮在50年代（1958年以前），最具影响力的综合性

---

① 《闻一多全集》（四册）由朱自清、郭沫若、吴晗、叶圣陶编辑，开明书店1948年出版，第四册收入《现代诗钞》。

② 何仲英编：《白话文范》（第2册），商务印书馆1920年版。

新诗选本是臧克家编选的《中国新诗选（1919—1949）》①。这本选集主要是面向青年读者，是为了帮助青年认识"五四"以来诗歌发展的基本情况，学习它的革命传统。因而其编选标准是有进步影响的诗人、思想性较强的诗。

洪子诚指出，"相比起大陆来，台湾五六十年代出版的诗歌选集数量要大许多"，其中年度诗选、世代诗选、大系更受关注，呈现出十分繁荣也十分复杂的景象，"这些选本，也都具有普及、便于一般读者阅读和推进诗歌'经典化'的预设功能"②。

第三个阶段是1979—2000年，以北京大学、北京师范大学、北京师范学院三校合编的《新诗选》③为起点，以牛汉、谢冕主编的《新诗三百首》（2000年）结束。这是文学研究反拨50—70年代的观念，重新回归文学本位，强调审美属性的时代。其中的高潮出现于1985年前后，80年代的审美旗帜、理想主义与浪漫激情在流派选本中得到集中的表现，最突出的就是《朦胧诗选》。进入90年代，对百年中国文学的总结成为文学界最大的主题，总结百年中国诗歌的选本开始大量出现，《中国百年文学经典文库·诗歌卷》《百年中国文学经典》《二十世纪中国文学大师文库·诗歌卷》是值得注意的选本。这一阶段的编选范围从过去的中国内地扩展到包括中国内地、中国港澳台乃至海外，更具包容性。

第四个阶段是21世纪以来，自张新颖编选的《中国新诗：1916—2000》④延伸至今，各种以新诗百年为名的选本大量涌现，并且新世纪以来的新诗编选，固然仍带有"现代性"的视角，但已是从非常广阔的文化视野来看待百年新诗的发展历程。自新诗编选伊始就存在的

---

① 臧克家编选：《中国新诗选（1919—1949）》，中国青年版出版社1956年初版、1957年再版，1979年三版。

② 此处引文均出自洪子诚《导言 殊途异向的两岸诗歌》，《中国新诗总系》（第5卷），人民文学出版社2010年版，第24—25页。

③ 北京大学、北京师范大学、北京师范学院中文系中国现代文学教研室主编：《新诗选》（三册），上海教育出版社1979年版。

④ 张新颖编选：《中国新诗：1916—2000》，复旦大学出版社2001年版。

"历史性"与"审美性"之间的张力,在新诗百年之际也终于达到最为紧张的程度。这一阶段最具特色的选本有两类:一类是年度诗选,它们由于能够介入中国诗歌现场,也契合大众在快节奏的生活中把握当下诗歌现实的需要,从而得到了极其迅猛的发展;另一类就是具有诗歌史意味的综合性选本,它们出现的高潮在2010—2018年,其中最具分量的就是2010年谢冕任总主编的10卷本《中国新诗总系》[①],系统地总结了自1917—2000年中国新诗的发展历程,也能让人明显感觉到《中国新诗总系》力图成为"中国新文学大系"那种丰碑的决心与魄力。

纵观中国新诗选本的发展历程,对百年新诗选本进行系统的回顾、总结与研究是有必要的,此前研究中已涉及不少重要问题,如新诗选本的同质性、遮蔽性、选本与新诗史的叙述、选本编选的本位立场与域外视角等,还有再度讨论的必要。新诗选本这一研究对象,绝不仅仅涉及新诗本身,而是有着文学、教育、意识形态、社会心理、出版、传媒等各种力量的博弈,对新诗研究的探讨,这对于新诗的发展、新诗理论与批评的建构乃至对于中国文学、教育与文化的发展,都有重要的参考意义。

---

① 谢冕主编:《中国新诗总系》(10卷),人民文学出版社2010年版。

# 第一章 新诗选本的初创与发展

在新诗发展史上，新诗选本与新诗创作有着紧密的关联。20世纪20年代，无论是新诗创作还是新诗编选都处于初创期，新诗在新/旧的二元对立中前行，新诗创作、理论批评与新诗编选主要是为争取新诗的合法性；进入30年代，当新文学已经初步站住脚跟时，新/旧框架就为诗/非诗的对立所取代，对于新诗诗歌体式的探索与建设成为此时的中心任务，新诗选本于是在新诗史与新诗经典化的视域中展开，新诗编选进入了百年历程中的第一个繁荣期。1937年"七七事变"给新文学带来巨大影响，新诗编选陷入沉寂，除了各类以反映现实、服务抗战为目的的选本外，此时的新诗编选更多地是个体性行为，呈现出较浓厚的个性风格。因此，民国时代的新诗选本大体上可以分为三个阶段：1920—1928年，以《新诗集》（第一编）、《分类白话诗选》《新诗年选》（一九一九年）为代表；1928—1937年，起于卢冀野（卢前）编的《时代新声》，以朱自清主编《中国新文学大系·诗集》为主要代表；1937—1948年，以孙望、常任侠主编的《战前中国新诗选》《现代中国诗选》和闻一多编选的《现代诗钞》为代表。之所以止于1948年，是因为《现代诗钞》在闻一多生前未正式发表，它被收入《闻一多全集》于1948年正式出版。

## 第一节 新诗选本的问世与早期发展

早期的新诗选本，对于新诗创作的反应是非常及时、迅速的。学界通常以1917年2月胡适在《新青年》上发表8首白话诗作为中国新诗的起点，1918年胡适、沈尹默、刘半农在《新青年》上发表了9首白话诗，展示了中国新诗粗具规模的成果。1920年1月，新诗社编辑部编的《新诗集》（第一编）（新诗社出版部1920年1月出版）拉开了百年新诗编选的序幕，从时间上来看，这个选本的问世早于3月出版的中国第一部新诗集——胡适的《尝试集》。

　　根据姜涛的统计，1922年及以前共有四部新诗选本问世①：第一部就是上文提及的《新诗集》（第一编），"新诗社编辑部""新诗社出版部"的具体情况都不得而知，而从"第一编"这个附加题来看，"新诗社"对于新诗抱有充分的信心，也是准备把新诗编选当作一项长期的事业坚持下去，只是如其他很多选本一样，才问世即成绝响；第二部是许德邻编的《分类白话诗选》，上海崇文书局1920年8月出版；第三部是新诗编辑社编《新诗三百首》，上海新华书局1922年6月出版；第四部是北社编的《新诗年选》（一九一九年），上海亚东图书馆1922年8月出版。当然，如果把当时的教材统计在内，新诗选本数量会更多，不过这四部选本，能够代表中国新诗编选的早期成就。这里面"新诗社编辑部""新诗编辑社""北社"的具体情况都不详，可能是临时所取的名字，代表对新诗有共同爱好的群体，但"北社"的自觉性显然更强，正如"北社同人"在《新诗年选》（一九一九年）的《弁言》中所说："北社是个读书团体，是个鉴赏文艺的团体，毫无取乎发泄。我们广集新诗固不无采风之意，而为受用实占一半。赏鉴之余，随其所好而为批评，也是很寻常的。"② 许德邻的情况同样不详，他不是诗人，但也爱好新诗。

　　早期的新诗选本固然也有淘选精品、促成新诗经典化的作用，但这一作用远逊于其保存新诗文献、展现新诗创作特点与倾向、宣传与捍卫新诗的功能。1920年何仲英编纂的《白话文范》第二册首次收入了新诗3首：傅斯年《深秋永定门城上晚景》、周作人《两个扫雪的

---

① 姜涛：《"新诗集"与中国新诗的发生》，北京大学出版社2005年版，第41页。
② 北社同人：《弁言》，北社编《新诗年选》（一九一九年），亚东图书馆1922年版，第4页。

人》、沈尹默《生机》。这与何仲英的思想立场有关，他坚信"白话文当然为将来的文学正宗"，在编选中还是"要以有文学的意味为前提"①，这构成了他的编选理念。所选三首诗均来自《新青年》《新潮》②，三首诗均带有很强的写景叙事特点，画面感、具体性很强，而与教材配套的《白话文范参考书》所选的参考材料即是胡适的《谈新诗》，加上《白话文范》的其他选本，可以看出这套教材的编选"深受《新青年》作者群特别是胡适的影响"③。但是反过来，借助教育的力量在青年学生中传播，这对新诗来说无疑也是巨大的支持。而《新诗集》（第一编）也在序言中开篇就谈"新诗底价值"："（1）合乎自然的音节，没有规律的束缚；（2）描写自然界和社会上各种真实的现象；（3）发表各个人正确的思想，没有'因词害意'的弊病；（4）表抒各个人优美的情感。"④

与之相呼应地，是序言结尾喊出的口号："望大家要努力去做新诗，新文学万岁，新诗万岁！"⑤从形式、内容、功用等方面论证新诗的价值，展示自身对于新文学的坚定信念，这是新诗草创时期必然的现象，毕竟为新诗争取合法性，是此时最重要的事务。编者进而列举了编选《新诗集》（第一编）的四个理由，即展示成绩、指导创作、翻阅便利、便于比较，并附胡适的《我为什么要做白话诗？》《谈新诗》、刘半农《诗的精神上之革新》等文章作为理论指导。这些方式，也基本上为早期的新诗选本所采纳。

值得注意的是，《新诗集》（第一编）在内容上把诗歌分为"写

---

① 何仲英：《白话文教授问题》，顾黄初、李杏保主编《二十世纪前期中国语文教育论集》，四川教育出版社1991年版，第136—139页。
② 傅斯年的《深秋永定门城上晚景》发表于《新潮》第1卷第2号（1919年2月1日）；周作人《两个扫雪的人》发表于《新青年》第6卷第3号（1919年3月15日）；沈尹默《生机》发表于《新青年》第6卷第4号（1919年4月15日）。
③ 李斌：《民国时期中学国文教科书研究》，北京大学出版社2016年版，第108页。
④ 《吾们为什么要印〈新诗集〉》，刘福春主编《中国新诗总系》（第10卷），人民文学出版社2010年版，第1页。
⑤ 《吾们为什么要印〈新诗集〉》，刘福春主编《中国新诗总系》（第10卷），人民文学出版社2010年版，第2页。

实""写景""写意""写情"四类,在形式上则注意到了诗歌韵律问题。"写实类"是"描摹社会上种种现象","写景类"是"描摹自然界种种景色","写意类"是"含蓄很正确,很高尚的思想","写情类"是"表抒那很优美,很纯洁的情感"①。陈璇经过统计发现,该选本共选诗 102 首,其中"写实类"33 首、"写景类"16 首、"写意类"29 首、"写情类"24 首,其中译诗有 6 首。所选诗歌主要采自当时的报纸杂志,最多的是《新青年》,有 25 首,其次是《新潮》17 首,《时事新报》12 首,《星期评论》10 首等②。选本使得这些诗作能够被保存并传播,同时也与新诗刊物形成呼应的态势,对于新诗创作起到了有力的支持,特别是《黑潮》《工学》《女界钟》《新空气》等刊物如今已难以见到,正如刘福春所说:"这些报刊上面所发表的诗作因这部诗集得到了保存,使得我们今天重新面对这段历史的时候,可以较真实、完整地看到新诗最初的足迹,也由此可知当时对于新诗的提倡,并非仅仅是《新青年》等几个刊物孤立的运作。"③

中国古典的诗歌选本,多依诗歌体式来分类,如古体、近体、五言、七言等,但是新诗所提倡的自由和解放的精神,要求打破诗歌体式、音律等方方面面的束缚,再以体式来分类自然不可行。因此,以内容来分,确有其合理性。刘半农在《灵霞馆笔记·咏花诗》中论及:"西人所作诗歌,倘各依性质以为区分,则其类数几无一定之标准可言。……较之吾华以说理、言情、写景、记事分类者,其烦倍蓰。"④ 四分法涵盖了社会、自然、思想、情感等方面,巧妙的是,这四种类型也正是编者在序言开头提及的新诗的四种价值的后三种(第二种价值包括了写实、写景两种类型),因此,客观的类型划分暗含着价值定位的意图,可以看作在响应新文化运动关注现实、启蒙民众

---

① 《吾们为什么要印〈新诗集〉》,刘福春主编《中国新诗总系》(第 10 卷),人民文学出版社 2010 年版,第 2 页。
② 陈璇:《叙述与确认:民国时期新诗选本研究》,博士学位论文,武汉大学,2014 年。
③ 刘福春:《导言 艰难的建设》,《中国新诗总系》(第 10 卷),人民文学出版社 2010 年版,第 1 页。
④ 刘半农:《灵霞馆笔记》,《新青年》第 3 卷第 2 号。

的号召。姜涛认为"在新诗发生期,这种分类方式,在貌似无心的表象下,还是暗含了对新诗合法性的某种想象","在某种意义上,通过扩大诗歌表意能力,容纳多种文体因素,恰恰是新诗发生时的基本抱负"[①]。因此,胡适的《人力车夫》《一念》、沈尹默的《鸽子》、刘半农《相隔一层纸》等诗作的入选,正是契合了这样的选诗理念。

不过,仅具备以上特点并不足以彰显新诗之新,正如《新诗集》编者所言,新诗的价值"有几层老诗里当然也有的";新诗更为人瞩目也是更受争议的,还是在形式上。正是在这一点上,《新诗集》(第一编)与新诗人一样,暴露出内在的困境:一方面强调新诗的价值在于"合乎自然的音节,没有规律的束缚",另一方面却表示"现在做有韵底新诗,还没有一种韵书,所以吾们根据了国音,编纂有韵诗底押韵法,在第二编可以发表"[②],这样新诗仍要依韵来做。

初期的新诗,基本上就等同于白话诗,许德邻的《分类白话诗选》一名《新诗五百首》,是个明显的例证。但是白话诗在破除了"旧诗"的形式特征后该往何处去,却是一个难题。胡适追求诗体大解放,打破一切束缚,可是事态的发展却又出人意料。《尝试集》出版后,胡适遭受到胡怀琛的嘲笑与批评,进而引发了一场长达半年之久的论争,胡怀琛后来将相关资料汇编成《〈尝试集〉批评与讨论》《诗学讨论集》出版。值得关注的是,双方的论争,集中到了"读的顺不顺口"上,胡适的辩驳,"从某种角度看,却顺应了胡怀琛以'音节'为中心的读法"[③]。说到底,胡适潜意识中所认可的,还是古典式的以声音为中心的诗歌诵读方式,这就使得双方总是纠缠于双声叠韵及句中押韵。

《新诗集》(第一编)的出版早于《尝试集》,自然不可能预料到日后的这场论争,但是新诗的内在困境,却是它们共同面临的。《新诗集》

---

[①] 姜涛:《"新诗集"与中国新诗的发生》,北京大学出版社2005年版,第165页。

[②] 《吾们为什么要印〈新诗集〉》,刘福春主编《中国新诗总系》(第10卷),人民文学出版社2010年版,第1—2页。

[③] 姜涛:《"新诗集"与中国新诗的发生》,北京大学出版社2005年版,第104页。

（第一编）的暧昧与矛盾，也正是初期白话诗人在创作时所持有的折中态度，即一方面大力宣扬破坏与解放诗体，另一方面却不能不有所建设，为新诗确立某种新的规范。对于《新诗集》（第一编）而言，这种新的规范就是押韵，而音节的自然可以外化为句式的自由。在国语运动的背景下，以何种语音为依据，就成为进一步的问题。语言统一涉及语音统一，最终"京音京调"成为国音。[①] 经过长期的争辩和探讨，终于确定以北京音为标准语音、以北方方言为基础创制国语，这种国语逐步形成为今天的普通话。因此，《新诗集》（第一编）强调依据国音而押韵，正是国语运动风潮的反映，也切合了胡适对于国语文学建设的期盼。

由此不难理解，同样是《鸽子》，《新诗集》（第一编）选的是沈尹默的作品；同样是《人力车夫》，《新诗集》（第一编）选的是胡适的作品，这里起关键作用的，显然不是内容、题材，而是形式，即摒弃了从古诗词脱胎而来的新诗，选取句式自由但注重押韵的作品。这些作品和胡适的《一念》、刘半农《相隔一层纸》等作品的入选，又契合了新诗内容上的要求。并且，无论是写实、写景、写意、写情，所选作品也都是合乎胡适所说的具体的写法而非抽象的写法的要求。

在《新诗集》（第一编）首开风气之后，1920年8月许德邻所编《分类白话诗选》出版，封面题有"一名新诗五百首"字样。该选本收录了自1916年至1919年新文学运动初期的白话诗234首，其中有少量为译诗，写景类42首、写实类59首、写情类63首和写意类70首。

与《新诗集》（第一编）不同的是，这是编者以一人之力而完成的选本，规模也比《新诗集》（第一编）扩充了一倍还不止：它显然比《新诗集》（第一编）更全。然而，"新诗五百首"之名，又表现某种古典意味——它很容易让人联想起《唐诗三百首》这类选本（后来的《新诗三百首》就表现得更为直接了），因此，这部选本在新诗经典化方面的意图或许也比《新诗集》（第一编）要强烈得多。不仅如此，《分类白话诗选》也强调新诗的革命性意义，但许德邻更注重从

---

[①] 黎锦熙：《国语运动史纲》，黎泽渝、刘庆俄编《黎锦熙文集》（下卷），黑龙江教育出版社2007年版，第151页。

中国诗歌的演进中去寻找新诗的依据,这与胡适构建白话文学历史的思路是一致的:"我尝想把古代的歌谣,乐府,唐宋的小令,元曲,拣那白描的,纯洁的,集成一种书,做一个诗界革命的'楔子'。"不过他没有囿于传统,放弃了这一做法,标举新诗的"纯洁""真实"与"自然"三种精神为其价值,形式上则看重"天然的神韵,天然的音节",不再纠结于有韵无韵,这比《新诗集》(第一编)更进了一步①。这也反映到选诗时侧重点的不同:《新诗集》(第一编)选得最多的是"写实类",有33首;《分类白话诗选》选得最多的是"写意类",有70首②。

不过,最早的这两部诗选,它们的相通之处显然更多:首先,它们在理论上都借重以《新青年》为阵地的新文化资源,特别是胡适、刘半农等人的诗论,许德邻在《自序》之后就节选了刘半农《诗与小说精神上之革新》中的一段为《刘半农序》;其次,诗歌选择的来源都是以《新青年》《新潮》为核心,以胡适、沈尹默、刘半农、周作人、罗家伦、傅斯年、康白情等北大师生群为焦点;最后,都是按照"写实""写景""写意""写情"来分类。两部选本在选诗时的重合不少,差异主要体现在对具体诗作的归类上。③

---

① 许德邻:《自序》,《分类白话诗选》,崇文书局1920年版,第2—3页。
② 陈璇:《叙述与确认:民国时期新诗选本研究》,博士学位论文,武汉大学,2014年,第28页。
③ 陈璇对此做了细致的辨析,指出《分类白话诗选》的写景类诗歌,共收录新诗42首。其中14首与《新诗集》的写景类诗歌重合(《新诗集》写景类共收录新诗16首,除了重合部分外,另外两首,一首是《周作人》的小河,另一首是王统照的译诗《山居》,《分类白话诗选》均未收),至于《分类白话诗选》写景类的其他28首诗歌,在《新诗集》中未见收录。可见,对于写景诗的归类,两个选本是没有任何歧见的。但是这种意见的一致性并未能延续到其他的诗歌类别上:在《新诗集》的33首写实类诗歌中,其中有24首被收录进了《分类白话诗选》的写实类;剩下的9首,其中有6首《分类白话诗选》未收;还有3首——路启荣的《爱情》,收入了《分类白话诗选》的写情类;陈独秀的《丁巳除夕歌》,收入了《分类白话诗选》的写情类;施诵华的《也算一生》,收入《分类白话诗选》的写意类。其他诗歌也多存在分类意见不一致的现象,如康白情的《鸡鸣》、沈尹默的《耕牛》、胡适的《威权》等诗,《新诗集》将它们归入写意类,而《分类白话诗选》则收入写实类。见陈璇《叙述与确认:民国时期新诗选本研究》,博士学位论文,武汉大学,2014年,第29页。

阿英编纂的《中国新文学大系·史料索引》，收录了《分类白话诗选》并指出"此集为初期新诗之最完备的选集"①。阿英是从保存新诗文献的角度肯定了这部选本的历史价值，它收录新诗234首，远超《新诗集》（第一编），在新诗的草创期实属难得。但或许也正是因为追求完备、保存文献，"选"的意义就被冲淡了。因此，新文学史上最早的这两部新诗选本，却长期湮没无闻。朱自清曾回忆起1921年他与叶圣陶讨论新诗编选问题，他们心目中的理想人选是周作人。但他们并不知道当时已有两种选本即《新诗集》（第一编）和《分类白话诗选》，朱自清对这些选本不满，一方面在于编选者不合其心意，另一方面认为它们只是杂抄，缺少选家眼光②。

合乎朱自清心意的选本是在1922年出现的，那就是北社所编《新诗年选》（一九一九年），这也是新文学史上第一部诗歌年选，收入40位诗人的89首诗歌。它在当时就得到了朱自清、阿英等人的赞赏，在新诗研究界也备受重视，已然成为早期新诗选本的代表。《新诗年选》（一九一九年）的成功，有着多方面因素的共同推动。

首先是在恰当的时机得到传媒的有力运作。新诗推进到1921—1922年之际，创作上已经呈现出极其兴旺的态势，就新诗集而言，1921年除了胡适的《尝试集》，还有郭沫若《女神》的出版，它以新的诗风震撼了整个诗坛；1922年俞平伯《冬夜》、康白情《草儿》、湖畔诗社《湖畔》、朱自清等合著的《雪朝》、徐玉诺《将来之花园》、汪静之《蕙的风》等一大批诗集相继出版，此时的新诗选本，实际已经拥有了丰富的优质资源可供选取。而《新诗年选》（一九一九年）又是由大力出版新文学书籍、具有极大市场影响力的亚东图书馆推出，如此一来在市场上也占有先机，同年出版的还有《冬夜》《草儿》《蕙的风》《尝试集》第四版。据汪原放回忆，1922年亚东图书馆出版的《尝试集》印至第4版，发行15000册；《冬夜》《蕙的风》和《新诗

---

① 阿英：《中国新文学大系·史料索引》，上海文艺出版社2003年版，第296页。
② 朱自清：《中国新文学大系·诗集·选诗杂记》，上海文艺出版社2003年版，第15页。

年选》(一九一九年)，每种初版 3000 册①，这在当时已经是相当可观的数字了。到 1929 年 4 月，《新诗年选》(一九一九年) 已出至第五版，可见其畅销的程度。

不仅如此，亚东图书馆还为这本书多次做过广告，陈璇发现，1923 年初版的宗白华诗集《流云小诗》封底印有这样的广告："(一) 选择精当，历时年余，选定四十二家诗八十二首，仅占备选全诗六分之一。(二) 名家批评，适用科学方法，根据近代学理，一洗从前批评家酸腐之气。(三) 最逻辑的编次法，与以此笼统分类之旧弊完全绝缘。凡欲认识何者为好诗，欲知诗坛过去之成绩，欲考察各地社会感情，欲征时代精神，欲明民间之疾苦，不可不看。"② 广告词明确地指出了该诗选胜出坊间同类著作之处，在于挑选精审、名家名评、科学编排，又能起到了解新诗史与社会民情之用。这些也正是其备受好评的重要原因。

其次是新文学名家的肯定，朱自清与阿英都注意到按语评语的存在并予以表彰③，这确实是《新诗年选》(一九一九年) 的一大创设：按语主要用于说明诗人诗作的基本情况，署名为"编者"；撰写评语的评者有 4 人，根据姜涛的统计，评语共 36 条，其中愚庵 19 条，溟泠 10 条、粟如 3 条、飞鸿 4 条，愚庵占据主导地位④。朱自清指出，"愚庵"就是康白情⑤，而据姜涛与陈璇考证，其他几位编者、评者是湖畔派诗人应修人、潘漠华、冯雪峰⑥。

《新诗年选》(一九一九年) 的"弁言"阐明了该书的编选原则：一是在内容与艺术两者中有一方面突出的就可以，同时兼收并蓄；二是对不同类型的诗作者区别对待，对越勤于作诗者越严格；三是诗人诗作

---

① 汪原放：《回忆亚东图书馆》，学林出版社 1983 年版，第 82 页。
② 转引自陈璇《叙述与确认：民国时期新诗选本研究》，博士学位论文，武汉大学，2014 年，第 45—46 页。
③ 朱自清：《中国新文学大系·诗集·选诗杂记》，上海文艺出版社 2003 年版，第 15—16 页；阿英：《中国新文学大系·史料索引》，上海文艺出版社 2003 年版，第 301 页。
④ 姜涛：《"新诗集"与中国新诗的发生》，北京大学出版社 2005 年版，第 110 页。
⑤ 朱自清编选：《中国新文学大系·诗集》，上海文艺出版社 2003 年版，第 15 页。
⑥ 姜涛：《"新诗集"与中国新诗的发生》，北京大学出版社 2005 年版，第 109—110 页；陈璇：《叙述与确认：民国时期新诗选本研究》，博士学位论文，武汉大学，2014 年。

不按高低排序，诗选不分类，因为"觉得诗是很不容易分类的"；四是对诗作的评点只是"读者个人的印象"；五是对选入的诗作"偶有删节"。①

"弁言"对评点的说明是非常低调的，但是这部选本恰恰是以评点最为引人注目，也得到后来研究者的一致肯定，认为这是将中国古代评点方式与现代创作和研究相结合的典范。按语、评语的出现，不仅使得选家可以发表自身意见与体会，也为读者点出了诗人诗作的基本情况、主要特点，成为一种阅读指导，同时，它也意味着选家在努力构建新诗阅读的某种规范②。

姜涛对这些评语进行了分类：第一类，"随意写下的阅读感受，或是印象式的风格把握，或是对诗的主题、背景作简要评述，在评价上没有鲜明的倾向性，目的都在为读者提供'阅读'的门径"；第二类，"侧重于'新诗'特殊品质的解说，推重具体、清新等新的美学可能"；第三类，"在与古典诗歌或外来资源的比较中，寻求'新诗'的价值定位"③。第三类评语数量最多，也最有特色。在姜涛看来，《新诗年选》（一九一九年）的评语以中国古典传统为参照，是要"帮助读者辨识新诗的价值"，同时借用传统以维护"新诗历史合法性"④。这就不难理解《新诗年选》（一九一九年）的评语既是具有现代学术深度的诗歌评论，但又带有浓厚的古典诗文评点的意味。当然，由此又带来新的问题："在阅读、评价标准的缠绕中，新诗的成立，受到了两种冲动的约束：一是对既有的诗歌想象的冲击，在文类规范外追寻表意的可能；一是某种与传统诗艺竞技的抱负，即它要在白话中同样实现古典诗歌的美学成就，这就造成了'新诗'合法性的基本歧

---

① 北社同人：《弁言》，北社编《新诗年选》（一九一九年），亚东图书馆1922年版，第2—3页。

② 参见方长安《对新诗建构与发展问题的思考：〈新诗年选〉（一九一九年）的现代诗学立场与诗歌史价值》，《文学评论》2015年第2期；晏亮《传统诗话的绝唱：论〈新诗年选〉中的诗歌评点》，《湖北师范学院学报》2015年第1期。

③ 姜涛：《"新诗集"与中国新诗的发生》，北京大学出版社2005年版，第110—111页。

④ 姜涛：《"新诗集"与中国新诗的发生》，北京大学出版社2005年版，第111页。

义。"① 就溢出文类规范而言,如《新诗年选》(一九一九年)中选入沈尹默的《月夜》,愚庵给予很高的评价:"在中国新诗史上,算是第一首散文诗。其妙处可以意会而不可以言传。"② 明确指出《月夜》为散文诗并给予肯定,体现了对新事物的包容;就实现古典诗歌美学成就而言,溟泠对俞平伯的《冬夜之公园》的评论就是一句古诗——"曲终人不见,江上数峰青"③。

由此来看,《新诗年选》(一九一九年)选诗谨严、编排科学、评论精当,加上对原作的删节,使它能够脱颖而出,这的确与之前的新诗选本都有不同。这种不同还可以理解为它是早期新诗选本中最具选家主体意识的一本,而《新诗集》(第一编)、《分类白话诗选》《新诗三百首》的湮灭,或许也与其主体意识的含混有关。编纂年选,在新诗史上本来就是首创。选诗方面,"折衷于主观与客观之间,又略取兼收并蓄",即采用一种相对开放、包容的姿态,"凡其诗内容为我们赞许的,虽艺术稍次点也收;其不为我们所赞许,而艺术特好的也收"。但是选家的倾向与底线还是明确的:"凡选入的诗都认为在水平线以上。"这样"所选入的,不过备选的诗全数六分之一"④,不求齐备而求谨严,"选"的色彩大为增强。不仅如此,与前两部选本选入译诗的做法相反,《新诗年选》(一九一九年)明确拒斥译诗,只选录中国诗人的原初作品,体现出对本土创作的高度重视,同时以旧诗为评论新诗的重要依据,在评者那里,"旧诗是他们言说的主要资源,也是他们品评作品成绩的重要尺度"⑤。

编排上,打破了之前选本较为含混的四分法,而代之以诗人来编排,这不仅"与一批新诗人确立了文坛的地位相关"⑥,更重要的是,它凸显了中国现代诗人独立的个性与地位,意味着中国现代作家主体

---

① 姜涛:《"新诗集"与中国新诗的发生》,北京大学出版社2005年版,第112—113页。
② 北社编:《新诗年选》(一九一九年),亚东图书馆1922年版,第52页。
③ 北社编:《新诗年选》(一九一九年),亚东图书馆1922年版,第97页。
④ 北社同人:《弁言》,北社编《新诗年选》(一九一九年),亚东图书馆1922年版,第3页。
⑤ 方长安:《对新诗建构与发展问题的思考》,《文学评论》2015年第2期。
⑥ 姜涛:《"新诗集"与中国新诗的发生》,北京大学出版社2005年版,第166页。

意识的觉醒。同时，以诗人为编排依据，还有两个方面的优势：一是可以选入展现诗人不同风格特色的作品，使诗人的风貌得到较全面的体现。如周作人的《小河》带有明显的象征意味，而他的《画家》，却以"具体的描写"而深得愚庵的赞赏①。又如该选本选了郭沫若的五首诗：《三个汎神论者》《天狗》《死的诱惑》《新月与白云》和《雪朝》。《天狗》与《死的诱惑》显然就是完全不同风格、意趣的作品，闻一多就对该选本收入《死的诱惑》这样表现出"软弱的消极"的作品感到大惑不解②。

二是能从纵向上展示出诗人创作的轨迹，选入不同时期的作品，如对胡适既选了他的《江上》《老鸦》等新诗作品，又附录其早期《去国集》的作品。这种方式确有其合理性，可以说，以作家为中心来选作品，基本上成为中国现代文学选本采用的最主要的方式。

进一步来说，以胡适为选诗的重中之重，这是初期新诗选本共有的特点，其更主要的是文学史的意义。《新诗集》（第一编）、《分类白话诗选》《新诗年选》（一九一九年）所选胡适诗歌分别为10首、36首、9首，在三部选本中都是诗作入选最多的诗人，但是，《新诗年选》（一九一九年）更是明确地以胡适串起一部中国新诗史：首先是《去国集》作为附录与《尝试集》编排到一起；其次是评语中的诗歌史意识：一是"胡适的诗以说理胜，宜成一派的鼻祖"；二是"适之的诗，形式上已自成一格，而意境大带美国风"；三是"适之首揭文学革命的旗，登高一呼，四方响应，其在中国文学史上的地位是已定的了"③；再次是《一九一九年诗坛略纪》对新诗/新文学历史与发展的追溯，它分为两条线索：一条线索是以远古歌谣作为中国白话诗/白话文学的源头，延伸到1916年"最初自誓要作白话诗的是胡适"，再到1917年沈尹默的《月夜》成为"第一首散文诗而备具新诗的美德"，最

---

① 北社编：《新诗年选》（一九一九年），亚东图书馆1922年版，第86页。

② 闻一多：《〈女神〉之时代精神》，《闻一多全集》（第2册），湖北人民出版社1993年版，第116页。

③ 北社编：《新诗年选》（一九一九年），亚东图书馆1922年版，第130—131页。

后是1919年"周作人随刘复作散文诗之后而作《小河》，新诗乃正式成立"；另一条线索是新诗的传播：从《新青年》首次发表新诗，到《新潮》《每周评论》，再到"五四"运动后新诗"风行于海内外的报章杂志"[①]。可见年选选择1919年，实际是把它视为新诗创立的标志。

此外，朱自清还提到了"删节原作"，这也是选家主体意识彰显的表现。例如，沈玄庐的诗《入狱》《想》只取前半部分，加上《忙煞！苦煞！快活煞！》，通过删节，所选的诗歌就都是非常整齐的句式。再看愚庵的评语，评《想》："读明白《周南》的《芣苢》，就认得这首诗的好处了"；愚庵还有带有总评性质的批语："玄庐大白的诗，都带乐府调子。"[②] 对于新诗吸收古典诗词、歌谣入诗的现象，编选者不仅予以了肯定，还通过删节和评语，进一步把现代与古典联结起来。

从以上所论可以见出，自1917年新诗发轫，到1920年第一部新诗选本和新诗集相继诞生，再到1922年《新诗年选》（一九一九年）问世，短短几年间，一幅关于新诗创作、接受与传播的图景就迅速地展开了。这幅图景是从纵横两方面展示：横向上，对于早期的新诗进行了艰难的筛选，遴选出的作品为新诗的经典化奠定了最初的基础，也有效地保存了新诗的文献；纵向上，梳理出一条自古典至现代的白话诗发展史，为新诗的合法性进行了辩护。此外，现代诗坛生态格局的早期样貌也呈现出来：新诗人的第一梯队是以《新青年》为主阵地的北大教员，如胡适、周作人、沈尹默、刘半农等，他们也是早期新诗坛的中心。而作为中心之中心的，则是"新诗第一人"胡适；第二梯队是"五四"中成长起来的青年学生，特别是依托于《新潮》杂志的北大学生如康白情、傅斯年等。以上二者构成了当时的"中心阵营"，第三梯队则是中心阵营之外的诗人，如郭沫若。当然，这样的格局是暂时的、变动的。进入30年代后，原有的秩序等级被迅速打破，各种力量开始分化重组。

---

[①] 编者：《一九一九年诗坛略纪》，北社编《新诗年选》（一九一九年），亚东图书馆1922年版，第1—2页。

[②] 北社编：《新诗年选》（一九一九年），亚东图书馆1922年版，第28—31页。

## 第二节  30年代新诗选本：诗艺探求与诗歌史意识

20世纪30年代的新诗坛格外热闹，至"七七事变"前，新诗创作与编选进入了一个前所未有的繁荣期，曾以"路易士"的笔名创作诗歌的纪弦后来回忆道："我称1936—37年这一期间为中国新诗自五四以来一个不再的黄金时代。其时南北各地诗风颇盛，人才辈出，质佳量丰，呈一种嗅之馥郁的文化的景气。除了上海，他如北京，武汉，广州，香港等各大都市，都出有规模较小的诗刊及偏重诗的纯文学杂志。"[①]

30年代诗坛的探索与论争，不再是在新/旧、白话/文言的框架内展开，而是在诗/非诗的对立中，聚焦于新诗自身的内在特质；而对新诗自身的关注，又主要地不在诗歌的题材、内容、主旨，而是在诗歌的艺术技巧、形式方面，如文体、结构、语词、声调、音韵、节奏、格律、分行等，"纯诗"的主张也是此时提出的。当然，对这些问题的探讨，主要是看它们对情感、思绪的表达所起的作用，因而抒情诗占据了主导地位，写实、写景、写情、写意的分类法进一步被扬弃[②]。凡此种种，在新诗选本中都有显著的体现。30年代的新诗选本，样貌进一步丰富，除了总集性的综合选本，各种专题性选本也大量涌现：1928年以前的新诗选本中，只有丁丁、曹雪松编选的《恋歌：中国近代恋歌选》是较早出现的专题性选本，它以"恋歌"（情诗）为核心，

---

[①] 路易士（纪弦）：《三十自述》，《三十前集》，诗领土社1945年版，第13页。

[②] 不过，当时的教材选本仍有以此标准分类的，如朱剑芒、陈霭麓主编了一套"世界活页文选"作为初中教本，"依照文章体裁"分为八类：摹状文、写景诗、记叙文、叙事诗、发抒文、抒情诗、说解文、论难文，就是以写"物境"（摹状文、写景诗）、"事境"（记叙文、叙事诗）、"情境"（发抒文、抒情诗）、"理境"（说解文、论难文）来区分的。这种分类是为了教学的需要，因为中小学教材所收并不只是文学作品，而是文章，这是当时的文章分类与文学分类融合的结果（见朱剑芒、陈霭麓《世界初中活页文选编辑大纲》，《叙事诗》，世界书局1933年版）。

而丁丁在献词中所写的"爱之女神是咱们亲爱的慈母,爱之乐园是咱们温柔的故乡,年青的朋友们,莫在寻找——只有爱,就是人生之意义与价值"①,这正是"五四""爱的哲学"的回响。在一个追求个性解放的时代,对青春、爱情、自由的歌唱是一种必然现象,这种情况在80年代的新诗创作和新诗选本中再次得到了印证。在这种专题性选本中,新诗中的新旧之争暂时被舍弃,胡适、北大诗人群、自由体不再占据核心,而是变成了众声喧哗的大合唱,既有胡适、刘大白、汪静之,也有反对汪静之诗风的胡梦华,还有浪漫的郭沫若、沉思的宗白华、新月派的徐志摩、闻一多、朱湘,现代主义的梁宗岱、冯至,甚至还有女诗人冷玲女士、淦女士、雅风女士等。在此以后,《〈新式标点〉新体情诗》接续了情诗的编选,秋雪选编的《小诗选》,则是"五四"时期小诗热潮的反映;流派诗选中最著名的则是陈梦家编的《新月诗选》;女诗人选本则一下涌现出了4部②,反映出时代的进步。

根据《中国现代文学总书目·诗歌卷》的记载,1928—1937年"七七事变"前,公开出版的综合性新诗选本大体上有18种(见表1-1)。③

---

① 见丁丁、曹雪松编《恋歌:中国近代恋歌选》,泰东图书局1926年版。
② 刘福春指出,20世纪30年代出版了4部女性诗选,分别是云裳(曾今可)选编《女朋友们的诗》,上海新时代书局1932年印行,为文友社丛书之五;张立英编选《女作家诗歌选》,上海开华书局1934年出版;姚名达编选《暴风雨的一夕——女作家新诗集》,上海女子书店1935年出版;俊生编选《现代女作家诗歌选》,上海仿古书店1936年出版。据他统计,直到半个世纪以后,才有张默编的《剪成碧玉叶层层》由台湾尔雅出版社出版(1981年6月)。在大陆,1983年9月浙江文艺出版社出版了冰凌等五位女作者的诗选集《我的三月八日》,1984年4月阎纯德主编的《她们的抒情诗》由福建人民出版社出版。见刘福春《寻诗散录》,广西师范大学出版社2008年版,第67—70页。此外,余蔷薇、陈璇对30年代女诗人的创作及女性诗选有非常深入的研究,可参看余蔷薇《1930年代女性诗人创作及其文学史命运》,《文学评论》2012年第4期;陈璇《叙述与确认:民国时期新诗选本研究》第四章"新诗选本与女性的多样化表达",博士学位论文,武汉大学,2014年,第112—125页。
③ 王梅痕编的《中华现代文学选》(诗歌卷)与《注释现代诗歌选》(上海中华书局1935年6月版),在篇目上完全一样。

表 1-1　　　　　　　　1928—1936 年出版的新诗选本

| 序号 | 选本名称 | 编选者 | 时间 | 出版机构 | 备注 |
| --- | --- | --- | --- | --- | --- |
| 1 | 《时代新声》 | 卢冀野（卢前） | 1928 年 2 月 | 上海：泰东图书局 | |
| 2 | 《寒流》（诗文合集） | 晨光报社 | 1929 年 5 月 | 哈尔滨：笑山书局 | 晨光丛书 |
| 3 | 《文艺园地》（诗文合集） | 柳亚子 | 1932 年 9 月 | 上海：开华书局 | |
| 4 | 《现代诗杰作选》 | 沈仲文 | 1932 年 12 月 | 上海：青年书店 | 现代文学杰作全集 |
| 5 | 《抒情诗》（新旧体诗、译诗合集） | 刘大白主编，朱剑芒、陈霭麓编选 | 1933 年 3 月 | 上海：世界书局 | 初级中学教本：世界活页文选 |
| 6 | 《写景诗》（新旧体诗合集） | 刘大白主编，朱剑芒、陈霭麓编选 | 1933 年 3 月 | 上海：世界书局 | 初级中学教本：世界活页文选 |
| 7 | 《叙事诗》（新旧体诗、译诗合集） | 刘大白主编，朱剑芒、陈霭麓编选 | 1933 年 3 月 | 上海：世界书局 | 初级中学教本：世界活页文选 |
| 8 | 《现代中国诗歌选》 | 薛时进 | 1933 年 12 月 | 上海：亚细亚书局 | 文学基本丛书 |
| 9 | 《初期白话诗稿》 | 刘半农 | 1933 年 | 北平：星云堂书店 | |
| 10 | 《现代诗选》 | 赵景深 | 1934 年 5 月 | 上海：北新书局 | 中学国语补充读本 |
| 11 | 《中华现代文学选·诗歌》 | 王梅痕 | 1935 年 3 月 | 上海：中华书局 | |
| 12 | 《现代诗精选》 | 陈士杰 | 1935 年 6 月 | 上海：经纬书局 | 经纬百科图书 |
| 13 | 《现代青年杰作文库》（诗文合集） | 陈陟 | 1935 年 8 月 | 上海：经纬书局 | |
| 14 | 《中国新文学大系·诗集》 | 朱自清 | 1935 年 10 月 | 上海：良友图书印刷公司 | |
| 15 | 《诗》 | 钱公侠、施瑛 | 1936 年 4 月 | 上海：启明书局 | 中国新文学丛刊 |

续表

| 序号 | 选本名称 | 编选者 | 时间 | 出版机构 | 备注 |
|---|---|---|---|---|---|
| 16 | 《新诗》（第二编） | 大同报社 | 1936年7月 | 长春：大同报社 | |
| 17 | 《现代新诗选》 | 笑我 | 1936年9月 | 上海：仿古书店 | |
| 18 | 《现代创作新诗选》 | 林琅编辑，淑娟选评 | 1936年9月 | 上海：中央书店 | 新编文学读本 |

1928年的《时代新声》与1929年的《寒流》可以归入30年代选本，是因为它们不再执着于新/旧、白话/文言的对立，更多地是从诗歌本身的艺术特质来看待、编选新诗。而《时代新声》与《寒流》又分别代表了30年代新诗编选的两大路径：一类是侧重"史"，将新诗史的叙述、塑造融入编选之中，又通过所选篇目的组织、排列，展现新诗史图景；另一类更具有选家个人风格，主要以自身趣味、喜好来选诗。前者主要有卢前（卢冀野）《时代新声》、沈仲文《现代诗杰作选》、薛时进《现代中国新诗选》、赵景深《现代诗选》、王梅痕《中华现代文学选·诗歌》、朱自清《中国新文学大系·诗集》、钱公侠与施瑛《诗》、笑我《现代新诗选》等。后者主要有《寒流》、柳亚子《文艺园地》、朱剑芒、陈霭麓《抒情诗》《写景诗》《叙事诗》、陈士杰《现代诗精选》、陈陟《现代青年杰作文库》、林琅、淑娟《现代创作新诗选》等。这两大路径中，前一种的影响更大。

此外有一个特殊的选本需要引起关注，那就是刘半农所编《初期白话诗稿》（1932年星云堂影印出版），它与30年代的其他选本都不一样，因为这个选本是对初期白话诗所做的资料整理与文献保存，是对新诗开创历程的回顾与怀念，其功能更在于纪念与留存，因而在下面的论述中并不涉及。不过，这个选本的出现，也恰恰反映了新诗发展之迅猛、风潮更替之快捷，正如刘半农对陈衡哲提及此事时，后者的反应是："那已是三代以上的事了，我们都是三代以上的人了。"[①]

值得注意的是，由于文学选家的资料历来较为匮乏，加上选本研究

---

① 刘半农：《初期白话诗稿·序》，书目文献出版社影印星云堂本1984年版，第4—5页。

往往注重的是对编选材料做数据统计与分析，很少对选家进行专门研究，除了少数极为知名的选家（这类选家往往同时是大作家、大学者，如朱自清、闻一多、臧克家等），多数选家都不太为人所知。这里根据力所能及收集到的史料，对新诗编选者的情况做一个基本的统计，以见出当时编选队伍的多元与丰富，也可见出新诗发展期的社会心理（见表1-2）。

表1-2　　　　　　　　　　30年代知名新诗选家

| 姓名 | 生卒年 | 籍贯 | 教育经历 | 职业 |
| --- | --- | --- | --- | --- |
| 卢前 | 1905—1951 | 江苏南京 | 东南大学 | 词曲家、教师、学者 |
| 柳亚子 | 1887—1958 | 江苏苏州 | 传统教育 | 南社领袖 |
| 朱剑芒 | 1890—1972 | 江苏苏州 | 传统教育 | 南社成员、教师、编辑 |
| 赵景深 | 1902—1985 | 浙江丽水 | 天津棉业专门学校 | 作家、教师、编辑、学者 |
| 王梅痕[①] | 1907—1997 | 浙江杭州 | 西湖艺术院 | 诗人、教师 |
| 朱自清 | 1898—1948 | 江苏东海 | 北京大学 | 作家、教师、学者 |
| 钱公侠 | 1908—1977 | 浙江嘉兴 | 光华大学 | 教师、编辑、作家、翻译家 |
| 施瑛 | 1912—1986 | 浙江湖州 | 金陵大学 | 教师、编辑 |

从表1-2可以发现，30年代的新诗选家，主要生于19—20世纪之交的20年间，这正是中国社会发生剧烈转型与变革的时代，他们可以分为三类：一类是接受传统教育、受传统文化熏染的知识分子，他们不创作新文学，但对新文学持兼容并包的态度，如南社的柳亚子、朱剑芒；另一类是植根于古典文学并以此为主业，但也喜好创作新文学，如卢前；还有一类是更倾向于新文学的知识分子，如赵景深、王梅痕、朱自清、钱公侠等。他们固然因所受教育、自身趣味、爱好的不同，在新诗编选中会呈现出种种差异，但都对新诗持有宽容的态度，他们大多接受过现代高等教育，又集作家、教师、学者、编辑多种职业身份于一体，他们能从自身创作之甘苦去品味、淘选新诗，也注意

---

[①] 王梅痕又名王荇，是教育家孙俍工的夫人，著有新诗集《遗赠》，1935年3月大达图书供应社印行。关于其生平，可参阅胡光曙《毛泽东与一个被遗忘的作家》，《世纪》2000年第3期；龚明德《昨日书香》，东南大学出版社2002年版，第129—138页；郭可慈、郭谦编著《现代作家亲缘录——震撼百年版文坛的夫妇作家（下）》，德宏民族出版社2004年版，第190—192页。

新诗选本的市场价值、社会效应，因而在编选时对新诗能综合考量，顾及综合的文化效应。如赵景深编有《现代诗选》，为中学国语补充读本，他另编有《初级中学北新混合国语》，这些选本，也可视为国语教材。而在他任北新书局总编辑期间，北新书局在市场运作上也极为成功，成为传播新文学的重要阵地。王梅痕所编《中华现代文学选》（诗歌卷）与《注释现代诗歌选》篇目一致，后者是中学教材，所以这个选本也是面向中学生及文学青年的。因此，当时的新诗选本，也仍然担负起了宣传、传播新诗的责任。

进一步来看，这个群体还可以从时空两方面来分析：时间上体现了两代知识分子的年龄构成，一代是晚清知识分子，另一代是"五四"以后成长起来的文学青年。但二者之间出现了一个空缺，那就是"五四"新文化阵营，这是十分耐人寻味的。胡适、鲁迅、周作人、刘半农、沈尹默、沈玄庐、陈衡哲等曾为新诗摇旗呐喊，但到了30年代，他们早已不再写新诗。这其中各人心态不尽相同，胡适是但开风气不为师，刘半农、陈衡哲是转向学术，鲁迅、周作人虽然专心从事创作，但兴趣都不在新诗。不仅如此，求学于北京大学的学生一辈，如傅斯年、罗家伦、康白情、俞平伯等，在30年代也大多转向。不过，早期白话诗人的退场，同样与时代风气的更替相关。他们都较为执着于新旧之辨，但30年代是新诗诗艺的建设期，因此，不执着于新旧二分的传统知识分子如柳亚子，虽为晚清一代，却能成为新诗选家；而比新文化主将们更晚出生的一代知识分子，在30年代是风华正茂的文学青年，也比他们的前辈们在诗歌的道路上能走得更远。

从空间来看，这一批选家也是以江苏、浙江知识分子为主体，活动集中于上海，平台也主要是上海的出版机构，这与中心诗坛的转移是契合的：新诗坛的中心从北京转到了上海，核心人物也不再是北大师生群，主阵地从《新青年》《新潮》转向更广阔的现代期刊与书局，它们也基本集中于上海。种种变化，反映出新诗创作、传播格局的深刻变化，而这些变化，也在新诗选本中得到了体现。

30年代的新诗编选已基本上淡然于新旧之争，而这一风气可以追溯到1928年卢前编的《时代新声》。卢前17岁时以"特别生"身份破格入东南大学国文系，跟随一代曲学大师吴梅攻词曲，后来即以旧体诗词曲的创作和研究而名世。但他早年对于文学也是十分喜爱，在文学革命的影响下1919年开始写新诗，更有意思的是，他毕业于东南大学，而当时的东南大学，正是"学衡派"的大本营。据考证，当时东南大学"可以相对准确说来属于新文学作家的有三位学生：后来从事戏剧创作的侯曜（也写有小说）、顾仲彝（两人都是1924年东南大学毕业）和诗人卢前（1926年毕业）"[①]。东南大学难有新文学的立足之地，"侯曜、顾仲彝、卢前三人当时在学校均不以写作新文学出名，没有影响"，"教师中，写白话新诗的只有1920年自芝加哥大学留学归来的心理学教授陆志韦"，出版有新诗集《渡河》，但后来也离开了东南大学[②]。卢前专注于新文学的创作与研究是他毕业之后的事情，1926年他出版了自己的第一部新诗集《春雨》，1930年出版了另一部诗集《绿帘》，这两部诗集大受欢迎，多次再版。此外他还有小说集《三弦》、散文集《炮火中流亡记》等。浦江清评价卢前的新诗是"脱胎中国旧词曲句法，不学西洋格律，甚有可取处"[③]。后来卢前致力于古典文学研究并以此名世。

因此，卢前的经历、喜好使他能够淡然于文坛的新旧之争，更注目新诗本身的艺术色彩。虽然他受古典文学浸染很深，他仍认为"文学无新旧也，有新旧也。无新旧，以其不失文艺之本质；有新旧，以时代之影响无常，文士之思想迁变"[④]，因此，他表示自己"研究文学态度，不爱偏颇，不爱标奇，不崇古，不矜今"，[⑤] 这是30年代新诗选本的较为普遍的立场。

面对当时新诗作品并不被看好的实际，卢前认为其原因有两方面：

---

① 沈卫威：《现代大学的新文学空间——以二三十年代大学中文系的师资与课程为视点》，《文艺争鸣》2007年第11期。

② 沈卫威：《现代大学的新文学空间——以二三十年代大学中文系的师资与课程为视点》，《文艺争鸣》2007年第11期。

③ 浦江清：《清华园日记 西行日记》，生活·读书·新知三联书店1987年版，第39页。

④ 卢前：《卢前诗词曲选》，中华书局2006年版，第7页。

⑤ 卢冀野：《卷头语》，《时代新声》，泰东图书局1928年版，第2页。

一是作者修养不足，二是艺术训练缺乏；就作品论，有六大缺点：不讲求音节、无章法、不选择字句、格式单调、材料枯窘、修辞掺杂。由此，卢前提出了新诗努力的方向：一是"求其成诵，求其感人，有情感，有想像，有美之形式"；二是合乎音乐，他特别希望"能采西洋音乐之长以补华夏古乐之短，别立腔格，而成新调，以与诗合"；三是富于地方、民间色彩；四是"发扬时代精神"，"以国民文学建设民国文学"。①

更多地从新诗本身的艺术成就来选诗，这也是当时风气的体现，赵景深就明确表示："胡适的诗甚工稳，很难找出十分坏的，但也找不出十分好的；大部分如他自己所说，是放大了的小脚。所以我选了两首时期较后的作品。"② 30年代选本选录诗人诗作情况见表1-3。③

表1-3　　　　　　　　　30年代选本选录诗人情况

| 序号 | 选本 | 编选者 | 选诗最多的诗人 | 数量（首） |
| --- | --- | --- | --- | --- |
| 1 | 《时代新声》 | 卢前 | 刘大白、田汉、卢冀野 | 5 |
| 2 | 《寒流》 | 晨光报社 | 惜冰女士 | 3 |
| 3 | 《文艺园地》 | 柳亚子 | 罗念生 | 18 |
| 4 | 《现代诗杰作选》 | 沈仲文 | 刘大白、郭沫若、闻一多 | 4 |
| 5 | 《抒情诗》 | 朱剑芒、陈霓麓 | 胡思永、俞平伯、周作人 | 4 |
| 6 | 《写景诗》 | 朱剑芒、陈霓麓 | 郭沫若 | 5 |
| 7 | 《叙事诗》 | 朱剑芒、陈霓麓 | 顾诚吾、闻一多、朱湘 | 2 |
| 8 | 《现代中国诗歌选》 | 薛时进 | 闻一多 | 10 |
| 9 | 《现代诗选》 | 赵景深 | 郭沫若 | 6 |
| 10 | 《现代中华文学选》 | 王梅痕 | 郭沫若 | 5 |
| 11 | 《中国新文学大系诗集》 | 朱自清 | 闻一多 | 29 |
| 12 | 《诗》 | 钱公侠、施瑛 | 徐志摩 | 15 |

---

① 卢冀野：《新声义》，《时代新声》，泰东图书局1928年版，第4—9页。

② 转引自陈璇《叙述与确认：民国时期新诗选本研究》，博士学位论文，武汉大学，2014年，第36页。

③ 表1-3有部分数据参考陈璇《叙述与确认：民国时期新诗选本研究》，博士学位论文，武汉大学，2014年，第131—133页。此外陈士杰编《现代诗精选》无法找到；大同报社编《新诗》（第二编），采用的是每人一首的原则。

续表

| 序号 | 选本 | 编选者 | 选诗最多的诗人 | 数量（首） |
|---|---|---|---|---|
| 13 | 《现代新诗选》 | 笑我 | 徐志摩 | 16 |
| 14 | 《现代青年杰作文库》 | 陈陟 | 汪漫铎 | 13 |
| 15 | 《现代创作新诗选》 | 林琅编辑，淑娟选评 | 朱渭深 | 7 |

从表1-3的数据可以看出，30年代，以北大师生群为核心的初期白话诗人基本退出了新诗坛的中心，取而代之的是浪漫主义诗人的代表郭沫若和研讨新诗格律的诗人们，后者又以新月诗派最为突出。郭沫若的《女神》问世，开创一代新的诗风，获得诗坛的广泛赞誉，甚至被认为是中国新诗的起点。以胡适为中心的初期白话诗人，在创造社崛起后很快就受到了全面的清算，成仿吾于1925年发表《诗之防御战》，高举抒情的旗帜，对胡适、康白情、俞平伯、周作人、徐玉诺、宗白华、冰心等进行了批判，认为胡适的作品"浅薄""无聊"，而哲理诗、小诗"抽象"，不成其为诗[①]。朱湘则不赞同只标举抒情诗，在他看来，胡适提出"现代的诗应当偏重抒情的一方面，庶几可以适应忙碌的现代人的需要"，这种理由是"浅薄可笑的"，"殊不知诗之长短与其需时之多寡当中毫无比例可言"[②]。尽管观念立场与成仿吾不同，朱湘也对胡适大加挞伐，评论《尝试集》"内容粗浅，艺术幼稚"[③]。在新诗已不再执着于文言/白话二元对立的时代，诗艺成为人们重点关注的对象，新月派在这方面做出了卓有成效的探索并付诸实践，在30年代引起了极大的反响。因此，新诗选本中胡适等诗人地位的变化就是自然而然的事情了。从表1-3的统计情况看，无论是注重新诗历史维度的选本还是偏于选家个人趣味的选本，都将注重诗艺探索与诗体建设的诗人列为重点。

30年代的新诗选本众多，大体上可以分为重在诗歌史的一路与重在选家趣味偏好的一路，前者的影响更大，特别是出现了朱自清主编

---

[①] 成仿吾：《诗之防御战》，吴思敬主编《中国新诗总系》（第9卷），人民文学出版社2010年版，第92—97页。

[②] 朱湘：《北海纪游》，方铭主编《朱湘全集·散文卷》，安徽文艺出版社2017年版，第9页。

[③] 朱湘：《〈尝试集〉》，方铭主编《朱湘全集·散文卷》，安徽文艺出版社2017年版，第173页。

的《中国新文学大系·诗集》这样的经典选本，这也与30年代文学史的学术浪潮兴起密切相关。自1904年林传甲、黄人开始中国文学史的撰写以来，中国文学史与西方文学史的研究在中国学界逐渐形成热潮，特别是不少著述也开始将新文学纳入其中，而且自1933年9月王哲甫出版《中国新文学运动史》以来，单独撰述新文学史也已形成风气，这就需要认真研究中国新文学与古典文学的关系、新文学的性质、发展脉络与规律等根本性的问题。《新诗年选》（一九一九年）开创了新诗史论与编选结合之先河，新诗史是在总纲性的文章中叙述，又以选篇来呈现新诗史图景，以作家为中心选诗，从而呈现为一种选本式的新诗史著作。这些做法，为后来的选家广泛继承。此外，30年代重视新诗史的选家，不少人同时也是文学史家和教育家，出于学术研究及教学需要，他们对中国诗歌的历史给予了充分的关注，不少著作或篇章涉及古典诗歌与新诗的关系、新诗发展的历史、新诗的价值等，与他们的选本相映生辉。卢前自述其《中国文学讲话》一书是在1927年夏为金陵暑期学校讲授《中国新兴文艺评论》及1929年在光华大学任课的基础上完成的，该书分别梳理了诗歌、散文、小说、戏剧自晚清以来的发展历程。赵景深的《中国文学小史》在1926年就已经完成，作者自谦这是他"当了四年中学国文教员的一点成绩"[1]。该书大获成功，1928年上海光华书局初版，1937年就已经出到第20版，受到了闻一多、唐圭璋、杨藻章诸先生的好评，清华大学还将其列为指定参考书[2]。1925年，刘大白执教于复旦大学，在此期间相继完成学术著作《白屋说诗》《旧诗新话》《中国文字学》《中国文学史》，"世界活页文选"丛书也是他生前主编的。朱自清的《中国新文学纲要》，是他自1929年在清华大学开设《新文学研究》课程时的讲义。这些都表明在民国时期新文学与学术研究、教育、文化出版之间的紧密关联。

就具体的新诗分期主张来看，各家的主张纷繁复杂，分歧众多，但

---

[1] 赵景深：《十九版自序》，《中国文学小史》，大光书局1937年版，第3页。
[2] 分别见赵景深为《中国文学小史》所作《十九版自序》《十版自序》，《中国文学小史》，大光书局1937年版，第1、7页。

在一些关键性的分期节点上又较为一致。卢前《近代中国文学讲话》第一讲为"诗歌革命之先声",从同治光绪年间开始,但真正涉及诗歌变革的,是"新体诗"的"应运而生",以黄遵宪为最杰出的代表,这可以视为第一期;第二期以胡适为代表,主张白话诗,是工具的革新;第三期是"主张用西洋诗体做中国诗",主要人物是徐志摩、闻一多。① 不过,落实到选本中,卢前仍然以胡适为开端:"中国鼓吹诗学革命,当自胡氏始,胡氏今为青年文学作家之指导者,故首录焉。"② 这里体现出文学史著与文学选本之间的微妙关系:前者重在历史的延续,或者说在对历史的追溯中探寻新事物的渊源、合法性;后者更强调新事物作为新的文学起点的重要性。卢前在《时代新声》中所选择的诗人胡适、沈尹默、刘半农、沈兼士、刘大白、郭沫若、徐志摩等,他们的创作基本上对应了《近代中国文学讲话》划分的第二、三期。由此可以认为卢前是将新诗发展定为两期:白话诗、西洋诗体时期。

沈仲文编选的《现代诗杰作选》收入沈从文的《我们怎么样去读新诗》一文作为分期依据。这篇文章是沈从文任教于中国公学期间所作,发表于1930年10月《现代学生》第1卷第1期。沈从文把新诗分为三期:"尝试时期"(1917—1921或1922年)、"创作时期"(1921—1926年)、"成熟时期"(1926—1930年)。每一期又分两段:第一期以胡适、沈玄庐、刘大白、刘半农、沈尹默为一段;再以康白情、俞平伯、朱自清、徐玉诺、王统照为一段,因为两阶段诗人"所得影响完全不同"。另有冰心、周作人、陆志韦单列。第二期在新诗创作上都实现了第一期诗人追求的目标,形式技巧都达到完善的地步。第一段有徐志摩、闻一多、朱湘、饶子离等,第二段为于赓虞、李金发、冯至、韦丛芜等;前者达到"情绪的健康""技巧的完善",后者时代稍后且"体裁上显出异样倾向",擅长营造"诗人的忧郁气质,颓废气氛"。第三期诗人书写爱情、赞美官能之爱,第一段为胡也频、戴望舒、姚蓬子,第二段为石民、邵洵美、刘宇,但每段诗人又有内在

---

① 卢冀野:《近代中国文学讲话》,会文堂新记书局1930年版,第12—41页。
② 卢冀野:《时代新声》,泰东图书局1928年版,第1页。

差异或交叉：胡也频、石民风格近于李金发，戴望舒、姚蓬子偏于象征，邵洵美、刘宇则近于徐志摩。歌唱革命的诗人蒋光慈单列。① 沈仲文大体上是按照沈从文的思路来编选的。

薛时进所编《现代中国诗歌选》市场效应很好，1933 年亚细亚书局初版，1936 年中国文化服务社十版。他是按三个时期来划分：第一时期"是尝试时期，也可以说是半解放时期"，胡适的诗带有最明显的过渡性，康白情、俞平伯、刘半农、沈尹默、周作人、刘大白等继起者的旧诗词痕迹已减弱了；第二时期"是自由诗时期，也可以说是尽量解放的时期"，主要有写小诗的冰心等、创造社诗人郭沫若与王独清等、文学研究会诗人朱自清及徐玉诺等、湖畔诗人；第三时期"是新韵律诗时期，也可以说是欧化的时期"，其代表即为新月诗派，以徐志摩最为重要。②

赵景深在《现代诗选》中划分出五个时期：（1）草创时期，以胡适、刘半农、刘大白为代表；（2）无韵诗时期，以康白情、俞平伯、朱自清、王统照、汪静之、周作人、刘延陵、焦菊隐等为代表；（3）小诗时期，以冰心、宗白华为代表；（4）西洋韵体诗时期，以郭沫若、徐志摩、朱湘、闻一多、邵洵美、于赓虞为代表；（5）象征派时期，以李金发、王独清、冯乃超、穆木天、戴望舒、邵冠华为代表。这与他在《中国文学小史》所提出的新诗的"四个变迁"："未脱旧诗词气息的"诗、无韵诗、小诗、西洋体诗③，基本上是一一对应的，只是赵景深写作《中国文学小史》是在 1926 年，象征派尚未完全崛起，因而未曾论及。到 1929 年为陈子展《最近三十年中国文学史》作序，赵景深加进了"第五期——象征诗"，这一点后来也体现在《中国文学小史》的新版本中。④

---

① 沈从文：《我们怎么样去读新诗》，沈仲文选编《现代诗杰作选》，青年书店 1932 年版，第 151—159 页。
② 薛时进编：《现代中国诗歌选》，中国文化服务社 1936 年版，第 1—3 页。
③ 赵景深：《中国文学小史》，光华书局 1928 年版，第 208—209 页。
④ 赵景深在为陈子展《最近三十年中国文学史》所作序言中提出的五个时期是：词化的诗、自由诗、小诗、西洋体诗、象征诗。见陈炳堃（陈子展）《最近三十年中国文学史》，太平洋书店 1930 年版，第 3 页。赵景深对《中国文学小史》中表述的修订见光华书局 1932 年版本，第 214—215 页。

至此，《现代诗选》的图景得到了完整展现。

王梅痕编《中华现代文学选》（第二册）为诗歌卷，孙俍工在序言中指出编者是"以刘大白、沈玄庐、俞平伯、朱自清、郭沫若、汪静之、王独清、冰心女士代表中国新诗的前期，以徐志摩、朱湘、闻一多、李金发、邵洵美、于赓虞、冯乃超、冯至、陆晶清代表中国新诗的后期，以陈梦家、王平陵代表最近期"①。前期诗人以俞平伯、朱自清为代表，后期诗人中徐志摩得到了极高的评价。

朱自清编选《中国新文学大系·诗集》时大刀阔斧地对新诗派别与分期进行简化，将十年间的诗坛分为自由诗派、格律诗派、象征诗派，这一点学界已有很多研究，兹不赘述。

钱公侠、施瑛所编的《诗》分出三个时期，不立时期之名：第一时期"新诗运动才发祥"，有胡适、刘半农、沈尹默、刘大白、康白情、俞平伯、汪静之、刘延陵、周作人、朱自清为代表；第二时期注重借鉴西洋来探索新诗的"格律与节奏"，有郭沫若、徐志摩、朱湘、闻一多、于赓虞、邵洵美、刘梦苇为代表；第三时期象征诗占主流，有李金发、戴望舒、王独清、穆木天、冯乃超、姚蓬子等。②

笑我所编《现代新诗选》并未交代自己对新诗分期的看法，他是在目录中直接把诗人们分为一、二、三期，大体上与钱公侠一致，但是他把后期新月派与象征派都归入了第三期。

从以上所论可以看出，30年代的新诗选本虽然在具体的分期、观点上有一定的差异，如对郭沫若的归类存在较大分歧，选家们或是将其与胡适等早期白话诗人放到一起，或是与徐志摩等格律派诗人并置，前者是从时代的角度考虑，后者是从诗作风格及成就考量。但是各选本大体上趋于一致，即区分出早期自由体白话新诗、格律诗、象征诗三派，三派之中，虽然各家都认为象征派的诗艺最为精进，但总体上是格律诗派即"新月派"最受青睐，其中又以核心人物徐志摩最受欢迎，主要是因为格律诗派被认为是实现了中西诗艺的完美融合。沈从

---

① 孙俍工：《序》，王梅痕编《中华现代文学选》（第一册），中华书局1935年版，第2页。
② 钱公侠、施瑛：《诗·小引》，启明书局1936年版，第3—7页。

文就指出"诗的革命,虽创自第一期各诗人,却完成于第二期",这一期的诗作在形式上"完美无瑕",在情绪技巧方面"与旧诗完全脱离""与旧诗完全划分一时代趣味",他据此认为"中国新诗的成绩,以此时为最好。新诗的标准的完成,也应数及此时诗会诸作者之作品"①。薛时进也认为格律诗派"都尽量把西诗的格律与韵味移植到中诗里面来","徐志摩的努力最大,收获也最丰富","他们的造诣较深,做起诗来也肯卖气力",因而这个时期的成绩最为可观②。这正体现出30年代诗界对诗艺的重视。

三大流派其实在时间顺序上区分度不大,甚至有交错、重叠之处,但正如姜涛所指出的,选家将"本来几乎是'共时'发生的诗歌向度,拉伸成'历时性'的分期……这种策略的特殊性在于,对时间顺序和价值等级的有意混淆","新诗发生的线索简化成一种逻辑:首先是白话工具的采用,继而是某种'诗'品质的达成,两个阶段完整的衔接,构成一种符合艺术'规律'的目的论叙事"③。这种线性叙述策略,带有明显的进化论、目的论色彩,完成了对于新诗史的建构。

在这些纷繁复杂的选本中,朱自清主编的《中国新文学大系·诗集》无疑是最知名的一个。当然,它的经典地位首先来自《中国新文学大系》这套丛书所获得的集体荣誉,这份荣誉是因蔡元培作总序、强大的分卷主编阵容和他们各自高屋建瓴的导言,这是《中国新文学大系》一直以来所留给人们的印象。不过,如果暂时抛开这种总体上的一致性,仍然可以发现其内部的不一样的声音,它既来自赵家璧,也来自朱自清。朱自清并没有视自己为编选新诗的理想人选,而作为丛书的策划人,赵家璧心目中《诗集》主编的理想人选是郭沫若而非朱自清,这显然是因为当时郭沫若在诗坛及文化界的巨大成就与声望,但郭沫若曾撰文抨击过蒋介石,如果他出任主编,图书审查无法通过,

---

① 沈从文:《我们怎么样去读新诗》,沈仲文选编《现代诗杰作选》,青年书店1932年版,第152页。

② 薛时进:《序》,《现代中国诗歌选》,中国文化服务社1936年版,第2—3页。

③ 姜涛:《"新诗集"与中国新诗的发生》,北京大学出版社2005年版,第253—255页。

赵家璧只好退而求其次①。抗战爆发后，赵家璧拟推出《大系》第二辑，他希望闻一多来主编《诗集》，因其推辞而改为李广田，但当时朱自清、闻一多、李广田都任教于西南联大②。可见无论是朱自清自己还是他人，对于朱自清的诗人身份认同度都不高，虽然朱自清也写新诗并发表过广受赞誉的长诗《毁灭》，但他仍然是以散文家和学者的身份享誉文坛，所以当接到赵家璧的邀约时，他感到"实在出乎意外"③，这显然不能看作纯然自谦之辞。

从《诗集》的编选过程来看，朱自清也确实做得较为费力和仓促。1935年6月朱自清才和赵家璧第一次见面，7月真正开始，8月完成编选工作，中间还有各种杂务，实际编选时间只有一个月左右。朱自清"原先拟的规模大得多。想着有集子的都得看；期刊中《小说月报》《创造季刊》《周报月刊》《诗》《每周评论》《星期评论》《晨报副刊》《时事新报》《学灯》《民国日报》《觉悟》，也都想看"，但很多资料都散佚难寻，而且依照"原拟的规模，至少也得三五个月，那显然不成"，他不得不调整计划，"决定用我那破讲义（指朱自清在清华大学的讲义《中国新文学研究纲要》——引者注）作底子，扩大范围，凭主观选出若干集子来看，期刊却只用《诗》月刊和《晨报诗镌》。这么着大刀阔斧一来，诗集才选成了"。④

由此来看，朱自清所编《诗集》存在一定的不足，时间紧迫、资料不全等客观因素是一方面，另一方面，此前的新诗选本关于新诗分期及代表性诗人诗作已有大体一致的意见，《诗集》在这方面的观点也是较为折中，在《导言》中朱自清大多是论而不断，《诗话》对诗人的简介多是引述他人意见，这些也是受诟病的地方。但是《诗集》的价值是不能否定的，在包容、折中的背后，朱自清有自己的创新，也有立场与坚持。赵家璧谈到"朱自清编选的《诗集》，没有按我们

---

① 赵家璧：《话说〈中国新文学大系〉》，《新文学史料》1984年第1期。
② 赵家璧：《话说〈中国新文学大系〉》，《新文学史料》1984年第1期。
③ 朱自清：《选诗杂记》，《中国新文学大系·诗集》，上海文艺出版社2003年版，第16页。
④ 朱自清：《选诗杂记》，《中国新文学大系·诗集》，上海文艺出版社2003年版，第17—18页。

要求导言写两万字的规定,而在较短的《导言》外,另写《编选凡例》《选诗杂记》《诗话》和《编选用诗集和期刊》四篇附录,具有他自己的特色"①。三个阶段的分期,可以明显见出他对于胡适等初期白话诗人的评价是有所保留的,虽然他承认胡适是最先尝试新诗的人,但认为"新诗第一次出现在《新青年》四卷一号上"②,标志即为胡适、沈尹默、刘半农发表的白话诗九首,此时他们对于新诗的诗体已有较为自觉的意识。这就淡化了胡适最初仅以白话入诗的地位,更强调诗体自觉对于新诗诞生的意义。朱自清还肯定了晚清的"诗界革命"与现代新诗之间的承续性,见出了周氏兄弟所走欧化道路的意义,在诗选中不仅选了一般选家必选的周作人的诗歌,还选了鲁迅的3首新诗,这一眼光就为一般人所不及。更鲜明的体现在他的选诗分布上,《诗集》中选诗超过10首的诗人依次为闻一多(29首)、徐志摩(26首)、郭沫若(25首)、李金发(19首)、冰心女士(18首)、俞平伯(17首)、刘大白(14首)、汪静之(14首)、康白情(13首)、朱自清(12首)、何植三(12首)、潘漠华(11首)、冯至(11首)、徐玉诺(10首)、朱湘(10首)、蓬子(10首)。朱自清最中意格律诗派,其中又以闻一多为最。

　　进一步来看朱自清的选诗篇目,还能发现更多的深层意味。对于闻一多的《死水》,朱自清引用了沈从文的评价:"这是一本理智的静观的诗。在文字和组织上所达到的纯粹处,为中国建立一种新诗完整风格的成就处,实较之国内任何诗人皆多。"③沈从文对闻一多的评价最高,而朱自清对此显然也是认同的。与其他选家最倾心于徐志摩不同,朱自清最看重的是闻一多。但是朱自清在选诗时,不仅注意选取各家最知名的代表作,如周作人《小河》、徐志摩《再别康桥》、戴望舒《雨巷》、闻一多《死水》,他还注意各家风格的多样性及在不同方面所做的开拓,因此对于闻一多,他不仅选了《死水》这种最能代表

---

① 赵家璧:《话说〈中国新文学大系〉》,《新文学史料》1984年第1期。
② 朱自清:《导言》,《中国新文学大系·诗集》,上海文艺出版社2003年版,第1页。
③ 朱自清:《中国新文学大系·诗集·诗话》,上海文艺出版社2003年版,第31页。

闻一多新诗格律探索成就的作品,也选了《飞毛腿》《天安门》这样口语化的作品,而它们又都贯穿着闻一多的爱国情怀。但此外最值得一提的是朱自清还选择了闻一多的《闻一多先生的书桌》,这种眼光也是超乎其他选家的,即使是后来的新诗选本,也大多忽视了这首诗。但是朱自清独具慧眼,虽然在《诗集》中他没有解释选择该诗的原因,但是在后来的文章他屡屡提及这篇作品,可见他对该诗的重视。在《诗与幽默》朱自清指出"旧诗里向不缺少幽默","新文学的小说、散文、戏剧各项作品里也不缺少幽默,不论是会话体与否;会话体也许更便于幽默些。只诗里幽默却不多。……新诗里纯粹的幽默的例子,我只能举出闻一多先生的《闻一多先生的书桌》一首"[①]。在《中国学术的大损失》中又论及"《死水》里'闻一多先生的书桌',也是一首难得的幽默的诗"[②]。可见《闻一多先生的书桌》入选,不是出于偶然,也不是可有可无的点缀,而是闻一多对中国新诗的重要贡献,而朱自清能发掘出其意义,体现出一位杰出选家的卓越见识。

对于冯至,鲁迅称其为"中国最为杰出的抒情诗人"[③],朱自清却认为冯至的"叙事诗堪称独步",他虽然选了《我是一条小河》《蛇》这类抒情名作,但他的论断显然是基于冯至的《蚕马》《帷幔》这类叙事诗,而它们都显示出冯至诗歌与中国古典诗歌、传统文化血脉相连的关系,并且这些诗歌的神奇想象、现代艺术与手法、哲思高度,都是冯至诗歌创作不容忽视的重要方面,这些方面后来在他最重要的《十四行诗》中得到了最充分的展现(28 页)。

朱自清还注意彰显在新诗初期有重要实绩但后来不为人所熟知的诗人如徐玉诺、白采等。徐玉诺的诗歌他选了 10 首,分量很重。对于自己颇为欣赏而不为时人所理解的白采,朱自清曾为其作《白采的诗歌》,未完成而白采已逝,朱自清仍坚持完成,还写下回忆文章《白

---

① 朱自清:《诗与幽默》,萧枫编《朱自清作品集》(3),河南大学出版社 2004 年版,第 652—653 页。

② 朱自清:《中国学术的大损失——悼闻一多先生》,萧枫编《朱自清作品集》(3),河南大学出版社 2004 年版,第 860 页。

③ 鲁迅:《中国新文学大系·小说二集·导言》,上海文艺出版社 2003 年版,第 5 页。

采》，在《诗集》中朱自清引用了自己在《白采的诗歌》中的评论："白采的《赢疾者的爱》一首长诗，是这一路诗的压阵大将。他不靠复沓来维持它的结构，却用了一个故事的形式。……但那质朴，那单纯，教它有力量"①。这样的评论是建立在自己对诗人诗作独立判断、知人论世的基础上，有其深刻的洞见。

朱自清的选本能够通过导言、诗话、诗选梳理出诗歌史的脉络，表达自己的诗歌见解。他虽然只选了白采的1首诗，但这是一首长诗。朱自清对白采的重视是与他对长诗的提倡相一致的。在新诗选本普遍选短诗的背景下，这一点难能可贵。朱自清本人也最早意识到长诗的意义并从理论上加以探讨和提倡。1922年4月15日，朱自清完成了《短诗与长诗》，该文发表于同年7月《诗》第1卷第4号。1922年正是中国现代新诗经历初期的摸索而开始步入第一个繁盛期的时间节点，但是在一片繁荣的背后，朱自清却敏锐地察觉到诗坛存在的严重问题：短诗的"单调与滥作"，由此他便想到了长诗。当然，要界说清楚何谓长诗，并不是一件容易的事情。首先便是怎么才算"长"，其实这一点直至今天也还有争议，并没有一个完全统一的意见。不过朱自清认为长诗的特质应该是"意境或情调必是复杂而错综，结构必是曼衍，描写必是委曲周至"。由此，长诗的好处就在于"能表现情感底发展以及多方面的情感"，它尤其宜于表达盘旋郁结的情感，这种情感"必极其层层叠叠、曲折顿挫"，短诗无法表现，而"繁音复节"的长诗才能畅快淋漓地加以表现。由此朱自清呼吁诗人创作长诗："短诗以隽永胜，长诗以宛曲尽胜，都是灌溉生活的源泉，不能偏废；而长诗尤能引起深厚的情感。在几年的诗坛上，长诗的创作实在是太少了。可见一般作家底情感底不丰富与不发达！这样下去，加以那种短诗的盛行，情感将有猥琐干涸底危险，所以我很希望有丰富的生活和强大的力量的人多写些长诗，以调剂偏枯的现势！"② 这一观念在他所写的《白采的诗》中得到了重申，可见他对长诗的重视。

---

① 朱自清：《导言》，《中国新文学大系·诗集》，上海文艺出版社2003年版，第4页。
② 萧枫编：《朱自清作品集》（4），河南大学出版社2004年版，第1173—1175页。

朱自清不仅从理论上积极倡导长诗，他也身体力行，1922年12月就创作了抒情长诗《毁灭》，在当时颇有影响，而在此之前的6月，王统照也写出了叙事长诗《独行的歌者》，1924年白采完成长诗《羸疾者的爱》，成为新诗史上的重要收获。《中国新文学大系·诗集》选入《毁灭》《羸疾者的爱》，与他的诗学观念是一致的。

## 第三节　新诗编选的个性化走向

1937年"七七事变"对中国的影响是深远的，中国的抗战进入一个新的阶段。战争给中国人民带来了深重的灾难，中国的文化事业也遭遇了严重的破坏。这一时期，诗歌更多地是走上十字街头、走向广场、走向民众，喊出了抗战救国的时代最强音，1937年8月30日，《救亡日报》发表《中国诗人协会抗战宣言》，新诗创作发生了巨大的变化，"提倡通俗晓畅的大众化语言，注重节奏和朗诵的自由体形式，构成了沦陷区和大后方共通的诗歌艺术标准"[①]。大量出现的是朗诵诗、街头诗：1937年10月19日，在武汉举办了纪念鲁迅先生逝世一周年大会，柯仲平朗诵了《赠爱人》、演员王莹朗诵了诗人高兰的作品《我们的祭礼》，朗诵诗这一早已存在的诗歌类型终于蓬勃开展起来。柯仲平、田间等在延安发起街头诗运动，1938年8月7日是延安的"街头诗运动日"，10日《新中华报》发表了《街头诗歌运动宣言》。无数宣传抗战的诗歌团体、协会、刊物纷纷涌现，它们推出的诗歌选本多是抗战诗选。从卢沟桥事变直至1949年5月（周扬主编的"中国人民文艺丛书"自此时开始出版[②]，新文学编选自此进入一个新时代），政治、军事主导下的时代洪流滚滚向前，抒情似乎被放逐了，但仍有一些诗人注重倾听内心的声音，书写自己对现实、人生的感受。相

---

[①] 吴晓东：《抗战时期中国诗歌的历史流向》，《文学评论》1995年第5期。

[②] 关于"中国人民文艺丛书"最初的出版时间，学界有1948年12月与1949年5月两种不同说法。笔者根据翻阅的史料以及学界的相关论证，采用1949年5月这一说法。

应地，新诗选本的情形也发生了极大的变化：紧密贴合现实的诗选大量涌现，但仍有不少体现了选家个人趣味的选本，而像 30 年代那些具有新诗史意味的综合性选本则极为罕见，这从表 1-4 的统计可以看出。[①]

表 1-4　　　　　　　　　　三四十年代新诗集

| 序号 | 选本名称 | 编选者 | 时间 | 出版机构 | 备注 |
| --- | --- | --- | --- | --- | --- |
| 1 | 《抗战颂》 | 唐琼 | 1937 年 11 月 | | |
| 2 | 《战时诗歌选》 | | 1938 年 | 战时出版社 | |
| 3 | 抗战诗选（新旧体合集） | 金重子 | 1938 年 2 月 | 战时文化出版社 | |
| 4 | 抗战诗歌集（多诗体合集） | 张银涛 | 1938 年 5 月 | 上海潮声文艺社 | |
| 5 | 《战事诗歌》（多诗体合集） | 钱城 | 1938 年 5 月 | 上海文萃书局 | |
| 6 | 《第一年》（诗文合集） | 谊社 | 1938 年 9 月 | 谊社出版部 | |
| 7 | 《新诗》 | 沈毅勋 | 1938 年 12 月 | 新潮社 | 诗歌丛书之一 |
| 8 | 《诗歌选》 | 王者 | 1939 年 8 月 | 沈阳文艺书局 | 文艺名著之八 |
| 9 | 《燕园集》 | 燕园集编辑委员会 | 1940 年 5 月 | 燕园集出版委员会 | |
| 10 | 《第二年》（诗文合集） | 谊社 | 1940 年 10 月 | 香港未明书店 | |
| 11 | 《抗战文艺选》（第一集） | 张厚植、宋念慈 | 1941 年 1 月 | 杭州正中书局 | 抗战文艺丛书 |
| 12 | 《抗战诗歌选》 | 魏冰心 | 1941 年 2 月 | 正中书局 | |
| 13 | 《新诗选辑》 | 闲云 | 1941 年 7 月 | 海萍书店出版部 | 文学丛编 |
| 14 | 《古城的春天》 | 赵晓风 | 1941 年 7 月 | 沈阳秋江书店 | 现代创作丛刊·新诗选 |
| 15 | 《若干人集》 | 胡明树 | 1942 年 6 月 | 诗社 | |
| 16 | 《友情》（诗文合集） | 文辑丛书社 | 1942 年 12 月 | 北京艺术与生活社 | 文辑丛书第一辑 |

---

① 表 1-4 根据刘福春《中国现代文学总书目·诗歌卷》编制而成，时限为 1937 年 7 月—1949 年 5 月。

续表

| 序号 | 选本名称 | 编选者 | 时间 | 出版机构 | 备注 |
|---|---|---|---|---|---|
| 17 | 《蓬艾集》 |  | 1943年1月 | 北京艺术与生活社 | 艺生文艺丛书之十一 |
| 18 | 《北风》 |  | 1943年2月 | 北京艺术与生活社 | 艺生文艺丛书之十二 |
| 19 | 《新诗源》（诗论、诗合集） |  | 1943年2月 | 江西中华正气出版社 |  |
| 20 | 《现代中国诗选》 | 孙望、常任侠 | 1943年7月 | 重庆南方印书馆 |  |
| 21 | 《二十九人自选集》（诗文合集） | 中华文艺界协会桂林分会 | 1943年9月 | 桂林远方书店 |  |
| 22 | 《诗潮》（第一辑） | 北京艺术与生活社 | 1943年10月 | 艺生星火小丛书 |  |
| 23 | 《我是初来的》 | 胡风 | 1943年10月 | 重庆读书出版社 | 七月诗丛 |
| 24 | 《野草集》 | 石门新报社 | 1943年10月 | 石门新报社 | 石门新报丛书之三 |
| 25 | 《遗愁集》 | 苏文 | 1943年12月 | 成都创作文艺社 | 创作文库之一 |
| 26 | 《石城底青苗》 |  | 1944年5月 |  | 田园文艺丛书 |
| 27 | 《草原诗集》 | 草原文艺社 | 1944年9月 | 草原文艺社 |  |
| 28 | 《战前中国新诗选》 | 孙望 | 1944年10月 | 成都绿洲出版社 |  |
| 29 | 《歌，唱在田野》 | 艾黎 | 1945年9月 | 梅县科学书店 |  |
| 30 | 《风沙》（诗文合集） | 蒙晋 | 1946年1月 | 猛进社 | 猛进文艺丛书之一 |
| 31 | 《方桌集》 |  | 1946年1月 | 威海中国文化投资公司 |  |
| 32 | 《杨清法》 | 山东省文协 | 1946年8月 | 山东新华书店 | 抗战文艺选集·诗选之一 |
| 33 | 《在山的这边》 | 山东省文协 | 1946年8月 | 山东新华书店 | 抗战文艺选集·诗选之二 |
| 34 | 《细细茅草开白花》 |  | 1947年2月 |  | 诗工作者丛书之一 |
| 35 | 《花开满地又是春》 |  | 1947年4月 |  | 平民诗歌丛刊之一 |

续表

| 序号 | 选本名称 | 编选者 | 时间 | 出版机构 | 备注 |
|---|---|---|---|---|---|
| 36 | 《弹唱小王五》 | 华北新华书店编辑部 | 1947年6月 | 华北新华书店 | 晋冀鲁豫边区文艺创作小丛书之十一 |
| 37 | 《歌谣丛集》 | 苗培时 | 1947年6月 | 韬奋书店 | |
| 38 | 《人民大翻身颂》 | 华北新华书店编辑部 | 1947年7月 | 华北新华书店 | 晋冀鲁豫边区文艺创作小丛书之十九 |
| 39 | 《不死的枪》 | 华北新华书店编辑部 | 1947年7月 | 华北新华书店 | 晋冀鲁豫边区文艺创作小丛书之二十 |
| 40 | 《海内奇谈》 | | 1947年 | 东北书店 | 政治讽刺诗 |
| 41 | 《路》 | | 1948年3月 | 台湾读卖书店 | |
| 42 | 《舵手颂》 | | 1948年3月 | 香港海洋书屋 | 万人丛书 |
| 43 | 《陕北民歌选》 | 鲁迅艺术文学院 | 1948年6月 | 大连大众书店 | |
| 44 | 《死去活来——农民的血泪控诉》 | | 1948年8月 | 太岳新华书店 | |
| 45 | 《现代诗钞》 | 闻一多 | 1948年8月 | 开明书店 | 收入《闻一多全集》第4卷出版 |

由表1-4可见，1937—1941年的抗战期间、1946—1947年的解放战争初期，占据主导地位的都是与时局结合密切的选本，它们在前者的14个选本、后者的16个选本中都占了9个。不过在抗日战争与解放战争后期，体现选家个人趣味的选本都开始迅速增长，这也是诗人们在漫长的战争岁月中渐趋平静、沉入反思的结果，冯至的《十四行集》正是在这一背景下最终结集出版的。而具有诗歌史意味的综合性选本之所以少见，则与战争时期中国不同地域之间的阻隔、资料的毁损、诗人的流离等因素相关，孙望就提到"土星笔会"的汪铭竹有收集新文学书籍的爱好，藏书丰富。孙望本打算利用这丰富的藏书来编一部好的诗选，然而卢沟桥事变爆发，逃难中汪铭竹的书籍散失殆尽。[①] 这些选本中具有一定诗歌史意识的选本应该是王者主编的《诗歌选》，但该书并未按照诗人年代顺序编排，徐志摩、朱湘、于赓虞等新月派诗人在前，具有现

---

① 孙望：《初版后记》，《战前中国新诗选》，江西人民出版社1983年版，第123—124页。

实主义倾向的初期白话诗人何植三、刘大白、周作人等居后，或许正是编者喜好的体现，所以其个性化色彩仍然明显。

相对而言，此期个性化选本显然是更值得重视的研究对象，因选家趣味、倾向的不同，这些选本选入的诗作呈现出非常复杂、多元化的面貌，但仍能从中发现一些共同之处：郭沫若及后期创造社的影响力仍然强大、最受欢迎的是新月派与现代派，而在现实笔法中融入一定的现代主义意味、将现实主义诗歌推到新高度的诗人如艾青、臧克家，则成为选家的新宠，初期白话诗歌则已退居边缘。例如，沈毅勋编《新诗》选入臧克家、郭沫若、卞之琳、戴望舒、林庚、陈梦家等人作品，《新诗选集》收入徐志摩、毕奂午、卞之琳、臧克家、曹葆华、郭沫若、成仿吾，《古城的春天》以臧克家、曹葆华、何其芳、毕奂午、卞之琳等格外突出，胡明树编《若干人集》以臧克家居首。

在这些异彩纷呈的选本中，孙望、常任侠编的《现代中国诗选》、孙望编《战前中国新诗选》与闻一多编的《现代诗抄》（《现代诗钞》）显得格外突出，需要引起注意：这些选家本身就是文化素养深厚的诗人、具有现代意识的古典文学学者，他们的诗歌创作与观念因时代变革而发生过变化，他们的选本也极具时代感与穿透力。只是 20 世纪 40 年代的新诗选本研究一直十分薄弱，近些年来才开始受到重视，取得了一些令人瞩目的成果。孙望、常任侠等参与"土星笔会"并依托《诗帆》等刊物的诗人群得到了研究，《现代诗钞》作为选本的意义也得到了较为集中的阐发。[①]

---

[①] 关于这一诗人群体学界有不同的称谓，如"诗帆"诗群、金陵诗人群、中国诗艺社、南方学院诗人群等。相关研究成果可参看常任侠《土星笔会和诗帆社》，《新文学史料》1993 年第 1 期；朱晓进《在诗海里，这里也有一片帆——略论〈诗帆〉诗歌的成就》，《南京师大学报》1988 年第 3 期；汪亚明《现代主义的本土化——论"诗帆"诗群》，《文学评论》2002 年第 6 期；罗振亚《不该被历史遗忘的先锋群落——1940 年代"中国诗艺社"》，《北方论丛》2014 年第 6 期；段从学《中国现代金陵诗人群述论》，《文艺争鸣》2016 年第 7 期；解志熙《暴风雨中的行吟——抗战及 40 年代新诗潮叙论》（上、下），《解放军艺术学院学报》2017 年第 1—2 期；马正锋《四个社团刊物和一个诗人群体——南方学院诗人群的诗路历程》，《现代文学研究丛刊》2017 年第 3 期。
关于闻一多《现代诗钞》的研究成果，可参看罗星昊《闻一多〈现代诗钞〉拾微》，《四川师院学报》1985 年第 1 期；易彬《政治理性与美学理念的矛盾交织——对于闻一多选编〈现代诗钞〉的辩诘》，《人文杂志》2011 年第 2 期；陈璇《叙述与确认：民国时期新诗选本研究》，博士学位论文，武汉大学，2014 年；徐宁《"以诗存史"与经典化选择——闻一多〈现代诗抄〉研究》，硕士学位论文，陕西师范大学，2018 年等。

孙望（1912—1990年），原名自强，江苏常熟人，1932年考入金陵大学中文系。常任侠（1904—1996年），安徽颍上人，1922年到南京美专学习，1927年加入北伐学生军，1928年回南京进入中央大学文学院学习。30年代初，常任侠、孙望与汪铭竹、程千帆、沈祖棻等发起成立"土星笔会"，编辑出版《诗帆》刊物与"土星笔会丛书"，对《诗帆》出资发行出力最多的是汪铭竹与孙望。"土星笔会"与《诗帆》诗人群多来自南京中央大学、金陵大学、南京美专。

　　"诗帆"诗人群多书写都市风景与个人情怀，带有较强的现代主义色彩，他们受叶赛宁、波德莱尔、果尔蒙及东方文学的影响，也借鉴戴望舒、何其芳等现代派诗人，创作中"多沾染这种丰采，不觉的漂浮着新感觉派的气息"[1]。常任侠发表于1940年5月《中苏文化》6卷3期的《五四运动与中国新诗的发展》，对他们的兴趣与取向作了更加清楚的说明：

> 他们既不喜新月派的韵律的锁链，也不喜现代派意象的琐碎，标举新古典主义，力求诗艺的进步，对于现实的把握，黑暗面的剖析，都市和田园都有描写。他们汲取国内和国外的——尤其法国和苏联——诗艺的精彩，来注射于中国新诗的新婴中，以认真的态度，意图提倡中国新诗在世界诗坛的地位，并给标语化口号的浅薄恶习以纠正。[2]

　　这种新古典主义诗风确实在当时的诗海竖起了一片新的风帆，并与1936年6月创刊于北平的《小雅》形成了南北呼应之势。关于《诗帆》，无论是土星笔会同人还是新诗界，评价都很高，常任侠就认为"在过去的新诗刊物中，延续得最久，而成绩也最可观的要推《诗

---

[1] 常任侠：《土星笔会和诗帆社》，《新文学史料》1993年第1期。
[2] 常任侠：《五四运动与中国新诗的发展》，《常任侠文集》（第6卷），安徽教育出版社2002年版，第404页。

帆》与《新诗月刊》"①，当代学者也指出，该刊物的实际影响力其实很大，在当时引起了广泛的注意，也有评论家指出了不足之处："对社会现实关注不够，诗作格局较小，又因过度求新而常落入专求'生僻'的窠臼。"②

"七七事变"后，"土星笔会"同人相继南迁到长沙，1938 年 3 月，常任侠、孙望同穆木天、力扬等左翼诗人合作成立"诗歌战线社"，常任侠、孙望与力扬主持的《抗战日报》副刊《诗歌战线》面世，把抗战诗歌推向一个新的高潮。他们大声疾呼建立"诗歌战线"，"以千万个光亮的声音向祖国，向人民，向自由，向神圣的抗战，向春天的太阳，大声地歌唱"③。自此，该诗群突破了以往诗歌创作封闭、狭小的格局，面向现实书写时代，诗歌风格也更趋于多元化，现实主义的意味也变得突出。

1938 年 6 月，《中国诗艺社征稿小笺》在《诗歌战线》上刊出，"中国诗艺社"这个新的诗歌社团正式亮相，其成员有汪铭竹、李白凤、孙望、常任侠、程千帆、戴望舒、施蛰存、徐迟、钱君匋等，不仅涵盖了"土星笔会"同人，还有众多不同风格、取向的诗人加盟。罗振亚特别指出，它是"从《诗帆》与《小雅》自然衍化过来的一个诗歌群落"。④"中国诗艺社"成立后，编辑《中国诗艺》（1938 年 8 月创刊于湖南长沙）⑤，出版了"中国诗艺社丛书"。

1948 年，孙望、汪铭竹和林咏泉发起成立"诗星火社"，社刊《诗星火》作为《和平日报》副刊，自 1948 年 7 至 9 月共出五期。10 月，《诗星火》改作单行本出版一期后停刊。《诗星火》的集稿人，包

---

① 常任侠：《五四运动与中国新诗的发展》，《常任侠文集》（第 6 卷），安徽教育出版社 2002 年版。

② 马正锋：《四个社团刊物和一个诗人群体——南方学院诗人群的诗路历程》，《现代文学研究丛刊》2017 年第 3 期。

③ 常任侠、孙望、罗岚、力扬等：《致抗战诗歌的工作者》，《常任侠文集》（第 6 卷），安徽教育出版社 2002 年版，第 394 页。

④ 罗振亚：《不该被历史遗忘的先锋群落——1940 年代"中国诗艺社"》，《北方论丛》2014 年第 6 期。

⑤ 侯建主编：《中国诗歌大辞典》，作家出版社 1990 年版，第 1150 页。

括北京的冯至和李长之、上海的施蛰存、武汉的周煦良和南京的田园、汪铭竹和孙望。作者群仍然有汪铭竹、常任侠、沈祖棻、程千帆等《诗帆》诗人。①

由以上简述可以见出,"土星笔会"发展而来的这一南方诗人群,在新诗史上活动时间久,包容性强,艺术风格与诗学旨趣也能随时代而调整,从而在中国现代文学史上留下了不可磨灭的印记。当代学者基本上认为该诗群属于中国现代主义诗潮一脉,他们外承法国、俄苏等现代主义诗歌风格,内接戴望舒、何其芳等现代派诗人,又延续了中国古典诗词的意境,融贯古今中西自成一派,既"架起了一道从'现代诗派'通往'九叶诗派'的艺术桥梁"②,又是一个"以现代主义本土化追求而走上正途的新诗流派"③。

在这个诗群中,常任侠和孙望是其中的骨干成员,特别是"从'土星笔会'的发轫,到诗群于无形中消散,常任侠一直是金陵诗群最热心的组织者和推动者,也是创作数量最丰富的诗群核心成员"。④"土星笔会""诗歌战线社""中国诗艺社"和"诗星火社"的发起,都有常任侠的贡献,他还参与创办《诗帆》《诗歌战线》《中国诗艺》和《诗星火》等诗刊。出版了3部新诗集:"土星笔会丛书"之一的《勿忘草》(1935年2月)、"中国诗艺社丛书"之一的《收获期》(1939年12月)、"百合文艺丛书"之四的《蒙古调》(1944年11月)等。孙望也是诗社活动热心的组织者,他出版了2部新诗集:"中国诗艺社丛书"之一的《小春集》(1942年1月)、《煤矿夫》(1943年8月),创作了长诗《城》(1942年)等。

既然身为诗群成员,常任侠和孙望的诗歌创作、诗歌观念就与诗群有着很大的一致性,他们早期的作品也是偏于书写个人感怀,善于

---

① 参见马正锋《四个社团刊物和一个诗人群体——南方学院诗人群的诗路历程》,《现代文学研究丛刊》2017年第3期。

② 罗振亚:《不该被历史遗忘的先锋群落——1940年代"中国诗艺社"》,《北方论丛》2014年第6期。

③ 汪亚明:《现代主义的本土化——论"诗帆"诗群》,《文学评论》2002年第6期。

④ 段从学:《中国现代金陵诗人群述论》,《文艺争鸣》2016年第7期。

化用古典意象表达现代情绪与体现。但"七七事变"后,他们诗歌的意象和格局都变得壮大起来,并且也开始创作具有史诗品格的长诗,这也是与诗群的转变相一致的。他们在文章中也充分表达了他们对诗歌的见解:常任侠、孙望、力扬等发表的《致抗战诗歌的工作者》,呼吁抗战诗歌;常任侠《五四运动与中国新诗的发展》,鼓励诗人在新时代里熔铸中西,创造新的民族诗歌形式;常任侠《抗战四年来的诗的创作》回顾抗战期间的诗歌创作,对体现时代色彩的艾青等人的诗作尤其激赏。段从学认为,常任侠的新诗集中于"爱情诗、现代田园诗和抗战史诗三个方面",孙望的新诗则体现了"借用古典意象和典故来书写现代历史经验的努力",他们的新诗创作也都经历了抗战前后主题与风格的变化。[①]

以上内容对于我们理解《现代中国诗选》和《战前中国新诗选》这两个选本有着重要的作用,它们与孙望、常任侠乃至南方诗人群的诗风、取向显然应该有着密切的关联、较强的一致性。[②]《现代中国诗选》,孙望、常任侠选辑,1943年重庆南方印书馆出版,选入36位诗人的50首诗作;《战前中国新诗选》,孙望编,成都绿洲出版社1944年出版,收入50位诗人的71首诗。后者集中选收"八一三"事变前的诗歌,前者则延伸到40年代。

《现代中国诗选》附有常任侠《抗战四年来的诗创作》一文,作于1941年6月2日,原载《文艺月刊》1941年第11期,该文对于1937—1941年的新诗创作情况作了较为全面的回顾。而孙望1944年7月20日为《战前中国新诗选》所写的"后记"提到该书"大体上是以民国二十六年八月十三日以前为限的",即以1937年"八一三"事变为下限,但上限起自何时,他并没有明说,而且他指出,"自五四运动起以至民国十四五年左右"的诗人诗作,因为已有《新诗年选》(一九一九年)《中国新文学大系·诗集》等选本收录,而"创造期的诗",有《新月诗选》、哈罗德·阿克顿(Harold Acton)与陈世骧合

---

① 段从学:《中国现代金陵诗人群述论》,《文艺争鸣》2016年第7期。
② 段从学:《中国现代金陵诗人群述论》对此有专门论述,可参看。

作编译的英文本《现代中国诗选》（Modern Chinese Poetry）收录，该选本都不再收入①。再根据所收诗人诗作来看，《战前中国新诗选》编选的时间范围大体为后期新月派到1937年8月，可以将它理解为一部30年代的新诗选本。也就是说，《战前中国新诗选》与《现代中国诗选》实际是以1937年为界而区分，但两部选本又可以衔接起来，分别反映了1937年之前、之后的诗歌创作与诗风。因此，这两个选本为20世纪三四十年代的中国诗坛保存了珍贵的史料，也提供了选诗的参考，对于了解当时的新诗创作有着重要的意义，《战前中国新诗选》出版后得到施蛰存的高度评价，认为它"较好地彰显了30年代中国新诗发展的历史轨迹与艺术水准"。②

不过，这两部诗选与30年代大量出现的综合性选本显然不同，它们是更偏向于选家趣味的个性化选本，这首先表现为《战前中国新诗选》不选初期白话诗与"创造期的诗"，虽然有解释，但"不选"已经表明了取舍的态度，所选的，恰恰主要是现代主义诗歌；其次，孙望表示"我没有定过什么选诗原则，全出于主观，所爱者就选，不合口胃的不选，所谓'从我所好'，如此而已"③，从选录的诗人诗作更可以清楚地看出这一倾向：《战前中国新诗选》收录的诗人主要是"汉园三诗人"卞之琳、何其芳、李广田，《小雅》诗群的吴奔星、李章伯，《诗帆》诗群的孙望、常任侠、汪铭竹、沈祖棻、吕亮耕、程千帆、滕刚，他们与方敬、金克木、林庚、施蛰存、南星、徐迟、戴望舒、罗念生、鸥外鸥、李金发、李白凤、李心若等，都是现代主义诗潮中人，此外有后期新月派的方玮德、孙毓棠，立足现实主义但融合现代手法的艾青、臧克家、苏金伞（"七月派"）、贾芝、刘廷芳等。

《现代中国诗选》所选诗人同样有现代主义的徐迟、常任侠、覃子豪、汪铭竹、孙望、李广田，融入现代手法的现实主义诗人艾青、袁水拍、厂民、贾芝、力扬、冀汸（七月派）等。

---

① 孙望：《初版后记》，《战前中国新诗选》，江西人民出版社1983年版，第129页。
② 徐祖白、孙原靖：《诗人学者孙望》，上海三联书店2011年版，第79页。
③ 孙望：《重印题记》，《战前中国新诗选》，江西人民出版社1983年版，第1页。

当然，两部诗选的出色之处在于它们不是完全的现代主义诗选，而是能够接纳现实主义、浪漫主义的诗作，同时两部诗选充分注意到了1937年前后新诗风格、题材等方面发生的巨大变化，选录时各有侧重，实现了内在的承续与衔接。而两部选本坚持的一贯原则，大体上是注重书写个体情怀及个人对外界的感受体验、追求诗歌的艺术技巧，即孙望、常任侠他们所追求的"新古典主义"。因此，选录诗歌，有自由体，有后期新月派的格律体，还有在格律方面重新实验、追求音乐性的"纯诗"，有抒情诗，也有叙事诗，体现出较好的包容性。

具体来说，《战前中国新诗选》所收的卞之琳的《半岛》《尺八》，何其芳的《花环》《砌虫》，李广田《窗》、金克木《雨雪》等，都是洋溢着现代主义色彩的佳作。该选本还收入方玮德、孙毓棠的作品，带有新月派的浪漫抒怀的特点。《战前中国新诗选》选入的臧克家《壮士心》、刘廷芳《五周年》，《现代中国诗选》选入的厂民《大熊星》《迎春花》《蒲公英》、力扬《雾季诗钞》，都是带有明显的现实主义诗歌的风格，袁水拍擅写政治讽刺诗的才能也在这时显露出来，被选入后一部选本。孙望不因人选诗，他就注意到了刘廷芳的《五周年》，虽然刘廷芳写诗极少，不为人所知，但孙望认为这首作品"非常完美，而且情感非常丰富"，"不特是首好诗，而且也是一帧色彩鲜明的好画"①。

虽然两部诗选都以抒情诗为主，抗战后期的史诗作品未能选入，但能在片段场景中勾勒人物和事件轮廓的叙事诗也进入了选家视野，臧克家的《壮士心》是典型的例子。就诗歌体式、语言而言，《战前中国新诗选》选入了后期新月派的格律体作品，但也有艾青、臧克家这样把自由体新诗推到新高度的诗人的作品如《大堰河——我的褓姆》《马赛》《浪》《壮士心》，还有反拨自由体，注重音乐性、追求"纯诗"境界的林庚《夜谈》、罗念生《忽必烈汗》。

如果把两部选本都收入的诗人并置比较，就能发现更深层的一些意味来，即它们可以反映出入选诗人在1937年前后的诗歌取向、风格及其变化轨迹。大体而言，进入两部选本的诗人有艾青、徐迟、常任侠、汪

---

① 孙望：《初版后记》，《战前中国新诗选》，江西人民出版社1983年版，第127页。

铭竹、孙望、李广田、贾芝、郭尼迪 8 位，他们被选入的作品在两部选本中清晰地体现了诗人创作的变化及其与时代的关联（见表 1-5）。

表 1-5　　《战前中国新诗选》与《现代中国诗选》比较

| 诗作者 | 《战前中国新诗选》 | 《现代中国诗选》 |
| --- | --- | --- |
| 艾青 | 《大堰河——我的褓姆》《马赛》《浪》 | 《树》《桥》《独木桥》 |
| 徐迟 | 《恋女的篱笆》《六幻想》 | 《中国的故乡》《前方有了一个大胜利》 |
| 常任侠 | 《丰子的素描》《忏悔者之献词》《收获期》 | 《原野》《冬天的树》 |
| 汪铭竹 | 《春之风格》《春之风格次章》 | 《法兰西与红睡衣》《给萧邦》《纪德与蝶》 |
| 孙望 | 《感旧》 | 《初夏》 |
| 李广田 | 《窗》 | 《给爱星的人们》 |
| 贾芝 | 《布谷鸟》 | 《小播谷及其他》《水手和黄昏》 |
| 郭尼迪 | 《古镇》 | 《向法兰西召唤》 |

经过表 1-5 的对比，可以做一些具体分析。徐迟早期属于现代派，他与施蛰存有过交往，书写现代人对都市的感觉、心理的联想，《战前中国新诗选》所选的《恋女的篱笆》《六幻想》就是这样的作品；但在民族国家存亡之际，他转向了对苦难现实的关注，写下了《抒情的放逐》这样的文章，转向一种刚健质朴的现实主义诗风，《现代中国诗选》选入的《中国的故乡》《前方有了一个大胜利》就是典型的例子。两部选本清晰地展现了徐迟诗风的转变。汪铭竹、孙望、常任侠、李广田这样具有现代诗风的诗人也是在历史的转捩点实现了类似的转换，而贾芝、郭尼迪则延续了他们的现实主义诗风。汪铭竹、孙望、常任侠都是《诗帆》诗群的成员，汪铭竹的《春之风格》《春之风格次章》带有明显的新感觉派韵味，但是卢沟桥事变后所作《法兰西与红睡衣》《给萧邦》《纪德与蝶》（均作于 1941 年，收入他的诗集《纪德与蝶》），"从现实出发，主题涉及抗战的多个方面，格局明显扩大"，这些作品的基调是"庄严、悲壮、刚健、昂扬"。[①] 常任侠的《丰子的素描》等作品，清丽恬淡，但后期作品转为"壮阔宏亮"，

---

① 马正锋：《汪铭竹和他的新诗》，《文艺争鸣》2016 年第 1 期。

孙望认为这才是他"本格的作风"①。孙望早期的作品同样喜爱书写细腻的个人情怀，但1941年5月5日作于重庆的《初夏》（收入诗集《煤矿夫》），却鲜明地展示了诗人开怀拥抱现实世界的体验。

当然，现实主义、浪漫主义、现代主义这样的风格与倾向，并不总是泾渭分明，它们可能在同一诗人身上、同一作品之中有着紧密融合的复杂表现，艾青就是一个典型的例子。而孙望与常任侠对艾青也是格外看重，两部诗选在有限的篇幅中选入的诗歌都有3首之多，艾青是唯一的一位。不仅如此，他们在选本的"前言""后记"等文章中对艾青也有着浓墨重彩的评论，这也可以视为艾青经典化的重要一环。1932年艾青被捕入狱，次年1月写下了《大堰河——我的褓姆》这一现实主义的不朽名篇。但正如研究者所指出的，"艾青登上诗坛之初，就有现代主义和现实主义两种评价声音先后出现"，他"在现代派刊物《现代》和《新诗》上，发表了大量的象征主义诗作，如《黎明》《巴黎》等。因此，其时的诗评家都将艾青归入现代主义诗人之列"。此后"在抗战爆发后民族情绪高涨的时代语境下，艾青的接受与阐释开始走向单一，对其现实主义诗人的形象认知逐渐形成定见"。② 事实上艾青作品中的象征手法、忧郁气质则是一以贯之，只是从现实主义还是现代主义的角度去阐释，则与历史语境、现实需要、诗歌风潮等因素综合形成的接受环境有关。

因此，这里可以先来考察两部选本所隐含的选家自觉的诗歌史意识：孙望在"后记"中明确地提到了"五四"至1926年前后、"创造期"两个新诗发展阶段③，这说明他心目中对于当时新诗分期的主张是了解的，并且基本认可；常任侠的《抗战四年来的诗创作》④应该与他的《新出的诗集、诗刊与诗人》《五四运动与中国新诗的发展》等文章联系起来，就可以发现他对诗坛现状与诗歌史的关注。再扩展

---

① 孙望：《初版后记》，《战前中国新诗选》，江西人民出版社1983年版，第126页。
② 方长安、陈璇：《读者对艾青诗人形象的塑造》，《福建论坛》2013年第3期。
③ 孙望：《初版后记》，《战前中国新诗选》，江西人民出版社1983年版，第129页。
④ 常任侠：《抗战四年来的诗创作》一文写于1941年6月2日，发表于《文艺月刊》1941年第11期，后收入他与孙望合编的《现代中国诗选》。

来看,《战前中国新诗选》牵涉的主要是30年代新诗诗体建设的探索,《现代中国诗选》则与三四十年代"民族形式"问题的论争有关,因此,这两个所富有的时代意味在于它们已经不仅仅是诗歌选本/文学选本,因为其中不仅关乎当时诗歌创作的诸多争论,也涉及对中国新诗史、对"五四"以及新诗前途的设想等,而隐藏于其背后的,其实是对现代民族国家建构及其文化建设的多种想象,其间的分歧与论争涵盖民族化与现代化、民族主义、民间性与西方化等方面,这两部选本由此成为折射时代思潮与心理的历史文献。

先来看30年代新诗诗体建设的探索。1935年11月,梁宗岱在《大公报》"文艺副刊"开辟《诗特刊》,指出"我们似乎已经走到了一个分歧的路口。新诗底造就和前途将先决于我们底选择和去就",而建设中国新诗的途径只有一条,就是"发现新音节和创造新格律"①。对于新诗的清算,使得《诗特刊》吸引了一大批诗人如林庚、罗念生等,他们致力于在音节、格律方面开展实验,创造具有音乐性的新格律体"纯诗"②。这样的努力当然不是为了创造出西洋式的新诗,而是立足于汉语言文字根基的中国现代诗,它关乎中国新诗的未来发展。孙望评诗多用"清新""精巧"等字眼,而他选择的林庚、罗念生、金克木等人的诗作,都带有这方面的特点,可以看出他对此问题的重视。

但是,在孙望、常任侠那里,诗歌情感的抒发更重于形式问题,因而他们对于韵脚、格律问题固然看重,但认为这些方面要围绕诗情而展开,因此两部选本都选入了大量的自由体新诗作品。孙望在收入戴望舒的作品时,就没有选择诗人的成名作《雨巷》,而是选择了戴望舒在此后创作的《我的记忆》《秋》《前夜》《村姑》,它们分别出自《望舒草》和《我的记忆》这两部诗集。③ 而《我的记忆》

---

① 梁宗岱:《新诗底十字路口》,《大公报·文艺·诗特刊》1935年11月8日。
② 张洁宇:《一场关于新诗格律的试验与讨论——梁宗岱与〈大公报·文艺·诗特刊〉》,《现代中文学刊》2011年第4期。
③ 《我的记忆》和《秋》收入《望舒草》,《秋》原题作《秋天》。《我的记忆》再次收录了这两首诗,只是《秋天》改题为《秋》。

与《雨巷》已经有了极大的不同，这源于诗人观念的变化：在《论诗零札》中戴望舒认为"诗不能借重音乐，它应该去了音乐的成分"，"诗的韵律不在字的抑扬顿挫上，而在诗的情绪的抑扬顿挫上，即在诗情的程度上"，"韵和整齐的字句会妨碍诗情，或使诗情成为畸形的"①。诗人对诗歌音乐性的扬弃、对诗情的重视，使其诗作有了进一步的提升。孙望选择他的这四首诗，是因为他认为这体现了戴望舒"从形式主义解放到自由主义的全部历程"，可以得到"一种融和的美，完整而醇净，自然而缜密"。② 常任侠所选诗篇，更是以自由体诗歌居多。而他的诗歌观念，又与三四十年代关于民族形式问题的论争有关。

　　1938年毛泽东提出了"民族形式"的问题，指出创造"中国老百姓所喜闻乐见的中国作风和中国气派"的重要性③。1940年《中国文化》创刊号刊载了毛泽东的《新民主主义论》，民族形式问题延伸到文化领域。关于"民族形式"的讨论由此展开，从延安到重庆、香港、桂林、上海等地，并且从讨论发展为论争。论争主要涉及两个方面：一是对于"民族形式"的中心源泉的认定，二是对于"五四"新文学的评价，这两个方面又是互为表里的。当时向林冰对于"五四"新文艺持批评态度，认为"民族形式"应以"民间形式"为中心源泉，葛一虹进行了反驳。④ 1941年抗日战争进入最为艰苦的阶段，此时中国知识界关于中国未来前途问题、新文化回顾与建设问题的讨论也进入一个高潮，同年7月25日《中苏文化》第9卷第1期刊出"抗战四周年纪念特刊"，同期设有"抗战四年来之新文艺运动特辑"，发表了老舍、以群、艾青、卢前、葛一虹等人的理论文章及徐迟等人的作品，其中如艾青的《抗战以来的中国新诗》、卢前《抗战以来的中

---

① 戴望舒：《望舒草》，现代书局1933年版，第112—113页。
② 孙望：《战前中国新诗选》，江西人民出版社1983年版，第126页。
③ 毛泽东：《中国共产党在民族战争中的地位》，《毛泽东选集》（第2卷），人民出版社1991年版，第533—534页。
④ "民族形式"问题的论争可参看徐迺翔编《文学的"民族形式"讨论资料》，广西人民出版社1986年版。

国诗歌》，与常任侠在《文艺月刊》发表的《抗战四年来的诗创作》、胡风《四年读诗小记》①等文章，都有着对于新诗发展历程的回顾、对当下诗歌创作的评论与反思，而这些探讨又与"民族形式"问题的论争缠绕到了一起。

艾青、胡风、常任侠是非常坚定地维护"五四"文学的历史地位的，以其作为中国新文学的源头。只是在这一共同的态度下，他们内在的观念有着微妙的差异：艾青强调的是"五四"文学的革命性，胡风则侧重于"五四"与时代精神的联系，论证他的主观战斗精神理念；常任侠则大体赞同郭沫若在《民族形式商兑》（1940年6月）中对萧三的反驳，不赞同以旧诗词和民歌作为新文学发展的未来指向，他认为"这持论的最大毛病，即是割断了五四以来的新诗发展历史"。②他在此之前发表的《五四运动与中国新诗的发展》（1940年5月5日《中苏文化》），就是以1917年新文化运动作为"中国的新文艺的萌芽"。在他看来，诗情是首要的，诗歌的形式要为诗情表达服务，因而有韵无韵，对诗歌而言是次要的。③从孙望、常任侠的文章中，可以发现他们一直坚持的诗歌理想就是现代"诗情"与精巧的艺术手法的结合。

出于对于"五四"的共同维护，艾青及"七月派"与孙望、常任侠之间有了一定的共同取向。不过，孙望和常任侠对包括艾青在内的选录对象采取了非常审慎的态度，他们的评论简练而精辟，不是简单地贴上现实主义或现代主义的标签，也不把对象强行塞进自己的阐释框架里，这也恰恰是两部选本值得肯定的地方。

常任侠回顾中国新诗史，认为初期白话诗介乎新旧之间，而新月派拘于韵脚格律，是对"旧形式的迷恋"，暗含的评断就是以现代派的成就为高。在他看来，新诗刊物中"延续得最长久，而成绩也最客

---

① 《四年读诗小记》是胡风为诗选《我是初来的》所作序言，写于1942年8月21日。

② 常任侠：《抗战四年来的诗创作》，郭淑芬等编《常任侠文集》（第6卷），安徽教育出版社2002年版，第408页。

③ 常任侠：《抗战四年来的诗创作》，郭淑芬等编《常任侠文集》（第6卷），安徽教育出版社2002年版，第400—403页。

观的要推《诗帆》与《新诗月刊》》①，这两种刊物都是现代主义诗刊。而艾青对它们都很重视，因为"艾青深沉于法国诗艺的修养，以古典的手法，表现现代的事物，诗格清新而可爱"。在这一点上他们堪称同道，这就可以理解孙望与常任侠的两个选本选入艾青的诗作最多了。孙望从艾青的诗里获得"清俊新鲜的感觉"，② 常任侠读到桂林出版的《诗》，将艾青的三首诗《树》《桥》《独木桥》全部选入，认为它们"艺术都很精到"，而艾青的《北方》等诗集则是"精致的艺术作品"，而艾青的"忧郁"与"忧伤"，是对时代现实的真实感受，因此他对艾青作出了一个最高评价："为时代而痛苦者，便能歌唱出这时代的真的声音，艾青正是这时代歌手中的代表。"③ "七月派"的苏金伞、杜谷、鲁藜、邹荻帆、曾卓、冀汸也同样得到他们的欣赏而得以入选。

艾青对于孙望、常任侠一派的诗风也报以肯定的评价，在选诗志趣上也有着共同之处。艾青欣赏"歌唱了民族革命的战争"的"播谷鸟"诗人贾芝，书写现实的力扬、戴望舒、徐迟、施蛰存、方敬、吕亮耕、苏金伞，"热情的"常任侠、"深沉的"邹荻帆……④在编选《朴素的歌》时，他强调诗要为时代、人民而歌，也将力扬、常任侠、徐迟、贾芝、邹荻帆、鲁藜、戴望舒的作品收入其中⑤。

因此，这两部诗歌选本，有着重要的时代意义，它们所折射出来的，是时人对于中国文化融和创新问题的深层思考，是中国和中国文化往何处去的问题。常任侠的设想是，以"五四"为起点，继承其时代精神，"新时代的诗人们，吸取世界诗艺的精华，并接受中华民族

---

① 常任侠：《抗战四年来的诗创作》，郭淑芬等编《常任侠文集》（第6卷），安徽教育出版社2002年版，第403—404页。

② 孙望：《战前中国新诗选》，江西人民出版社1983年版，第127页。

③ 常任侠：《抗战四年来的诗创作》，郭淑芬等编《常任侠文集》（第6卷），安徽教育出版社2002年版，第408—416页。

④ 艾青：《抗战以来的中国新诗》，《中苏文化》1941年第9卷第1期。

⑤ 艾青：《论抗战以来的中国新诗——〈朴素的歌〉序》，《艾青全集》（第三卷），花山文艺出版社1991年版，第175—178页。

宝贵的遗产，来创造民族形式，伴着全世界的步驰，跑向前去，来建立起新中华辉煌的诗坛，这正是新时代诗人的任务了"。① 这本身也是当时"民族形式"问题论争的中心议题，在研究者看来，文艺"民族形式"运动意味着民族主义的文化诉求与民族国家的文化建构，是中国文学现代化道路的转折点②。论争虽然结束，但是知识分子对中国国家前途和文化发展的思考却没有停止。

在这一问题上同样作出了深刻思考并提出了自己的见解的，还有闻一多。闻一多所编的《现代诗钞》与孙望、常任侠所编选本一样，也是极具特色与眼光的个性化选本，但与其他选本不同，《现代诗钞》在闻一多生前没有出版，也"似未最后编定"③，诗人遭遇暗杀后这部诗选才被收入《闻一多全集》第4卷，1948年由开明书店出版。因此，它在1948年以前可以说是一个"潜文本"，而且在此后很长一段时间内也没有得到充分的重视与研究，专文论述的成果较少④，因此，《现代诗钞》的价值与意义还有待进一步探寻。

研究者认为，《现代诗钞》的编选，源于1943年闻一多应英国学者白英（Robert Payne）之邀共同编选一部《中国新诗选》，后来因各种原因，这一英文选本由白英独立完成，但闻一多也因此开始了新诗的编选工作⑤。他曾专门提及此事：

---

① 常任侠：《五四运动与中国新诗的发展》，郭淑芬等编《常任侠文集》（第6卷），安徽教育出版社2002年版，第405页。
② 石凤珍：《文艺"民族形式"论争研究》，中华书局2007年版，第13页。
③ 出自《现代诗钞》的编者说明，闻一多《现代诗钞》，《闻一多全集》（第1册），湖北人民出版社1993年版，第326页。
④ 这方面的论文有罗星昊《闻一多〈现代诗钞〉拾微》，《四川师院学报》1985年第1期；易彬《政治理性与美学理念的矛盾交织——对于闻一多编选〈现代诗钞〉的辩诘》，《人文杂志》2011年第2期；陈璇《叙述与确认：民国时期新诗选本研究》，博士学位论文，武汉大学，2014年；徐宁《"以诗存史"与经典化选择——闻一多〈现代诗抄〉研究》，硕士学位论文，陕西师范大学，2018年等。
⑤ 罗星昊：《闻一多〈现代诗钞〉拾微》，《四川师院学报》1985年第1期；易彬：《政治理性与美学理念的矛盾交织——对于闻一多编选〈现代诗钞〉的辩诘》，《人文杂志》2011年第2期。

不用讲今天的我是以文学史家自居的,我并不是代表某一派的诗人。唯其曾经一度写过诗,所以现在有揽取这项工作的热心,唯其现在不再写诗了,所以有应付这工作的冷静头脑而不至于对某种诗有所偏爱或偏恶。我是在新诗之中,又在新诗之外,我想我是颇合乎选家的资格的。①

闻一多把这个计划中的选本称为《新诗选》,据罗星昊考证,《新诗选》应该就是后来收入《闻一多全集》的《现代诗钞》②,字里行间透露出闻一多满满的自信。这里依据湖北人民出版社 1993 年出版的《闻一多全集》(第 1 册) 中收录的《现代诗钞》加以分析③。从选篇来看,《现代诗钞》选入 65 位诗人的 191 首诗,其中徐志摩最多,达 13 首,艾青、穆旦 11 首,陈梦家 10 首,闻一多、冰心各 9 首。参考陈璇及罗星昊、徐宁的研究成果(见表 1-6)。④

表 1-6 流派选入的情况

| 诗派 | 入选诗人(人) | 入选诗作(首) | 作品基调 |
| --- | --- | --- | --- |
| 新月派 | 11 | 51 | 对生命和爱情的狂热歌颂 |

---

① 闻一多:《致臧克家》,《闻一多全集》(第 12 册),湖北人民出版社 1993 年版,第 382 页。

② 罗星昊:《闻一多〈现代诗钞〉拾微》,《四川师院学报》1985 年第 1 期。《闻一多先生年谱》也提及闻一多编选"新诗选"一事 [见季镇淮《闻一多先生年谱》,《闻一多全集》(第 12 册),湖北人民出版社 1993 年版,第 506 页]。

③ 目前为止《闻一多全集》最重要的版本有两个:一个是 1948 年开明书店版,共四册,此后上海书店 1949 年据此影印、生活·读书·新知三联书店 1982 年据此重印,2020 年上海书店出版社根据生活·读书·新知三联书店重印本,出版了简体本共六册。另一个是 1993 年湖北人民出版社出版的 12 册《闻一多全集》(2004 年第 2 次印刷)。两个版本中《现代诗抄》的编排存在一定的差异,湖北人民出版社版本改"钞"为"抄",并在"编者说明"中指出,《现代诗抄》是"根据先生的手抄稿编入","所有作家作品的编排顺序均依原样,未作任何更动",只有少量归并 [《闻一多全集》(第 1 册),湖北人民出版社 1993 年版,"编者说明"页及第 326 页]。故笔者以湖北人民出版社的《现代诗抄》为依据。

④ 参见陈璇《叙述与确认:民国时期新诗选本研究》,博士学位论文,武汉大学,2014 年,第 186 页;罗星昊《闻一多〈现代诗钞〉拾微》,《四川师院学报》1985 年第 1 期;徐宁《"以诗存史"与经典化选择——闻一多〈现代诗抄〉研究》,硕士学位论文,陕西师范大学,2018 年。

续表

| 诗派 | 入选诗人（人） | 入选诗作（首） | 作品基调 |
|---|---|---|---|
| 初期自由诗派 | 2 | 8 | 对个性、自由的热烈呼喊 |
| 七月派 | 12 | 21 | 对民族的深切忧虑和对理想的深情系念 |
| 现代派 | 18 | 28 | 对社会绝望的自我呻吟低叹 |
| 学院派 | 5 | 25 | 对命运皈依与反抗的含泪悲歌 |
| 抗战派 | 17 | 45 | 对正义战争和平的明朗歌唱 |

这里的编排颇耐人回味，表面看来，选本涵盖了各个时期的重要新诗流派，应该是具有新诗史意识的综合性选本。但实际情况并非如此，选本以流派为基本单位，新月派置于开端，选入诗作最多，就单个诗人而言也以徐志摩作品收录最多，可见他对新月派的偏爱。闻一多实际是将"新月派"作品视为中国新诗真正的开端，这恐怕不仅仅在于他本身是新月派中人，更重要的是他是将"新月派"的诗学信念与诗作视为中国新诗打破传统格局、创立自身美学风格的标志。不能把他的这一编排理解为门户之见。而"七月派"紧随初期自由诗派之后，早于"七月派"的"现代派"却在其后，"抗战派"又置于"学院派"之后，"这样的安排，各派诗风的差异使全书结构有一种鲜明的节奏性，而各派感情基调的递变则贯起了全书的主旋律"①，与一般的按新诗史线索所编的综合性选本有了明显差异。

《现代诗钞》其实是一项系统的工程，有诗选，还有"新诗汇目""新诗过眼录""待访录"②，如果说《现代诗钞》在当时是未能问世的"潜文本"，那么诗选之外的三个部分，又是《现代诗钞》的"潜文本"，它们与诗选相互呼应，共同构成了闻一多对中国新诗与新诗史的总体理解。有学者认为，在选诗方面《现代诗钞》"称得上是中国现代新诗三十年的首部完整诗选"，同时由于它侧重第一个十年之后的诗歌，又"有意识地与朱自清《新文学大系诗集（1917—1927）》

---

① 罗星昊：《闻一多〈现代诗钞〉拾微》，《四川师院学报》1985年第1期。
② 闻一多：《现代诗钞》，《闻一多全集》（第1册），湖北人民出版社1993年版，第338—346页。

形成一个衔接，让其在时间上有一个承上启下的作用"①。此外，闻一多甚至还在选诗时对诗歌原作进行一定的修改调整②，体现出强烈的主体意识。

不仅如此，就具体入选诗人诗篇来看，闻一多的个人爱好也是显露无遗。初期白话诗人中他对于胡适、沈尹默、刘大白、周作人、鲁迅等都不选，仅仅只选了他喜爱的郭沫若、冰心，这与他早年对两人特别是对郭沫若的赞赏是一致的。作为一部个性化选本，闻一多的诗歌理念与趣味仍是一以贯之的，这主要表现在他对诗歌美质的坚持，而这种美质，从选篇来看，最重要的是诗情要真挚、丰富、浓烈，同时要有高超的艺术技巧。闻一多早年作为新月派诗人也是坚持这一点，由此出发，他格外欣赏同为"新月派"成员的徐志摩、朱湘、饶孟侃、孙大雨、方玮德、饶孟侃、陈梦家，特别看重西南联大学生创作的作品，也赞赏郭沫若、冰心、臧克家这样的诗人。他自己早年提倡的"绘画美、音乐美、建筑美"的"三美"原则、对新诗格律的探索，对40年代的闻一多而言，这些外在的要求已经退居其次，因而自由体、格律体都可以选，浪漫派、现代派都能容纳，不变的是对诗情的要求以及达到必要的艺术水准。闻一多早年曾批评汪静之"本不配作诗，他偏要妄动手，所以弄出那样粗劣的玩意儿来了"③，编选《现代诗钞》时，他仍将其拒之门外。

但是，40年代的闻一多与早年已有很大的不同。一方面由于他多年远离新诗坛，对于新诗其实是有一定的隔膜的，选本中暴露出不少问题，如"抗战派"是根据题材内容命名，"学院派"是按诗人及诗风而立，它们与"七月派""现代派"等显然不在一个逻辑层面上。不仅如此，选本对于西南联大学生的作品选入不少，却没有选入冯至、李广田等西南联大教师的作品，这也是让人费解的。对于田间的诗歌，

---

① 徐宁：《"以诗存史"与经典化选择——闻一多〈现代诗抄〉研究》，硕士学位论文，陕西师范大学，2018年。

② 参见徐宁《"以诗存史"与经典化选择——闻一多〈现代诗抄〉研究》第二章第二节"诗人改诗——《〈现代诗抄〉》的校订"。

③ 闻一多：《致闻家驷》，《闻一多全集》（第12册），湖北人民出版社1993年版，第162页。

闻一多的态度变化很大，刚接触田间的诗歌时，他不无惊疑，但他"很快就满怀激情地在一堂唐诗课上高声朗诵、介绍了这一描绘解放区军民英勇抗日斗争的诗篇"①。这种战斗的诗，在注重诗歌美质的闻一多看来，显然"不是诗"，但因为它们歌唱战斗、展现现实，闻一多又予以了热情的褒扬。不过落实到选本中，选录田间的诗歌为5首，也不算多。有学者将其称为闻一多"政治理性与美学理念的矛盾"②。因此，在他的选本中，除了"新月派"之外，"现代派"与"抗战派"入选的诗人最多，或许这也是他的矛盾的体现：对"现代派"他应该是看重其在诗艺上的创新，对"抗战派"他可能是侧重其现实性。

这种矛盾表明，闻一多越来越注重于从诗歌中去寻找一种力量，作为改变现实的良方。于是他进入古典文学的世界，研究古籍不是为了钻故纸堆，而是有着强烈的现实抱负。闻一多从神话歌谣、诗经楚辞、乐府到唐诗，一路下来，在中国文学史中上下求索，是为了给中国开一剂药方，他在给臧克家的信中坦陈了这一点："你不知道我在故纸堆中所做的工作是什么，它的目的何在……近年来我在联大的圈子里声音喊得很大，慢慢我要向圈子外喊去，因为经过十余年故纸堆中的生活，我有了把握，看清了我们这民族，这文化的病症，我敢于开方了。方单的形式是什么——一部文学史（诗的史），或一首诗（史的诗），我不知道，也许什么也不是。"③ 不仅如此，在一路南迁的历程中，闻一多等教师与学生们携手成立"国立长沙临时大学湘、黔、滇旅行团"，行程有3000余里，历时68天来到昆明。师生们沿途广泛开展抗日宣传活动，进行社会调查和采风，采集了珍贵的植物和矿物标本，闻一多还兴致勃勃地写生。而在西南联大的校园里，各种热闹的文学活动、活跃的诗歌社团"诗歌社"等，多半都有闻一多的参与和指导。这些都表明此时的闻一多并不把诗歌看成贵族的风花雪

---

① 史集：《闻一多先生和新诗社》，《云南师范学院学报》1987年第2期。
② 易彬：《政治理性与美学理念的矛盾交织——对于闻一多编选〈现代诗钞〉的辩诘》，《人文杂志》2011年第2期。
③ 闻一多：《致臧克家》，《闻一多全集》（第12册），湖北人民出版社1993年版，第380页。

月，也不是封闭在书斋和象牙塔里的玩意儿，诗歌是来自人民、来自大地的，是面向现实的。40年代的闻一多转向了人民的立场，虽然在当时他对"人民"的理解还显得比较模糊，但他热烈地期待着一个新时代的到来，"这是一个需要鼓手的时代"①，所以他对"时代的鼓手"田间、对艾青都给予了热烈的肯定。特别是对于田间，他很清楚"这些都不算成功的诗（据一位懂诗的朋友说，作者还有较成功的诗，可惜我没见到。）"，但是闻一多又认为"它所成就的那点，却是诗的先决条件——那便是生活欲，积极的，绝对的生活欲……它只是一片沉着的鼓声，鼓舞你爱，鼓动你恨，鼓励你活着，用最高限度的热与力活着，在这大地上"②。在诗与非诗之间，闻一多在寻求着生活与艺术的平衡点。后来，闻一多还曾谈道："时间和读者会无情地淘汰坏的作品……我们设想我们的选本是一个治病的药方，……所以，我们与其去管诗人，叫他负责，我们不如好好地找到一个批评家，批评家不单可以给我们以好诗，而且可以给社会以好诗。"③

因此，闻一多眼中的这个选本，不是限于抗战时期，也不仅属于新诗史，这是"二年[千]五百年全部文学名著选中一部分的整个《新诗选》。也不仅是'选'而是选与译"④——同时面向历史和世界。从这个意义上讲，闻一多编选《现代诗钞》，其目的已经溢出了文学，与中国社会、文化相关联："我的历史课题甚至伸到历史以前，所以我研究了神话，我的文化课题超出了文化圈外，所以我又在研究以原始社会为对象的文化人类学。"⑤

这部选本的编辑出版本身也透露出丰富的信息。《闻一多全集》（四册）实际并不全，但当时的出版是有着现实考虑的。这套全集的编辑者署名朱自清、郭沫若、吴晗、叶圣陶，由开明书店印刷、发行。从这套全集的策划与出版过程看，闻一多遇难后，是由清华大学校方

---

① 闻一多：《时代的鼓手》，《闻一多全集》（第2册），湖北人民出版社1993年版，第201页。
② 闻一多：《时代的鼓手》，《闻一多全集》（第2册），湖北人民出版社1993年版，第201页。
③ 闻一多：《诗与批评》，《闻一多全集》（第2册），湖北人民出版社1993年版，第220页。
④ 闻一多：《致臧克家》，《闻一多全集》（第12册），湖北人民出版社1993年版，第381页。
⑤ 闻一多：《致臧克家》，《闻一多全集》（第12册），湖北人民出版社1993年版，第381页。

组织了以朱自清为代表的委员会来整理其作品,中国共产党对此表示了高度关注,以郭沫若、叶圣陶、开明书店等代表革命、民主的力量加入其中,背后实际有政治力量的博弈。有学者认为"开明版《闻一多全集》,它预示着1940年代末期绝大多数知识分子的政治选择,标识着文学作品自由结集出版方式的结束"①。因此,以《现代诗钞》作为新诗选本第一阶段的收尾是合适的。

由此可以说,《现代诗钞》与孙望、常任侠等人所编选本一样,不仅是体现选家趣味的个性化选本,同时还是折射时代心理、有着现实诉求的文化产品。在一定的意义上讲,它的文化价值、现实意义或许更重于其作为文学选本的意义。作为一部未完成的、开放的诗歌选本,《现代诗钞》仍召唤着研究者对其进行更为深入的研究。

综上所述,1920—1948年为中国新诗选本的第一个发展阶段。其中又大体可分为20世纪20—40年代三个更具体的时间段,分别是选本的草创期、多元发展期、个性化编选期。选本与新诗紧密联系在一起,草创期的选本主要是保存新诗文献、维护新诗合法性及初步筛选;多元发展期的选本与新诗创作都异彩纷呈,选本的经典化功能凸显出来,具有新诗史意味的选本大量出现;个人化编选期的新诗创作和编选环境发生了重大变化,选家开始更为注重表达自己的新诗理念。这一阶段的变革是剧烈的,但无论是新诗创作还是编选,都取得了令人瞩目的成绩,新诗的经典化已经收获了初步的成果。

---

① 邱雪松:《合流的抗争与难料的宿命——开明版〈闻一多全集〉出版前后》,《现代中文学刊》2014年第4期。

# 第二章　在审美与政治之间的一体化选本

如果说1948年闻一多《现代诗钞》的问世，意味着新诗选本第一阶段的结束，那么1949年出版的《文学作品选读》（邵荃麟、葛琴合编）、"中国人民文艺丛书"（周扬主编），则标志着一个新阶段的开始。这一阶段与前者最大的不同，就是此时的新诗编选是党领导下的革命文艺事业的组成部分，正如众多研究者所指出的，50—70年代的中国文学特点为"一体化"①，文学选本也是如此：民国时期由民间个体或同人所编的选本，这一阶段基本消失在公众的视野中，由于出版文化事业是在统一领导和统筹安排下进行，大量的新诗集被列入丛书中出版，此时的诗集出版就与此前有了很大不同，它们都是经过筛选、审定，乃至修改后才出版的，体现出秩序的整一性，服从于国家意志的需要，即使编选者是个人，但这些个体选家首先是党的文艺方针政策的贯彻执行者。因此，从1949至1978年，新诗选本大体上呈现为四种形态：一是各种经过选择而得以出版的选集，它们往往在丛书中亮相（如"中国人民文艺丛书""新文学选集"中国现代作家选集等），大体分为延安文艺座谈会前后的解放区文学、新中国文学、"五四"以来的新文学三个时期。这些选集、丛书完全可以被看作选本，与民国时期的选集、丛书有

---

① 相关论述参见洪子诚、刘登翰《中国当代新诗史》（修订版），北京大学出版社2005年版；陈改玲《重建新文学史秩序：1950—1957年现代作家选集的出版研究》，人民文学出版社2006年版；陈宗俊《"十七年"新诗选本与"人民诗歌"的构建》，博士学位论文，南京师范大学，2014年；徐勇《选本编纂与八十年代文学生产》，人民文学出版社2017年版；谢冕《中国新诗史略》，北京大学出版社2018年版等。

很大不同；二是紧贴时政、响应号召的选本，如革命诗选、工农兵诗选、抗美援朝诗选、反右诗选、批林批孔诗选、学大寨诗选等，其中的《红旗歌谣》《小靳庄诗歌选》尤其引人注目；三是年度诗选，将《新诗年选》（一九一九年）开创的中国新诗年选的传统延续了下去；四是富有新诗史意味的综合性选本，最具代表性的就是臧克家编选的《中国新诗选（1919—1949）》。第一类和第四类选本将是本章研究的重点。

## 第一节　树立典范：从解放区文艺到新中国的人民的文艺

中国共产党对文艺工作和出版工作一直高度重视，早在抗日战争时期，根据地的文艺活动与文化出版事业就在党的领导下迅速开展起来。在当时的边区，人民群众喜闻乐见的，是音乐、舞蹈以及具有综合性的戏剧等样式，它们得到了党中央的大力支持："内容反映人民情感意志，形式易演易懂的话剧与歌剧（这是熔戏剧、文学、音乐、跳舞，甚至美术于一炉的艺术形式，包括各种新旧形式与地方形式），已经证明是今天动员与教育群众坚持抗战，发展生产的有力武器，应该在各地方与部队中普遍发展。"[1] 50年代以后的"一体化"在此时已经有了一定的表现：对作品的要求是描写新人新事，站在革命的、人民的立场上，形式是民族的、大众的，通俗易懂、宜于普及，作品要具有鼓动性和教育意义。

在这样一种形势下，当时革命文艺的传播就有推行文艺教育与编选文艺丛书等途径。早在抗战时期，陕甘宁根据地普遍开设大学并实行新的学制，开设各类课程，而大学中原有的文艺类课程则顺应形势为抗战服务。当时的华北联合大学、"鲁艺"、延安大学等均设有文学系，华北联合大学与北方大学合并成立华北大学，在文艺课程方面"主要以培养为工农兵服务的文艺干部为目的"[2]，艾青为文艺教研室主任。在香港

---

[1] 《中共中央宣传部关于执行党的文艺政策的决定》，《解放日报》1943年11月8日。
[2] 鲍嵘：《学问与治理：中国大学知识现代性状况报告（1949—1954）》，学林出版社2008年版，第78页。

创办的"持恒函授学校",其实也具有这样的性质与作用。

需要指出的是,学界对民国时期的文学教育、文学教材已有不少研究,但对于香港的持恒函授学校的文学教育活动关注较少,它也为文学选本的研究提供了另一条思路,正如徐勇所指出的,"新中国成立前后,较早出现而又有症候性的,是邵荃麟和周扬编选的选本。……这两部选本的意义在于建立了权威选本的模式。选家虽是个人,但其代表的毋宁说是其背后的意识形态色彩"。这里所说的周扬、邵荃麟和葛琴编的选本,分别是周扬编《解放区短篇创作集》(1946)和邵荃麟、葛琴合编的《创作小说选》(1947)与《文学作品选读》(1949年6月),徐勇认为前者"建构了新中国成立后文学的新的秩序",后者则"建构了如何阅读以及怎样阅读的阅读引导机制"[①],与新诗编选有关的《文学作品选读》,正是持恒函授学校的教材。

根据现有资料可知,1947年10月,南迁至香港的生活书店创办了"持恒函授学校",至1948年9月停办,共2期,学员有2700多人。持恒学校停办后,继续通过"持恒之家"开展活动。生活书店办这所学校是为了纪念邹韬奋,其宗旨是"辅导失学青年及有志上进青年继续进修,并满足各别之学习需要"[②],所以本来想取名为韬奋函授学校,但考虑到国统区及海外学员,定名为持恒函授学校,寓"持恒求真,精进不懈"之义。[③] 持恒函授学校与达德学院(1946—1949年)的教员均为进步学者与文化界人士。在当时艰苦的条件下,两所学校实际成为培养党的后备干部与革命人才的重要基地。

在持恒函授学校,徐伯昕为校务委员会主席,孙起孟任校长,程浩飞任总务部主任,胡耐秋任教务部主任。这是一个"带有实验性的教学组织",设专修部和中学部,专修部有"文学作品选读与习作"

---

① 徐勇:《十七年时期选本出版与文学一体化进程》,《青海社会科学》2015年第4期。
② 孙起孟:《持恒函授学校缘起及简章》,吴长翼、邱国忠编《持恒纪念集》,中国文史出版社1997年版,第68页。
③ 参见王仿子《徐伯昕在香港生活书店的日子》,《出版史料》2005年第1期;蓝真《走上"为读者服务"的道路》,《出版史料》2008年第3期;孙起孟《以为青年服务为乐事——怀念徐伯昕同志的一段往事》,《持恒纪念集》,中国文史出版社1997年版,第1页。

"哲学概论""社会科学概论""经济学原理""中国通史""现代国际关系""中国经济问题""会计学"8门学科。延聘的导师为邵荃麟、葛琴、胡绳、宋云彬等;中学部设"国文""英文""数学""常识"4门学科,孟超、吴全衡、戴依南等任教①。各学科讲义都是自编,蜡版油印,"除编发教材,还应学友要求,附寄《土地法大纲》《新民主主义论》《在延安文艺座谈会上的讲话》和《群众》《解放区小说选》等书刊"。学校还创办校刊《持恒之友》,举办专题讲座,主讲人有郭沫若、胡愈之、胡绳、乔冠华、邓初民等。②

邵荃麟与葛琴就是持恒函授学校专修部的导师,他们合编的《文学作品选读》就是为"文学作品选读与习作"而编写的教材。在这次合作之前,他们各自都编选过作品集,邵荃麟选注的《创作小说选》、葛琴选注的《散文选》《游记选》,均属于"中学略谈文库丛书",由香港文化供应社1947年出版。这些选本与《文学作品选读》一样,都是作为教材教辅读物,都是采用了选文加导读的形式,因此,不仅在选篇,也在阅读上给予读者以指导,使读者能接受选家的立场与观念。

孙起孟指出,"各科教材由学校自编,不同于一般的课本",其导向性是非常明显的:"文学作品,选读左翼作家和解放区的作品。"③《文学作品选读》正是这种有特色、有导向的教材,它分为上、下两册,每册各选文12篇(见表2-1)。

表2-1　　　　　　　　　《文学作品选读》特色

| 上册 | 下册 |
| --- | --- |
| 丁玲《新的信念》(小说) | 鲁迅《药》(小说) |
| 晋驼《结合》(小说) | [俄] A. 柴霍甫《盒里的人》(小说) |

---

① 分别见孙起孟《以为青年版服务为乐事——怀念徐伯昕同志的一段往事》《持恒函授学校缘起及简章》,吴长翼、邱国忠编《持恒纪念集》,中国文史出版社1997年版,第1、69页。

② 吴长翼:《记50年前香港持恒函授学校》,《新文化史料》1998年第1期;郑新:《鲜为人知的持恒函授学校》,吴长翼、邱国忠编《持恒纪念集》,中国文史出版社1997年版,第13—14页。

③ 孙起孟:《以为青年版服务为乐事——怀念徐伯昕同志的一段往事》,吴长翼、邱国忠编《持恒纪念集》,中国文史出版社1997年版,第3页。

续表

| 上册 | 下册 |
| --- | --- |
| 艾青《雪里钻》（诗） | ［苏联］M. 高尔基《二十六个和一个》（小说） |
| ［苏联］江布尔《我的故乡》（诗） | 《普希金抒情诗选》（诗） |
| 何其芳《夜歌》（诗） | 茅盾《残冬》（小说） |
| 孙犁《荷花淀》（小说） | ［俄］N. A. 尼克拉索夫《地主》（诗） |
| 艾芜《石青嫂子》（小说） | ［法］罗曼·罗兰《精神独立宣言》（散文） |
| 牧野《两种脚印》（小说） | ［法］罗曼·罗兰《向高尔基致敬》（散文） |
| 鲁迅《秋夜》（散文） | 夏衍《包身工》（报告） |
| 孔厥《一个女人翻身的故事》（报告） | 鲁迅《灯下漫笔》（杂文） |
| ［苏联］土尔兄弟《队长之妻》（速写） | ［俄］A. 柴霍甫《求婚》（独幕剧） |
| 赵树理《李家庄的变迁》（小说） | ［俄］契里加夫《严加管束》（小说） |

从选文来看，这套教材选收的国外作家以俄苏为主，法国的罗曼·罗兰则是进步作家；国内所选正是"左翼作家和解放区的作品"，鲁迅的作品选入最多。选文覆盖了小说、诗歌、散文、报告、戏剧等各种体裁，以小说数量为最多。这些都体现了选家的倾向。

总体来看，这套教材确实有其特色所在：首先是选文标准。在第一阶段三个月的学习结束时，邵荃麟、葛琴在总结中明确表示他们选文"特别着重于反映当前社会生活与社会斗争的、现实性较强的、思想上较进步的作品"，各家风格有所不同，但"在文艺思想上，大部分都是属于新现实主义的范畴的"，而"新现实主义"正是当下"最进步的文艺思想"，它是"站在人民大众的立场，用进步的世界观，把握住历史发展的动向，来反映和批判历史与社会现实的文艺"[①]。这里所说的"新现实主义"，显然是基于无产阶级革命立场所理解的现实主义。因此，这就不难理解选文均出自左翼作家、进步作家或解放区作家笔下，它们显然都是"新现实主义"的作品。

其次是辅助课文学习的阅读引导机制，主要由作者简介构成。这种机制在民国时期的很多教材中都有体现，但是徐勇认为该选本的阅读引

---

[①] 编者：《给学友们的一封信》，邵荃麟、葛琴编《文学作品选读》（下册），生活·读书·新知上海联合发行所1949年版，第706—707页。

导机制有自己的特点与功能，他将其概括为三点：一是"对文学实用价值的肯定"，二是强调作品的社会意义，三是"阶级分析法的阅读运用"。① 也就是说，在教学中，教师强调的是文学作品对时代思想与精神的反映，而这种反映，又是同作家作品的阶级性结合在一起的。因此文艺是"一种思想批判和斗争的武器"②，青年学员可以借此克服自己的小资产阶级倾向与情绪。邵荃麟与葛琴重视文艺对人的感动力量和教育意义，但强调这种力量和意义必须是"有利于人民大众的"——"这是对于作品评价的基本标准。"③ 因此他们对于每篇选文的指导，基本上都是按照这样的次序进行：先是"认识作品的主题"，判断作家的思想及其正确与否；接下来是"他所反映的生活与人物是否现实"；然后是"看他表现的方法——结构、剪裁、描写、言语等，是否成功"④。这种主题—内容—手法的分析模式，不仅影响到新中国成立后的文学选本的编写，也进入教学领域之中，对于新中国的语文教育产生了深远的影响。

《文学作品选读》对新诗的选择与导读也是按照这样的思路来进行的。入选的中国诗歌有2首：艾青的《雪里钻》与何其芳的《夜歌》（三）。艾青与何其芳都是追求进步、奔赴延安的知识分子，属于革命阵营，他们作品的入选是在情理之中。

"作者介绍"的导向性也是明显的：艾青"因参加革命入狱"，"一九四〇年去延安"，"他原先是个农民气质颇强的抒情诗人，带着农村的忧郁感情……到了写《向太阳》时，这种感情骤然一变，充满了新鲜，健壮，向光明呼唤的热情。最近数年中，因为更深入了生活，诗的作风又起了变化，更朴实更人民化了"⑤。何其芳早期创作"带着

---

① 徐勇：《十七年时期选本出版与文学一体化进程》，《青海社会科学》2015年第4期。

② 编者：《给学友们的一封信》，邵荃麟、葛琴编《文学作品选读》（下册），生活·读书·新知上海联合发行所1949年版，第707页。

③ 编者：《给学友们的一封信》，邵荃麟、葛琴编《文学作品选读》（下册），生活·读书·新知上海联合发行所1949年版，第710页。

④ 编者：《给学友们的一封信》，邵荃麟、葛琴编《文学作品选读》（下册），生活·读书·新知上海联合发行所1949年版，第710页。

⑤ 邵荃麟、葛琴编：《文学作品选读》（上册），生活·读书·新知上海联合发行所1949年版，第94页。

唯美主义的倾向",但抗战开始"他的思想开始改变了",对自己有了"坦白而痛切的反省",但《夜歌》仍然没有摆脱个人主义的倾向,后来"他又到延安去",如今"他早已经是一个为工农兵的文艺战士了"。[①] 编者显然着意强化了"延安"的功能,也将诗人们走上革命道路的经历塑造为青年们学习的典范。

当然,如果说这部教材仅仅是为了宣传革命、强调思想立场,那它跟政治教材也就没什么区别。邵荃麟与葛琴的可贵之处在于,他们坚持把革命观念的输入与文艺以形象、情感动人的特点结合起来,并没有把作品变成革命理论的图解。因此,他们强调在选文时"同时注意到这些作品对于写作学习上可能有较多帮助的",在题材处理方面,写作要有鲜明的主题,要进行剪裁、要具备形象性[②];在表现方面,要克服"概念化、避重就轻、芜杂烦琐、词藻堆砌等毛病"[③]。正因为如此,编者敏锐地发现,"《吴满有》是代表了他新的风格的诗,但这首诗并没有写得成功",《文学作品选读》也就没有选。何以不成功,编者没有解释,但根据他们的文艺观念不难推断。例如,对于《雪里钻》,他们在"内容分析""表现方法"中肯定其艺术上的成功,认为这首叙事诗是通过马而赞颂了"英勇的战斗和战斗的性格"。经由这种文艺批评的实践,他们提出了"形象化"这样一个文艺理论中的重要问题:"形象化并不只是把我们所要写的对象具体地或生动地描写出来就算了,主要是把我们所要形象的本质(例如上述那种性格)东西,通过对象马的描写而表达出来。"[④]《吴满有》之所以不成功,应该是在"形象化"方面没有做到位。由文艺批评而升华为文艺理论,

---

[①] 邵荃麟、葛琴编:《文学作品选读》(上册),生活·读书·新知上海联合发行所1949年版,第141—142页。

[②] 邵荃麟、葛琴编:《文学作品选读》(上册),生活·读书·新知上海联合发行所1949年版,第707—715页。

[③] 邵荃麟、葛琴编:《文学作品选读》(上册),生活·读书·新知上海联合发行所1949年版,第715页。

[④] 邵荃麟、葛琴编:《文学作品选读》(上册),生活·读书·新知上海联合发行所1949年版,第94—95页。

这种理论又对读者的写作能起到引导作用,这正是这部教材的一个重要特点。

相比之下,《文学作品选读》对何其芳的处理更体现了其作为教材的特点:它选的何其芳《夜歌》(三)其实是作为"反面教材"选入的,这种现象在以经典化为目的的一般性文艺选本中显然是不会出现的。教材指出,根据何其芳自己所写的《后记》可以看出《夜歌》创作于抗战爆发后他的思想开始发生转变之时,但是还"没有摆脱那种个人主义的倾向"[①]。编者特意解释了选择这首诗的原因:他们从学员中感受到了"唯美主义"和"伤感主义"的不健康的倾向,因此,特地选这首诗并附上《后记》,就是为了让"这样一位从唯美主义和伤感主义的道路上走向革命的诗人""现身说法",而且这首诗是第三首,也是"比较健康的"。由此可以鼓励青年们克服自己的不足,勇敢地走上革命道路。当然,编者也能辩证地肯定这种苦闷情绪产生的现实性及其真实性,对此表示同情,对于作品的表现方法,编者也欣赏其对话的结构、情感的真挚、言语的精练。[②]

那么这样的教学效果如何呢?从回忆文章看,学员们基本上是按照导师们的设计思路来学习,实现了持恒学校的教学目的。学员冯廷杰、邱国忠事隔多年仍对持恒学校念念不忘[③],导师葛琴则回忆"从函校开始,我整天埋在同学们的稿件堆里。同学们首先给我的印象,是他们坦直恳切的自白。他们说述自己的经历、遭遇,说述爱好文艺的动机,对文艺的看法,打算怎么向它加工努力等,真情洋溢"[④]。学员虹棉"特别爱听她推荐的解放区文艺作品……作品里的人物故事,

---

[①] 邵荃麟、葛琴编:《文学作品选读》(上册),生活·读书·新知上海联合发行所1949年版,第142页。

[②] 邵荃麟、葛琴编:《文学作品选读》(上册),生活·读书·新知上海联合发行所1949年版,第142—146页。

[③] 冯廷杰:《我在"持恒"学习的片段回忆》、邱国忠:《香港持恒学友活动追记》,吴长翼、邱国忠编《持恒纪念集》,中国文史出版社1997年版,第20—23页。

[④] 葛琴:《我怎样写起小说来的》,香港《文艺生活》1948年第7期,转引自吴长翼、邱国忠编《持恒纪念集》,中国文史出版社1997年版,第41页。

使我们越听越向往，常常浸沉入解放区人民斗争的遐想中"，"'习作指导'课，她让我们自由命题，每月至少交习作一篇。批改作业，严肃认真，要求也很严格"。①

导师不仅是学员们的学业教师，还是他们的人生导师。虹棉就注意到"葛琴老师教书育人，热情帮助同学提高政治觉悟"，在葛琴的指引和帮助下，虹棉离开香港奔赴解放区②。这就是持恒函授学校所提倡的精神："提倡学习结合实际，指出学习的目的不仅在于认识世界，而且要求改造世界。"③ 当时还有戴依南担任国文科导师，徐丰村受教于戴依南，感受到"'持恒'给了我文化知识，给了我进步思想和精神力量"；林满则发现"戴依南老师运用毛泽东思想，结合作家作品，启发我提高思想认识"。④

徐颐等人的想法与做法则更体现了学员的积极与主动：

> 我们之所以在一起研习文学，既不像有钱有闲阶级的"消遣"，也不是立意要做一个"文学家"。我们是把文学的阅读当做了生活教育的一部，把文学的习作当做了战斗武器的一种。一方面我们要在研究文学的过程中，增加对现实生活的了解，另一方面，我们也极愿在长时间的学习锻炼中，能用我们的笔来保卫真理，阐明真理，向一切黑暗反动的势力做持久的攻击。
> 讲义后面的附注给了我们很大的便利。我们的批评和检讨主要是从形式、内容、作者等方面找出值得学习或值得注意的要点。
> 我们的注意不仅集中在学校导师在讲义后说明的几点，同时

---

① 虹棉：《我的带路人葛琴老师》，吴长翼、邱国忠编《持恒纪念集》，中国文史出版社1997年版，第41—42页。

② 虹棉：《我的带路人葛琴老师》，吴长翼、邱国忠编《持恒纪念集》，中国文史出版社1997年版，第42—43页。

③ 孙起孟：《以为青年版服务为乐事——怀念徐伯昕同志的一段往事》，吴长翼、邱国忠编《持恒纪念集》，中国文史出版社1997年版，第3页。

④ 徐丰村：《甘霖与明灯》、林满：《"持恒"指引我成长》，吴长翼、邱国忠编《持恒纪念集》，中国文史出版社1997年版，第31—32、51页。

更着重发掘作品中的含蕴,表现方法的技巧,和作者的世界观。

我们规定每人每两星期必须交习作一篇,订在一起轮流阅读。然后由大家选出一篇做这一次的研究对象……我们把集体批评的记录留下,把那篇习作寄给学校,请导师批改。等批改之后的习作寄回的时候,我们还要作一次批评和检讨。①

从这个意义上可以说,持恒函授学校圆满地完成了自己的历史使命,也为新中国的文学编选与文学教学,提供了重要的参考与启发。

与这种教材式选本相映生辉并且在日后不断扩大影响力的是文艺丛书,它其实是在零散的作家选集的基础上发展起来的规模化运作。按照罗执廷的说法,最先出现的作家选集也是一个相当复杂的文化资本的运作过程②。据他统计,最早的选集出现于1925年,最先出版选集的是张资平、郁达夫、郭沫若等人,民国时期出版了个人选集的作家为38人,其中鲁迅最多,为53种,郭沫若其次,为20种③。在此基础上大规模的文艺丛书也开始出现了,罗执廷列举了6种:(1)1933年上海天马书店出版的新文学作家"自选集"丛书;(2)1933—1934年上海乐华图书公司出版的"自选集丛书";(3)1936年上海万象书屋出版的《现代创作文库》,1947年,上海中央书店再版了这套文库中的部分选集;(4)1936—1937年上海仿古书店出版的《现代名人创作丛书》;(5)1936年上海新兴书店出版的"现代名人创作丛书";(6)1937—1939年上海全球书店推出的"现代十大名家代表作"(又名"当代名人创作丛书"),1946年有改版本④。

中国共产党也很早就注意到了丛书所具有的巨大能量。以丛书的形式批量推出文艺作品,集中展示以延安为中心的解放区文艺的成就与规模,同时又表现了相当严整的秩序感和整一性,这是延安文艺产

---

① 徐颐:《我们是怎样在一起学习文学的》,吴长翼、邱国忠编《持恒纪念集》,中国文史出版社1997年版,第155—156页。
② 罗执廷:《民国时期的新文学作家选集出版》,《现代中国文化与文学》2014年第2期。
③ 罗执廷:《民国时期的新文学作家选集出版》,《现代中国文化与文学》2014年第2期。
④ 罗执廷:《民国时期的新文学作家选集出版》,《现代中国文化与文学》2014年第2期。

生全国影响并实现经典化的重要途径，同时也是新诗编选的新变化。据王荣统计，这些文艺丛书包括"西北战地服务团丛书""晋冀鲁豫边区文艺创作小丛书""诗建设丛书""新文艺丛书""鲁艺创作丛书""解放文艺丛书"等近百种[1]。其中最为重要的是周而复主编的"北方文丛"与周扬主编的"中国人民文艺丛书"。[2]

抗日战争胜利后的 1946 年年初，时任中共华南分局文委副书记的周而复策划了"北方文丛"，同年 4 月开始出版[3]。这套丛书包括"西北、华北、东北各个解放区的各类文艺作品，由周而复主编，用海洋书屋名义出版"，丛书分三辑，每辑 10 册，在出版的书籍中附有书目预告[4]。陈思广指出，由于种种原因，"北方文丛"实际出版的书籍与预告是有差异的，预告出版的书籍有 40 种，"但实出 27 种，未出 6 种，未转至《北方文丛》，而由其他出版社出版 7 种"。[5]

"北方文丛"中的"北方"义指解放区[6]，该丛书意在"把《延安文艺座谈会上的讲话》前后的发表和出版的文艺作品介绍给国民党地区以及香港和南洋一带广大读者"[7]，"表现新的群众的时代"[8]。因此，这套丛书也可以视为选本，哪些作家的哪些作品可以入选，往往需要经过反复推敲。正因为如此，"北方文丛"为"中国人民文艺丛

---

[1] 王荣：《宣示与规定：1949 年前后延安文艺丛书的编纂刊行——以"北方文丛"与"中国人民文艺丛书"的编辑出版为例》，《陕西师范大学学报》2012 年第 3 期。

[2] 王荣：《宣示与规定：1949 年前后延安文艺丛书的编纂刊行——以"北方文丛"与"中国人民文艺丛书"的编辑出版为例》，《陕西师范大学学报》2012 年第 3 期。

[3] 周而复：《〈北方文丛〉在香港》，吉少甫主编《郭沫若与群益出版社》，百家出版社 2005 年版，第 245—248 页。

[4] 张学新：《周而复与"北方文丛"》，《新文学史料》2008 年第 4 期。

[5] 陈思广：《〈北方文丛〉全目略说》，《现代中国文化与文学》2013 年第 1 期。

[6] 周而复回忆说："丛书取名'北方文丛'，是因为当时党中央军事委员会以及解放军主力部队都在西北、华北和东北，'三北'，实际上是代表解放区的称谓。不言而喻，《北方文丛》即是《解放区文丛》。"（周而复：《〈北方文丛〉在香港》，吉少甫主编《郭沫若与群益出版社》，百家出版社 2005 年版，第 247 页）

[7] 周而复：《〈北方文丛〉在香港》，吉少甫主编《郭沫若与群益出版社》，百家出版社 2005 年版，第 245 页。

[8] 周扬：《表现新的群众的时代》，海洋书屋 1948 年版，第 59 页。

书"做了很好的铺垫,该丛书中的不少作品,后来也被直接列入"中国人民文艺丛书"。

这套丛书中的诗作不多,有艾青《吴满有》、李季《王贵与李香香》,还可以加上被视为诗歌的说书词《刘巧团圆》①,延安文艺对于诗歌的理解与要求就充分呈现出来,即以民族的民间的形式歌唱解放区的新人新事,塑造新时代的新模范。这一点延续到新中国成立后,成为对于新诗创作的具体要求。因此,当时涌现了大批采用民间曲艺或歌谣形式、以口语入诗、通俗平易的格律体叙事诗。李季的《王贵与李香香》就是一个成功的范例,诗人采用陕北"信天游"的体式,歌唱了解放区的新人典型"王贵""李香香",从而成为解放区诗歌的一个标杆。本来是说书词的《刘巧团圆》,也被视为诗歌作品。

但是艾青显得极为尴尬,毕竟他曾受到西方象征主义的熏染,擅长的是抒写个人情怀的抒情诗,诗作中发散出一种忧郁的气质。要转到这样一条创作道路上来,对他来说确实困难。虽然"皖南事变"后诗人即奔赴延安,力图与自己的过去决裂,努力贯彻延安文艺座谈会讲话的精神,为此艾青亲自下乡,采访新人典型吴满有,用口语化的诗歌赞美他,并且还边朗诵边听取主人公自己的意见。但是,远在香港持恒函授学校的邵荃麟、葛琴认为《吴满有》"这首诗并没有写得成功"②,而延安文艺界的态度更耐人寻味。1943年3月艾青发表了《吴满有》,同年12月新华书店将其列入"大众文艺小丛书"出版,1946年列入"北方文丛"出版。凡此种种,似乎都表明这首诗得到了解放区的肯定。但是,在发表于1946年9月28日《延安日报》上的《读了一首诗》中,时任中共中央宣传部长的陆定一,他所肯定的"自从文艺座谈会以来"的诗歌作品,却是李季的《王贵与李香香》,而这首诗的发表时间比艾青的《吴满有》

---

① 茅盾在《关于鼓词》中称其为"一种可以弦歌的叙事诗",见《茅盾文艺杂论集》(下),上海文艺出版社1981年版,第705页。周而复为《刘巧团圆》所作《后记》则称其为"一首人民斗争胜利的抒情诗"(见韩起祥《刘巧团圆》,海洋书屋1947年版,第147页)。

② 邵荃麟、葛琴编:《文学作品选读》(上册),生活·读书·新知上海联合发行所1949年版,第94页。

晚了三年多①。周而复主编的"北方文丛"收入《吴满有》，但他也认为《王贵与李香香》"是中国土壤里生长出来的奇花，是人民诗篇的第一座里程碑"。②这就暗示着《吴满有》这样的作品，实际并不符合"人民文艺"的要求。此后，由于人物原型吴满有的问题，这首诗基本上就消失了。

与之恰成对应的是，《王贵与李香香》《刘巧团圆》这样的作品，被认为是人民文艺的典范之作，它们的成功之处何在？《吴满有》《王贵与李香香》《刘巧团圆》《白毛女》等作品都有现实依据，但又都经过了虚构加工。单说深入生活、深入人民群众、取材于现实，显然是不足以说明问题的。不过，李季、韩起祥成功的原因至少有两方面：一是将民间形式很好地融入故事骨架之中，二是具备了自觉的人民意识。第一点对于艾青来说就难以做到，自由体诗歌对他来说是得心应手，因为他希望"把自己所感受到的世界不受拘束地表达出来"，但"为了接受中国诗的民族传统，才竭力使自己的诗格律化"③。勉强去做，作品就显得生硬。他的《吴满有》虽然是口语化的诗作，却非民间形式，而这一点对李季、韩起祥来说却不成问题。韩起祥本来就是民间艺人，李季也是从小受到民间文艺的耳濡目染，后来尝试过多种民间的、古典的文艺创作形式如唱本、章回小说，以民歌形式创作《王贵与李香香》反而是在此之后④。因此，陆定一对韩起祥和李季都作出了极高的评价："在说书的方面，有韩起祥编的许多本子，显出民间艺人惊人的天才"，《王贵与李香香》则是"用丰富的民间语汇来做诗，内容形式都好"。⑤

---

① 《王贵与李香香》1946年夏最初发表在《三边报》上，原名《红旗插在死羊湾》，后来改题为《太阳会从西边出来吗？——三边民间革命故事》。同年9月22—24日，以"王贵与李香香"为题在《解放日报》连载。

② 周而复：《〈北方文丛〉在香港》，吉少甫主编《郭沫若与群益出版社》，百家出版社2005年版，第248页。

③ 艾青：《自序》，《艾青选集》，开明书店1952年版，第9页。

④ 李小为：《李季创作〈王贵与李香香〉前后——记李季在三边生活之一》，王文金、李小为编《李季研究资料》，陕西人民出版社1986年版，第49页。

⑤ 陆定一：《读了一首诗》，《延安日报》1946年9月28日。

就第二点而言，郭沫若为《王贵与李香香》所写的序言指出这样的作品正是"人民文艺"，它是"新的意识与新的形式的一个有机的存在"；不过，郭沫若强调"形式固然是重要的，但更重要的是人民意识"。① 这就对作家提出了思想改造的任务。这一点对包括艾青在内的许多来自城市、具有知识分子气质的作家而言并不容易，而农民出身的李季，早年走上革命道路，奔赴延安并入党，在边区工作多年，具备人民意识自然在情理之中。作为旧艺人的韩起祥，是在延安县政府的教育和帮助下，通过改造思想进入人民的阵营②。因此，《王贵与李香香》《刘巧团圆》等作品既能入选"北方文丛"，又能够顺利进入"中国人民文艺丛书"的序列，也就水到渠成。

"中国人民文艺丛书"的编选缘起于 40 年代毛泽东对周扬所作的指示：在夺取全国胜利后展示解放区的文艺成就③。这套丛书先后由新华书店、人民文学出版社出版发行，它与"北方文丛"之间的衔接性、一致性是明显的：它们都是由党在文艺工作方面的领导同志所策划，意在展示宣传解放区的文艺成就，将其中的精神树立为文艺创作的指导思想。"北方文丛"中的不少书目直接进入"中国人民文艺丛书"就是一个证明。但是二者还是有所区别：首先，在于"中国人民文艺丛书"堪称解放区文艺最集中、最大规模、最为权威的亮相，其影响也就至为深远；其次，前者的对象主要是国统区、港台乃至海外读者，目的是进行宣传和统战，后者的对象则是一切读者，这实际上是要确立解放区文艺在全国同时也是新中国的领导地位。因此，它固然也有宣传、传播解放区文艺的目的与功能，但其实已经是要在夺取全国胜利后推行文艺方针政策设想的体现。1949 年 7 月，第一次文代会的与会代表收到的正是"中国人民文艺丛书"这份特别的礼物。

"中国人民文艺丛书"是人民的文艺，其地位自然至高无上，而

---

① 郭沫若：《〈王贵与李香香〉序一》，李季《王贵与李香香》，生活·读书·新知联合发行所 1949 年版，第 ii—iii 页。

② 参见《刘巧团圆》所附的《韩起祥小传》，韩起祥口编，高敏夫记录《刘巧团圆》，东北书店 1947 年版，第 62—63 页。

③ 箫玉：《中国人民文艺丛书：开启文学新纪元》，《石家庄日报》2009 年 9 月 19 日。

且它继承了自左翼文学、抗战文艺、"北方文丛"等一脉相传的红色基因，其中的不少作品逐步被塑造成红色经典。《王贵与李香香》就是一个极为突出的例子，从边区的《三边报》到中共中央的机关报《解放日报》，再加上编辑黎辛以"解清"的笔名发表的评论文章《从〈王贵与李香香〉谈起》①、中共中央宣传部长陆定一的《读了一首诗》，都极大地提升了这首诗的影响力。此后《东北日报》《冀东日报》等予以转载，并应读者的要求出版单行本，这些版本已经形成了一个极为可观的系统：从1946年东北书店初版本到"北方文丛""中国人民文艺丛书"，再到新世纪以来的"百年百种优秀中国文学图书""新文学碑林"等，还有"北方文丛"里郭沫若、陆定一的序言、周而复的"后记"、周扬在第一次文代会上对它的表扬等，构成了一个动态的经典化历程②。

"中国人民文艺丛书"的《编辑例言》明确指出："一、本丛书定名为《中国人民文艺丛书》，暂先选编解放区历年来，特别是一九四二年延安文艺座谈会以来各种优秀的与较好的文艺作品，给广大读者与一切关心新中国文艺前途的人民以阅读与研究的方便。二、编辑标准，以每篇作品政治性与艺术性结合，内容与形式统一的程度来决定，特别重视被广大群众欢迎并对他们起了重大教育作品的作品。……五、本丛书以后拟继续编选出版。"③《编辑例言》里包含的信息十分丰富，首先，它赋予了自1942年以延安为核心的解放区文艺作为人民文艺的典范意义，这也是"新中国文艺"应有的样态；其次，在编选上完全遵循了延安文艺座谈会讲话的精神，讲求政治性与艺术性结合，内容与形式统一，并且还是"为工农兵"即为人民大众而写作的大众化作品，能够实现普及与提高相统一的目的；再次，统一的题头、装帧、例言、出版机构，彰显着"新中国文艺"的集体性、统一性及其秩序；最后，这套书作为样板，它与新中国及其文化建设应是一起推进

---

① 解清（黎辛）：《从〈王贵与李香香〉谈起》，《解放日报》1946年9月22日。
② 王荣：《论〈王贵与李香香〉的版本变迁与文本修改》，《复旦学报》2007年第6期。
③ 《〈中国人民文艺丛书〉编辑例言》，李季《王贵与李香香》，新华书店1949年版，第1页。

还不断修订，但"中国人民文艺丛书"版却具有"定本"或"精校本"的意义。① 事实上，该丛书中的不少作品在出版前后都经历过修改，却不是所有作家都能成功，田间虽然努力修改《赶车传》，但由于种种原因，这部作品并不成功。

在"中国人民文艺丛书"之后，为了尽快进入社会主义建设高潮，后续又有不少丛书推出，"文艺建设丛书"就是一例。从1950年到1952年，根据登载的广告，该丛书共出30种，涵盖小说、诗歌、散文、文艺理论、说书、翻译作品②。同样是强调延安文艺座谈会上的讲话的划时代意义，"文艺建设丛书"更注重的是在"讲话"精神指引下的作家在新中国取得的新成就以及在新中国的环境下成长起来的青年作家与工农兵作者的创作实绩，这与"中国人民文艺丛书"已有不同，或者说它是"中国人民文艺丛书"的延续。如果说"中国人民文艺丛书"是新中国成立前为文艺树立的典范与标杆，"文艺建设丛书"则是新中国文艺成就的一次集中检阅。此时的普及已经有相当的群众基础，因而更重要的是"提高"即推出"在思想上、艺术上比较完美的作品"③，作为未来文艺工作的指南。"文艺建设丛书"的诗歌作品同样不多，只有2部：柯仲平的《从延安到北京》、严辰的《战斗的旗》。柯仲平的这部作品可以算作已成名作家取得的新成就，相对而言，严辰可算作成长起来的青年作家，《战斗的旗》即是他为抗美援朝而创作的诗集。④

大型丛书的推出，固然可以集中展示成果，但是需要创作的积淀、累积，而且就编选与出版而言，也需要投入大量的人力、物力、财力，往往耗时良久。在这种情况下，编选能够及时、快捷采录当下创作成

---

① 王荣：《论〈王贵与李香香〉的版本变迁与文本修改》，《复旦学报》2007年第6期。

② 袁洪权：《"文艺建设丛书"的命运与共和国初期文学的场域——以丁玲1952年致厂民信考释为中心》，《现代中文学刊》2016年第1期。

③ 《编辑例言》，柯仲平《从延安到北京》，生活·读书·新知三联书店1950年版，第1—2页。

④ 严辰：《自传》，徐州师范学院《中国现代作家传略》编辑组编《中国现代作家传略》（上集），四川人民出版社1981年版，第301页。

果、吸收大量短篇或节选作品的年度选本，就成为极有必要的事情。除了纪念新中国成立十周年、三十周年各地推出的文学选本等之外，最值得注意的就是由中国作家协会发起并于1956—1959年出版的4部诗歌年选：《诗选》（1953.9—1955.12）、1956年《诗选》、1957年《诗选》和1958年《诗选》①。第一部诗选的"编选说明"明确表示编选缘起是"为了集中地介绍文学短篇创作的新成果，以便更好地把它们推广到广大读者群众中去，并便于文艺工作者的研究"②，所选范围是1953年9月第二次"文代会"以来"所发表的一些我们认为较好的作品"，是从1953年9月至1955年12月"全国各主要报刊发表的作品及各出版社出版的单行本中选出来的"。编选工作得到"各方面热情的关怀和支持"，"总工会、青年团中央的宣教部门、全国各主要报刊、出版社、作家协会各地分会、许多省市文联以及一部分作家都给我们送来了优秀的推荐目录"③。从这些叙述中，不难发现国家意志的执行、作协的地位及其编选的权威性。

据统计，四部诗选选入诗人分别为114人、107人、126人和143人，诗歌分别为152首、124首、164首和232首。从中可看出1949—1952年是诗人们的一个沉潜调整期，创作数量不多，此后则快速增长，特别是大跃进民歌运动之后，诗歌遍地开花，这从1958年选本的数据可以明显见出。此外，从4部诗选来看，诗人作品入选篇数在5首以上的有25人，分别为郭沫若（23首）、毛泽东（21首）、朱德、陈毅、叶剑英（均为10首）、谢觉哉、田间（均为9首）、董必武、臧克家、郭小川、袁水拍、张永枚、李季（均为7首）、闻捷、顾工（均为6首）、徐迟、阮章竞、沙鸥、严辰、严阵、傅仇、戈壁舟、梁

---

① 《诗选》（1953.9—1955.12）、1956年《诗选》由中国作家协会编选，人民文学出版社1956、1957年出版；1957年《诗选》是中国作家协会委托作家出版社编选，1958年《诗选》是《诗刊》编辑部编选，两部选本由作家出版社分别于1958、1959年出版。

② 中国作家协会：《编选说明》，《诗选》（1953.9—1955.12），人民文学出版社1956年版，第1页。

③ 中国作家协会：《编选说明》，《诗选》（1953.9—1955.12），人民文学出版社1956年版，第1页。

上泉、方纪、邵燕祥（均为5首）。诗人在4部选本中入选次数最多为4次，有13人：郭沫若、臧克家、徐迟、郭小川、田间、袁水拍、闻捷、严阵、傅仇、戈壁舟、梁上泉、李冰、周纲，入选2次以上者共计75人。[①]

根据这些数据，研究者提出了五个方面的观点：一是解放区诗人更受重视和肯定；二是青年诗人、工农兵诗人成为主力；三是少数民族诗人的纳入；四是"五四"诗人的消隐；五是一批"超级作者"的存在，起到了或隐或显的特殊作用。[②] 这些方面，其实在4部诗选的序言中也得到了揭示。4篇序言的作者分别是袁水拍、臧克家（1956、1957年选本序言）、徐迟。这些序言都把对党、对伟大领袖、对国家和人民的热爱与歌颂放在第一位，强调诗人要体验生活、歌唱现实、揭露与批判反动势力与思想，同时也呈现出内在的差异。袁水拍的序言更强调"典型形象"的创造，而要创造这样的形象，诗人就必须使自己高尚起来："诗人既不能是一个隐身者，也不能是一个旁观者，更不能是一个伪善者！诗人只能是一个革命者，一个共产主义的战士。"[③] 这些正是当时文艺界面临的首要任务。臧克家在1956年选本的序言中则提出了对旧形式的利用、社会主义现实主义创作方法，这都是当时探讨的热点话题。但他更指出了"诗的意境不完美"的突出问题，形式上"缺乏象闻一多那样在运用创造形式多样化方面试验的努力。散文诗很少见"，他认为"能运用旧形式的，不反对他用文言写古体诗，写新诗一定用现代语言"，郭沫若正是因为"抓住了'五四'的时代精神，写出了那些辉煌的诗篇"[④]。臧克家在遵循时代

---

[①] 陈宗俊：《"十七年"诗歌队伍的分化与重组——以〈诗选〉（1953—1958）为例》，《安庆师范学院学报》2015年第3期；陈宗俊：《"十七年"新诗选本与"人民诗歌"的构建》，博士学位论文，南京师范大学，2014年。

[②] 陈宗俊：《"十七年"诗歌队伍的分化与重组——以〈诗选〉（1953—1958）为例》，《安庆师范学院学报》2015年第3期。

[③] 袁水拍：《序言》，中国作家协会编《诗选》（1953.9—1955.12），人民文学出版社1956年版，第11—12页。

[④] 臧克家：《序言》，中国作家协会编《诗选》（1956），人民文学出版社1957年版，第12—13页。

要求的前提下表达了个人的一些见解，如他对诗歌意境的重视、多方试验、现代语言的强调，都是他所维护与理解的"五四"精神。这与袁水拍构成了一定的对立性，袁水拍突出的是典型形象，臧克家重视的是意境；袁水拍不满的是不少作品的散文化，臧克家则期待着散文诗。

但是到1957年诗选序言中，臧克家话锋一转，他主编的《诗刊》创刊，毛泽东发表了18首诗词作品，包括许多领导人和作家也写作旧体诗词，臧克家认为"毛主席用创作实践，解决了新旧诗关系的问题"①。但是接下来对诗坛的回顾就显得浮泛得多，更多地是联系反右和苏联的伟大成就来描述。到了1958年徐迟的序言，在大跃进民歌的背景下展开，直接就宣称"一种从内容到形式被普遍承认，喜闻乐见的诗风，已经出现了"，因为"新诗的发展，已经有了明确的方针，这便是在民歌和古典诗歌的基础上发展的方针"，他对诗歌的民族形式问题的论争抱有乐观的态度，毕竟这是在"双百"方针的指引下②。凡此种种，都显示出新中国成立之后经过改造、洗礼与重组，新中国诗坛的秩序已基本上按照国家意志而构建完成。

## 第二节 选集编纂与"五四"以来新文学的遴选、定位与重塑

以上选本、丛书的推出，实际是以1942年延安文艺座谈会上的讲话为界，将新文学分为了"五四"以来的新文学③与1942年以来的新

---

① 臧克家：《序言》，作家出版社编《诗选》（1957），作家出版社1958年版，第1页。
② 徐迟：《序言》，《诗刊》编辑部编选《诗选》（1958），作家出版社1959年版，第8页。
③ "'五四'以来的新文学"在当时是一个很普遍的说法，但它的含义与指向也是比较模糊的，一般是指"五四"至1942年或1949年为止的新文学，后者即通常所说的"现代文学"。但是在50—70年代的语境中，前一种说法（"五四"至1942年）影响也很大。而且在当时的语境中也有两个不同的"五四"：一是1917年开始的"五四"新文化运动，以文学革命为先导；另一个是1919年爆发的"五四运动"。

文学——后者可以称为解放区文学、新中国的人民的文学等[①]。这就涉及一些无法回避且必须解答的问题："五四"以来的新文学的源头在哪里？它的性质是什么？它与1942年以来的解放区文学是什么样的关系？这些问题集中到一点就是：如何理解与评价"五四"以来的新文学？1951年出版的"新文学选集"、1952年开始推出的中国现代作家选集等，是以选集的形式对这一问题所作的回答，它们与作为综合性选本推出的《中国新诗选（1919—1949）》（臧克家编选，1956年初版），共同完成了对"五四"以来新文学的遴选、定位与重塑。但是，这些选集的推出与"中国人民文艺丛书"相比，却经历了一个较长的过程：从中共领导人对"五四"以来新文学的评价到新文学学科地位的确立、新文学史著的编写，选本的编选出版才成为现实。

新文学是在旧营垒中冲杀出来的新事物，复古势力指责其背离孔孟之道、废弃传统文化，新文化阵营与之展开了激烈论战。与此同时，新文学的自我辩解、自我塑造与自我经典化也从未停止过。但是最终起到决定性作用、对"五四"以来新文学的定位、评价起到一锤定音作用的，还是毛泽东的论述。这也为新文学进入共和国初期体制化的教学与出版之中提供了条件。

早在1922年，胡适在写作《五十年来中国之文学》时就对新文学予以回顾，强调了其革故鼎新的意义，当然胡适也在不断的叙述中确立了自己之于新文学、新文化的地位。1935—1936年出版的"中国新文学大系"，更是新文学前所未有的自我经典化举动，也取得了空前的成功。在此前后，经过新文化阵营内外不断的叙述或争辩，新文学的历史逐渐被建构起来，文学史的叙述有胡适《五十年来中国之文学》《白话文学史》、陈子展《最近三十年中国文学史》、王哲甫《中国新文学运动史》、钱基博《现代中国文学史》等。此外，新文学也进入课堂，特别是朱自清、沈从文、苏雪林、废名等在大学任教，开

---

[①] 这一时期的文学当然不是只有解放区文学，但它无疑是被推到了主导地位。此外，新中国虽然是1949年成立，但1942—1949年解放区的文艺观念、文艺选本与丛书，实际已经在描绘新中国文艺的蓝图，并且"新中国"在不同的历史语境下其含义也是有所变化的。

设新文学课程，进一步促进了新文学的传播。

当然，对新文学的分期问题，各家也有不同意见，此外新文化阵营一方面强调自身的决绝态度、与传统之间的断裂，胡适、周作人就是尽力撇清"五四"新文学与晚清文学的关系；另一方面，在寻找历史的依据时，胡适又梳理出了一条白话文学史的线索，以此表明文学革命渊源有自，强调白话文学的正统与正宗；周作人则是上溯到晚明公安派，以"言志"与"抒情"为中国文学此消彼长的两大力量。但是如梁启超、钱基博、卢前等人，更多地是主张文学革命是直接承继晚清文学改良而来。郭绍虞的《中国文学批评史》从语言、文字的分合将新文学纳入中国文学变迁的大视野中。卢冀野、赵景深、朱自清等还把自己的文学史观融入了文学选本之中。

不仅如此，各家所理解和运用的"五四"也存在不同的指向。胡适认可"五四"，将其理解为中国的文艺复兴，但他所说的"五四"是指1917年发生的、作为新文化运动组成部分的"文学革命"，而不是1919年发生在北京的"五四运动"。1933年，胡适在芝加哥大学的演讲以"中国的文艺复兴"为题出版，此后胡适在回忆当年往事时仍强调那是一个"从文学革命到文艺复兴"的历程，而称"五四运动"为"一场不幸的政治干扰"。[①] 瞿秋白与之相反，他积极参加了"五四运动"，但批评"五四"文学革命是"鬼门关以外的战争"[②]，造就的是资产阶级的文学、欧化的文学，限于知识分子的范围，是不彻底的。"革命文学"对于"文学革命"的清算，成为中国现代文学论争的重要组成部分。

抗战爆发后，"五四"新文学得到了知识界的维护，他们强调其与"五四运动"一样具有革命性与进步意义。笔者在第一章已指出，艾青的《抗战以来的中国新诗》、卢前的《抗战以来的中国诗歌》、常

---

[①] 胡适：《胡适口述自传》，唐德刚译注，欧阳哲生编《胡适文集》(1)，北京大学出版社1998年版，第330、352页。

[②] 瞿秋白：《鬼门关以外的战争》，《瞿秋白文集·文学编》（第三卷），人民文学出版社1989年版，第137—138页。

任侠在《文艺月刊》发表的《抗战四年来的诗创作》、胡风《四年读诗小记》等文章,都有着对于新诗发展历程的回顾,艾青、胡风、常任侠是非常坚定地维护"五四"文学的历史地位的,他们自觉地强调"五四"新文学是中国新文学的源头,只不过艾青强调的是"五四"文学的革命性,胡风侧重于"五四"与时代精神的联系,论证他的主观战斗精神理念;常任侠以1917年新文化运动作为中国新文艺的萌芽。如此一来,曾经批判过"五四"新文学的"革命文学",以及抗战初期的新文学,都被合并为一个整体:"五四以来的新文学",它以"五四"新文学(1917年)为起点,一直延续到抗战时期。

1940年毛泽东在《新民主主义论》中,以政治、经济为文化的依据,从中国政治、经济变化的角度,以"五四运动"为切入点,强调它是彻底的反帝反封建的运动,因而"五四运动"以后的新文化是新民主主义的文化,在无产阶级领导下建立起广泛的统一战线,这场文化革命经历了四个时期:1919—1921年、1921—1927年、1927—1937年、1937—1940年,其发展的未来方向是社会主义文化[1]。毛泽东为"五四"以来的新文学作了定位。《新民主主义论》《在延安文艺座谈会上的讲话》发表后,为中国新文学的发展指明了方向。但是,涉及具体问题,文艺界内部仍存在分歧。特别是在"民族形式"问题的论争中,涉及是以"五四"新文艺还是以民间形式作为民族形式中心源泉的激烈论争。不仅如此,"北方文丛""中国人民文艺丛书"等丛书,是以1942年延安讲话作为界碑,将解放区文学推上了典范的地位,成为"新中国文艺""人民文艺"的代表性成果。在这种情况下,"五四"以来的新文学与1942年以来的解放区文学俨然成为两种文学的代名词。情况变得更为复杂:如何评价"五四"新文学、"五四"以来的新文学以及它们与中国古典文学的关系?这些问题,不仅仅是文学史的问题,在当时更是政治问题,如何回答,事关重大。

---

[1] 毛泽东:《新民主主义论》,《毛泽东选集》(第二卷),人民出版社1991年版,第663—706页。

在这一过程中，毛泽东《新民主主义论》成为文艺界回应这些问题的最重要依据。1949年7月，郭沫若在第一次文代会上根据《新民主主义论》重申"五四"以来的新文艺是"无产阶级领导的人民大众反帝反封建的新民主主义的文艺"①。只不过他对三十年来文艺战线及其成就的论述略有调整，即划分为"五四运动"到大革命、大革命到抗战爆发、抗战时期、抗战后期到解放战争的几个阶段。郭沫若也强调了国统区作家和解放区作家在毛泽东的影响、指引下与人民大众相结合，进一步突出了延安讲话的意义。②周扬的报告更明确地将1942年延安讲话以来的"新的人民的文艺"称为"伟大的开始"，他提出"五四"以来的文艺工作者以鲁迅为代表，而延安文艺座谈会上的讲话则规定了新中国的文艺的方向，并且是唯一正确的方向。③

郭沫若、周扬的报告实际体现这样的思路：新文艺运动与中国革命是一致的，新文艺的发展历程是无产阶级逐渐取得主动权、领导权以及新文艺不断发展成长为成熟的革命文艺的历程，1942年以来的解放区文学是"五四"以来的新文学发展的更高阶段。从这个意义上讲，"五四"以来的新文学实际是作为革命文学被整体上纳入"革命"的框架中予以塑造，它的必然走向就是解放区、新中国的人民的文学。这是对"五四"以来的新文学进行了一次逆向的重塑。

从新民主主义的高度来把握"五四"以来的新文学，这在当时是有积极意义的：一方面，"五四"以来的新文学与1942年以来的新文学的确血脉相连；另一方面，即使在新中国成立后，对于"五四"以来新文学的偏见与误解也依然存在。陈改玲指出，1951年，中央文学研究所成立，丁玲为主任。她发现个别学员存在轻视"五四"新文学

---

① 郭沫若：《为建设新中国的人民文艺而奋斗》，中华全国文学艺术工作者代表大会宣传处编《中华全国文学艺术工作者代表大会纪念文集》，新华书店1950年版，第36页。

② 郭沫若：《为建设新中国的人民文艺而奋斗》，中华全国文学艺术工作者代表大会宣传处编《中华全国文学艺术工作者代表大会纪念文集》，新华书店1950年版，第36—38页。

③ 周扬：《新的人民的文艺》，中华全国文学艺术工作者代表大会宣传处编《中华全国文学艺术工作者代表大会纪念文集》，新华书店1950年版，第69—70页。

的情况,即认为"五四"新文学是资产阶级、情调,或认为没什么价值。① 从这个意义上讲,纠正种种偏见与误解,给予"五四"以来的新文学以恰当的地位,是很有必要的。

前文论及抗战时期陕甘宁根据地就实行了新的学制,培养为工农兵服务的文艺骨干力量。解放初这样的思路被进一步强化,与此相对应的,是"新文学"/"现代文学"因其革命与现实意义而被迅速抬升,成为大学的必修课程、主干课程。茅盾表示,"对于中国文学史,尤其是'五四'到现在的新文艺运动史,也应组织专家们从新的观点来研究。这一切,都应当放在我们今后工作的日程上"②。1949年开始,蔡仪在华北大学讲授中国新文学,张毕来在东北师范大学讲授"新文学史",王瑶在清华大学讲"中国新文学史"。1949年6月5日在北京召开了课程改革座谈会,8日华北高等教育委员会常务委员会第一次会议召开。10月,《人民日报》发表社论《认真实施文法学院的新课程》,可见国家对教育改革的重视,也可见出此时课程设置的体制化进程。当然,此时的举措,仍然还是宏观指导、谨慎进行,并没有强求一致。③

1950年1月,教育部成立大学课程改革委员会,分文、法、理、工四学院,负责起草各门课程草案,中文系组长为周扬,另有成员李广田、成仿吾、沙新等16人④。课程草案规定要"运用新观点,新方法,讲述自五四时期到现在的中国新文学的发展史,着重在各阶段的文艺思想斗争和其发展状况,以及散文、诗歌、戏剧、小说等著名作家和作品的评述"⑤。各小组负责草拟各科课程教学大纲,作为全国高

---

① 陈改玲:《重建新文学秩序:1950—1957年现代作家选集的出版研究》,人民文学出版社2006年版,第51—53页。
② 茅盾:《一致的要求和期望》,《文艺报》1949年第1卷第1期。
③ 鲍嵘:《学问与治理:中国大学知识现代性状况报告(1949—1954)》,学林出版社2008年版,第94—97页。
④ 鲍嵘:《学问与治理:中国大学知识现代性状况报告(1949—1954)》,学林出版社2008年版,第101—103页。
⑤ 转引自王瑶《自序》,《中国新文学史稿》(上册),开明书店1951年版,第1页。

校教学的参考。

根据李何林的说法,"中国新文学史"教学大纲由老舍、蔡仪、王瑶和他来担任,实际情况是先由蔡仪、王瑶和张毕来各自起草了一份大纲,交换意见后他参照这三份草稿拟出一份大纲,讨论后略加修改即通过①。这份大纲初稿发表于1951年7月《新建设》第4卷第4期,署"老舍、蔡仪、王瑶、李何林草拟"。1956年大纲初稿审议通过,次年正式出版,国家层面的对新文学学科的设计规划基本完成。

大纲初稿的"绪论"是整个新文学史研究、教学与教材编写的总纲与指导思想,按照毛泽东《新民主主义论》的精神来设计,强调新文学是无产阶级领导的新民主主义文学,突出马列原则与毛泽东思想的指导意义,指出新文学是向着革命的目标不断前进的文学。它把新文学分为五个发展阶段:(1)1917—1921年"五四前后"为"新文学的倡导时期";(2)1921—1927年是"新文学的扩展时期";(3)1927—1937年,这是"左联"成立前后的十年;(4)1937—1942年,由卢沟桥事变到延安文艺座谈会上的讲话;(5)1942—1949年,由"讲话"到第一次文代会召开。大纲初稿在总体思想政治立场的大前提下,对于文学史发展的实际还是作了较为辩证的处理,如新文学的第一阶段是从1917年"文学革命"算起。第二阶段虽然论及左翼文学与资产阶级"新月派"斗争,但在该时期的诗歌部分,仍为"新月派""现代派"设立专节"技巧与意境",没有独尊现实主义②。后来修订并正式出版的《大纲》,虽然政治话语进一步强化,也突出了现代文学与古典文学的关系,将新文学时限设定为1919—1949年,强调了现实主义的主导性,但在实际论述中,仍然还是较为尊重学科规律,指出了"文学革命"的意义,提到了现代文学与外国文学的关联。正如黄修己所说,"它没有某些新文学史中那么突出的简单和武断的批评,尽管书中某

---

① 李何林:《〈中国新文学史〉教学大纲(初稿)》,《李何林全集》(第4卷),河北教育出版社2003年版,第338页。

② 李何林:《〈中国新文学史〉教学大纲(初稿)》,《李何林全集》(第4卷),河北教育出版社2003年版,第339—342页。

些评价也不准确，但尚不至令人产生粗暴之感"①。

大纲初稿发表后2个月，王瑶的《中国新文学史稿》（上册）问世，下册于1953年出版。这部著作第一次系统地梳理了自"五四"至新中国成立时期的文学史，王瑶也凭借其扎实的学术功底和卓越的史才，铸就了中国现代文学学科的奠基之作。关于它的成就得失及其命运，学界已有相当的研究，此不赘述，这里主要就其与新诗相关的内容展开论述。

学界论及该书，都会注意到《自序》所说的"本书是著者在清华大学讲授'中国新文学史'一课程的讲稿，一九四八年北京解放时，著者正在清华讲授'中国文学史分期研究（汉魏六朝）'一课，同学就要求将课程内容改为'五四至现代'一段，次年校中添设'中国新文学史'一课，遂由著者担任。两年以来，随教随写，粗成现在规模"②。

从这里出现的几个时间节点来看，王瑶在新文学史方面的积累、酝酿，恐怕早在1949年之前就已开始，特别是上册，应该是对朱自清《中国新文学研究纲要》的继承，这主要体现在以下几个方面：一是对作为新文学起点的"五四"文学革命、对《新青年》所起历史作用的高度肯定；二是认可胡适作为新文学开山的地位；三是先总论，再分论各类文体；四是对作品思想性与艺术性的重视；五是多引用作家自述或他人评述作为论断。反映在新诗上，王瑶的视野非常宽广，他肯定了胡适的开创之功，对早期白话诗人也有中肯的评论，以"觉醒了的歌唱"涵盖第一个十年的新诗，以"正视人生""反抗与憧憬""形式的追求"论述初期白话诗、创造社时期的郭沫若、蒋光慈、刘一声等左翼诗人、新月派、象征派等的创作；第二个十年则用"前夜的歌"概括，以"暴露与歌颂""技巧与意境""中国诗歌会""新的开始"分别论及后期创造社、左翼诗人、后期新月派、现代派、中国诗歌会、臧克家、艾青、田间等。这样的划分较为全面地兼顾了各类流派与风格，对他们的成就与不足也有精准的点评。王瑶认为：

---

① 黄修己：《中国新文学史编纂史》，北京大学出版社2007年版，第111页。
② 王瑶：《自序》，《中国新文学史稿》（上册），开明书店1951年版，第1页。

如果在当时曾对读者发生过一些良好影响，和起过相当作用的作品，那就不只在内容上是进步的，诗也一定写得比较算成功。必须是一首诗，它才会发生诗的作用。①

这不仅可以看作王瑶的新诗观，也是其文学观念的表达。当时的新诗选本实际奠基于新诗史著之上，因而王瑶的著作在新诗编选中或隐或显地起到了作用。

1951年7月"中国新文学史"教学大纲发表，就是从这个月开始至1952年，开明书店出版了"新文学选集"丛书，这套丛书与"中国人民文艺丛书"一样，都是新中国文艺工作的重头戏，被纳入1951年的全国出版工作规划中。《进步青年》的广告词称其为"新文学的纪程碑"②。1952年开始，人民文学出版社继续出版该选集。在此之前，人民文学出版社自1951年9月就出版了一些新文学作品，1952—1957年开始集中推出中国现代作家选集③。

袁洪权指出，出版"新文学选集"的动议其实很早就已出现。1950年1月30日，文化部编审委员会准备推出八种丛书，其中有"'五四'文艺"丛书。8月8日《人民日报》登载文化部拟出版"七种文艺丛书"，其中"'五四'文艺"丛书改名为"新文学选集"丛书④。不仅如此，"五四文艺丛书"的名字还出现在1951年7月发表的《〈中国新文学史〉教学大纲》初稿的《教员参考书举要》中⑤。

"新文学选集"的主编是茅盾，时任文化部部长，具体编选工作由文化部"新文学选集编委会"承担，可见其规格之高。根据当时的出版广告，选集拟出2辑，每辑12种，共24种。实际出版2辑，每

---

① 王瑶：《中国新文学史稿》（上册），开明书店1951年版，第213页。
② 《进步青年》1951年8月1日。
③ 陈改玲：《重建新文学史秩序：1950—1957年现代作家选集的出版研究》，人民文学出版社2006年版，第66页。
④ 袁洪权：《开明版〈赵树理选集〉梳考》，《文学评论》2013年第1期。
⑤ 李何林：《〈中国新文学史〉教学大纲（初稿）》，《李何林全集》（第4卷），河北教育出版社2003年版，第346页。

辑11种,《瞿秋白选集》和《田汉选集》因故未出①。"编辑凡例"有这样的说明:"一、此所谓新文学,指'五四'以来,现实主义的文学作品而言。如果作一个历史的分析,可以说,现实主义是'五四'以来新文学的主流,而其中又包括着批判现实主义(也曾被称为旧现实主义)和革命现实主义(也曾经被称为新现实主义)这两大类。新文学的历史就是批判的现实主义到革命的现实主义的发展过程。一九四二年毛主席《在延安文艺座谈会上的讲话》发表以后,革命的现实主义文学便有了一个新的更大的发展,并建立了自己完整的理论体系和最高指导原则。二、现在这套丛书就打算依据这一历史的发展过程,选辑'五四'以来具有时代意义的作品,以便青年读者得以最经济的时间和精力获得新文学发展的初步的基本的知识。……这里还有两个问题须要加以说明。第一,这套丛书既然打算依据中国新文学的历史发展的过程,选辑'五四'以来具有时代意义的作品,换言之,亦即企图藉本丛书之助而使读者能以比较经济的时间和精力对于新文学的发展的过程获得基本的初步的知识,因此,我们的选辑的对象主要是在一九四二年以前就已有重要作品出世的作家们。这一个范围,当然不是绝对的,然而大体上是有这么一个范围;并且也在这一点上,和'人民文艺丛书'作了分工。"②

这份"编辑凡例"对于理解"新文学选集"的意义至关重要。它透露出多方面的信息:首先,它强调"五四"以来新文学的主流是现实主义文学,它的发展历史就是从批判现实主义到革命现实主义,以毛泽东的讲话为分界线,这就对其总体性质与发展历程进行了规定,也对其在文学史上进行了定位;其次,这套丛书要对青年读者起到教育、引导作用,即要发挥"五四"以来新文学的革命传统,对其进行

---

① 实际出版的"新文学选集"第一辑为:《鲁迅选集》《郁达夫选集》《闻一多选集》《朱自清选集》《许地山选集》《蒋光慈选集》《王鲁彦选集》《柔石选集》《胡也频选集》《洪灵菲选集》《殷夫选集》。第二辑:《郭沫若选集》《茅盾选集》《叶圣陶选集》《丁玲选集》《巴金选集》《老舍选集》《洪深选集》《艾青选集》《张天翼选集》《曹禺选集》《赵树理选集》。

② 新文学选集编辑委员会:《编辑凡例》,《鲁迅选集》(上册),开明书店1951年版,第5—6页。

宣传和传播；最后，这套丛书与"中国人民文艺丛书"有较为明确的分工，同时也实现了中国新文学的总体贯通，并且将"五四"以来的新文学顺利地汇入中国革命文艺的大潮中。在新中国成立前，虽然已有多种现代作家选集出现，但"新文学选集"是在国家意志主导下第一次系统地梳理了新文学史的脉络，建构了符合时代需要的新文学史。因此，这套选集的文学史意义、文献价值与文化意味都值得关注。而且，无论是从作家的秩序位次、人选的敲定、序言的撰写、体裁与篇目的选取、内容的斟酌，它都比"中国人民文艺丛书"更鲜明地体现出"选本"的意味。2015年开明出版社特意重新出版了这套选集。

就作家阵容、装帧设计等而言，这里面其实已经暗示出丰富的信息。该丛书分两辑，第一辑为"已故作家及烈士的作品"，实际出版11种；第二辑为"健在作家的作品"，也出版了11种。已故作家及烈士作品除《鲁迅选集》书名外，其他选集书名都由郭沫若题写，健在作家选集由本人题写书名。每部选集有作家的照片、手迹、"编辑凡例"与序言。选集的作家名单可以清楚地看出排序：鲁迅为第一辑作家首位，郭沫若为第二辑首位，其后是茅盾、叶圣陶、丁玲等。郭沫若等人在当时均担任党政或文化部门的重要领导职位。《鲁迅选集》有三册，《郭沫若选集》有两册，其他作家均为一册，体现了他们的地位。在作家阵容里，鲁迅、郭沫若、闻一多、朱自清等都属于新文学第一个十年的作家；茅盾、巴金、丁玲、老舍、曹禺、蒋光慈、殷夫、艾青等是在第二个十年成名的。不仅如此，入选作家都属于党员或左翼作家、革命文艺家、烈士或民主战士，自由主义作家、资产阶级作家或所谓反动作家无一入选。这样的阵容，体现了"编委会意图建构以左翼文学为主导的'五四'新文学史的设想"[1]。还有一位赵树理，则是1942年以后成名的作家，本不在"选集"范围之内，他的

---

[1]　陈改玲：《重建新文学史秩序：1950—1957年现代作家选集的出版研究》，人民文学出版社2006年版，第33页。

入选，带有连接1942年前后新文学的作用①。

　　"新文学选集"的筛选十分严格，要经历多个环节把关。除《鲁迅选集》和《瞿秋白选集》外，各选集由作家本人选择或他人代选。与"中国人民文艺丛书"按作品来编排不同，"新文学选集"是依据作家来编选集，基本上每位作家都有不同体裁的作品入选，甚至文学批评类的文章也会收入，大体上也会涵盖不同阶段的创作，因而可以更为全面地展现作家的风貌与成就。但是这种选择并不是完全依据作家本身的创作情况，而是要把作家重塑为时代所需要的形象，这体现在篇目的选择、体裁的侧重、选文的比例、选文所体现的作家的心路历程与思想转变等，因而大部分选集的重心都在作者后期的作品。此外作者小传、选集序言也会对作家的形象与成长历程进行概括，以引导读者的阅读。这正是香港持恒函授学校《文学作品选读》思路的延伸。

　　"新文学选集"对待小传与序言是十分慎重的，它们要起到对作家概括、定位的作用，要表现作家从具有民主思想到转变为革命家、民主主义战士的成长道路；同时，作家走向现实主义的创作道路又是与这种革命道路是高度一致的。殷夫作为革命烈士，对他的选集就极受重视。《殷夫选集》有两篇序言，一篇是冯雪峰所作，是对左联五烈士及其他烈士的缅怀与致敬；另一篇是丁玲的序，表达的是对这样一位"年青""富有革命热情""有力量"的革命诗人的敬意。② 这正体现了革命作家创作的意义：既是战斗的武器，也能教育民众，还展现了未来的光明前景。而阿英所作《殷夫小传》，则将诗人的创作道路紧密融入其成长战斗的历程，展现了一位革命作家短暂而辉煌的一生。这样的思路基本上体现在所有革命作家的序言与小传中。

---

　　① 参见陈改玲《重建新文学史秩序：1950—1957年现代作家选集的出版研究》，人民文学出版社2006年版，第48—57页；另见袁洪权《开明版〈赵树理选集〉梳考》，《文学评论》2013年第1期。

　　② 丁玲：《序——读了殷夫同志的诗》，新文学选集编辑委员会编《殷夫选集》，开明书店1951年版，第17—18页。

对于非党员的民主主义战士，小传、序言的写法就有所不同，会涉及作家的内心矛盾、苦闷、局限，但仍然侧重于作家的成长与战斗历程，尤其偏重于作家最终深入人民、走向革命的人生选择。李广田对闻一多、朱自清著作的编选就体现了这一特点。他在《闻一多选集》的序言中指出，"闻先生是诗人，是学者，是民主斗士"，"闻先生的道路是曲折的，是充满了矛盾，又终于克服了种种矛盾而向前迈进的"。这是一个总的基调与定位，他进而认为"从这样一个选本中，虽然不能看到闻先生的全部成就，但从此也可以看出闻先生的转变过程和发展方向"，他不是只做一个文艺家，而是献身于民主事业，这才是"最壮丽的诗篇""最好的英雄形象"[1]；李广田在《朱自清选集》中选入相当多的杂论和批评文章，因为"从这一辑，可以看出朱先生的进步，可以看出他如何改造自己，坚定自己，并把自己的生命和用生命所创造的一切都献给了人民"[2]。

已故作家或烈士基本上都有历史定论，小传与序言的论述困难不大，但健在作家自己撰写的序言就比较复杂。他们经历了新旧两个时代，但"新文学选集"却是要辑录"旧作"，如何看待"昨日之我"和"旧作"，成为每位健在作家要解决的问题。郭沫若的成就与地位自不待言，但他就觉得"自己来选自己的作品，实在是很困难的事。每篇东西在写出或发表的当时，都好像是得意之作，但时过境迁，在今天看起来，可以说没有一篇是能够使自己满意的"，因为他认为自己是个"即兴诗人"[3]。不过在序言里，郭沫若强调了自己弃医从文以及转向革命的经历，这又表现出对自己投身革命文艺的肯定，以此来重新确立所选旧作的价值。郭沫若对自己作品的不满，自然有50年代的时代原因，但或许更多地是历史上很多作家共有的"悔其少作"之心。相比之下，其他的很多作家更倾向于自我否定乃至批判，因为他

---

[1] 李广田：《序》，新文学选集编辑委员会编《闻一多选集》，开明书店1951年版，第7—25页。

[2] 李广田：《序》，新文学选集编辑委员会编《朱自清选集》，开明书店1951年版，第7页。

[3] 郭沫若：《自序》，新文学选集编辑委员会编《郭沫若选集》（上册），开明书店1952年版，第7页。

们认为自己没有同工农相结合,没有深入人民,没有克服自己的小资产阶级情绪等。《田汉选集》未能出版,田汉后来是这样解释的:"当 1950 年新文学选集编辑委员会编选五四作品的时候,我虽也光荣地被指定搞一个选集,但我是十分惶恐的。我想——那样的东西在日益提高的人民的文艺要求下,能拿得出去吗?再加,有些作品的底稿和印本在我流离转徙的生活中都散失了,这一编辑工作无形中就延搁下来了。"①

作品散失不足为据,更多地是作家对"旧日之我"和"旧作"的不满意。诗人艾青表示:"由于长期的流浪与监禁,也由于长期过的是自由生活,我对于中国社会的了解,和对于劳动人民的认识都是不够深刻的。在我的诗里,有时也写到士兵和农民,但所出现的人物常常是有些知识分子气质的,意念化了的。"② 因此,对于健在作家而言,他们认为自己转向革命、奔赴延安之后"才算真正看见了光明"③。

基调与定位既然已经明确,体裁与篇目的选择也就可以确定。就实际编选情况看,选家是在作家创作实际与时代需要之间寻找着平衡点或侧重点。"新文学选集"中的篇目,依体裁或阶段分辑,诗歌作品可以占到一辑篇幅的,可以视为诗人。但是这样的情况不多,只有郭沫若、闻一多、朱自清、殷夫、艾青 5 人。实际情况显然并非如此。胡也频就出版过《也频诗选》,但"他几乎所有的诗篇都在为爱情而歌唱"④,这样的作品显然不利于展现一个革命者的形象,因而丁玲在编选时就只选了他后期的小说而不选诗歌。又如蒋光慈,本来是作为一位左翼诗人而登上文坛的,但是黄药眠在编选《蒋光慈选集》时,就只选小说而完全没有选他的诗,虽然他说"因为限于篇幅,他的诗,只好都割爱了",但可以看看黄药眠的编选标准:"它必须反映若

---

① 田汉:《〈田汉剧作选〉后记》,《田汉论创作》,上海文艺出版社 1983 年版,第 151 页。
② 艾青:《自序》,新文学选集编辑委员会编《艾青选集》,开明书店 1952 年版,第 9 页。
③ 艾青:《自序》,新文学选集编辑委员会编《艾青选集》,开明书店 1952 年版,第 7 页。
④ 谢冕:《中国新诗史略》,北京大学出版社 2018 年版,第 140 页。

干基本的客观的历史真实,表现出当时的时代精神,在当时已发生了很大的影响,而在今天又还有教育意义的。此外是它在作者作风上有代表的意义的,或是它在某方面能说明作者的生平史迹,带有自叙传性质,而有助于我们对他的了解的。"① 但其实蒋光慈的诗歌作品是满足这些条件的,黄药眠在序言中也论及蒋光慈的《哀中国》与《中国劳动歌》。或许在更深的层面,黄药眠是要突出蒋光慈作为一位战士的成长历程以及他对革命、光明持有的坚定信念,但在阿英看来,从《新梦》到《哀中国》,蒋光慈是"从光明回到暗黑",更多地是"悲哀伤感与失望了"②。

李广田在编选闻一多与朱自清的选集时,虽然选入了诗歌作品,但侧重点在两位作家的杂文与学术文章,他明确表示"在文选中,较多地选取了后期的杂文,因为这些文字是富有战斗性的,是闻先生的一种斗争武器,是闻先生道路的终点,也就是最高点"③,朱自清也是如此。在李广田看来,这些杂论是他们后期的作品,也是他们人生的巅峰。因此,李广田选了闻一多的诗歌有33首,但文章也多达25篇;选朱自清诗歌7首,散文与杂论各16篇。不仅如此,出于需要,李广田甚至还删改了闻一多《最后一次的讲演》的部分文字。这种删削、修改乃至重写在当时也是十分常见的④。修改旧作,被认为是紧跟时代步伐,"这一种写作态度,尽量做到更使人民有益的态度,是值得我们颂扬的"⑤。

就诗歌而言,从作家所处时代及发展看,郭沫若、朱自清、闻一

---

① 黄药眠:《序》,新文学选集编辑委员会编《蒋光慈选集》,开明书店2015年版,第23—25页。

② 阿英:《现代中国文学作家》,《阿英全集》(第2卷),安徽教育出版社2003年版,第90页。

③ 李广田:《序》,新文学选集编辑委员会编《闻一多选集》,开明书店1951年版,第7页。

④ 陈改玲:《重建新文学史秩序:1950—1957年现代作家选集的出版研究》,人民文学出版社2006年版,第176—199页。

⑤ 冷火:《新文学的光辉道路——介绍开明书店出版的"新文学选集"》,转引自陈改玲《重建新文学史秩序:1950—1957年现代作家选集的出版研究》,人民文学出版社2006年版,第189页。

多、殷夫、艾青构成了一条新诗史的脉络；另外，他们的诗歌入选数量分别为 46 首、7 首、33 首、15 首、46 首，位次变成郭沫若、艾青、闻一多、殷夫、朱自清。这大体上反映出时代对诗人的评判依据：诗人的立场、倾向、作品影响力及实际水准等。郭沫若代表了第一个十年的新诗成就，朱自清、闻一多、殷夫代表了第二个十年，艾青则是这样划分自己的创作历程的："国民党统治的白色恐怖时期；抗日战争时期初期；延安时期。"① 赴延安之前的作品收录更多一些，代表了他在 1937—1942 年的成就，因而艾青可以代表第三个十年的新诗成就。

不过，涉及具体诗篇的选择，选家还是颇费了一番工夫。闻一多的诗歌创作大体上以诗集《红烛》《死水》分为前后两期，李广田所选两部诗集的作品数量持平，这就能够较全面地反映出诗人的创作历程与成就②。艾青在编选自己的诗集时收录前期作品较多，也是因为他深感自己对于现实和劳动人民的认识不够深刻，虽然也想努力表现新人，写士兵和农民，但他自己也感觉写得不成功③。这很容易让人联想到他创作的《吴满有》等诗篇，而这些作品都没有选入其中。

郭沫若以诗成名，第一部诗集《女神》又被视为新诗的奠基之作，因此，着眼于作家的后期作品的思路在郭沫若这里显然行不通。郭沫若编选自己的诗歌，一方面觉得一无可取，另一方面他对旧作却表现出不少的偏爱，但在挑选旧作时又表现得非常复杂。根据商金林的统计，选集中选诗 46 首："选自诗集《女神》的 10 首；选自诗集《星空》的 10 首；选自诗集《前茅》的 11 首；选自诗集《恢复》的 8 首；选自诗集《战声集》的 3 首；选自诗集《蜩螗集》的 2 首；选自日记《苏联纪行》的 1 首；选自'集外'的 1 首。"④ 一方面《女神》

---

① 艾青：《自序》，新文学选集编辑委员会编《艾青选集》，开明书店 1952 年版，第 7—8 页。
② 陈改玲：《重建新文学史秩序：1950—1957 年现代作家选集的出版研究》，人民文学出版社 2006 年版，第 147—148 页。
③ 艾青：《自序》，新文学选集编辑委员会编《艾青选集》，开明书店 1952 年版，第 8—9 页。
④ 商金林：《郭沫若建国初期对诗集〈女神〉的筛选》，《南京师范大学文学院学报》2011 年第 4 期。

在选集中分量极重,它是郭沫若的成名作,在新诗史、新文学史上有着崇高的地位,郭沫若的地位由此奠定;另一方面,《女神》入选的比例还是偏低,《天狗》《匪徒颂》等具有代表意义的作品没有选入,这与时代环境的变化有关。此外《瓶》中的诗作表现出诗人的苦闷、矛盾,没有选录一首;《星空》《前茅》《恢复》克服了个人主义的局限,为时代而歌唱,选入的诗歌数量也极多。因此,"实际选辑自己的作品时,郭沫若强调了自己作为诗人、散文家和戏剧家的身份,努力塑形自己作为进步作家的身份"。①

这里面特别值得注意的是《凤凰涅槃》,郭沫若在选集中把它放在首位,可见他对这首长诗的重视。这首诗如今已被视为新诗的经典之作,也是郭沫若诗歌的代表作之一。但是,方长安等学者通过统计却发现,1949年以前收录郭沫若诗歌的25个新诗选本,没有一部选录这首诗,包括朱自清主编的《中国新文学大系·诗集》。这其中的原因很复杂,既涉及选家趣味、眼光与编选标准,也有诗歌体裁、篇幅的问题,还与诗坛风气、时代心理等相关。《凤凰涅槃》在当时的新诗中属于新异之作,被冷落也是必然。但是进入50年代,"对《凤凰涅槃》的解读突出了爱国的思想倾向和革命性的精神主旨",诗人自己声称它意味着中国的再生,王瑶的《中国新文学史稿》也把它与"新生的中国和新生的民族"联系起来,因而《凤凰涅槃》获得了包括郭沫若本人在内的选家前所未有的重视②。虽然这是一种有意的误读,但以这种方式而使得湮灭许久的杰作重获新生,有其历史的合理

---

① 袁洪权:《开明版〈郭沫若选集〉梳考》,《郭沫若学刊》2013年第4期。
② 郭沫若在创作这首诗的时候就想到把凤凰涅槃与中国重生联系起来,这种说法早已受到质疑,不少学者认为这应该是一种事后追认的做法,也是一种(有意的)误读。除了时代的原因外,还有《女神》的修改与版本变迁等因素。(参见蔡震《文学史阅读中的〈女神〉版本及文本》,《郭沫若学刊》2013年第2期;余蔷薇《郭沫若新诗史地位形成中的〈女神〉版本错位问题》,《文艺争鸣》2014年第5期;咸立强《建国后〈女神〉的文学史阐释与现代新诗发展脉络的重构》,《海南师范大学学报》2017年第6期;武楚璇《〈女神〉版本研究的回顾与思考》,《郭沫若学刊》2019年第2期;魏建《〈女神〉研究的三大教训》,《首都师范大学学报》2019年第3期,等等)

性，同时也是时代变迁背景下新诗经典化的新现象。①

据陈改玲统计，人民文学出版社成立后，先期出版了一些现代作家作品的单行本，进而在1952年集中出版中国现代作家选集，1952年9月至1957年12月，共推出45位作家的选集45种。除"新文学选集"中的18位作家外，另收入27位作家②。这一次的编选，既有对开明版"新文学选集"的承续，也表现出一些新的特点。不仅如此，由于1952—1957年政治风云的变幻不定，现代作家选集的出版也呈现出极为复杂的局面。这可以从两个方面来看：一是编选范围的扩大与变化不定，二是对入选作品的筛选与修改依然严格。

人民文学出版社的编选与出版，首先是以开明版"新文学选集"为参照与基础，并且它与"新文学选集"一样，都是以党的文艺政策为依据，作家作品的思想倾向与政治立场仍为首要条件，但在此条件下又呈现出一定的灵活性。这一次的出版，不再像开明书店版那样有统一的装帧设计和体例，同时也扩大了入选作家的阵容，虽然仍以左翼作家为主，但进步作家的比例提高了，吴祖缃、冰心、叶圣陶、王鲁彦、靳以、丁西林、冯至、吴祖光、王统照、丰子恺等都得以入选。"新文学选集"原定的24位作家中，除赵树理、洪灵菲、郭沫若、许地山、瞿秋白、张天翼6位作家外，人民文学出版社都为他们出版了选集。

1953年9—10月，第二次文代会召开后，形势有了进一步的变化。苏联的社会主义现实主义被奉为创作的最高准则，对于"五四"也有新的阐述，即将社会主义现实主义追溯到"五四"时期。被纳入革命宏大叙事中的"五四"以来的新文学，地位得到了进一步的提升。这对于新文学选集的扩展倒是一件好事。"双百"方针提出后，沈从文、戴望舒、废名等也有选集出版，沈从文在中华人民共和国成

---

① 方长安、仲雷：《〈凤凰涅槃〉在民国选本和共和国选本中的沉浮》，《福建论坛》2016年第7期。

② 陈改玲：《重建新文学史秩序：1950—1957年现代作家选集的出版研究》，人民文学出版社2006年版，第66—67、254—255页。

立前被批判，戴望舒属于所谓形式主义流派，废名则始终在新文学主流之外。他们的选集得以出版，意味着在当时相对宽松的环境下文艺界对非主流作家的"发现"与"回收"[①]。

在"新文学选集"中选入诗作而可以视为诗人的作家不多，只有郭沫若、朱自清、闻一多、殷夫、艾青5人。到了现代作家选集出版时情况有了变化，朱自清、闻一多、殷夫、艾青仍然入选，另有新的诗人加入：冯至、臧克家、何其芳、戴望舒以及"湖畔派诗人"汪静之、应修人、潘漠华等，诗人诗作的数量较"新文学选集"是大大地扩展了，甚至徐志摩的选集也被纳入出版计划。就作品而言，"新文学选集"中艾青诗歌有46首，人民文学出版社的《艾青诗选》则达到了72首。不仅如此，有的作家被收录的作品体裁也扩展了，如"新文学选集"中《蒋光慈选集》只收小说，但是作为现代作家选集的《蒋光慈诗文选集》分了四辑，有三辑都是诗歌，一辑为小说。这样的安排，对于展现作为革命诗人的蒋光慈是合理的。

不过，如果据此就认为当时的新文学编选是自由、开放的，那显然不符合实际。当时的编选仍然十分严格，除了出版社、编辑、总编等，还有外部环境的压力等。徐志摩的选集就历经一波三折而终未能出版。陈改玲对这一事件进行了细致的梳理和分析：《诗刊》1957年第2期刊登了曾为"新月派"诗人陈梦家的文章《谈谈徐志摩的诗》，介绍了徐志摩的诗集《志摩的诗》《翡冷翠的一夜》《猛虎集》《云游》，陈梦家认为徐志摩追求个性自由、揭露旧社会，作品清新活泼，有对于民众和劳工的同情等[②]。他在这里尽力避免了所谓形式主义、资产阶级的问题，而更多地将徐志摩纳入主流叙事所能包容的范围内。这本是为人民文学出版社即将出版的《志摩诗选》所作的代序。但是"反右"开始后，这些辩解被人民文学出版社社长王任叔（巴人）所否定，"形式主义""资产阶级"的帽子又回到了徐志摩头上。不过巴人表示他"并不完全否定徐志摩在新诗上的一定的成就，并且也不

---

[①] 洪子诚：《1956：百花时代》，山东教育出版社1998年版，第35页。
[②] 陈梦家：《谈谈徐志摩的诗》，《诗刊》1957年第2期。

反对出版社出版他的诗的选集。在徐志摩的四册诗集里,也有一些好诗。……他那表现资产阶级的人道主义的诗,对今天的读者说来,也不至于有害,同时,读者也还可以从它们看出一些时代的影子"[1]。然而,《志摩诗选》最后还是未能出版。[2]

《戴望舒选集》于1957年4月出版,而艾青所作《望舒的诗》作为序言,与陈梦家的《谈谈徐志摩的诗》同时发表在当年《诗刊》第2期上。艾青也是小心翼翼地对戴望舒加以述评,他批评了戴望舒的"颓废""伤感"、回避"时代的洪流""虚无主义"以及从关注现实到避世虚无的反复与摇摆,但他从现代口语这一点上肯定了戴望舒诗歌写作"给人带来了清新的感觉",并且强调了抗战爆发后戴望舒的奋起,从而将他的一生总结为"从纯粹属于个人的低声的哀叹开始,几经变革,终于发出战斗的呼号","望舒所走的道路,是中国的一个正直的、有很高的文化教养的知识分子的道路"[3]。经过这样的论证,戴望舒入选的合理性得以确立起来。但是到了1958年,形势急转直下,蔡师圣在《诗刊》第8期发表《略谈戴望舒前期的诗》,对于艾青的观点进行了否定,戴望舒又被贴上"反动""资产阶级"等标签,连带艾青也遭到了批判。

《戴望舒选集》选入诗人早期的《望舒诗稿》作品23首,后期《灾难的岁月》诗歌20首,看上去是前后期持平,但其实《望舒诗稿》初版本有作品59首,《灾难的岁月》初版本只有25首诗歌,后期诗歌入选比例远大于前期,目的还是凸显作家们走上革命道路、成长为革命战士的历程与结果。在这一点,现代作家选集与"新文学选集"并没有什么不同[4]。

---

[1] 巴人:《也谈徐志摩的诗》,《诗刊》1957年第11期。
[2] 相关论述参考陈改玲《重建新文学史秩序:1950—1957年版现代作家选集的出版研究》,人民文学出版社2006年版,第87—92页;另参见袁洪权《巴人与陈梦家的文字交锋》,《中华读书报》2014年6月11日。
[3] 艾青:《望舒的诗》,《诗刊》1957年第2期。
[4] 陈改玲:《重建新文学史秩序:1950—1957年现代作家选集的出版研究》,人民文学出版社2006年版,第171—172页。

不仅如此，入选的作家也受到区别对待。同为诗人，艾青与臧克家的待遇就是不一样的：1955年1月人民文学出版社出版了《艾青诗选》，而在前一年即1954年1月，作为人民文学出版社副牌的作家出版社出版了《臧克家诗选》。前者分四辑，收入72首诗，其中包括4首长诗；后者没有编次，只有37首诗，其中长诗1首（《六机匠》）。臧克家后来对此表达了极度的不满，他感觉自己"遭到作家出版社的冷遇，甚至可以说是侮辱。我写了二十八年诗，只选了三十几首"①。结合时代背景其实很好理解：艾青是党员作家，奔赴延安后成为解放区文艺界的重要代表；臧克家不是党员，是从国统区来的作家。不一样的身份与经历，在当时就有了不同的命运。

但是到了1956年11月，人民文学出版社重新出版《臧克家诗选》，就与此前有了很大不同，臧克家的诗选得以再版并增订，这显然与当时"双百"方针提出后的宽容氛围有关。再版与初版相比，容量急剧扩大，选入诗歌多达94首，与初版简直是天壤之别。臧克家在"序"中开篇就说："这是我的'诗选'的一个增订本，比起一九五四年出版的第一个版本来，它的内容是扩大了。"② 简单的一句话，包含着很深的感慨。不过，无论是初版本还是再版本，《臧克家诗选》都是以他1944年出版的《十年诗选》为底本，同时在诗选中，《烙印》《罪恶的黑手》《泥土的歌》《生命的零度》4部诗集选入的诗歌最多。从中可以见出臧克家对于自己早期诗集的珍爱，这是他诗歌生涯从出发到成熟的一段历程，具有特别重要的意义，是他诗情勃发、诗艺精进的结晶。从1954年到1982年，《臧克家诗选》有四个不同的版本，但都是以《十年诗选》为底本。其中1933年出版的《烙印》（收入诗歌22首）又有着特别重要的地位。从1954年《臧克家诗选》看，《烙印》中诗歌入选最多、占《十年诗选》的比例最大、占整部诗选的比重也最高。该版本的《臧克家诗选》从《烙印》中选录诗歌10

---

① 臧克家：《个人的感受》，《文艺报》1957年5月26日。袁洪权的《〈臧克家诗选〉四种版本梳考》（《平顶山学院学报》2014年第3期）对此有深入论述，可参看。

② 臧克家：《序》，《臧克家诗选》，人民文学出版社1956年版，第1页。

首，占《烙印》的比例近一半，占诗选的比例超过 1/4，是选收诗歌最多的一本诗集，1956 年的版本在此基础上又增加了 4 首。《烙印》是臧克家的第一部诗集，也是他的成名作，诗人对它有着特殊的感情。因此，虽然《烙印》及其他三部诗集都出版于新中国成立之前，但是在《臧克家诗选》中占了主导地位，也就是可以理解的了。

与臧克家的诗选实现扩展不同，不少诗人的选集出版时都是"缩水"的，有不少作品还进行了修改，并且这种缩水与修改还带有诗人自觉的成分，不能完全视为外部的施压。冯至在选录自己的诗文时就深感自己的作品流于"狭窄的情感、个人的哀愁"，"自己的认识不够"，没能写出反映现实、对人民有益的作品。至于被视为冯至诗歌创作巅峰的十四行诗，他更是一首都没有选，因为他认为这些作品"受西方资产阶级文艺影响很深，内容与形式都矫揉造作"[①]。

删削作品相对还是容易，修改作品的难度就更大一些。"新文学选集"中《闻一多选集》就经过了李广田的修改，而到了现代作家选集这里，修改作品的情况仍很常见，这也是当时形势的需要。专心做情诗的汪静之的《蕙的风》1922 年由亚东图书馆出版，收诗 165 首，有朱自清、胡适、刘延陵所作序言及作者自序，当年这部诗集问世时还引发了一场论争。时过境迁，1957 年人民文学出版社出版汪静之的选集时，他首先想到的是"这些诗今天没有再印的必要"，但因为要作为史料而留存，于是他按照"只剪枝，不接木"的原则进行了大刀阔斧的删削，《蕙的风》里的诗篇删去了 2/3，只剩下 51 首。另外再把诗集《寂寞的国》删去 1/3，剩 60 首，他把两部经过删削的诗集合为一册，仍以《蕙的风》之名出版[②]。不仅如此，原书的序言全部被舍弃，代之以作者所写的新序言，诗作的顺序也重新做了编排。

其实汪静之不仅是剪了枝，他还对旧作进行了修改，这一点更值得注意。修改的原因是《蕙的风》"多数是自由体，押韵很随意"，"又因不懂国语，押了很多方言韵"，所以他既补韵，也改正了方言

---

[①] 冯至：《序》，《冯至诗文选集》，人民文学出版社 1955 年版，第 1 页。
[②] 汪静之：《自序》，《蕙的风》，人民文学出版社 1957 年版，第 1 页。

韵，另外有少量的删补。这里看似只涉及语言问题，其实背后涉及时代对于新诗的看法与要求：汪静之觉得自己的诗"思想浅薄，技巧拙劣"，因为他自己当初"错误地认为必须把学过的旧诗抛弃干净（事实上仍不免有一点影响），彻底向新诗特别是向翻译诗学习"。[①] 事实上，向民间学习、继承传统，正是文艺界贯彻国家意志而提出的要求，汪静之否定自己的作品（特别是爱情诗），正是源于这一点。因此，他还对作品进行了修改，不仅要符合民族国家共同语的要求，还要向押韵的民歌体靠拢。

此外，即使是之前入选过"新文学选集"的作家，在人民文学出版社编选的过程中，作品也会面临着调整、改换的可能，而这又往往与编选者的境遇是牵扯在一起的。与《蒋光慈选集》相比，《蒋光慈诗文选集》除了大量选录诗作，对于小说部分的篇目也进行了调整，《冲出云围的月亮》被删去。不仅如此，在《蒋光慈选集》的编者黄药眠被打成右派后，1960年《蒋光慈诗文选集》第二次印刷，黄药眠所写的序言、小传和年表都被舍弃，代之以孟超的前言。孟超从政治的角度猛烈批判黄药眠对左翼文学的"歪曲和不屑一顾的态度"，指责他攻击和贬低了蒋光慈作品的革命意义。[②] 因此，表面上是选集的编选出版，其背后映射的正是时代风云的变幻，其中的种种变化，都是时代大环境改变的表现。但客观地讲，"新文学选集"与现代作家选集的出版，仍然为"五四"以来新文学的经典化起到了积极的作用，这一点是值得肯定的。

## 第三节 《中国新诗选(1919—1949)》对中国现代新诗史的建构

1956年8月，《中国新诗选（1919—1949）》问世。这部选本是由

---

[①] 汪静之：《自序》，《蕙的风》，人民文学出版社1957年版，第1—3页。

[②] 参见陈改玲《重建新文学史秩序：1950—1957年现代作家选集的出版研究》，人民文学出版社2006年版，第161—164页。

臧克家编选，中国青年出版社出版。这是新诗史上的一件大事，它是新中国历史上最早也是1950—1970年代发行最广、影响最大的综合性新诗选本，它对中国现代三十年新诗史的建构、对诗人诗作的重新排定，都产生了深远的影响，也受到了当今研究者的重视。根据袁洪权的统计，《中国新诗选（1919—1949）》初版精装本印数2万册，再版时印数2.5万册，到1979年9月第5次印刷时，总印数高达14.2万册①。因此，它对中国现代新诗的传播起到了巨大的作用。当然，这个选本的情况十分复杂，其序言《"五四"以来新诗发展的一个轮廓》就有四个版本，而选本也有1956年8月的初版、1957年3月的再版、1979年9月的三版这样三个不同的版本，值得深入探讨。需要指出的是，虽然第3版是在1979年9月出版，但与第2版相比，总体上没有大的变化，而且从序言与编选情况看，仍然与初版、再版一样，在遵循意识形态的前提下叙述新诗史、遴选诗人诗作，思路没有发生根本性转换，因而本节会把这些版本都纳入考察的视野。

1950—1970年代中国的文化出版事业是由国家掌控并分配资源与任务的，因而《中国新诗选（1919—1949）》的出版，是作为一项国家的任务而提出的，虽然编选者是臧克家，但该选本显然首先必须体现国家意志。因而"臧克家"这个符号并不指向作为个人的臧克家，而是他的职务、身份以及他对国家意志的执行。这是当时几乎所有选集与选本都具有的特点。当然我们也应该看到，在服从服务于国家需要的前提下，编选者也会有个人的一定空间，将自己对新诗史的理解、对诗人诗作的感受，或隐或显地渗入选本之中。

新中国成立后，对于"五四"至1949年三十年来中国现代文学史的叙述与总结，成为国家赋予文学研究者的一项任务，而广大人民希望了解并阅读新文学的需求，也推动着新文学史研究与选本编纂。大尹是这样介绍《中国新诗选（1919—1949）》的缘起的："青年朋友

---

① 袁洪权：《〈中国新诗选（1919—1949）〉的版本、编选与代序修订》，《现代中文学刊》2014年第5期。

对于诗歌有着强烈的爱好。解放以来,他们对诗歌的兴趣与日俱增。他们不但喜欢现代的诗歌,也喜欢我国古典的以及'五四'以来的诗歌。因为广大青年知识不足,时间有限,无法阅读所有我国古典的和'五四'以来的优秀文学作品(包括诗歌),因而,他们迫切希望有经验的文艺工作者,能把过去的(特别是'五四'以来的)小说、剧本、散文和诗歌,分别为他们编选几本,使他们在有限时间内,初步了解这个时期创作的基本情况。"① 但是就此事与一些作家商谈时,"有的抽不出时间;有的觉得对过去的诗人和作品尚无定论,在取舍上非常为难,很难搞出一个完美无缺的选本"②。

　　大尹的这段话透露出的信息意味深长:一是编选该选本最初的人选并非臧克家,二是青年们的强烈渴求与实际操作上的困难形成了鲜明对比。在提及的两点困难中,后一点或许才切中要害。也就是说,当时的新文学史与选本,不可能是仅仅描述新文学的历史,更重要的是要进行重塑,将"五四"以来的新文学,塑造为以"五四"运动为起点、反帝反封建的新民主主义文学,并且最终发展为新中国的人民的文学,这样才符合国家意志。王瑶的《中国新文学史稿》成为填补空白之作,但它所遭受的批评也正是时代气候的反映。事实上臧克家在接手编选任务之前,对于其中的困难已经有了很深的体会。王瑶在《中国新文学史稿》(上册)的序言中就提到,1950 年臧克家曾给他写信表示:"教新文学史颇麻烦,因系创举,无规可循,编讲义,查原始材料,读原著,出己见,真不是一件轻易的工作。"③ 可见当时臧克家对王瑶开创新文学史课程的艰难已有体认,而 1952 年 8 月 30 日召开的关于该书的座谈会,臧克家也在出席名单中。这场座谈会实际开成了一场批判会,这对他后来的编选工作必然产生影响。就臧克家本人的资历而言,他也需要自觉地与国家意志保持一致:因为他不是共产党员,解放前在国统区而非

---

① 大尹:《有关〈中国新诗选〉的几件事》,《读书月报》1956 年第 10 期。
② 大尹:《有关〈中国新诗选〉的几件事》,《读书月报》1956 年第 10 期。
③ 王瑶:《自序》,《中国新文学史稿》(上册),开明书店 1951 年版,第 2 页。

解放区，1949年经由香港到达北平，先后任华北大学三部文学创作研究室研究员、《新华月报》"文艺栏"主编、人民出版社《新华月报》编辑室编审，1956年在周恩来的关怀下调任中国作协书记处书记，1957年开始任《诗刊》主编。[①] 种种因素糅合在一起，臧克家变得十分敏感，前述《臧克家诗选》初版本引起他强烈的不满就是一个显著的例子。

因此，新诗的编选工作是一项十分艰巨的任务，根据大尹与臧克家的描述，这项工作花了一年多的时间才得以完成。而且在编选工作开始前，最重要的就是确立指导思想——编选的原则、宗旨与标准等，这些体现在臧克家所写的"代序"——《"五四"以来新诗发展的一个轮廓》中，不过这篇长文本身的情况又是十分复杂的。这篇文章本来是他应《文艺学习》杂志的邀请而写，主要是为满足当时青年读者了解"五四"以来新文学成就的需要。该文完成于1954年11月14日，分上、下两部分发表于《文艺学习》1955年第2期、第3期，本来是一篇论述新诗史的文章。

与其他的新文学史著述一样，臧克家的文章也首先标举了两个原则：一是将新诗的历史与发展进程描述为由"中国人民在共产主义思想影响之下以反帝反封建去取得民族的解放与自由这一基本要求所决定"，二是"内容决定形式"，因而新诗的思想内容、主题、立场远比形式技巧重要，现实主义则成为最重要的原则与方法[②]。这两点既成为臧克家叙述新诗史的总纲，也成为他编选新诗的指导思想。因此，他把中国新诗的起点设定为1919年，下限则为1949年，30年的新诗史分为四个阶段：1919—1921年的新诗革命阶段（"五四"运动前的"文学革命"也做了交代）；1921—1927年"革命文学"时期的新诗；1927—1937年革命深化时期的新诗；1937—1949年抗战与解放战争时期的新诗。这些阶段的划分显然符合主流意见。

每一阶段的诗人诗作据此加以评论，分为革命、进步与消极、

---

① 冯光廉、刘增人编著：《臧克家研究资料》（上），知识产权出版社2010年版，第6页。
② 臧克家：《"五四"以来新诗发展的一个轮廓》（上），《文艺学习》1955年第2期。

反动两类，即使是同一位诗人，也按照其思想发展脉络进行二分式的论述。因此，第一阶段的胡适成为"'五四'文学革命统一战线中右翼代表"，秉承的是"资产阶级唯心论"的"形式主义"。而鲁迅则成为与胡适对立的光明一面的代表。臧克家写作这篇文章前发生了全国性的批判胡适运动，他如此评价胡适不足为奇。受共产主义思想影响或追求进步的知识分子得到了肯定，如李大钊、刘大白、朱自清等，而冰心则是"资产阶级思想占主要成分的诗人"。不仅如此，由于现实主义得到了最高的评价，臧克家也把郭沫若的浪漫主义杰作《女神》称为"在整个现实主义文学的领域里有着划时代的意义"①。这种改变当然是为了抬升《女神》的地位，但与郭沫若的"革命浪漫主义精神"②的理论裂缝却难以缝合，自相矛盾不可避免地出现了。

在后面阶段的论述中，臧克家仍按既定思路，将"新月派""象征派""现代派"打入反动阵营——它们在政治立场上是反动的资产阶级，在诗歌领域也反动，因为它们是与现实主义对立的形式主义流派，而郭沫若、蒋光慈、闻一多、殷夫、艾青、田间、袁水拍、李季、阮章竞等，则成为正面代表。不仅如此，就论述的篇幅及具体评论而言，臧克家最为认可的诗人是郭沫若、殷夫、艾青，他们既具有坚定的革命思想，艺术创作的成就也无可挑剔。因此，他们在后来的《中国新诗选（1919—1949）》中也就具有了格外突出的位置。

当然，如果臧克家的新诗史论述仅限于此，那它也就没有什么特色可言。事实上，时代固然可以对新诗史的叙述提出总体原则与要求，史家也可能是自觉地予以认同，但是在具体到对每位诗人每篇诗作的评论时，史家也仍然有很大的空间。臧克家的新诗史叙述，在宏大话语之外，也因其对诗歌的体察，不少论述也具有一定的价值与意义，当然也可能体现他内心的矛盾。

---

① 臧克家：《"五四"以来新诗发展的一个轮廓》（上），《文艺学习》1955年第2期。
② 臧克家：《"五四"以来新诗发展的一个轮廓》（上），《文艺学习》1955年第2期。

这里面最值得注意的就是他对待"新月派""象征派""现代派"的态度。臧克家固然把它们列为反面典型，但是他花了大量的篇幅加以批判，也恰恰是因为他看到了这些流派在形式、技巧等方面的成就及影响。这三个流派被他全面否定，理由就是两方面：政治立场反动，是资产阶级思想；创作上讲求形式主义、逃避现实、颓废堕落，是反现实主义的。

臧克家的批判活力特别集中于"新月派"，这或许有两个方面的原因：一是他与"新月派"颇有渊源，二是闻一多对他的帮助与影响是很大的。因此，臧克家才尤其需要与"新月派"划清界限，也需要把闻一多从"新月派"阵营中区分出来。他首先以大段的文字批判了徐志摩和朱湘："在他们政治思想和文艺思想上，一开始就表现了和无产阶级思想和文艺观的对立。他们和胡适的思想立场是一致的，把革命思想看作'过激''功利'；把带革命性的诗歌看作'恶烂'的烂调，认作是标语派。他们在自己的诗创作上，宣露这种资产阶级的个人主义的思想情感，把人们从阶级斗争里引开，使读者们回避眼前血淋淋的现实，趋向消极甚至反动方面去。"[1] 在他看来，虽然徐志摩等人在早期作品里以资产阶级立场而对现实有不满，但他们终究站在了革命的对立面。臧克家由此对"新月派"进行了清算："一方面以他们的'超阶级'的其实是资产阶级的思想和'艺术至上论'模糊人民的阶级斗争意识，同时以'唯美主义'的形式诱导一般读者坠入形式主义的泥坑。"[2] 在这篇文章中，"象征派""现代派"也是有着同样的罪状。

臧克家进而指出闻一多与徐志摩、朱湘等人的差异，强调他"虽然曾经是'新月派'的一分子，但他的情况和徐志摩、朱湘等是不同的"，不同之处就在于闻一多的"爱国主义的精神"[3]。臧克家凭借着"爱国主义"这最重要的一点，将闻一多从"新月派"中分离出来，

---

[1] 臧克家：《"五四"以来新诗发展的一个轮廓》（上），《文艺学习》1955年第2期。
[2] 臧克家：《"五四"以来新诗发展的一个轮廓》（上），《文艺学习》1955年第2期。
[3] 臧克家：《"五四"以来新诗发展的一个轮廓》（上），《文艺学习》1955年第2期。

为确立闻一多在新诗史上的地位提供条件。

臧克家在评述具体诗人诗作时，在政治立场、思想、题材、内容的大框架之下，也会时时对诗作本身的艺术成就作出较为中肯的评价。虽然这些评价经常是打着大框架的旗号，但其实也多少溢出了大框架的束缚。例如，在评价冰心时，臧克家虽然认为她的资产阶级思想很浓厚，但也肯定了冰心小诗"经过了比较细密的具体的观察，所以写得比较细致、朴素"，而对于革命的、进步的诗人，也能指出其创作之不足，如蒋光慈初期诗歌"作品的感动力量显得较弱"，蒲风作品"艺术的锤炼不够"，柯仲平的诗歌存在多种调子的混合，感觉"不谐合"，长诗结构"不够严密"，袁水拍的政治讽刺诗有些还流于"浮薄"①，诸如此类，这些评论的确富有洞察力。

有一个细节值得注意：在论及1942年以来的解放区诗歌时，臧克家固然对其进行了赞扬，却没有像周扬或文学史著作那样将其树立为最高典范、中国文艺发展的方向，他更多地是用"新鲜""优秀"这样的较为平实的字眼，而且在提到民歌体新诗时，也没有像周扬那样，把它宣扬为唯一的形式。这也可以视为一向提倡散文化创作的臧克家的保留意见，与他为1956年《诗选》所作序言形成了呼应：他在序言中提倡散文化的诗歌。或许也正是因为这一点，在他眼中，艾青"在抗战初期收获较大，成绩最好"②。

这篇刊载在《文艺学习》上的文章，是以向青年介绍新文学的普及性读物的面貌出现的。当它被收入《中国新诗选（1919—1949）》作为代序时，臧克家对其进行了很大的修改。在此以后，随着《中国新诗选（1919—1949）》再版、三版，它的内容也与选篇一样，经历着一再地修改、删削与替换，这些变化，又正是当时政治气候与诗人心态变化的折射。下面列出的是三个版本的序言对各位诗人的评

---

① 臧克家：《"五四"以来新诗发展的一个轮廓》（上、下），《文艺学习》1955年第2—3期。

② 臧克家：《"五四"以来新诗发展的一个轮廓》（下），《文艺学习》1955年第3期。

价情况①见表2-2。

表2-2　　　　　三个版本序言对诗人的评价

| 诗人 | 1956年初版本 | 1957年再版本 | 1979年三版本 |
| --- | --- | --- | --- |
| 胡适 | 删除胡适没有反帝反封建作品的表述，增加对于《尝试集》的批判 | 与初版本相同 | 对胡适有所肯定 |
| 冯至 | 未提 | 未提 | 增加对冯至的评价，肯定他是一位有正义感的知识分子，诗作有自己的风格 |
| 徐志摩 | 仍然批判 | 一方面批判，一方面也肯定他在艺术表现方面有自己的风格 | 与再版本相同 |
| 朱湘 | 仍然批判 | 删去 | 删去 |
| 闻一多 | 增加：闻一多的爱国主义诗作；对新格律的提倡与实验；以生命所作的反抗 | 与初版本相同 | 删去"爱国主义"的说法 |
| 臧克家 | 新增诗人，对其诗作的成绩与不足进行了评述 | 与初版本相同 | 与初版本相同 |
| 艾青 | 与原文的论述一致 | 与初版本相同 | "收获较大，成绩最好"改为"收获较大，成绩优良" |
| 卞之琳 | 新增诗人，作为"新月派"成员被批判，肯定他抗战后奔赴解放区写的《慰劳信集》 | 与初版本相同 | 进一步肯定 |
| 鲁藜 | 删去 | 删去 | 删去 |
| 政治讽刺诗 | 把"其实离'讽刺'的原意已经很远"的表述改为"不是一般含义的'讽刺'" | 与初版本相同 | 与初版本相同 |
| 袁水拍 | 删去"流于浮薄"，增加对其作品的评述，肯定《马凡陀的山歌》的意义 | 与初版本相同 | 删去袁水拍的名字及对他的评述，仅保留"发生了较大影响的，有《马凡陀的山歌》……" |

由于文字改换的地方很多，不能一一列举，表2-2所示，是其中

---

① 袁洪权对此有深入细致的分析，可参看袁洪权《〈中国新诗选（1919—1949）〉的版本、编选与代序修订》，《现代中文学刊》2014年第5期。

主要的一些修改。这三篇序言对应的是三个版本的诗选，它们之间的变动情况，袁洪权做了非常细致的列表分析（见表2-3）。①

表2-3　　　　　　　　　三个版本诗选的变动情况

| 姓名 | 1956年版入选诗作 | 篇数（篇） | 1957年版入选诗作 | 篇数（篇） | 1979年版入选诗作 | 篇数（篇） | 变化情况 | 备注 |
|---|---|---|---|---|---|---|---|---|
| 郭沫若 | 《立在地球边上放号》《地球，我的母亲!》《凤凰涅槃》《炉中煤》《黄浦江口》《天上的街市》《上海的清晨》《诗的宣言》《站立在英雄城的彼岸》 | 9 | 《立在地球边上放号》《地球，我的母亲!》《凤凰涅槃》《炉中煤》《黄浦江口》《天上的街市》《上海的清晨》《诗的宣言》《站立在英雄城的彼岸》 | 9 | 《立在地球边上放号》《地球，我的母亲!》《凤凰涅槃》《晨安》《炉中煤》《黄浦江口》《天上的街市》《上海的清晨》《诗的宣言》 | 9 | 《晨安》替换《站立在英雄城的彼岸》 | 总数未变 |
| 康白情 | 《草儿在前》《朝气》《和平的春里》《别少年中国》 | 4 | 《草儿在前》《朝气》《和平的春里》《别少年中国》 | 4 | 《草儿在前》《和平的春里》《别少年中国》 | 3 | 删《朝气》 | 总数减少 |
| 冰心 | 《繁星》（一、二、三、四）《春水》（一、二、三） | 2 | 《繁星》（一、二、三、四）《春水》（一、二、三） | 2 | 《繁星》（一、二、三、四）《春水》（一、二、三） | 2 | 未变 | 总数未变 |
| 闻一多 | 《静夜》《发现》《一句话》《荒村》《洗衣歌》 | 5 | 《静夜》《发现》《一句话》《荒村》《洗衣歌》 | 5 | 《静夜》《发现》《一句话》《荒村》《洗衣歌》《死水》 | 6 | 增《死水》 | 总数增加 |
| 刘大白 | 《卖布谣》《田主来》《成虎不死》《春意》 | 4 | 《卖布谣》《田主来》《成虎不死》《春意》 | 4 | 《卖布谣》《成虎不死》《春意》 | 3 | 删《田主来》 | 总数减少 |
| 朱自清 | 《送韩伯画往俄国》《小舱中的现代》《赠A.S.》 | 3 | 《送韩伯画往俄国》《小舱中的现代》《赠A.S.》 | 3 | 《送韩伯画往俄国》《小舱中的现代》《赠A.S.》 | 3 | 未变 | 总数未变 |

① 袁洪权：《〈中国新诗选（1919—1949）〉的版本、编选与代序修订》，《现代中文学刊》2014年第5期。

续表

| 姓名 | 1956年版入选诗作 | 篇数（篇） | 1957年版入选诗作 | 篇数（篇） | 1979年版入选诗作 | 篇数（篇） | 变化情况 | 备注 |
|---|---|---|---|---|---|---|---|---|
| 蒋光慈 | 《乡情》《写给母亲》《我应当归去》《中国劳动歌》 | 4 | 《乡情》《写给母亲》《我应当归去》《中国劳动歌》 | 4 | 《哀中国》《写给母亲》《中国劳动歌》 | 3 | 删《乡情》《我应当归去》，增《哀中国》 | 总数减少 |
| 刘复 | 《饿》《一个小农家的暮》《面包与盐》 | 3 | 《饿》《一个小农家的暮》《面包与盐》 | 3 | 《相隔一层纸》《一个小农家的暮》《面包与盐》 | 3 | 《相隔一层纸》替换《饿》 | 总数未变 |
| 冯至 | 《蚕马》《"晚报"》 | 2 | 《蚕马》《"晚报"》 | 2 | 《蚕马》《"晚报"》《那时》 | 3 | 增《那时》 | 总数增加 |
| 柯仲平 | 《告同志》《延安与中国青年》《悼人民艺术家张寒辉同志》《拔掉人民敌人一条根》 | 4 | 《告同志》《延安与中国青年》《悼人民艺术家张寒辉同志》《拔掉人民敌人一条根》 | 4 | 《延安与中国青年》《悼人民艺术家张寒辉同志》 | 2 | 删《告同志》《拔掉人民敌人一条根》 | 总数减少 |
| 戴望舒 | 《狱中题壁》《我用残损的手掌》 | 2 | 《狱中题壁》《我用残损的手掌》 | 2 | 《狱中题壁》《我用残损的手掌》《雨巷》 | 3 | 增《雨巷》 | 总数增加 |
| 殷夫 | 《别了，哥哥》《血字》《一九二九年五月一日》《该死的死去吧!》《议决》 | 5 | 《别了，哥哥》《血字》《一九二九年五月一日》《该死的死去吧!》《议决》 | 5 | 《别了，哥哥》《血字》《一九二九年五月一日》《该死的死去吧!》 | 4 | 删《议决》 | 总数减少 |
| 卞之琳 | 《给一位刺车的姑娘》《给西北的青年开荒者》 | 2 | 《给一位刺车的姑娘》《给西北的青年开荒者》 | 2 | 《远行》《给一位刺车的姑娘》《给西北的青年开荒者》 | 3 | 增《远行》 | 总数增加 |
| 臧克家 | 《老马》《老哥哥》《罪恶的黑手》《春鸟》 | 4 | 《老马》《老哥哥》《罪恶的黑手》《春鸟》 | 4 | 《老马》《罪恶的黑手》《春鸟》《生命的零度》 | 4 | 《生命的零度》替换《老哥哥》 | 总数未变 |

续表

| 姓名 | 1956年版入选诗作 | 篇数（篇） | 1957年版入选诗作 | 篇数（篇） | 1979年版入选诗作 | 篇数（篇） | 变化情况 | 备注 |
|---|---|---|---|---|---|---|---|---|
| 蒲风 | 《茫茫夜》《咆哮》《我迎着风狂和雨暴》《母亲》 | 4 | 《茫茫夜》《咆哮》《我迎着风狂和雨暴》《母亲》 | 4 | 《茫茫夜》《咆哮》《我迎着风狂和雨暴》《母亲》 | 4 | 未变 | 总数未变 |
| 萧三 | 《瓦西庆乐》《礼物》《送毛主席飞重庆》 | 3 | 《瓦西庆乐》《礼物》《送毛主席飞重庆》 | 3 | 《瓦西庆乐》《送毛主席飞重庆》 | 2 | 删《礼物》 | 总数减少 |
| 田间 | 《给战斗者》《儿童节》《曲阳营》《山中》《远望莫斯科城》 | 5 | 《给战斗者》《儿童节》《曲阳营》《山中》《远望莫斯科城》 | 5 | 《给战斗者》《假使我们不去打仗》《曲阳营》《山中》 | 4 | 删《儿童节》《远望莫斯科城》，增《假使我们不去打仗》 | 总数减少 |
| 何其芳 | 《一个泥水匠的故事》《黎明》《我为少男少女们歌唱》《生活是多么广阔》 | 4 | 《一个泥水匠的故事》《黎明》《我为少男少女们歌唱》《生活是多么广阔》 | 4 | 《一个泥水匠的故事》《我为少男少女们歌唱》《生活是多么广阔》 | 3 | 删《黎明》 | 总数减少 |
| 艾青 | 《大堰河——我的保姆》《雪落在中国的土地上》《手推车》《乞丐》《吹号者》《树》《黎明的通知》 | 7 | 《大堰河——我的保姆》《雪落在中国的土地上》《手推车》《乞丐》《吹号者》《树》《黎明的通知》 | 7 | 《大堰河——我的保姆》《雪落在中国的土地上》《手推车》《吹号者》《黎明的通知》 | 5 | 删《乞丐》《树》 | 总数减少 |
| 力扬 | 《射虎者及其家族》 | 1 | 《射虎者及其家族》 | 1 | 《射虎者及其家族》 | 1 | 未变 | 总数减少 |
| 袁水拍 | 《寄给顿河上的向日葵》《发票贴在印花上》《大胆老面皮》《在一个黎明》 | 4 | 《寄给顿河上的向日葵》《发票贴在印花上》《大胆老面皮》《在一个黎明》 | 4 | —— | 0 | 删《寄给顿河上的向日葵》《发票贴在印花上》《大胆老面皮》 | 不再入选 |
| 严辰 | 《早晨》《塔》《路》 | 3 | 《早晨》《塔》《路》 | 3 | 《早晨》《塔》 | 2 | 删《路》 | 总数减少 |

续表

| 姓名 | 1956年版入选诗作 | 篇数（篇） | 1957年版入选诗作 | 篇数（篇） | 1979年版入选诗作 | 篇数（篇） | 变化情况 | 备注 |
|---|---|---|---|---|---|---|---|---|
| 李季 | 《报信姑娘》《三边人》《只因为我是一个青年团员》 | 3 | 《报信姑娘》《三边人》《只因为我是一个青年团员》 | 3 | 《报信姑娘》《三边人》《只因为我是一个青年团员》 | 3 | 未变 | 总数未变 |
| 王希坚 | 《佃户林》《被霸占的田地》 | 2 | 《佃户林》《被霸占的田地》 | 2 | — | 0 | 删《佃户林》《被霸占的田地》 | 不再入选 |
| 阮章竞 | 《送别》《"漳河水"小曲：(漳河小曲，自由歌，漳河谣，牧羊小曲)》 | 2 | 《送别》《"漳河水"小曲：(漳河小曲，自由歌，漳河谣，牧羊小曲)》 | 2 | 《送别》《"漳河水"小曲：(漳河小曲，自由歌，漳河谣，牧羊小曲)》 | 2 | 未变 | 总数未变 |
| 张志民 | 《死不着》 | 1 | 《死不着》 | 1 | 《死不着》 | 1 | 未变 | 总数未变 |
| 徐志摩 | — | — | 《大帅》（战歌之一）、《再别康桥》 | 2 | 《大帅》（战歌之一）、《再别康桥》 | 2 | 未变 | 新增诗人 |
| 王统照 | — | — | — | — | 《这时代》《她的生命》《雪莱墓上》 | 3 | 增《这时代》《她的生命》《雪莱墓上》 | 新增诗人 |
| 1956年8月版 | | 92 | 1957年3月版 | 94 | 1979年9月版 | 82 | 3 | 新增诗人 |

就序言而论，初版本对《"五四"以来新诗发展的一个轮廓》原稿有多处改动，主要有以下几个方面。

第一，最突出的是对"新月派"的评述，对徐志摩、朱湘这样的核心人物仍然否定，还增加卞之琳、陈梦家、林徽因、方玮德等成员名字，加以批评。但是臧克家花了极大的篇幅强调了闻一多的爱国主义诗作、闻一多对新格律诗的提倡与实验，以及他为国家而献出生命的壮举。这就使闻一多与"新月派"彻底撇清了关系：不仅是政治立场,还有对于诗艺的理解与追求。

第二,增加对臧克家自己的评述。《"五四"以来新诗发展的一个轮廓》原稿中,臧克家没有提及自己。但是要编一个反映新诗史的选本,他显然还是认为自己在诗歌史上占有一席之地,于是他把自己放在1927年之后的阶段,更具体地说是以1933年《烙印》出版为标志而登上新诗坛,也就是把自己视为30年代的诗人。他认为自己的作品取材于现实,严肃对待生活,手法朴素,因而有其积极意义。臧克家特别提到了自己的第一部诗集《烙印》和第二部诗集《罪恶的黑手》,表现对自己早期作品的看重。应该说臧克家对自己在新诗史上的定位、对自己创作特点与成就的阐释是符合实际情况的。但是他也以诚挚的语气做了自我批评,指出作品还存在不足,抗战后的不及抗战前的精练,这是由于自己没有和革命斗争、现实生活紧密地结合,没有克服自己的小资产阶级思想情感。

第三,对胡适依然是全面否定,但是删除胡适没有反帝反封建作品这类浮泛的表述,增加对于《尝试集》的批判,使其论述建立在作品分析的基础上。

第四,删去鲁藜等诗人的名字。臧克家对于七月派诗人是较为欣赏的,原稿中称赞鲁藜、天蓝、绿原等诗人的作品对于抗战现实的表现、作品的新鲜。但是初版本代序中这些名字都消失了,这应该与胡风案有关,他们的诗作当然也不可能入选。

据此,新诗编选的标准问题也就树立起来。按照大尹的说法,诗人要选"有进步影响的",诗歌要选"思想性较强的"①,这两条标准是编选时首先要考虑的。此外,臧克家提到

> 中国青年出版社为了帮助青年读者丰富文学知识,了解五四以来中国新诗发展和成就的概况,委托我编了这部诗选。因为它是以一般青年读者为对象,需要照顾青年们的阅读能力,也要适当照顾他们的购买能力,因此出版社希望选入的作品数量不要过

---

① 大尹:《有关〈中国新诗选〉的几件事》,《读书月报》1956年第10期。

多，尽可能选得集中些。①

1956年8月，《中国新诗选（1919—1949）》由中国青年出版社正式出版，定价1.7元，选入26位诗人的92首诗歌。这些方面可以说是满足了出版社所提出的要求。选文定篇还透露出以下信息。

一是就诗人而言，按入选数量来看，有4首以上的诗人依次是：郭沫若（9首）、艾青（7首）、闻一多（5首）、殷夫（5首）、田间（5首）、康白情（4首）、刘大白（4首）、蒋光慈（4首）、柯仲平（4首）、臧克家（4首）、蒲风（4首）、何其芳（4首）、袁水拍（4首）。这个序列也意味着他们在臧克家心目中的地位，特别是入选5首以上的郭沫若、艾青、闻一多、殷夫、田间，无疑是这个选本中最重要的一个方阵。他们都是有重大影响的诗人，郭沫若是参加革命活动的元老，又是中国新诗/新文学的一面旗帜，艾青、田间是解放区诗人，殷夫是革命烈士，闻一多是在国统区努力抗争的民主人士。位列选本的其他诗人绝大多数也可以归入这几类。在这种情况下，胡适、徐志摩、朱湘、李金发等诗人是不可能被选入的。而被认为资产阶级思想占主要成分的冰心，她的《繁星》《春水》能够入选，是因为臧克家肯定其细密具体的观察与细致朴素的书写。

同时，郭沫若、闻一多、殷夫、艾青、田间五位诗人，也成为臧克家串起新诗史的五个枢纽，再加上有4首诗歌入选的作家，他们共同勾画出新诗史的图景：郭沫若、刘大白、康白情等代表1919—1921年第一个阶段即初期白话诗的成就，作为开篇诗人，郭沫若被置于中国新诗开创者的地位，他同时又是第一个阶段最重要的诗人，还是跨越到第二个阶段的代表性诗人；郭沫若、蒋光慈、闻一多等代表1921—1927年第二个阶段即革命新诗的成就；殷夫、臧克家、蒲风等代表1927—1937年第三个阶段即革命深化时期新诗的成就；艾青、田间、柯仲平、何其芳、袁水拍等代表1937—1949年第四个阶段即抗战与解放战

---

① 臧克家：《关于编选工作的几点说明》，《中国新诗选（1919—1949）》，中国青年出版社1956年版，第312页。

争时期新诗的成就，其中前四位是解放区诗人，袁水拍是作为国统区诗人的代表而出现。其中最重要的五位诗人——郭沫若、闻一多、殷夫、艾青与田间又可以分为四组，分别代表了新诗史四个阶段的最高成就，即第一阶段以郭沫若为最重要的诗人，第二阶段是闻一多，第三阶段是殷夫，第四阶段是艾青与田间。按照当时对新文学史的塑造，解放区文学的成就应该最高，因此，第四阶段臧克家是选择了艾青与田间这样的解放区诗人来压轴。

二是就诗作而言，所选诗篇也主要着眼于思想意义。大尹提到，"同一诗人，从他的思想发展来说，从他的诗歌创作来说，写过些好诗，也写过些坏诗，有感情健康的，也有感情不太健康的，有思想性强的，也有思想性较弱的，但在当时，可能那些感情不太健康、思想性较弱的诗，倒起过一些影响，被人称道过，现在编选时，也就没有选入"[①]。因此，所选诗篇主要是诗人们向往革命或走上革命道路的作品。基于这样的考虑，戴望舒的《雨巷》《我的记忆》、闻一多的《死水》、蒋光慈的《哀中国》就没有选入，选的是戴望舒的《狱中题壁》《我用残损的手掌》、闻一多的《荒村》《洗衣歌》、蒋光慈的《写给母亲》《中国劳动歌》等。

诗选中分量最重、地位最高的无疑是郭沫若的作品。臧克家把郭沫若排在第一位，选入诗歌也是最多。收入的《立在地球边上放号》《地球，我的母亲!》《凤凰涅槃》《炉中煤》《黄浦江口》这些诗作都是出自《女神》，《天上的市街》选自《星空》，《上海的清晨》选自《前茅》，《诗的宣言》选自《恢复》，创作于1945年的《站立在英雄城的彼岸》选自《苏联纪行》。臧克家这样的安排还是较为辩证合理的，这些诗作普遍具有较大的影响力和较高的艺术水准，同时也基本涵盖了郭沫若的诗歌创作历程，从而比较清晰地展现出郭沫若的诗歌成就，甚至也能暗示出他所走的革命道路。

不过，臧克家也没有平均分布，而是做到了重点突出、相对集中，选自《女神》的诗歌有5首，这具有两个方面的意义：一是凸显出

---

[①] 大尹：《有关〈中国新诗选〉的几件事》，《读书月报》1956年第10期。

《女神》在新诗史上无可替代的重要地位，标志着新诗在开创期所能达到的高度；二是《女神》对于郭沫若的意义，它是郭沫若早期作品的代表，也是郭沫若新诗创作最高成就的体现。这表明臧克家的编选是有眼光的。

在郭沫若入选的诗作中，最值得注意的是《凤凰涅槃》。有研究者统计发现，民国时期选录郭沫若诗歌的重要新诗选本都没有收录这首长诗，直到臧克家编选《中国新诗选（1919—1949）》才第一次收入，这与郭沫若自己编选《郭沫若选集》实现了一致：郭沫若选入了自己的这首诗。臧克家认为郭沫若的早期作品具有"叛逆的反抗的精神，和对于祖国未来的新生的渴望"[1]，可以把它理解为《凤凰涅槃》入选的首要原因。这种看法与郭沫若本人及学术界的解读是一致的，臧克家选本与《郭沫若选集》遥相呼应，进一步促成了《凤凰涅槃》的经典化。

但是，过多强调革命性与思想意义，也会产生一些问题。在选择朱自清的诗作时，臧克家挑选了3首：《送韩伯画往俄国》《小舱中的现代》《赠A.S.》。除第2首是对现实的反映，另2首都是表达对于苏俄的向往。但是最能代表朱自清诗歌创作成就与精神面貌的《毁灭》却没有选入，显然是一个遗憾。

对于革命烈士殷夫的作品，臧克家也是有所选择的。他认为殷夫初期的诗作表现了"黑暗的社会中一个青春生命的苦闷、追求以及对于爱情和光明的天真渴慕"，但是1929年以后的作品就不一样了，"他的每个诗句就是一声有力的战叫，在它的里面冲涌着贯彻着作为一个无产阶级斗士所具有的那种充沛热情、乐观主义精神和坚强无比的意志力量"。因此，臧克家所选的殷夫的5首诗，都是作于1929年以后，这是为了更好地塑造出一位无产阶级战士的形象，殷夫是"首先作为战士而后才作为诗人的"，当然这样的作品也浸透了他的真情实感，有着感人的力量[2]。

---

[1] 臧克家：《"五四"以来新诗发展的一个轮廓》，刘福春主编《中国新诗总系》（第10卷），人民文学出版社2010年版，第40页。

[2] 臧克家：《"五四"以来新诗发展的一个轮廓》，刘福春主编《中国新诗总系》（第10卷），人民文学出版社2010年版，第46页。

艾青有 5 首诗入选，仅次于郭沫若，在臧克家的眼中，"在抗战初期收获较大，成绩最好的是艾青"①。臧克家选择了他写于抗战前的成名作《大堰河——我的保姆》，其他 6 首则全部写于卢沟桥事变之后，其中《黎明的通知》写于艾青奔赴解放区之后。这些作品显然是可以展现艾青诗歌创作的风貌与成就的。

在臧克家的叙述中，田间是仅次于艾青的解放区诗人，臧克家引用了闻一多对田间的"擂鼓诗人"的评价，对田间是很重视的。臧克家认为他的作品"发挥了诗的武器作用"，同时他的诗歌形式也是创造性的，但他也委婉地指出这"对于民族诗歌传统和一般读者的习惯说来，是一个崭新的东西，对于中国语言的法则和人民'喜闻乐见'的民族形式是有着距离的"②。从田间在选本中所占的地位看，臧克家对他创造的这种诗歌形式是认可的。但文艺作品要具备人民群众"喜闻乐见"的"民族形式"，这是当时的政治要求，田间的作品显然还不能完全符合这个要求，臧克家选入他的作品是有一定的风险的。臧克家显然是在政治的缝隙中为自己的审美趣味寻找空间。

同为解放区诗人的还有何其芳，但是在奔赴解放区之前，何其芳的作品被认为具有浓厚的小资产阶级情调，臧克家只选入他进入解放区之后创作的四首诗。

袁水拍被臧克家列为国统区诗人的代表，他对国统区诗歌的评价也比最初有了很大的提高。臧克家看重国统区的政治讽刺诗，在评述这类作品时，初版本代序特意把国统区政治讽刺诗"其实离'讽刺'的原意已经很远"③ 的评价改为"不是一般含义的'讽刺'"，删去袁水拍部分作品"流于浮薄"的批评，肯定他有着"革命的立场"，他的讽刺诗有着现实性、斗争性、通俗性，"在争取民主的斗争中发生了相当大的影响"，而《马凡陀的山歌》是更为成熟的作品，它的政

---

① 臧克家：《"五四"以来新诗发展的一个轮廓》，刘福春主编《中国新诗总系》（第 10 卷），人民文学出版社 2010 年版，第 51 页。

② 臧克家：《"五四"以来新诗发展的一个轮廓》，刘福春主编《中国新诗总系》（第 10 卷），人民文学出版社 2010 年版，第 52 页。

③ 臧克家：《"五四"以来新诗发展的一个轮廓》（下），《文艺学习》1955 年第 3 期。

治性加强了，也更加朴实，也就更受群众欢迎①。因此，臧克家选入了袁水拍的 4 首诗作，表示了对他的肯定。

　　三是最值得注意的仍然是臧克家对待"新月派""象征派""现代派"的态度，代序的批判与最初的《"五四"以来新诗发展的一个轮廓》完全一致。否定了"新月派"，臧克家还要尽力把闻一多抢救出来，把他与"新月派"分离开来，划清界限。他选入闻一多的 5 首诗，使其成为自己构建的中国新诗史上最重要的诗人之一。初版本代序与《"五四"以来新诗发展的一个轮廓》相比有两点变化：一是进一步强调了闻一多的"强烈的爱国主义情感"，二是增加了对他在诗艺上的实验与追求的评述②。但是矛盾之处也由此产生：臧克家指出了闻一多爱国诗篇存在的不足，后者最好的作品是努力进行新格律探索与实验的作品如《死水》，而这种探索与实验也是徐志摩、朱湘明确赞许并也尝试过的，要强行将闻一多的实验从"新月派"中剥离，显然不合理。而且诸如《死水》一类作品既然比他的一般性的爱国诗作（如《洗衣歌》）成就更高，又为何不选？即使是如前所述，是所谓"感情不太健康、思想性较弱的诗"③，但这样的理由太过牵强。

　　臧克家把闻一多列入最重要的诗人之列，或许也为自己找准了位置。选本中他选入了自己的 4 首诗歌，属于仅次于第一方阵的阵营。他这么做或许出于以下原因：他既是闻一多的学生，同时对自己的作品也有自信。结合序言，臧克家所选 4 首诗中的《老马》和《老哥哥》选自诗集《烙印》，《罪恶的黑手》选自同名诗集，《春鸟》出自《泥土的歌》。前两首正是臧克家自己"比较熟习的农民的生活"，在他的作品中也占主要地位，《罪恶的黑手》有着"对黑暗现实、帝国主义侵略的愤慨"，《春鸟》"表现了作者对革命的向

---

　　① 臧克家：《"五四"以来新诗发展的一个轮廓》，刘福春主编《中国新诗总系》（第 10 卷），人民文学出版社 2010 年版，第 54—55 页。

　　② 臧克家：《"五四"以来新诗发展的一个轮廓》，刘福春主编《中国新诗总系》（第 10 卷），人民文学出版社 2010 年版，第 45 页。

　　③ 大尹：《有关〈中国新诗选〉的几件事》，《读书月报》1956 年第 10 期。

往"等①。

把这些入选诗作与臧克家诗集进行比较,可以看出臧克家对自己创作道路的理解、对自己作品的态度。《烙印》是臧克家的第一部诗集,也是他的成名作,得到了文坛前辈特别是闻一多的大力褒扬,臧克家对这部诗集也极为珍视,甚至可以说是他最为偏爱的一部。《罪恶的黑手》则体现他"在外形上想脱开过分的拘谨渐渐向博大雄健处走"②,《泥土的歌》是从诗人"深心里发出来的一种最真挚的声音"③。因此,4首诗歌全部出自臧克家自己珍爱的诗集,同时也展现出了诗人对自己风格、成就及创作历程的理解。不仅如此,在臧克家的自选诗集《十年诗选》(1944年)以及1954年、1956年、1978年、1986年四个版本的《臧克家诗选》中,这三部诗集和《运河》中的作品入选最多、比例最高,可见臧克家对自己创作的理解与评价。而且四个版本的《臧克家诗选》在选诗方面基本上都是在《十年诗选》的基础上进行,后者所体现的对这些诗集的偏爱,在四个版本中都得到了体现甚至是不断增强。因此,袁洪权认为,不同版本的《臧克家诗选》"底本都来自《十年诗选》",《十年诗选》才是臧克家诗选"真正意义上的第一个版本"④。其实臧克家在编选《中国新诗选(1919—1949)》时,对于自己诗歌的选录,依据的底本同样也是《十年诗选》。《老马》《老哥哥》《罪恶的黑手》《春鸟》在《十年诗选》及四个版本的《臧克家诗选》中都是全部入选、一次不落,于此可见一斑。

不过,臧克家虽然偏爱这些诗集,但在具体选篇时,仍然有着一些顾虑。出自同名诗集的《烙印》《生活》就是例证。《烙印》《生

---

① 臧克家:《"五四"以来新诗发展的一个轮廓》,刘福春主编《中国新诗总系》(第10卷),人民文学出版社2010年版,第47页。
② 臧克家:《序〈罪恶的黑手〉》,刘增人编《臧克家序跋选》,青岛出版社1989年版,第6页。
③ 臧克家:《当中隔一段战争(〈泥土的歌〉星群出版公司1946年版序)》,刘增人编《臧克家序跋选》,青岛出版社1989年版,第30页。
④ 袁洪权:《〈臧克家诗选〉四种版本梳考》,《平顶山学院学报》2014年第3期。

活》都入选过《十年诗选》，但是在《中国新诗选（1919—1949）》的三个版本及1954年、1956年的《臧克家诗选》中都落选了，直到1978年的《臧克家诗选》中才得以选入。《生活》更是迟至1986年才进入他的诗选中。虽然闻一多对这类诗作给予了很高的评价①，但臧克家没有收入它们的原因"也许就是其中某些诗句的情感基调过于灰暗"②，不符合时代的要求。臧克家舍弃这些诗篇，直至新时期才选入，或许也暗示出他在50年代编选时内心的不舍与矛盾吧。

再来看他对徐志摩和戴望舒的态度。"新月派""象征派"和"现代派"都遭到了臧克家的全面否定，因而徐志摩、朱湘、李金发等人的作品一概不选，但是"新月派"的卞之琳和"现代派"的戴望舒都有2首诗入选。《"五四"以来新诗发展的一个轮廓》在作为《中国新诗选（1919—1949）》代序时，涉及徐志摩、朱湘的文字没有任何修改。不仅如此，大尹在谈及编选时还专门提道：

> 像"新月派"诗人徐志摩、朱湘等人的诗，经再三考虑，才决定不入选：虽然从整个诗歌发展来看，他们曾起过一些影响，并且，他们也有个别的诗还不能算是坏诗（如徐志摩的《大帅》《一张油纸》等诗还有着反战思想以及对劳动者的同情等），但从整个"新月派"以及徐志摩、朱湘等人的诗所起的消极作用来看，不选也不是什么缺点。③

如此辩解其实没有必要，因为代序已经说得很清楚，再来反复申说，反而有种此地无银的效果。这也恰恰折射出"新月派"在臧克家心中的分量以及他在取舍时的矛盾，也说明他对"新月派""象征派""现代派"并非一视同仁：三个版本的选本，李金发始终未能入选，

---

① 闻一多：《〈烙印〉序》，冯光廉、刘增人编《臧克家研究资料》（上），知识产权出版社2010年版，第383页。
② 陈宗俊：《论"十七年"臧克家的诗歌选本批评》，《东岳论丛》2015年第5期。
③ 大尹：《有关〈中国新诗选〉的几件事》，《读书月报》1956年第10期。

这也是能说明问题的。

因此，卞之琳和戴望舒的入选很耐人寻味，臧克家选择的是卞之琳的《给一位刺车的姑娘》《给西北的青年开荒者》，都出自他抗战时期的《慰劳信集》；戴望舒的诗选的是《狱中题壁》《我用残损的手掌》，均为抗战时期的作品。这或许可以用前面提及的理由来辩解，即诗人们的作品有好诗，也有坏诗，但产生过影响的坏诗是不能选入的。因此，卞之琳的《断章》、戴望舒的《我的记忆》《雨巷》（臧克家在代序中严厉批评了它们）都没有被选入，而他们各自入选的2首诗，恰恰表明他们与过去消极颓废、只追求形式美的自我决裂，转而投身抗战的洪流，赞美人民、面向现实、英勇抗争，这应该是他们得以入选的理由。

1956年的初版本，选入26位诗人的92首诗，作为一部综合性选本，确实选得相对集中，但篇幅还是偏小了些，也过多地囿于思想政治方面，有读者来信提出了不满："是不是可以把编选的范围再放大些？"更具体的意见则指出诗人诗作太少、内容狭小、写景诗不多、没有爱情诗，特别是"新月派"的作品可以选[①]。这些意见对臧克家形成了一定的压力并很快在第2版显示了出来。

1957年3月《中国新诗选（1919—1949）》再版，选入27位诗人的94首诗作。在"再版后记"中，臧克家提及"'中国新诗选'出版还不到半年，从它的销路上看来，广大读者是很需要这样的选本的"，可见臧克家对这个选本的效应还是深感欣慰。同时他也回应了读者"是不是可以把编选的范围再放大些"的意见，他表示这样只能再出一个选本，而且应该由人民文学出版社来完成[②]。

"再版后记"注明写于1956年11月28日，那么这一版的诗选应该在此以前已经修订完成。最值得注意的是加入了徐志摩，选入了他

---

① 参见袁洪权《〈中国新诗选（1919—1949）〉的版本、编选与代序修订》，《现代中文学刊》2014年第5期。

② 臧克家：《再版后记》，《中国新诗选（1919—1949）》，中国青年出版社1957年版，第318页。

的 2 首诗：《大帅（战歌之一）》和《再别康桥》。臧克家提到"加入了徐志摩的两首诗。在'代序'里，对于徐志摩的评论也本着我的原意进行了修改"①。陈子善认为，臧克家在初版本代序中对徐志摩的评价"未必符合他的'原意'"，但他在第二版代序中仍然指出徐志摩是资产阶级诗人，所以"他的'原意'是有限度的"。尽管如此，第二版选入徐志摩，是 1949 年后徐志摩的诗歌作品首次"正式与内地读者见面"，意义非凡。②

那么，臧克家的"原意"到底是什么呢？这可以从 1934 年 3 月 27 日他所写的《论新诗》一文看出。臧克家以《尝试集》为第一期的代表，认为这一期的作品还没有摆脱旧诗词的束缚；"第二期给了新诗另一途径的是徐志摩，也可以说新诗到了这一期才有了更多的希望，他的影响大到造成了一个潮流。然而凭良心说，他的这种影响坏的方面多过好的"，就是说徐志摩的诗歌内容上只是"闲情——爱和风花雪月"，同时又过分讲求形式，因而他"对新诗的功绩是不甚值得歌颂的"③。承认徐志摩对新诗的贡献及其影响力，但又不认可这种与自己相异的旨趣，进而否定徐志摩，这应该是臧克家的原意。因此，他在再版代序中对徐志摩的评述就与初版本有了很大不同，他完全删去了对朱湘的评述，对徐志摩的评述文字有所增加和改动。论及徐志摩时，臧克家虽然仍指出他是站在资产阶级立场上的"反动"诗人，批判的文字一仍其旧，但不再全盘否定。他一方面突出了徐志摩思想的复杂与矛盾，有着对于社会的不满，认为"我们应该肯定他那些具有现实意义的作品，同时要批判那些反动、消极、感伤气味浓重的东西"④；另一方面从诗艺上肯定他的作品"在艺术表现方面是有他自己的风格的。他追求形式的完美。他的诗，语句比较清新，韵律也比较

---

① 臧克家：《再版后记》，《中国新诗选（1919—1949）》，中国青年出版社 1957 年版，第 318 页。

② 陈子善：《"原意"》，《不日记二集》，山东画报出版社 2015 年版，第 81—82 页。

③ 臧克家：《论新诗》，《臧克家全集》（第 9 卷），时代文艺出版社 2002 年版，第 3—4 页。

④ 臧克家：《"五四"以来中国新诗发展的一个轮廓（代序）》，《中国新诗选（1919—1949）》，中国青年出版社 1957 年版，第 14 页。

谐和。他的表现形式对于他要表现的内容，大致是适合的。在今天，这一点还是值得我们借镜的"①。

这段评价，从思想政治立场和诗歌创作两方面为徐志摩作了一定的辩解，不像初版本代序那样完全否定和批判徐志摩，倒是与臧克家30年代的观点基本一致，可以视为他的原意的再次表达。不过，初版本不选徐志摩而于再版本选入，与当时政治环境的回暖有关，"双百方针"的提出是一个显著标志。上文论及中国现代作家选集的出版，在1956—1957年出现了一个相对宽松的氛围，不少过去被否定的作家也被纳入出版规划中，其中就包括徐志摩。这里需要指出，《中国新诗选（1919—1949）》的第一版是1956年8月正式出版，其中"关于编选工作的几点说明"由臧克家所作，落款时间为1956年6月。虽然"双百方针"是当年4月提出，但按照编选与出版流程而言，臧克家此时应该是按原有的思路编好了选本，即使碰到"双百方针"提出，也来不及再改。第二版按《再版后记》标注的1956年11月来算，有充分的时间来调整。此外还可以联系《诗刊》的动向来看。1957年1月《诗刊》创办，臧克家任主编，这是中国级别最高的诗歌刊物。作为国家级诗刊，它的评论可以视为时代的风向标。2月《诗刊》就发表了艾青的《望舒的诗》和陈梦家《谈谈徐志摩的诗》，对戴望舒和徐志摩从诗艺的角度进行了肯定。这显然也能在很大程度上代表着主编臧克家的态度以及官方意愿。臧克家选择的徐志摩的《大帅（战歌之一）》和《再别康桥》，也分别对应着表现现实、反对军阀与艺术表现两个方面，是非常有眼光的。特别是《再别康桥》的入选，意味着与政治评价的一定程度的剥离。

这个选本推出之后，入选的许多诗人包括编者臧克家自己，都被卷入了政治风暴之中。进入新时期，中国青年出版社推出了这部诗选的第三个版本，1979年9月出版，选入26位诗人的82首诗歌。臧克家表示，"事隔二十二年，为了读者的需要，这个选本有了重新出版

---

① 臧克家：《"五四"以来中国新诗发展的一个轮廓（代序）》，《中国新诗选（1919—1949）》，中国青年出版社1957年版，第14页。

的机会，基本上还是原来的样子，但也作了一些新的调整"①。简单平静的语句背后，包含着许多深意。袁洪权认为，"臧克家在修订过程中，一方面实现了政治的'突破'，注重诗人的艺术探索与建构"，"一方面还是有所'拘囿'"，增删之间体现出"困惑"与"摇摆性"②。这样的总结是十分准确的。

根据第三版后记所注明的时间——1979年2月1日，可以知道在此之前臧克家已经把第三版编好，这个时间点显得很微妙。"文化大革命"结束了，新时期的拨乱反正使文艺界迎来了春天，在这种背景下，仅依据阶级出身、思想立场就把作家一棍子打死的做法受到了否定和纠正。但是，思想文化战线上的情况十分复杂，平反的工作推进艰难，此时的春天乍暖还寒。而且像臧克家这些刚从浩劫中走出来的知识分子，也不可能迅速摆脱心理阴影。因此，"基本上还是原来的样子"，或许也正是臧克家真实心态的折射，但新的形势与气象，毕竟也带来了"新的调整"，呈现出极度矛盾、复杂的局面。

第三版与前两版相比，最重要的是对于政治条框的部分的突破。但刚从动乱走出来的臧克家，在评述与编选时还是首先遵照政治化的思维模式，先论诗人的政治立场与思想观念，再论及其诗艺。他仍然在政治与艺术之间摇摆不定。

首先需要注意的是胡适。臧克家对他的评价的变化是最大的。之前臧克家对胡适不论是为人还是作诗都是完全否定，此时他虽然仍视胡适为右翼的代表，还添加上"与人民为敌"这样的说法，不过他也认为"谈用白话写诗，不能丢开胡适"，"就诗而论，在'五四'时代，胡适还是有他的一份贡献的"③，其贡献就在于他首倡白话诗并出版了第一部新诗集《尝试集》，《谈新诗》也提出了对于新诗的意见。

---

① 臧克家：《新版后记》，《中国新诗选（1919—1949）》，中国青年出版社1979年版，第336页。

② 袁洪权：《〈中国新诗选（1919—1949）〉的版本、编选与代序修订》，《现代中文学刊》2014年第5期。

③ 臧克家：《"五四"以来中国新诗发展的一个轮廓（代序）》，《中国新诗选（1919—1949）》，中国青年出版社1979年版，第3页。

臧克家对于这种尝试期的不成熟表示了一定的宽容，也认为胡适"写得自然活泼。因此可以说，他在'五四'时期对新诗的创建与发展，是有一定作用和影响的"①。这种评价虽然仍是政治优先原则，但也用艺术方面的成绩来有意地冲淡政治色彩。其实以白话写诗、追求自然活泼、注重自由体，臧克家在诗艺方面正有这样的倾向，因而对于胡适的评价能有较大的变化。

在选录诗作时，臧克家更为注重对诗人创作的全面把握，补进一些早期的诗作或是艺术成就更高的作品。第三版中，郭沫若仍是入选诗作最多的诗人，体现了其不可动摇的地位，但臧克家用《晨安》替换了《站立在英雄城的彼岸》，这样选入的郭沫若作品均为其早期所作，体现出其鲜明风格。对于闻一多，臧克家删去爱国主义精神的论述，更加聚焦于诗作的艺术方面，增加了最有特色的《死水》，使闻一多的诗作增加到6首，位列第二。对于冰心，把"资产阶级思想占主要成分"的论断改为"小资产阶级"，这就缓和了不少。对于卞之琳，增加他的早期作品《远行》，使卞之琳的诗歌脉络更显完整。对于戴望舒，增加了其成名作《雨巷》，在照搬以前代序的批判文字之后，他又强调"戴望舒的表现艺术是很高的，像《雨巷》一诗的旋律是铿锵动人的。值得我们学习借鉴，提高自己的表现技巧"②。对于冯至，之前的两版代序都没有论及，第三版则增选了他的《那时》，认为这首诗"深刻表达出冯至向左转的思想历程"，与代序增加的评述文字，冯至对光明的向往与诗作的成就恰好一致。③

但是，由于总体上的思维模式未变，因而这个版本存在的问题与自相矛盾之处仍然很多。虽然对胡适的评价有了很大变化，但是臧克家仍然没有选入胡适的诗歌。对于袁水拍，臧克家把代序中的评论文

---

① 臧克家：《"五四"以来中国新诗发展的一个轮廓（代序）》，《中国新诗选（1919—1949）》，中国青年出版社1979年版，第4页。

② 臧克家：《"五四"以来中国新诗发展的一个轮廓（代序）》，《中国新诗选（1919—1949）》，中国青年出版社1979年版，第6—24页。

③ 袁洪权：《〈中国新诗选（1919—1949）〉的版本、编选与代序修订》，《现代中文学刊》2014年第5期。

字几乎全部删除，而诗作更是全删，这与袁水拍的政治问题有关。

如果说抹去袁水拍在新诗史上的痕迹还情有可原，臧克家对待王希坚和艾青的态度就很有问题了。他把王希坚入选的诗作全部删除；对于艾青，原来的评价是"在抗战初期收获较大，成绩最好的是艾青"，他把"成绩最好"改为"成绩优良"①，评价降低，而且删去了他的《乞丐》和《树》2首诗，总数为5首，排在郭沫若、闻一多之后，位列第三。这或许是因为王希坚与艾青都曾被打为右派，为他们平反的组织结论是在1979年2月正式宣布，但臧克家这个版本的诗选后记注明写作时间为1979年2月1日，也就是说在此之前诗选已经编好，未有组织结论之前，臧克家删去王希坚，降低艾青的地位，应该是为了规避政治风险。但是，臧克家也遭受过迫害，他与王希坚又有不错的私交，而艾青则从1978年回归诗坛，开始发表作品，臧克家仍做出这样的处理，说明他始终如履薄冰。而他大力拔高王统照的文学史地位，甚至宣称"他的诗堪入第一流"，在第三版中增加王统照，选入他的3首诗《这时代》《她的生命》《雪莱墓上》，种种不合理的安排，都能体现出私谊在起作用；而他为自己选入4首诗，也是有意要提高自己的地位，难免有个人私心在作怪②。对于"新月派""象征派""现代派"的总体态度，臧克家也没有太大的变化，这也说明在政治因素之外，他本人对于这些流派的诗学观念、诗歌旨趣并不认同。

总之，从四篇文章、三种诗选可以见出20世纪50—70年代强大的政治语境对选家所形成的巨大压力以及选家在应对内外压力时的抉择与矛盾。臧克家所编的选本正是一个缩影，他始终在政治与艺术之间摇摆，随政治氛围的变化而有所变化，但他毕竟也能对诗艺有着一份坚持。过滤掉浓厚的政治话语，他所梳理的新诗史脉络、他对新诗史上代表性人物与作品的评述、对诗人诗作的选择，仍然还是有眼光

---

① 臧克家：《"五四"以来中国新诗发展的一个轮廓（代序）》，《中国新诗选（1919—1949）》，中国青年出版社1979年版，第27页。

② 参见袁洪权《〈中国新诗选（1919—1949）〉的版本、编选与代序修订》，《现代中文学刊》2014年第5期。

的，这个选本有其历史的合理性，即使在今天看来也有其价值，只是由于种种因素的牵制，难免带来种种缺憾与不足。1979年的第三版，带有非常明显的混杂、矛盾的特点，这也正是一个过渡阶段、过渡时代的表征。1979年对于思想文化界而言是一个承上启下的时代，但是臧克家的这个选本，由于在年初即已编好，因而更多地还是"承上"而非"启下"，因而大体上可以与前两个选本划归为一个阶段。真正堪称"启下"的，要等到1979年6月北京大学、北京师范大学、北京师范学院共同主编的《新诗选》与1980年3月《诗刊》社编选的《诗选》的出版①。不仅如此，臧克家最为纠结的"新月派""象征派""现代派"，在80年代以后开始得到越来越高的评价，甚至得以出版专门的选集，充分体现出时代的发展变化。

---

① 《新诗选》共三册，上海教育出版社1979年6月、11月、12月出版。《诗选》共三册，人民文学出版社1980年3月、1981年2月、1981年5月出版。

# 第三章　回归审美与追求现代性的新诗选本

新诗编选的第三阶段可以自新时期算起，到20世纪结束时为止：1979年6月北京大学、北京师范大学、北京师范学院共同主编的《新诗选》与1980年3月诗刊社编选的《诗选》开始出版，意味着一个破冰时刻的来临，呈现出新时期诗选的新面貌，同时也是对60年中国新诗的回顾、对中国新诗史的再度重塑。出版于2000年1月的《新诗三百首》（牛汉、谢冕主编，3册），则是在回望百年中国文学的大背景下对中国新诗所进行的世纪总结，可看作第三阶段富有代表性的收官之作。这个阶段具有这样一些特点：首先是20世纪七八十年代之交新诗创作、编选开始向审美回归，具有新诗史意识的综合性选本最值得注意；其次，80年代初流派选本迅速崛起，特别是1985年前后具有现代意味的诗歌选本达到一个高潮，体现出文艺界和社会对现代性的渴望；最后，90年代的市场经济大潮与社会转型使文学（包括诗歌）回落到相对边缘的位置，但也使诗歌省却了外界的搅扰，有机会回归自身，同时90年代中期也开启了对百年中国文学的总结，20世纪的中国诗歌得到盘点、评选与回顾，新诗史叙述的多元化特点开始显现。

## 第一节　新诗编选向审美回归

"文革"结束以后，在1978—1979年，新诗编选一度出现了极为繁荣的局面。根据徐勇的统计，1978年出版的文学选本涵盖了各类体裁，还涉及外国文学，十分丰富而多样：小说选本 21 部，散文选本 7 部，报告文学集 5 部，诗歌选本 16 部，综合性选本 1 部，外国文学选本 5 部[①]。即使单就诗歌而言，成绩也是十分可观，笔者对 1958 年、1959 年、1978 年、1979 年这四年出版的诗集（个人诗集或多人合集）、选本、长诗、诗论集（单篇诗论、诗论专辑专号除外）进行了统计，得出数据见表 3 – 1。[②]

表 3 – 1　　　　1958—1959 年、1978—1979 年出版的诗集统计

| 年份 | 诗集（本） | 选本（本） | 长诗（首）（本） | 诗论集（册） |
| --- | --- | --- | --- | --- |
| 1958 | 36 | 7 | 11 | 9 |
| 1959 | 42 | 9 | 12 | 14 |
| 1978 | 19 | 16 | 6 | 5 |
| 1979 | 20 | 18 | 2 | 2 |

可以发现，1958—1959 年出版的诗集、长诗、诗论集数量远高于 1978—1979 年，而后者出版的选本则多于前者。造成这一现象的原因或许在于，1958—1959 年是"十七年"间新诗创作最活跃的时期，1958 年的大跃进，全国兴起了收集民歌、创作新民歌的热潮，1959 年是中华人民共和国成立 10 周年，各地推出的选本开始出现，直至 1962 年还有出版，此时诗人们的创作热情也极为高涨，共同促成了诗集、长诗的繁荣。同时围绕新诗发展方向、新民歌问题的讨论也十分热烈，导致诗论的繁荣。而 1978 年是拨乱反正、思想解放的关键时期，1979 年是中华人民共和国成立三十周年，国家、诗人和民众从文化大革命中走出来的时间还不长，特别是要摆脱思想上的束缚还有一个过程，因而创作与诗论十分匮乏，但是选本大量出现，一方面是有"十七年"时期选本的再版、以往的诗歌创作作为基础，另一方面选本为控诉"四人帮"与文化大革命提供了宣泄的出口，而歌颂新的时代与中华人民共和国成立 30 周年也成为主旋律，因而这两年的选本出版数量

---

[①] 参见徐勇《选本编纂与八十年代文学生产》第一章第二节"七八十年代社会转型与选本出版的繁荣"，人民文学出版社 2017 年版。

[②] 根据刘福春主编《中国新诗总系》（第 10 卷）统计。

超过了前一时期。

诗歌编选的这一面貌是与社会、时代的变化紧密相连的，1976—1979年中国的政局发生了剧烈的震荡与变革，给文学带来的影响也是非常深远的，很多重大的事件值得关注：

1976年1月，《人民文学》《诗刊》复刊；

1977年12月，《人民文学》编辑部组织文艺界人士座谈会，清算"文艺黑线专政论"；

1978年5—6月，中国文联第三届全国委员会第三次扩大会议召开，中国文联、中国作协与《文艺报》恢复工作，中国文联主席郭沫若在名为《衷心的祝愿》的书面讲话中强调"这是粉碎'四人帮'以后，文艺界召开的第一个全国性的会议，是文艺界承前启后、拨乱反正、具有重大历史意义的一次会议"[1]。这次会议也是对"新时期文艺"的命名：《中国文联第三次全国委员会第三次扩大会议的决议》用到了"新时期文艺工作"的表述；

1978年12月18—22日，具有转折意义的十一届三中全会召开。《中国共产党十一届中央委员会第三次全体会议公报》明确提出工作重点从1979年起"转移到社会主义现代化建设上来"；[2]

1979年1月2日，中国文联举行迎新茶话会，胡耀邦、黄镇等领导人出席，此次会议明确宣布不存在"文艺黑线专政"。1月14—20日，《诗刊》编辑部在北京召开全国诗歌创作座谈会，胡耀邦、胡乔木、周扬等到会讲话，提出平反冤假错案、落实政策；

1979年10月30日至11月16日，第四次文代会召开，正式开启了全面的由极"左"路线干预到回归文艺的历程，在新中国文艺发展史上有着重大的意义。邓小平代表中共中央和国务院向大会所作的《祝辞》，批判了林彪与"四人帮"的罪行，彻底否定"黑线专政论"，

---

[1] 杨扬主编：《中国新文学大系·史料索引卷一》(1976—2000)，上海文艺出版社2009年版，第1046页。

[2] 本书编写组编：《十一届三中全会以来历次党代会、中央全会报告公报决议决定》(上)，中国方正出版社2008年版，第12—14页。

重申"双百方针",肯定文艺工作者所取得的成就,强调文艺工作要为四个现代化的目标服务,为文艺工作的健康发展指明了方向。

中国迎来了拨乱反正、改革开放的新时期,诗歌创作回归文学本位、审美本位也就成为必然。文学界重谈"形象思维"的重要性,诗坛格局也发生了重大变化,两大诗人群体在此时成为诗坛的主力军:一是众多被打倒的诗人重新拿起了笔,以诗歌表达内心的感怀,他们后来被称为"归来者"诗群:最先引人注目的就是艾青,他于1978年4月发表诗歌《红旗》,1979年1月号《人民文学》刊出他的长诗《光的赞歌》,1980年5月艾青的诗集《归来的歌》出版。大体而言,"归来者"诗群有因胡风案而受牵连的"七月派"诗人如绿原、牛汉、曾卓等,有被错划为"右派"的诗人如艾青、公木、公刘、白桦、流沙河、邵燕祥、昌耀等,有远离时代主潮而沉默的诗人如"九叶派"等。"归来者"绝大多数生于20世纪初至30年代,他们是在"五四"新诗的影响下成长的,当他们归来时,首先是接续上"五四"新诗的传统。

另一个诗群就是在20世纪50年代出生、成长的青年诗人,他们经历了上山下乡、"文化大革命"的动荡岁月,虽然缺少公开发表作品的机会,但是他们以自己的诗篇表达着内心的苦闷、迷茫与思索。这些诗人如雷抒雁、曲有源、舒婷、叶文福、傅天琳等,日后逐渐成长为诗坛的中坚,但其中又可分为继承主流传统与开创新路的两大群体——后者基本上就是后来被称为"朦胧诗人"的群体。

诗歌观念与诗坛格局发生了重大变化,但是创作的繁荣需要积累,及时反映这一面貌的选本更是需要一个较长的过程,因此最初选本收录的多为旧作或急就章,选本繁荣的背后其实是艺术本身的匮乏、当下创作的贫弱。不仅如此,1978—1979年的社会秩序还处在一个新旧交替的不稳定状态,思想禁锢的解除也不可能一蹴而就,何况当时各方面的争论也空前激烈。春天虽然已经到来,但这两年仍是一个乍暖还寒的气候。此时的选本恰恰成为时代的晴雨表,如《天安门诗抄》《天安门诗文集》《天安门诗词三百首》《十月的风》《火的赞歌》《永恒的怀念(纪念毛主席诗歌选)》《山西诗歌选》《春的声音——湖北省1949—1979年诗歌选》《江苏诗选(1949—1979)》等,大致分为两方面：一是控诉"四人帮"，怀念毛主席、周总理；二是对新时代的赞颂。这些作品的政治意味、社会意义显然远大于艺术成就。

另一些选本显得较为特殊，但也富有格外的意义，如1979年5月上海文艺出版社编选并出版的《重放的鲜花》，这是一部"平反"作品选，因为收入的作品先前都被打成"毒草"。《重放的鲜花》第1版印数达10万册，影响极大。它是一部综合性的选本，绝大部分是小说，流沙河的《草木篇》是唯一入选的诗作，但也正因为如此，它为新诗编选的变革戳开了一个口子，透出新的亮光。"编者"表示，书中收录的都是20多年前的作品，在反右扩大化和文化大革命期间遭到批判和禁锢。如今重新出版，不仅是因为它们已经被平反，还因为编者"仍旧强烈地感到它们的时代气息和现实意义"，也就是说这些"干预生活"和爱情题材的作品，首先有着"积极的社会意义"。但是编者也强调这些作品"也有一定的艺术质量"，尤其是如果"不把艺术问题和政治问题混同起来"，它们就有存在的价值。① 因此，这个选本的意义在于，它与上述控诉、赞美的选本一样，首先，重在社会意义、政治意味，从而拥有了合法性；其次，在肯定政治正确性的前提下，文艺作品的艺术性得到了尊重，这又是它与上述选本不一样的地方，正体现出思想解放进程中文艺观念变革的过渡性特征。

具有过渡性正是这一时期选本的重要特点，率先体现这一特点的主要是由各个高校组织编纂的现代文学作品选，编选者与50—70年代一样不是个人，这也是一种过渡性的表现。这些作品选在"文化大革命"结束前就已经出现，如1972年广西民族学院中文系现代文学教学组编选的《现代文学作品选》、1973年南京师范学院中文系现代文学教研组编的《现代文学作品选》等，它们主要是为教学服务，基本上属于内部编印的资料，很少公开出版。② 1978年以后，当代文学作品选也开始出现，如黄冈师专中文系、安徽师范大学中文系、南京大学

---

① 编者：《前言》，本社编《重放的鲜花》，上海文艺出版社1979年版，第 i—ii 页。
② 公开出版的作品选有少量，如北京大学中文系编的《中国现代文学作品选》，1975年由北京大学出版社出版。

中文系编的当代作品选等。这是根据新的形势而做出的安排，华南师范学院等十六所高等院校编的《中国当代文学作品选讲》的"编后"（1979年6月）对此有说明："根据教育部制订的高等院校中文专业现代文学教学大纲的要求，当代文学（即新中国建立以来的文学）将作为一门新的专业课程独立设置"[①]，为配合教学需要，就编写了这本作品选。

　　随着教学秩序和高考的恢复，大量出现的文学作品选得到了公开出版的机会，其中新诗选本中最先出现的一部权威选本是《新诗选》（三册）。这是一套中国现代新诗选本，北京大学、北京师范大学、北京师范学院联合主编，北京师范学院中文系中国现代文学教研室负责编选，参编人员为李泱、易新鼎、谢昌咏、王晓勤、王清波等，上海教育出版社1979年6月、11月、12月出版，印数高达5.7万册。《新诗选》是三校合编的"中国现代文学史参考资料"中的一种，其他几种是《文学运动史料选》《短篇小说选》《散文选》《独幕剧选》。编选这套资料是为了配合中国现代文学的教学。

　　"中国现代文学史参考资料"的重要性、权威性从它的"说明"可以看出来：它是"在教育部领导下编选的"，初稿完成后教育部委托编选组召集学者审稿，而审稿人员名单中就有当年因《中国新文学史稿》而受到批判的王瑶，还有田仲济、吴奔星、樊骏、徐迺翔、严家炎、陆耀东、黄曼君等学者，"说明"中还提到"在编选过程中，还得到周扬、夏衍、冯乃超、陈荒煤、吴伯箫、李何林、唐弢、吴组缃等同志的热情关怀和帮助"[②]。因此，这部新诗选其实是在官方的支持下重新开展新诗教学、重塑新诗史并公开面世的成果，带有着拨乱反正、正本清源的重大意义。

　　这本新诗选的"说明"写于1979年1月，可见最晚在1979年1月，这本新诗选已经编完，不妨把它与时间间隔不大的臧克家主编的《中国

---

　　① 编者：《编后》，十六所高等院校编《中国当代文学作品选讲》，广西人民出版社1980年版，第772页。

　　② 北京师范学院中文系中国现代文学教研室：《说明》，北京大学、北京师范大学、北京师范学院中文系中国现代文学教研室主编《新诗选》（第一册），上海教育出版社1979年版，第2页。

新诗选》第三版（1979年9月出版，"后记"的写作时间为1979年2月）进行对比分析，或许会有更多的发现。臧克家曾在第二版、第三版的"后记"中针对读者提出的扩大编选范围的意见，表示这样的工作应该由人民文学出版社或别的机构来完成，而上海教育出版社恰恰就完成了这样一个任务。从编选的情况看确实是极大地扩大了范围，也显得更为包容，三册选本共选入了191位诗人的981首诗歌，还附有"民歌选"，共选入197首民歌，总计1178首作品，规模不可谓不大。

作为在1979年出现的新诗选本，它们都带有时代的印记，自身的过渡性是十分明显的。不论是个人名义还是集体面貌，选家的主体性并不突出。这两个选本都是将政治原则置于首位，《新诗选》的"说明"论及编选原则、范围时提道：第一，所选作品为"新民主主义革命时期创作的属于新文学范畴的新诗"；第二，"主要选取新诗发展史上重要诗人的代表作品，和其他有一定影响的作品。革命烈士的新诗和民歌，也酌量选入"[①]。

第一条表述其实就是重新回到了"十七年"时期甚至更早的延安时期毛泽东对新民主主义文化的论断。第二条表述中特别提及"革命烈士的新诗"，显然是有政治因素的考虑，而民歌被选入是臧克家的选本所没有的，这又体现出1958年新民歌运动的影响。

《新诗选》以李大钊居首，紧接着是周恩来、鲁迅、郭沫若，他们是革命烈士、领袖、革命作家，然后才是胡适、沈尹默、刘半农等初期白话诗人，这样的编排不难见出其中的用意。革命烈士或革命家的诗歌还有方志敏、叶挺、陈然、黄药眠、胡也频、杨靖宇、陈辉等人的作品。入选的诗人中，也是郭沫若的作品选录最多，选诗在10首以上的诗人依次为郭沫若（41首）、殷夫（30首）、闻一多（27首）、臧克家（24首）、艾青（20首）、田间（18首）、朱自清（16首）、陈辉（16首）、刘大白（14首）、蒲风（14首）、严辰（14首）、王统照（13首）、冯至（12首）、何其芳（12首）、王亚平（11首）、

---

[①] 北京师范学院中文系中国现代文学教研室：《说明》，北京大学、北京师范大学、北京师范学院中文系中国现代文学教研室主编《新诗选》（第一册），上海教育出版社1979年版，第1页。

蒋光慈（10首）、朱湘（10首）。

　　郭沫若在臧克家编的《中国新诗选（1919—1949）》与这部《新诗选》中都居于首要地位，凸显出继鲁迅之后的这位新文学旗手同时又是国家领导人的诗人的地位，这在当时的新诗选本中是普遍现象。此外，左翼作家、进步作家也构成了入选诗人的主体。可以发现，郭沫若、殷夫、闻一多、艾青、臧克家这几位作家，构成了这部选本建构的新诗史的几个枢纽：郭沫若不仅在入选诗人中排在第一位，入选诗作也是最多，所选诗作从他的成名作《女神》开始，一直到1945年所作《进步赞》。这样的编排意味着郭沫若不仅可以代表新诗第一个十年即初期的成就，同时也代表了整个中国现代新诗三十年的成就，是一个富有统摄力的作家。这一时期的诗人还突出了刘大白、朱自清、王统照等；殷夫、闻一多大体代表了第二个十年的成就，还有田间、蒲风、陈辉、蒋光慈、朱湘等；艾青、臧克家的创作跨越了三四十年代，艾青入选的诗作虽然没有臧克家多，但是他排在臧克家的前面，而且像《大堰河——我的褓姆》《向太阳》《雪里钻》这样的长诗都是完整收录，臧克家则没有长诗入选，可见在选家心目中艾青的地位更为重要。他们成为代表第三个十年新诗成就的主要代表，此外有冯至、何其芳、王亚平、严辰等。这样一个脉络与臧克家所编选本也是大体一致的。

　　但是，如果认为这部《新诗选》就是臧克家选本的翻版与放大，显然是不合适的。作为新时期重起炉灶编选的本子，这部选集已经呈现出了多种新的特质，尽管其中仍存在着不少矛盾、杂糅之处：首先最值得注意的是选入了胡适的6首诗、周作人的3首诗。虽然选本的第五条"说明"是这样说的："根据历史唯物主义的原则，考虑了教学的实际需要，对于资产阶级诗歌流派的作品，也少量选入，以供参考。对于胡适、周作人这种作者，则选的是他们从新文学阵营分化出去之前的作品。"①"资产阶级"这样的概念仍在使用，但编选者选入了胡适、周

---

① 北京师范学院中文系中国现代文学教研室：《说明》，北京大学、北京师范大学、北京师范学院中文系中国现代文学教研室主编《新诗选》（第一册），上海教育出版社1979年版，第1—2页。

作人的作品，却是自 50 年代以来最大的突破，臧克家在三个版本的选本中从未提及周作人，更不用说选诗了，选本的第三版对胡适的批判语气已经减弱，但臧克家也自始至终没有选入胡适的诗歌，政治上的束缚在他的选本中始终牢不可破。

不仅如此，《新诗选》在编选方面做到了最大的包容，被臧克家完全抹去的朱湘，这套选本选入 10 首诗，可见编选者对他的重视。"新月派"的其他诗人卞之琳、陈梦家、林徽因、方玮德等都有诗篇入选。还有三类在臧克家选本以及当时的新诗史叙述中完全"消失"的诗人群也"归来"了：第一类是与胡适、周作人一样都被彻底否定的象征派、现代派诗人如梁宗岱、李金发等，第二类是因"胡风案"而受牵连的"七月派"诗人如公木、邹荻帆、苏金伞等，第三类是远离了当时诗歌主潮因而被遗忘的诗人们，其中有 30 年代探索新格律诗的林庚、罗念生等，也有日后被称为"九叶派"的穆旦、杜运燮等。《新诗选》做到了不因人废诗，也不以诗废人。对于新中国成立前后成长起来的青年诗人如严辰、张志民、李瑛等，选本也给他们留下了位置，意味着新诗史的脉络在继续延伸。

在篇目上，《新诗选》也顾及新诗种类的多样性与诗人创作的全面性，就前者而言，虽以短诗、抒情诗为主，但也选入了经典的长诗作品如朱自清《毁灭》、孙毓棠《宝马》、冯至《北游》、力扬《射虎者及其家族》、艾青《向太阳》等，而《宝马》《射虎者及其家族》以及冯至的《蚕马》、朱湘的《王娇》等都是杰出的叙事诗。此外，选本虽然也收录了民歌体的作品如阮章竞、李季、王希坚、王老九等的诗歌、歌词类作品（如杨靖宇《抗日联军第一路军歌》《中朝民族联合抗日歌》、李兆麟《第三路军成立纪念歌》、公木《中国人民解放军进行曲》等）以及大量的民歌，但也突破性地选录了冯至的十四行诗，兼顾了中国传统与西方资源，也兼顾了现实主义、浪漫主义与现代主义等不同风格的作品。

这套选本除了一篇简短的"说明"之外，完全没有以往选本的"导论"。编选者的立场看似模糊不清，其实是潜在地表明了编选者的态度：虽然读者缺少了编选者的引导，但是 50—70 年代的引导，其实多是居高临下的指令。现在要做的，是真正回到作品本身，放弃对读者的"指导"，让读者自己去评判。选入的诗歌看上去很芜杂，但它们既然能够入选，恰恰表明了编选者对它们的认可乃至于"平反"的态度，这就打破了50—70年代的新诗史建构模式，意味着新诗史应该将胡适、周作人、象征派、现代派、"七月派""九叶派"十四行诗等纳入自己的框架内，新诗史应该重写。

因此，作为选本，《新诗选》的确带有模糊、杂糅的问题，革命烈士与"资产阶级"作家、民歌与十四行诗、现实主义与浪漫主义、现代主义等的杂糅十分明显，但这种模糊、杂糅或许正是它的价值：在一个新旧交替的过渡时代，这样一个过渡性选本，恰恰以其"兼容并包"的姿态，打破了一体化的格局，彰显出"包容"与"突破"的双重意义，从而为新诗编选、新诗史建构开创出一片新的天地。新诗史的传统既然是丰富而多元的，那么当下的新诗创作该往何处去，答案就蕴含其中了。回顾历史其实也是指向现实，从一定的意义上讲，《新诗选》也有为当下新诗创作提供参考的重要意义。

《新诗选》代表了新时期以来对中华人民共和国成立30年（中国现代）新诗史的回顾与反思，从而起到变革新诗观念与重塑新诗史的作用，而《诗刊》社编选的三册《诗选》，则指向了中华人民共和国成立30年的新诗——中国当代新诗，两部选本对于60年来的新诗史有了一个较全面的梳理，同时对当时的新诗创作无疑也有一定的指导作用。这套《诗选》由人民文学出版社出版，带有为中华人民共和国成立三十周年献礼的意味，分别于1980年3月、1981年2月、5月出版，印数分别为4万册、2.5万册、2万册，同样是一个权威且影响极大的选本。

与《新诗选》一样，《诗选》也是以《诗刊》社的集体名义署名，也没有"导论"，只有一篇以"诗刊编辑部"名义登载的简短的"编选说明"（时间为1979年7月），连编选缘由都说得很含糊："在广大诗歌作者、各地文联和报刊编辑部的热情支持下，我们编出了这本诗选。"重点说明的其实是"编选体例"：这套选本实际所收作品时限是自1949年10月至1979年3月，此外"篇幅所限，三百行以上的长诗没有选入,除《天安门诗选》部分包括若干旧体诗外,旧体诗、儿童诗、歌词、民歌一律未选"①。因此,《诗选》的规模比《新诗选》要小很多,但也相对严谨一些,共收入229位诗人的502首诗,除郭沫若外没有一位诗人的作品入选超过10首。

尽管如此,《诗选》与《新诗选》一样仍是一个过渡性选本。以往的新诗选本基本上不会选入旧体诗词,但由于"天安门诗选"中有旧体诗,所以书名定为《诗选》是合适的,而且"天安门诗选"因其特殊的意义被安排在第一册卷首,有着宣告新时代到来的用意。诗人的排序则打破一贯的时间顺序,以作家姓氏笔画为序,如此一来就不用顾忌座次和先后问题了。不过这样做不便于读者把握诗歌史的脉络。从入选篇数看,依次为郭沫若(12首)、阮章竞(9首)、闻捷(9首)、李瑛(9首)、艾青(7首)、田间(7首)、李季(7首)、张志民(7首)、郭小川(6首)、公刘(6首)等。虽然郭沫若在50年代以后的诗作水平比不上他的早期作品,但仍有12首诗入选,数量最多,这样的编排,显然仍是要突出郭沫若的地位。《诗选》宣称不选民歌,但是依然选入了习久兰、黄声孝、王老九的民歌体作品。

《诗选》的这些问题,与《诗刊》的处境及其自身的矛盾态度有关,在形势、政策依然较为缠杂的1979年年初,《诗刊》在努力革新的同时又顾虑重重,"作为一种国家刊物,《诗刊》一方面似乎要代表这个国家的诗歌艺术水准,无论是它的自我定位还是公众期待;另一方面,正因为是国家刊物,它必定是主旋律的,代表主流意识形态和公共精神的,同时是方方面面必须照顾周全的。不难看出,《诗刊》创办以来保持着两重性,面临着公共性与独创性的诸多矛盾"②。

尽管如此,这部选本还是显示出它独特的意义。首先,入选诗人可以分为四个紧密衔接的群体:一是"五四"时期的诗人如郭沫若、

---

① 《诗刊》编辑部:《编选说明》,《诗刊》社编《诗选》(第1册),人民文学出版社1980年版,第1页。

② 王光明等:《2004年的诗:印象与评说(代前言)》,王光明编选《2004中国诗歌年选》,花城出版社2005年版,第3页。

汪静之等；二是三四十年代成名的诗人如艾青、臧克家、力扬、公木、邹荻帆、卞之琳、冯至、何其芳、田间、柯仲平、光未然、苏金伞、李广田、徐迟、蔡其矫等；三是50年代前后成长起来的诗人，如管桦、白桦、严阵、张志民、闻捷、公刘、邵燕祥、流沙河、周良沛、贺敬之、柯岩、李瑛等；四是文化大革命后崭露头角的青年诗人如雷抒雁、叶文福、李小雨、李松涛等。

四类诗人群还是为我们勾勒出了《诗刊》心目中的中华人民共和国成立30年新诗史线索：这条线索就是"五四"以来追求革命与进步的现实主义主潮。郭沫若的诗歌虽然是浪漫主义的，但被认为是革命的浪漫主义，而汪静之的《血液银行》同样充满了革命的激情。卞之琳的《十三陵水库工地》（二首）、冯至的《韩波砍柴》《黄河二题》《人皮鼓》等也是如此。

在诗人阵容上，第二、三类诗人占多数，可见《诗刊》社是把"归来者"放到当代30年新诗主力军的地位上，这样的安排，显然是带有为他们平反的意味，而接续主潮的第四类诗人正在诗坛发出自己的声音。因此，《诗刊》也是要把这一主潮设定为指引青年诗人创作的方向。

其次，《诗选》把旧体诗、儿童诗、歌词、民歌等排除在外，也不收300行以上的长诗，收录的作品绝大多数为较短小的抒情诗，这样的编排，在形式上确立了80年代以来新诗编选的规则，更重要的是诗歌观念的扭转，相比于《新诗选》的包容与杂糅，《诗选》非常清楚地扭转了新民歌运动以来的方向，接上了"五四"至30年代的诗歌观念，即重视诗歌的抒情性及体式的自由。这样做，既重塑了建国30年来的新诗史，也对80年代的新诗创作与编选产生了重要影响。在此以后，叙事诗、民歌及民歌体作品渐渐退出了新诗选家的视野，而篇幅问题也限制了长诗入选的空间。

以《新诗选》《诗选》为代表的选本是七八十年代之交特殊时代的产物，当时新诗创作亟待走出困境，但首先需要的是解放思想，因而新诗史的梳理就起到了这方面的作用。80年代新的思想方向确立以后，诗人与诗歌爱好者更需要的就是能够为自己创作与阅读提供直接参考的作品了，因而进入 80 年代以后，侧重于新诗史的综合性选本处于一个相对沉寂的状态，而对当下新诗创作具有直接指导和参考意义的流派诗选开始大量兴起。

## 第二节　流派诗选的兴起

1979 年，中国迎来改革开放的春天，诗歌则是这个春天里最动人的歌声。文学在此时呈现出极其兴盛繁荣的景象，文学思潮的论争也开始达到高潮，这也就是日后屡屡为人所提及与怀念的"80 年代"景象。新诗的"80 年代"景象，在 1980 年就已经显现端倪：1 月《福建文艺》第 1 期选出舒婷的 5 首诗作题为《心歌集》，组织讨论，由此引发了旷日持久的论争；4 月南宁会议召开，围绕日后被命名为"朦胧诗"的新诗潮的论争更趋激烈；5 月 7 日谢冕在《光明日报》发表《在新的崛起面前》，作为"三个崛起"论的开山之作，为朦胧诗进行了最初的但也是有力的辩护；7 月，《诗刊》社举办了"青年诗作者创作学习会"（第一届"青春诗会"），舒婷、顾城、江河等朦胧诗人参加；8 月，章明的文章《令人气闷的"朦胧"》发表，"朦胧诗"之名得以传开。

如果说 1980 年是新诗的论争年，1981 年的景象就是新诗论争与创作都显得格外热闹，值得关注：

1 月，四川人民出版社出版了《徐志摩诗集》《戴望舒诗集》《胡也频诗稿》。对徐志摩而言，1957 年臧克家主编的《中国新诗选》第二版收入了徐志摩的诗歌，但是他的诗集自 1949 年之后始终未能公开出版，这次出版意义重大；

3 月，孙绍振《新的美学原则》发表，与此前谢冕发表的《在新的崛起面前》形成呼应之势，有力地声援了朦胧诗；中国作家协会江西分会、《星火》文学月刊社编选出版《朦胧诗及其他》（内部资料）；

5 月 25—30 日，"全国中青年诗人优秀新诗评奖"颁奖大会在北京举行，"归来者"与青年诗人同台领奖，舒婷作品也在获奖之列。它拉开了全国性新诗评奖活动的序幕，此后的 1983 年、1986 年、1988

年,中国作协举办了三届全国优秀新诗(诗集)的评奖活动,对新诗创作、传播、编选都产生了巨大的影响;

6月,张默主编的《剪成碧玉叶层层——现代女诗人选集》在中国台湾出版,这是自1936年《现代女作家诗歌选》问世之后,时隔45年再度出版中国现代女诗人诗选;

7月,《九叶集》由江苏人民出版社出版;

8月,绿原、牛汉编《白色花——二十人集》由人民文学出版社出版;

9月,王家新等编选的《中国现代爱情诗选》由长江文艺出版社出版;上海文艺出版社编选的《中国现代抒情短诗100首》出版;

11月,中国社科院文学研究所编的《1980年新诗年编》由江苏人民出版社出版;

12月,《青年诗选》由中国青年出版社出版;北京市文联研究部编选了《争鸣作品选编》(内部资料)。

单就这一年的选本而论,"女性""爱情""抒情""年度""青年"等成为最亮眼的关键词,也是诗歌选本分类的重要依据,而这些关键词,本身就是80年代社会心理与风貌的印记,是80年代时代精神的体现并一直持续到90年代。当然,这些关键词作为时代印记是鲜明的,但作为诗歌分类的依据,终究还是显得笼统、浮泛了一些。经历了70年代末的拨乱反正,80年代中国迈入改革开放的快车道,对新诗而言,当下创作迫切需要指导,诗歌选本、诗歌评奖、《诗刊》社的"青春诗会"、《诗刊》社与《星星》诗刊举办的诗歌函授、讲座等活动,都是对这种需求的回应。但它们之中堪称首选的就是流派诗选,它们最能切入诗歌创作与诗歌艺术的特质方面,给予当时的创作以启示,同时也可以为新诗史留存文献资料。《九叶集》《白色花》等正是如此。此外《徐志摩诗集》《戴望舒诗集》的出版也为流派诗选奠定了基础,因为戴望舒、徐志摩都是被视为各自流派中的代表人物。

在《徐志摩诗集》的"序"(1979年7月)里,卞之琳开篇就明确提出"做人第一,做诗第二。诗成以后,却只能就诗论诗,不应以人论诗",在他看来,徐志摩的思想是驳杂的,在艺术上则努力探求汉语新诗的开拓，这也是徐志摩诗歌的价值所在①。作为对"序"的呼应，周良沛在"编后"（1980年5月）中以"实事求是"作为探讨徐志摩的原则，同意卞之琳提出的"就诗论诗"主张。他认为，徐志摩的思想是矛盾的，艺术上也并非没有瑕疵，但编选《徐志摩诗集》，正像有的老诗人提议的，"哪怕只为这一代想熟悉新诗史的诗人和为研究工作者提供一份完整的资料也罢"，对年轻人而言，也会"从正反两方面得到较大的收益"②。虽然1957年出版过《戴望舒诗选》，是作为现代作家选集之一种，但该选本更多地是强调他后期的转变，到80年代，"大家都认为五七年的选本选得太少，这次应该多选，甚至全出"③。对于这种意见，卞之琳和周良沛都是支持的。《戴望舒诗集》有卞之琳的"序"、艾青当年为《戴望舒诗选》所作的《望舒的诗》和周良沛的"编后"。三篇文章都肯定了戴望舒在诗艺上的成就，而卞之琳、周良沛更是能够直接抓住戴望舒诗歌的现代主义色彩展开论述，《戴望舒诗集》大量地选入了戴望舒前期的作品。胡也频是革命烈士，但是作为"新文学选集"之一的《胡也频选集》只收了他的后期小说作品，革命烈士的刚强英勇是在这些小说中展现的，而留存下来的诗作都是他早期的作品，"真实地记录了那些青年在当时既是旧礼教的叛逆者，又是个人主义者，既倾向社会革命，又摆脱不了自己因循而行动不力的弱点，既充满小资产阶级的幻想，又不得不在幻想的破灭中生活。对现实的卑视和个人的孤独苦闷相存，痛苦的挣扎与旧世的无道相衬"④。这样的作品在50年代自然是不能被选入的，到80年代《胡也频诗稿》出版，完整、真实的革命者形象才由此树立，正如周良沛所言，这是"一个真实人的诗"⑤。

卞之琳与周良沛在当时的环境中所下的论断都是比较谨慎的，也带有过渡时代的一些印记，但是已经把重心转移到诗歌本身了，力图

---

① 卞之琳：《序》，《徐志摩诗集》，四川人民出版社1981年版，第1—7页。
② 周良沛：《编后》，《徐志摩诗集》，四川人民出版社1981年版，第251—257页。
③ 周良沛：《编后》，《戴望舒诗集》，四川人民出版社1981年版，第168页。
④ 周良沛：《一个真实人的诗》，《胡也频诗稿》，四川人民出版社1981年版，第6页。
⑤ 周良沛：《一个真实人的诗》，《胡也频诗稿》，四川人民出版社1981年版，第1页。

重回时代、个人、审美的本位，这样的诗集一方面是为新诗史重新塑形，另一方面也为新诗创作提供了参考。

流派诗选中率先出版的是《九叶集》（江苏人民出版社 1981 年版），收入辛笛、陈敬容、杜运燮、杭约赫、郑敏、唐祈、唐湜、袁可嘉、穆旦 9 位诗人的作品，诗人们自己挑选作品，为之作序的是身为九叶派成员的袁可嘉。《白色花》（人民文学出版社 1981 年版）是"七月派"的作品选，收入 20 位诗人的 119 首诗，"七月派"成员绿原、牛汉编选，绿原作序。因此，这两部选本与 30 年代陈梦家所编的《新月诗选》十分相似，都是同人诗选。但它们更具有为新诗史存照以及为当下创作提供参考的意愿，而《新月诗选》更主要是彰显"新月派"的诗歌观念与创作实绩。

袁可嘉在《九叶集》序言中强调九叶派都是爱国知识分子，他们的诗作是中国 40 年代部分历史的忠实记录，"内容上具有一定的广度和深度，艺术上，结合我国古典诗歌和新诗的优良传统，并吸收西方现代诗歌的某些手法，探索过自己的道路，在我国新诗的发展史上构成了有独特色彩的一章"[1]。绿原在序中同样强调了他们的爱国立场，同时努力做到"主客观的高度一致，包括政治和艺术的高度一致"，他们借用阿垅诗句中的"白色花"为选本命名，正是要"纪念过去的一段遭遇：我们曾经为诗而受难，然而我们无罪"。[2]

《九叶集》与《白色花》具有非常重要的意义，它们使 40 年代被遮蔽的一段诗歌史浮现出来，也更新着人们对新诗的认知。王光明认为，它们"对被掩埋诗人诗作的昭彰，也为新诗史研究中资料的发掘、流派和诗潮的研究提供了启示"[3]。从 80 年代初期的个人诗集如《徐志摩诗集》《戴望舒诗集》与零星的流派选本如《九叶集》《白色花》，再到大型流派选本丛书的推出，80 年代流派诗选的发展脉络十分清晰。

---

[1] 袁可嘉：《序》，辛笛等《九叶集》，江苏人民出版社 1981 年版，第 3 页。
[2] 绿原：《序》，绿原、牛汉编《白色花》，人民文学出版社 1981 年版，第 5—9 页。
[3] 王光明：《新诗研究的历史化——当代中国的新诗史研究》，《文艺争鸣》2015 年第 2 期。

"中国现代文学流派创作选"丛书就是在此时出现的，它是一套规模空前宏大的文学流派及作家群的选本，时限为"五四"文学革命至1949年新中国成立。该丛书的"出版说明"是："在中国现代文学发展过程中，涌现过许多流派，它们创作了各具特色的作品。《中国现代文学流派创作选》丛书，通过选印各流派的代表作，帮助广大读者认识中国现代文学发展的千姿百态，并为研究、教学工作者提供对各种文学流派进行比较和研究所必需的资料"，"除选入有较大影响的文学流派外，也酌选一些作家群"①。

根据当时负责该丛书的岳洪治回忆，这套丛书的策划人正是"七月"派诗人、时任人民文学出版社现代文学编辑室主任、《新文学史料》主编的牛汉。牛汉策划并推出了"中国现代文学流派创作选"丛书、"中国现代作家选集"丛书、"中国现代文学作品原本选印"丛书与《新文学史料》丛书②。它们无疑具有保存现代文学史料、展现中国现代文学多元面貌的作用，但它们的意义又远不止于此。牛汉复出并策划四大丛书，是在中国社会经历巨大变革的前提下才有可能，而他的运作之所以能够成功，也是因为他顺应了这一形势，在求新求变的时代以全新的观念与立场重塑中国现代文学的面貌。

"中国现代文学流派创作选"自1983年3月开始出版，至1995年12月，共出14种：

《荷花淀派作品选》，1983年3月出版，印数25000册；
《山药蛋派作品选》，1984年8月出版，印数24100册；
《新感觉派小说选》，1985年5月出版，印数30000册；
《现代派诗选》，1986年5月出版，印数8900册；
《〈七月〉〈希望〉作品选》，1986年7月出版，印数3500册③；

---

① 《〈中国现代文学流派创作选〉出版说明》，蓝棣之编选《现代派诗选》，人民文学出版社1986年版，衬页。

② 岳洪治：《"中国现代文学流派创作选"出版琐记》，《出版史料》2009年第4期。

③ 《〈七月〉〈希望〉作品选》分2册，收入的作品包括诗歌。

《象征派诗选》，1986 年 8 月出版，印数 8400 册；

《〈语丝〉作品选》，1988 年 8 月出版，印数 7050 册；

《新月派诗选》，1989 年 9 月出版，印数 7350 册；

《京派小说选》，1990 年 11 月出版，印数 2690 册；

《文学研究会小说选》，1991 年 5 月出版，印数 1550 册；

《鸳鸯蝴蝶——〈礼拜六〉派作品选》，1991 年 9 月出版，印数 7570 册；

《九叶派诗选》，1992 年 2 月出版，印数 2170 册；

《东北作家群小说选》，1992 年 6 月出版，印数 2520 册；

《论语派作品选》，1995 年 12 月出版，印数 3000 册。

岳洪治提到这套丛书反响很大，受到广大读者尤其是高校文科师生的热烈欢迎，其中《新月派诗选》《现代派诗选》等尤为突出。丛书中有几种选本曾经再版，仍然供不应求，人民文学出版社准备于 2001 年选择几个急需品种予以再版，但是一度搁置了下来。2008 年 2 月，岳洪治向社里提交报告，汇报修订版情况的同时提议及时出版。他在报告中阐述了应该出版的三点理由：一是"市场需求"；二是丛书的编选者"都是国内高校的著名学者、教授。他们的选本，具有较高的学术性、权威性，因而，这套丛书也即具有了经典的品位"；三是"相关编者已经按我们的请求做好了修订"[1]。他介绍了六种修订版选本的基本情况，提出了建议印数：《新感觉派小说选》《鸳鸯蝴蝶——〈礼拜六〉派作品选》建议印数 1 万册；《新月派诗选》《现代派诗选》《象征派诗选》《九叶派诗选》建议印数 8 千册[2]。6 种选本中诗歌选本就占了 4 种，可见诗歌在当时人们心目中的分量。

从单部诗集、个别选本到大规模流派丛书的推出，文学自身的特性得到了越来越多的关注。这几种形式的作品，其实都兼有重塑新诗史与为当下创作提供指导、参考的意义，选家应该也是同时具备这两

---

[1] 岳洪治：《"中国现代文学流派创作选"出版琐记》，《出版史料》2009 年第 4 期。

[2] 岳洪治：《"中国现代文学流派创作选"出版琐记》，《出版史料》2009 年第 4 期。

方面的意识的,并且这些意识是不断趋于自觉与成熟。此外,流派丛书的推出,是以集团化的方式运作,而且是由文学出版的最高机构——人民文学出版社集中推出,不难看出背后也有官方意愿的推动。因此,"中国现代文学流派创作选"丛书与单部诗集、个别选本比较起来,在规模、深度、广度、影响力等方面都要大得多。

"中国现代文学流派创作选"具有与20世纪50—70年代选本明显不同的特点:首先,编选者均为高校、科研机构的学者、评论家(蓝棣之虽然也是诗人,但作为选家,他的学者身份更突出);其次,该丛书还邀请编选者"撰写序言,阐明所选流派的渊源发展、思想艺术特色及其在文学史上的影响和作用"[①]。这些"序言"显然接续了以往选本"导言"的传统,不是居高临下的指导,而是文学批评意义上的阐释与指引。文学选本的功能也就得到了恢复。

编选者们能够以专业的眼光,客观、公正地对各个流派进行梳理、述评与筛选。孙玉石编选的《象征派诗选》将李金发置于首位,他在"前言"中清晰地勾勒了这一流派产生、发展的历史轨迹。蓝棣之编选的《新月派诗选》《现代派诗选》《九叶派诗选》也是如此,深厚的学养在此起到重要的支撑作用。同时,这套选本与同人诗选不同,此前的同人选本如陈梦家编的《新月诗选》,牛汉、曾卓编的《白色花》,"九叶派"诗人的《九叶集》,它们的优势是非常清楚本流派的特点与风格,能够尽最大努力予以彰显。但也因为囿于自身,眼界、格局都会受到限制。而学者们选诗,他们并非流派中人,能够拉开距离,更加全面、客观地予以审视,对流派的把握也往往能够具有文学史的眼光。以新月派诗选为例,蓝棣之选本与陈梦家的不同之处就在于他对新月派的总体把握与定位是陈梦家所难以做到的,选诗时他更倾向于徐志摩、闻一多、朱湘等诗人,这也是符合实际的。在编选《九叶派诗选》时,他更多地选入郑敏的作品,是因为80年代郑敏的创作十分活跃,在修订时他特意更多地加入了穆旦的作品,显然是与

---

① 《〈中国现代文学流派创作选〉出版说明》,蓝棣之编选《现代派诗选》,人民文学出版社1986年版,衬页。

穆旦诗作的特质被重新发现并日益受到重视有关。

《象征派诗选》选入李金发、王独清、穆木天、冯乃超、姚蓬子、胡也频等9位诗人；《新月派诗选》选入徐志摩、闻一多、饶孟侃、朱湘、孙大雨、邵洵美、方令孺、林徽因等18位诗人；《现代派诗选》选入卞之琳、曹葆华、戴望舒、废名、金克木、李白凤、李广田、李健吾、林庚、路易士、施蛰存、孙毓棠、吴奔星、辛笛、徐迟、赵萝蕤等31位诗人；《九叶派诗选》收入九位诗人的诗作。这几种诗选堪称各流派诗人诗作空前的集结与亮相，同时也有意识地突出了代表性人物，是一次极为系统、全面、深入的编选与总结。

不仅如此，从这套丛书的印数及再版情况，也可以发现时代变迁的影响及它们的接受情况：第一，在80年代出版的其中几种选本，初版印数普遍高于90年代出版的，特别是80年代印数最多的《新感觉派小说选》（1985年），初版印数3万册，比90年代印数最多的《鸳鸯蝴蝶——〈礼拜六〉派作品选》（1991年，印数7570册）要高出许多。可见90年代商品经济大潮冲击的影响；第二，在各类体裁中，诗歌的边缘化又比小说更明显，诗歌选本的印数最多是8900册（《现代派诗选》，1986年），远少于《新感觉派小说选》这样的小说选本。这体现文学体裁格局的变迁及其与时代的对应关系：徐勇认为，"当启蒙占据主导地位的时候，小说就可能成为主导文体"，"20世纪80年代以来的几十年，其文学的功能更多体现在启蒙和提高上。小说正是充当了这种启蒙和提高的任务。这种状况，决定了20世纪80年代文学选本中小说选本在总体上占据主要位置；其时，影响较大的，也多是小说选本"[①]；第三，岳洪治提到这套丛书受到读者的欢迎，市场需求旺盛，蓝棣之编选的《新月派诗选》《现代派诗选》被北大、北师大等高校列为必读书。这表明文学编选日益受到市场经济规律的制约，编纂选本不单是选家的事情，更多地受到出版策划、读者认可、市场营销等因素的影响。蓝棣之编选的《九叶派诗选》就是一例，它因为印数太少而湮没无闻，事实上蓝棣之本人最重视的恰恰是《九叶

---

[①] 徐勇：《选本编纂与当代文学体裁格局变迁》，《江西社会科学》2019年第8期。

派诗选》，不仅是因为"下的工夫最深"，而且这是一本"最适合当代又含有最多艺术分量的诗选"①。岳洪治在自己的报告中提及这一选本并建议修订再版，可见他对其中的问题是有着清楚的了解的。

当时的文学流派丛书还有钱谷融主编的"中国新文学社团、流派丛书"。这套丛书是完全依照流派来分，意在"梳理新文学的真实发展线索"②，同时它不仅收入作品，也选录评论资料。这套丛书与"中国现代文学流派创作选"收录的流派有重叠，如新月派、九叶派、文学研究会、京派等，但也收入莽原社、湖畔诗社、狮吼社、浅草社等小型流派、群体的作品，与"中国现代文学流派创作选"可以互为补充、参照。

八九十年代的诗歌思潮流派选本如《九叶集》（1981 年）、《白色花》（1981 年）、《朦胧诗选》（1985 年）（下文将专门论述）以及"中国现代文学流派创作选"丛书、"中国新文学社团、流派丛书"等，具有多方面的意味：首先，它们是以流派选本的方式呈现出中国新诗流派史乃至于中国新诗史的图景，与综合性选本明显不同，诗人之间的关联与影响、诗歌流派的群体性力量得以彰显；其次，它们打破了 50 年代以来的一体化格局，颠覆了盛行的新文学主流支流说、阶级斗争说及新文学史观，各类思潮流派开始得到重新的评价与定位。如果把它们连到一起，或许就是一条非主潮的中国新诗（流派）史：新月派—象征派—现代派—七月派—九叶派—朦胧诗，当然其间更多地是交叉、重叠、共存而非取代、进化的关系。这与 1942 年以后描绘的中国新诗主潮史显然是大相径庭的；再次，这些思潮流派的选本能够编选、出版，本身就是时代环境与社会心理发生巨大转变的折射，因为这些思潮流派在 50—70 年代恰恰是非主流的，处在被忽视甚至是受批判、遭打压的状态，只有到了拨乱反正、自由宽松的 80 年代，它们才有被重新发现的可能，但这也恰恰说明它们本身顽强的生命力；最

---

① 蓝棣之：《修订版后记》，《新月派诗选》（修订版），人民文学出版社 2011 年版，第 339 页。
② 钱谷融：《梳理新文学的真实发展线索——〈中国新文学社团流派丛书〉序》，《中国现代文学研究丛刊》1985 年第 4 期。

后，选家的面貌不再是群体性的或者是无名的，而是具有明确诗歌观念的主体，他们的地位重新确立。由此，一种新的选本风貌得以形成。

在这些诗歌流派中，更受关注、影响更大的还是侧重于新诗格律的新月派以及具备现代主义色彩的象征派、现代派、九叶派等，它们备受关注，是与八九十年代人们对审美现代性的渴求相关联的。

这一点也可以从外国文学选本的大量出版得到印证。徐勇在研究中发现，80年代出现的大量外国文学选本，与50—70年代有很大不同：从过去侧重俄苏文学到侧重欧美文学特别是美国文学，对欧美文学又倾向于当代，"当代意识的增强，也使得现代派作品逐渐进入到文学选本中，并占据一定比例"[①]。在当时出现的外国现代派作品选本中，袁可嘉编选的《外国现代派作品选》是个重要标志，此外还有《欧美现代派作品选》《荒诞派戏剧选》《意象派诗选》《英美意象派抒情短诗集锦》《外国现代派诗集》《外国现代派百家诗选》等，此时的时代心理与接受语境已经发生了极大的变化。袁可嘉为《外国现代派作品选》所写的序言是能够典型地体现出当时人们的态度的：对于现代派文学既急切需求，但是在理论层面又谨慎对待。从这个意义上讲，中国现代派文学选本的兴起，其实是在整个社会时代与读者心理都已发生变革的前提下实现的。

对于80年代而言，当下的文学流派也需要加以关注和总结以便更好地介入文学创作，在这种背景下《朦胧诗选》（辽宁大学中文系1982年编印、春风文艺出版社1985年出版）应运而生。这是一本纯粹由文学青年编成的选本，在当时引发了一股全国性的热潮，迅速成为最具影响力的流派诗选，而它的影响所及，早已越出文学的范围，成为一个时代的象征，这样一种效应，无论是当年的朦胧诗人还是编者都不曾想到。

朦胧诗的历史地位并不是由朦胧诗群有意识地加以确立的，而是被读者和选本所赋予的：首先，"朦胧诗"之名就是来自读者章明《令

---

[①] 徐勇：《外国文学选本编纂与"现代派"的接受及其合法性问题》，《西南大学学报》2018年第1期。

人气闷的"朦胧"》的批评意见,朦胧诗群只是一个松散的群体,并未想过为自己命名;其次,正是在各类选本的作用下,这一本来松散的群体被学界和读者聚合到了一起,建构了一个以北岛、舒婷、顾城等人为核心的历史谱系:白洋淀诗群——《今天》诗群——朦胧诗群[①],食指的意义也被挖掘出来。在选本的调整中,朦胧诗群的面貌、风格得到了较好地揭示与展现,芒克、多多等重要诗人得以浮现;再次,朦胧诗群本来只是热爱诗歌、以诗歌表达个人对时代的思考的青年群体,他们不曾追名逐利,却以其人道主义情怀与新奇的艺术手法点燃了读者的热情,而选本的适时出现使他们的经典地位得以逐步确立。最重要的选本自然是春风文艺出版社的《朦胧诗选》,还有后出转精的洪子诚、程光炜编选的《朦胧诗新编》。从这个意义上讲,是选本成就了朦胧诗。

80年代初中国诗坛的主力是"归来者"诗人群和青年诗人们,朦胧诗群就属于后者。在朦胧诗的各类选本出现以前,朦胧诗群就已经通过各种途径发表着自己的作品,除了以1978年创刊的《今天》作为阵地,最重要的就是舒婷、北岛、顾城等人的作品在《诗刊》转载或发表。《今天》将这批志同道合的诗人集聚到一起,放射出巨大的能量。同时作为中国诗歌最高刊物的《诗刊》也在努力求新求变。一方面,《诗刊》努力寻求真正有诗艺价值的作品;另一方面,1979年的《诗刊》除了译介西方诗人,特别重视发掘国内诗歌资源,于是《今天》诗群的作品逐渐进入《诗刊》编辑的视野,北岛的《回答》、舒婷的《致橡树》《祖国呵,我亲爱的祖国》《这也是一切》、顾城的《歌乐山组诗》,相继被转载或刊发。《今天》诗群的作品公开发表,又是在《诗刊》这样的刊物上,意味着地下写作开始得到了官方的承认。

---

[①] 这样一个被建构起来的谱系当然还不完整、不全面,也有争议。如白洋淀诗群之前还有北京的"诗歌沙龙",而贵州的"启蒙社"、上海、四川等地的诗歌活动,都可能与朦胧诗有关(参见洪子诚《序》,洪子诚、程光炜编选《朦胧诗新编》,长江文艺出版社2004年版,第8—9页;李润霞《〈中国新诗总系〉的编选原则与史料问题》,《文艺争鸣》2011年第6期)。

事实证明，借助于官方刊物的力量，新诗潮的影响迅速扩大，特别是得到了《诗刊》的认可，其意义是十分重大的。正如李小雨所说，《诗刊》改变了众多文学青年的命运①，中国新诗的格局也打开了一个全新的局面。

当然，由于众所周知的原因，新诗潮也引发了激烈的争议。1979年公刘发表了《新的课题——从顾城同志的几首诗谈起》；1980年1月《福建文艺》选出舒婷的部分诗歌编成《心歌集》刊发，由此引发出长达一年的关于新诗创作道路的争论；1980年4月的南宁会议围绕这类争论成为焦点所在。谢冕参加了这次会议，后来应《光明日报》之邀发表了著名的《在新的崛起面前》，最早为新诗潮作了有力的辩护。同年《诗刊》8月号刊登章明的文章《令人气闷的"朦胧"》，这一诗潮由此得名。朦胧诗潮就是这样在争论中前行，其影响在不断扩大，从1980年到1985年，各类正式、非正式出版的选本都收录了不少朦胧诗作：

《1980年新诗年编》，中国社会科学院文学研究所编，江苏人民出版社1981年11月出版，收入北岛诗1首、梁小斌诗2首、顾城诗5首、杨炼诗2首、王小妮诗1首、舒婷诗2首；

《青年诗选》，本社编，中国青年出版社1981年12月出版，收入舒婷、王小妮、梁小斌等诗作；

《青春协奏曲》，希望编辑部编，福建三明"希望诗丛"之一，1982年初非正式出版，收入舒婷诗4首、梁小斌诗5首、顾城诗4首、王小妮诗4首、北岛诗3首、杨炼诗5首；

《舒婷、顾城抒情诗选》，福建人民出版社1982年10月出版；

《1979—1980诗选》，诗刊社编，四川人民出版社1982年10月出版，收入舒婷诗1首、梁小斌诗1首、顾城诗1首；

《一九八一年诗选》，诗刊社编，人民文学出版社1983年3月出版，收入顾城诗2首、舒婷诗1首；

---

① 张弘：《〈诗刊〉：诗人恩怨催人老》，《新京报》2006年8月17日。

《新诗潮诗集》（上、下集），老木编选，1985年，收入多位朦胧诗人的诗作。

但是，社会上仍然没有一本专门的朦胧诗选本，朦胧诗的面貌依然晦暗不明。因此，阎月君、高岩、梁云、顾芳四位女大学生编的《朦胧诗选》为这一群体起到了正名与塑形的作用，真正将朦胧诗潮推向公众视野，这在当时的社会条件下是需要极大勇气的。

《朦胧诗选》其实有两个版本：1982年未正式出版的辽宁大学编印本和1985年春风文艺出版社的正式出版本。与1985年的《朦胧诗选》相比，1982年的编印本显然是一个"前文本"/"潜文本"：它没有公开出版，但它是正式版本的母体，是它最重要的依据。《朦胧诗选》的意义在于，它是一个纯粹由读者编选的诗歌选本，编选者也没有掺杂名利、利益的考虑，只是出于对诗歌的热爱，因此，这个选本显得异常纯粹、干净，建立在编选者的个性体验与审美感受的基础上。

叶红、姜红伟等研究者通过对编选者之一的阎月君的访谈、对两个版本的考察而对两个版本的《朦胧诗选》的编印、出版、意义等方面进行了详细的阐述。根据相关材料，可以知道两个版本的编选者均为阎月君、高岩、梁云、顾芳，她们当时是辽宁大学中文系78级学生，她们都爱好诗歌。当她们读到朦胧诗时，"感觉到一种强大的冲击力"，"她们为这些带有悲天悯人的久违了的人道主义情怀的诗歌激动，认为这些新面孔的诗人有着不可多得的诗歌创作潜质并散发着与众不同的光芒"[①]。这种感受是前所未有的，因此1981年年底她们萌生了编选一部朦胧诗选集的想法。阎月君表示，"我们编选集没有任何个人目的，既不是为了自己出名也不是为了赚钱，只是觉得这么有价值的诗应该让更多人看到，让更多的年轻人和社会上的人知道，把好诗与大家分享是我们最初的动机。编辑选集时我们的出发点是非常

---

[①] 叶红：《重读〈朦胧诗选〉——不该尘封的历史记忆》，《文艺争鸣》2008年第10期。

原始和自然的状态"①。她们从各种公开发表的诗作中进行遴选，希望得到系里的支持使其出版。但是当时朦胧诗正承受着巨大的争议，无论是编选还是出版这样一部选本，都是需要极大的勇气的。对此，中文系的教授们表示了极大的支持。

1982年，《朦胧诗选》作为辽宁大学中文系编印的内部资料发行，当时的读者主要是辽宁大学中文系的函授学员。诗集为32开本，190页，定价6角。封面写有书名《朦胧诗选》，下面是"辽宁大学中文系"，衬页上注明"阎月君、梁芸②、高岩、顾芳选编"，落款为"辽宁大学中文系文学研究室"。选本中还有《出版前言》和《情况简介》，《出版前言》提到：

> 近来，国内诗坛对朦胧诗展开了热烈讨论，也发表了一些值得注意的诗作和理论文章。许多同学要求参加这一讨论，但因缺乏参考资料，不能深入开展。
> 中文系七八级阎月君、梁云、高岩和进修生顾芳等同学，在课业之暇，编选了朦胧诗的部分作品和有关论文索引，虽不完备，尚可窥见概貌。现在作为中文系师生教学参考资料，少量刊印，在内部发行。③

诗选分为三部分：一是诗作，收入12位诗人的诗歌103首：舒婷29首，北岛15首，顾城24首（组），梁小斌12首，江河4首，杨炼1首，吕贵品4首，徐敬亚3首，王小妮4首，芒克1首，李钢1首，杜运燮1首。

二是"青春诗论"：收入7篇诗论，分别为杨炼《我的宣言》、北岛《关于诗》、舒婷《人呵，理解我吧》、梁小斌《我的看法》、顾城《学诗笔记》、徐敬亚《生活·诗·政治抒情诗》、王小妮《我要说的话》。

---

① 叶红：《重读〈朦胧诗选〉——不该尘封的历史记忆》，《文艺争鸣》2008年第10期。
② 这本诗选的《出版前言》以及后来春风文艺出版社出版的《朦胧诗选》，署名都是"梁云"。
③ 阎月君等选编：《朦胧诗选》，辽宁大学中文系，1982年编印。

三是朦胧诗讨论索引，收入艾青、公刘、谢冕、孙绍振等撰写的文章186篇。①

这本诗选印了600册，对当时的读者而言，犹如一枚重磅炸弹，引起了他们的强烈反响，很快被抢购一空。辽宁师范大学中文系79级学生、大学生文学刊物《新叶》主编刘兴雨这样描述他读到《朦胧诗选》时的感受："这本书是诗集的编者之一高岩送给我的。最初看到这些诗仿佛在头脑中爆炸一颗原子弹，几乎把原来传统的诗歌审美观念完全轰毁。觉得很陌生又很亲切，很奇特又很新鲜，尽管不能全盘接受，但就像电脑升级似的，完全是新的东西，过去的都被格式化了。"② 这种感受是真实可信的，应该也是当时很多读者都能感受到的震撼。刘兴雨与高岩因朦胧诗而结下友谊，高岩将徐敬亚评论舒婷的论文交给《新叶》刊登，刘兴雨由此与徐敬亚建立了联系并发表了后者的著名文章《崛起的诗群》。徐敬亚也对这一选本表示了高度的认可："如果说《今天》是纯色的同仁刊物，那么《朦胧诗选》则是现代诗向公众亮出的极光第一剑。一个刚刚有了绰号的人，被四个读大学的女孩儿推向了公众的视野。在当年，出版如此重要。没有那些新华书店，谁能一眼看到全局。"③

在今天看来，《朦胧诗选》的意义是十分重大的，这是朦胧诗第一次结集、以群体的姿态亮相，尽管未能公开出版，影响有限，但朦胧诗的人道主义情怀、全新的艺术表现手法在社会上产生了前所未有的震撼。四位女大学生尽管还是文学青年，但她们还是有着中文专业读者的眼光，她们自己也喜欢写诗，阎月君还是当时崭露头角的一位青年诗人，参加了《诗刊》社组织的首届"青春诗会"。加上朦胧诗在当时已经有了较为广泛的流传，因而她们的编选是建立在一个较为成熟的接受基础上的。

就选本而言，《朦胧诗选》确实做得比较成功：内容上有诗选、

---

① 姜红伟：《两个版本〈朦胧诗选〉的出版考证》，《当代作家评论》2019年第4期。
② 姜红伟：《两个版本〈朦胧诗选〉的出版考证》，《当代作家评论》2019年第4期。
③ 姜红伟：《两个版本〈朦胧诗选〉的出版考证》，《当代作家评论》2019年第4期。

诗论与讨论索引，体例完备，眼界开阔；选入12位诗人的103首作品，绝大部分是可以归入朦胧诗的；诗人们最有影响的作品基本上都收入其中，包括舒婷的《致橡树》《呵，母亲》、北岛的《回答》《迷途》、顾城的《一代人》《远和近》、梁小斌的《雪白的墙》《中国，我的钥匙丢了》、江河的《星星变奏曲》《纪念碑》、芒克的《十月的献诗》等，可以说较为齐备了。

在入选诗人诗作中，舒婷排在首位，收录诗歌也最多，达29首；北岛排第二，选诗15首；顾城第三，选诗24首（组）。舒婷、北岛、顾城的诗作选入最多，入选诗歌数量占到全书诗选的66%，可见他们已经被视为朦胧诗群的核心人物。这样一种观念在很长一段时间里主导着人们对于朦胧诗的理解。入选的诗作，不仅收录了诗人们的代表性作品，而且像舒婷的《祖国呵，我亲爱的祖国》《这也是一切》《致橡树》、北岛的《回答》《宣告》、顾城的《一代人》《远和近》等，也进一步强化了舒婷温婉、北岛冷峻、顾城敏感的形象。

从这些方面来看，《朦胧诗选》实际成为此后朦胧诗选本绕不开的一个起点。当然它也存在不足：首先，编选者毕竟是四位年轻的大学生，她们对人生的理解、对新诗潮的把握还是比较有限的，这就影响到对材料的筛选与理解；其次，她们在编选时，对朦胧诗的理解也是"朦胧"的，并未真正把握其内在特质。阎月君就提到"大的方向是有的，就是和以往诗歌不同的，代表一种新的诗歌美学倾向的，除此之外几乎再没有标准了"[1]。这样的观念与标准其实是很模糊的，会导致误收，如选本中收入了杜运燮的《秋》，就是因为章明的《令人气闷的"朦胧"》将其作为例证予以批评，但是阎月君也感觉不对劲，正式出版时就剔除了；最后，因她们收集到的资料有限，对朦胧诗的整体理解与总体把握不足。她们当时是从公开发表诗歌的报纸杂志、诗集中去寻诗，没有查找《今天》等民刊，因而像芒克的诗只有1首《十月的献诗》，杨炼也只有1首《沉思》，显然偏少，而食指、多多等则未能选入。

---

[1] 叶红：《重读〈朦胧诗选〉——不该尘封的历史记忆》，《文艺争鸣》2008年第10期。

受到《朦胧诗选》编选成功的鼓舞，四位女大学生想要进一步将诗选公开出版，但在当时的条件下十分困难。她们毕业后，出版这部诗选的事宜基本上就落到了阎月君的肩上。她曾经前往北京组稿，与诗人北岛、顾城、杨炼等交流，由诗人们自己挑选作品，北京之行还有一个重大收获，就是谢冕把他的文章《历史将证明价值》作为诗选的序言，这篇文章写于1985年1月5日中国作家协会第四次代表大会闭幕时。谢冕的序言对新诗潮再次表达强有力的支持，庄严宣告诗的变迁与新生是历史的规律，不以人的意志为转移，新诗潮"属于可谓'未完成美学'的范畴"，它属于当代，他充分地肯定了在这样一种压力之下阎月君等四位年轻人编选并力图出版《朦胧诗选》的意义。①

历经波折，1985年11月，《朦胧诗选》终于由春风文艺出版社正式出版了，"就像久旱春天的一声春雷"②，震撼了全国。这本诗选封面印有"阎月君、高岩、梁云、顾芳编选"，首次印刷5500册，很快售空。1986年4月第2次印刷，总印数3.55万册。2002年第8次印刷时已经达到24.05万册，创造了一个当代选本出版的奇迹。

《朦胧诗选》收入25位青年诗人的诗作193首（组），其中的顺序是北岛排第一，收录诗歌27首，数量居第三；舒婷排第二，诗29首，数量也排第二；顾城排第三，但收诗33首，数量第一；梁小斌25首；江河9首；傅天琳6首；李钢8首；杨炼5首；王小妮8首（组）；徐敬亚3首；吕贵品5首；芒克3首；骆耕野3首；邵璞7首；王家新1首；孙武军2首；叶卫平1首；程刚1首；谢烨3首；路辉1组；岛子1组；车前子1首；林雪3首（组）；曹安娜3首；孙晓刚2首。

正式出版的选本与此前的编印本相比完善了许多，首先是诗人队伍的调整、编选尺度的明晰。原来的12人，删去了杜运燮，增加了傅天琳、骆耕野、邵璞、王家新、孙武军、叶卫平、程刚、谢烨、路辉、

---

① 谢冕：《历史将证明价值——〈朦胧诗选·序〉》，阎月君等编选《朦胧诗选》，春风文艺出版社1985年版，第1—5页。

② 阎月君语，参见叶红《重读〈朦胧诗选〉——不该尘封的历史记忆》，《文艺争鸣》2008年第10期。

岛子、车前子、林雪、曹安娜、孙晓刚14人；其次是选录作品更为齐备，原有的11位诗人的作品都有不同程度的扩充，这也是朦胧诗影响扩大、同时也得到了主流认可的结果。

当然，选本的水平还是要通过选入的诗歌篇目来衡量。这里不妨将两个版本《朦胧诗选》选收的舒婷、北岛、顾城、江河、杨炼、芒克的作品情况比较见表3－2：

表3－2　　　　　两个版本的作者与作品情况比较

| | 1982年版本 | 1985年版本 |
|---|---|---|
| 舒婷 | 排第一，收《祖国呵，我亲爱的祖国》《献给我的同代人》《海滨晨曲》《无题》《馈赠》《一代人的呼声》《这也是一切》《致橡树》《船》《雨别》《也许……》《心愿》《赠》《兄弟，我在这儿》《落叶》《流水线》《童话诗人》《还乡》《秋夜送友》《自画像》《中秋夜》《当你从我的窗下走过》《四月的黄昏》《诗三首》《呵，母亲》《往事二三》《在潮湿的小站上》《墙》《路遇》 | 排第二，收《祖国呵，我亲爱的祖国》《珠贝——大海的眼泪》《海滨晨曲》《无题》《双桅船》《这也是一切——答一位青年朋友的〈一切〉》《致橡树》《船》《雨别》《呵，母亲》《也许……》《赠》《春夜》《兄弟，我在这儿》《落叶》《童话诗人》《还乡》《中秋夜》《四月的黄昏》《赠别》《土地情诗》《往事二三》《墙》《路遇》《一代人的呼声》《风暴过去之后》《黄昏里》《枫叶》《神女峰》 |
| 北岛 | 排第二，收《回答》《无题》（二首）《红帆船》《宣告》《桔子熟了》《界限》《迷途》《习惯》《陌生的海滩》《古寺》《走吧》《雨夜》《睡吧，山谷》《你说》 | 排第一，收《回答》《走吧》《一切》《陌生的海滩》《岛》《是的，昨天》《雨夜》《睡吧，山谷》《船票》《宣告》《结局或开始》《迷途》《枫叶和七颗星星》《界限》《古寺》《十年之间》《恶梦》《明天，不》《彗星》《走向冬天》《习惯》《无题》《红帆船》《黄昏·丁家滩——赠一对朋友》《爱情故事》《岸》《你说》 |
| 顾城 | 排第三，收《一代人》《在夕光里》《远和近》《雨行》《泡影》《感觉》《弧线》《沙滩》《雪后》《梦痕》《年青的树》《星月的来由》《再见》《规避》《你和我》（四首）、《昨天，象黑色的蛇》《我和你》（三首）、《小花的信念》《草原》《眨眼》《赠别》《小巷》《游戏》《留学》 | 排第三，收《我是一个任性的孩子》《生命幻想曲》《水乡——赠X》《不要说了，我不会屈服》《我们去寻找一盏灯》《生日》《回归》《初夏》《收获》《不要在那里踱步——给厌世者》《案件》《不是再见》《我唱自己的歌》《一代人》《在夕光里》《远和近》《雨行》《泡影》《感觉》《弧线》《沙滩》《雪后》《梦痕》《你和我》《昨天，象黑色的蛇》《我和你》《小花的信念》《草原》《赠别》《小巷》《游戏》《年轻的树》《规避》 |
| 江河 | 《星星变奏曲》《星》《纪念碑》《我歌颂一个人》 | 《没有写完的诗》《星星变奏曲》《星》《纪念碑》《我歌颂一个人》 |

续表

|  | 1982 年版本 | 1985 年版本 |
|---|---|---|
| 杨炼 | 《沉思》 | 《海边的孩子》《我们从自己的脚印上》《自白——给圆明园废墟》《神话的变奏：给一个歌唱的精灵》《诺日朗》 |
| 芒克 | 《十月的献诗》 | 《城市》《太阳落了》《葡萄园》 |

从表 3-2 可以看出，1985 年版本在排序与篇目方面都有了一定的调整。1982 年版本的排序是舒婷第一、北岛第二、顾城第三；1985 年版本是北岛第一、舒婷第二、顾城第三。就收录诗歌数量而言，1982 年版本依次为舒婷（29 首）、顾城（24 首）、北岛（15 首）；1985 年版本为顾城（33 首）、舒婷（29 首）、北岛（27 首）。虽然他们三人一直占据前三名的位置，但诗人排序与选诗数量呈现出犬牙交错的情况，实际暗示出朦胧诗人排位的复杂，这一问题在日后的选本中也有体现。一方面舒婷、北岛、顾城的核心地位是稳定的，这与他们很早就具备较大的社会影响力有关：舒婷的作品最早被《诗刊》转载，此后北岛、顾城的诗也被《诗刊》转载或发表，梁小斌、舒婷、江河、徐敬亚、顾城、王小妮等还参加了 1980 年 7 月《诗刊》社举办的第一届"青春诗会"。在 1981 年全国中青年诗人优秀新诗评奖中，舒婷的《祖国呵，我亲爱的祖国》、梁小斌《雪白的墙》获奖。1982 年 2 月舒婷的第一部诗集《双桅船》出版，在朦胧诗群中是最早出版的一部个人诗集，1983 年 4 月第 3 次印刷，总印数高达 3.1 万册。该诗集还获得 1983 年中国作协举办的第一届（1979—1982）全国优秀新诗（诗集）二等奖。同年 10 月《舒婷、顾城抒情诗选》由福建人民出版社出版。1983 年舒婷加入中国作协。当然，与荣誉并行的是争议，舒婷也是最早受到批评、引发大范围争议的朦胧诗人：1980 年《心歌集》在《福建文艺》登载，争议由此而起。

因此，舒婷被 1982 年《朦胧诗选》排在首位、选诗最多也就是可以理解的了。当然，给作家排座次从来不是一件容易的事情，北岛、顾城等诗人的实力也是非常抢眼。此后朦胧诗人的排位就处在变动之中，其中最突出的就是北岛逐渐成为最重要的代表，张志国认为有两个方面的因素在起作用：一是"不间断的创造"，即舒婷在 1981 年后停笔了三年，而北岛一直在不间断地进行思考与写作。因此 1985 年《朦胧诗选》北岛排到了第一。不仅如此，北京大学的老木在 1985 年也编选了一部《新诗潮诗集》（上、下），北岛的诗歌在入选数量和所占页数上都首次超过了舒婷，排在第一；二是"现代文化精英的个人趣味"，如谢冕将北岛的重要性置于舒婷、顾城之前，认为"北岛写于一九七六年的《回答》最早表达了对那个产生了变异的社会的怀疑情绪"。[①] 当然，朦胧诗人的排位，在日后还引发了进一步的争议与思考。

学界对朦胧诗人的排序问题给予了很多的关注，但是关于选本篇目的讨论却是很少，这一点其实不应该被忽视。就舒婷而言，她在两个版本中都有 29 首诗入选，数量没有变化，但是具体篇目有调整，删去 9 首：《献给我的同代人》《馈赠》《心愿》《流水线》《秋夜送友》《自画像》《当你从我的窗下走过》《诗三首》《在潮湿的小站上》，增加 9 首：《珠贝——大海的眼泪》《双桅船》《春夜》《赠别》《土地情诗》《风暴过去之后》《黄昏里》《枫叶》《神女峰》。

北岛的诗歌从 15 首变为 27 首，大幅度增加，删去 2 首：《桔子熟了》《无题》，增加 14 首：《一切》《岛》《是的，昨天》《船票》《结局或开始》《枫叶和七颗星星》《十年之间》《恶梦》《明天，不》《彗星》《走向冬天》《黄昏·丁家滩——赠一对朋友》《爱情故事》《岸》。

顾城作品从 24 首增加为 33 首，删去 4 首：《星月的来由》《再见》《眨眼》《留学》，增加 13 首：《我是一个任性的孩子》《生命幻想曲》《水乡——赠X》《不要说了，我不会屈服》《我们去寻找一盏

---

① 张志国发现，诗选中北岛与舒婷在诗歌数量和所占页数上的差距，在逐年版缩小，最终反超：1982 年《朦胧诗选》中舒婷（29 首，占 47 页）、北岛（15 首，占 18 页）；1985 年《朦胧诗选》中北岛（27 首，占 41 页）、舒婷（29 首，占 52 页）；1985 年《新诗潮诗集》中北岛（48 首，占 55 页）、舒婷（37 首，占 52 页）。（张志国：《〈今天〉与朦胧诗的发生》，博士学位论文，暨南大学，2009 年，第 228、295 页；谢冕：《断裂与倾斜：蜕变期的投影——论新诗潮》，《文学评论》1985 年第 5 期）此外，张志国还提到，徐国源认为北岛在海外被视为"持不同政见者"的身份误读，提高了诗人在海外的知名度，进而反馈到国内。（见张志国《〈今天〉与朦胧诗的发生》，博士学位论文，暨南大学，2009 年，第 295 页）

灯》《生日》《回归》《初夏》《收获》《不要在那里踱步——给厌世者》《案件》《不是再见》《我唱自己的歌》。

江河诗歌从 4 首变为 5 首,增加了 1 首:《没有写完的诗》。

杨炼和芒克原来都只有 1 首诗入选,在 1985 年版本中分别为 5 首和 3 首,并且先前入选的诗歌都被替换。

总体来看,1985 年版《朦胧诗选》显然比 1982 年版更为完善、充实。首先,收入了更多的诗人、更多的诗作,包括诗人们在 1982 年之后发表的作品,这其中有不少佳作,如舒婷的《双桅船》《神女峰》,而顾城《我是一个任性的孩子》可以让人们更好地了解这位诗人孩子般的内心,《水乡——赠 X》则展现了诗人丰富的情感世界。此外张志国指出,"杨炼发表在《上海文学》1983 年 5 期上的《诺日朗》,是距离诗选出版最近的诗歌,即在时间上最后入选的诗歌"[1],它同样是一部杰作,也被收入 1985 年版本中;其次,选诗实现了纵深的突破,既有诗人早期的作品,也收入成熟时期的诗歌,如舒婷的诗从《致橡树》到《双桅船》《神女峰》,较为清晰地展现了她的创作轨迹与多样风格;杨炼从最早的《自白——给圆明园废墟》到代表作《诺日朗》,也呈现了诗人的成长历程;再次,不同的诗作展现出诗人立体的、多元的面貌,有助于读者更好地理解活生生的诗人个体。例如,舒婷给读者的印象是温婉,但是她的《神女峰》以及她参加第一届"青春诗会"期间创作的《风暴过去之后——纪念渤海二号钻井船遇难的 72 名同志》却展现了女诗人激愤的一面。北岛给人的印象是冷峻,增收的《一切》强化了这一点,但是像《船票》《枫叶和七颗星星》《十年之间》《恶梦》《黄昏·丁家滩——赠一对朋友》《爱情故事》等作品,或反抗绝望,或赞美真情,表现了多面相的北岛。芒克的作品换为《城市》和《太阳落了》《葡萄园》,前者表现出对城市的疏离,后者是书写自然的挽歌,在一种张力中塑造出丰富的诗歌世界;最后,一些诗作的增补,使得诗选具有了内在的照应。例如,舒婷的《这也是一切》本来是对北岛《一切》的回应,但 1982 年版本中没有收入《一

---

[1] 张志国:《〈今天〉与朦胧诗的发生》,博士学位论文,暨南大学,2009 年。

切》，1985 年版本补收了，还有舒婷写给顾城的《童话诗人》在两个版本中都选入了，这使得该选本能够有对话性和互文性的效果。

1985 年的《朦胧诗选》也存在着一些难以避免的缺憾：江河、杨炼、芒克的诗作还是选入太少；舒婷的《流水线》是不应被剔除的，这是一首真切表达诗人的异化感及"存在性不安"①的好作品，只是在当时备受指责。洪子诚反倒是认为，"舒婷那些处理'重大主题'、并带有理性思辨特征的作品（《土地情诗》《这也是一切》《祖国，我亲爱的祖国》等）总是较为逊色"。②而这三首诗恰恰都被选入了。此外，叶红也指出，邵璞的作品其实是校园诗歌，但也被收录了，而且数量还比较多；选收的林雪的诗，并不带有朦胧诗的明显特征；被收入的车前子则不认为自己的作品属于朦胧诗。③

但是，《朦胧诗选》的正式出版，意义是十分重大的，这是第一部正式出版的朦胧诗选本，较为系统地梳理和展现了朦胧诗的成就与面貌，在新诗出版与传播史上创造了一个难以逾越的奇迹。诗人郭力家曾评价它的重要价值："《朦胧诗选》在当年问世有三个意义：一是落实了文本意义上的诗意启蒙；二是肩负起了汉语诗歌审美转轨的地标建筑；三是完成了文化传播媒介的诗人感悟和自觉。"④ 不仅如此，《朦胧诗选》实际促成了朦胧诗的谢幕，因为 1985 年朦胧诗潮已近尾声，而新的诗潮已经涌起并以超越前者为目标，这就促成中国新诗以 1985 年为界标，此后涌现的"第三代诗"等被称为"后朦胧诗潮""后新诗潮"等。这种命名反过来又印证了朦胧诗的强大影响力。

当朦胧诗潮已经成为历史时，它本身的意义、风貌、脉络却还有待清理和总结，这显然不是仅靠一本《朦胧诗选》可以完成的，因此海内外学者仍然会通过编辑选本的方式进行着这一工作。李建华梳理了 1985 年以后 30 年间"以朦胧诗整体为观照的公开出版的选本"九

---

① 陈仲义：《百年新诗百种解读》，安徽文艺出版社 2010 年版，第 89 页。
② 洪子诚：《序言》，洪子诚、程光炜编选《朦胧诗新编》，长江文艺出版社 2004 年版，第 15 页。
③ 叶红：《重读〈朦胧诗选〉——不该尘封的历史记忆》，《文艺争鸣》2008 年第 10 期。
④ 姜红伟：《两个版本〈朦胧诗选〉的出版考证》，《当代作家评论》2019 年第 4 期。

种，依次为：

1. 阎月君、高岩、梁云、顾芳：《朦胧诗选》，春风文艺出版社1985年版；

2. 喻大翔、刘秋玲：《朦胧诗精选》，华中师范大学出版社1986年版；

3. 杨炼、江河、北岛、舒婷、顾城：《五人诗选》，作家出版社1986年版；

4. 齐峰、任悟、阶耳：《朦胧诗名篇鉴赏辞典》，陕西师范大学出版社1988年版，1990年又出修订版，所选诗篇未变；

5. 阎月君、高岩、梁云、顾芳：《朦胧诗选》，春风文艺出版社2002年新版；

6. 洪子诚、程光炜：《朦胧诗新编》，长江文艺出版社2004年版；

7. 杨克、陈亮：《朦胧诗选》，中国青年出版社2009年版；

8. 海啸：《朦胧诗精选》，黑龙江科学技术出版社2010年版，又见《吹散藏在手里的满天星星：朦胧诗经典鉴赏》，中国画报出版社2013年版，二者所选诗歌完全相同；

9. 北岛、舒婷等：《中外名家经典诗歌：朦胧诗经典》，长江文艺出版社2011年版，2014年该出版社又将此书单独出版，书名改为《朦胧诗精编》。①

这里还可以加上李少君、吴投文主编的《朦胧诗新选》（现代出版社2017年版），此外还有香港等地出版的选本也应引起重视②。众

---

① 李建华：《三十年来朦胧诗选本研究——以北岛、舒婷、顾城为中心的考察》，《许昌学院学报》2017年第4期。
② 张志国指出，从发表时间看，第二本《朦胧诗选》应为香港中文大学翻译研究中心印制的中英文"朦胧诗选"（MISTS: New Poets from China, 1983）。由璧华、杨零编选的《崛起的诗群——中国当代朦胧诗与诗论选集》是第三本"朦胧诗选"，该书由当代文学研究社（香港）1984年2月出版。（见张志国《〈今天〉与朦胧诗的发生》，博士学位论文，暨南大学，2009年）

多的朦胧诗选本对于廓清朦胧诗的内涵与外延、梳理历史脉络、探究美学风格是起到了积极作用的，食指、根子、多多等诗人相继被发掘。但是，众多选本也带来意见的分歧，洪子诚指出，分歧集中于两个方面：一是朦胧诗包括哪些诗人诗作，哪些诗人堪称代表；二是"时间界限上的"[1]。除此之外，还应该注意到，"朦胧诗"这一概念本身就是"朦胧"的，它并不能清晰地揭示出朦胧诗的核心特质，因此徐敬亚、孟浪在《中国现代主义诗群大观（1986—1988）》中专门给"朦胧诗派"做了一个注："朦胧诗至今尚未有一个独立的、完整的自我主张，这是欠缺的历史。我们自'三个崛起'中抽摘了几段文字，权当其释。"[2] 直到1993年，参与主编《后朦胧诗全集》的潇潇依然感慨："'朦胧诗'是个十分含混的后设概念，这个指称可能是对新时期诗歌本质的一种误解。正如'朦胧诗'一样，'后朦胧诗'这一提法也是不够科学的，但我们又暂时找不出一个更确切的名称来涵盖从80年代伊始到90年代初这一特定文学时期的诗歌现象。"[3] "朦胧诗"名称的含混显然带来了连锁反应。

还有一个问题，那就是前面已经提到的座次问题。1986年作家出版社出版的《五人诗选》，选入杨炼、江河、北岛、舒婷、顾城五人的作品，显然有以他们五人为朦胧诗群代表的意思。不仅如此，还有排序上的问题，这个问题恰恰没有取得共识：该诗选封面和版权页的次序为北岛、江河、舒婷、顾城、杨炼，目录和诗选的顺序为杨炼、江河、北岛、舒婷、顾城，而从选收作品的数量来看，则为北岛（45首）、江河（35首）、顾城（22首）、舒婷（19首）、杨炼（13首）。对此李建华认为，"五位诗人排序的矛盾绝非编者粗心铸成，而是有意为之，体现了编辑部内部的三种不同意见，由此出版时采取了不同

---

[1] 洪子诚：《序言》，洪子诚、程光炜编选《朦胧诗新编》，长江文艺出版社2004年版，第7—8页。

[2] 徐敬亚等编：《中国现代主义诗群大观（1986—1988）》，同济大学出版社1988年版，第2页。

[3] 潇潇：《选编者序》，万夏、潇潇主编《中国现代诗编年史·后朦胧诗全集》，四川教育出版社1993年版，第2页。

意见共存的方案"①。不仅排序问题没有得到解决，哪些诗人、哪些诗作可以归入朦胧诗潮的范围，不同的选本也有不尽一致的意见。当然，这也意味着朦胧诗仍然有着深入开掘与继续探讨的空间与意义。

在《朦胧诗选》把朦胧诗的声誉推到顶峰时，一场诗歌的大变革已经在酝酿中，不久之后，"第三代诗歌"登台亮相。一般认为，"第三代诗歌"成果的集体展示最早是在1985年老木编印的《新诗潮诗集》中，该选本上卷选收朦胧诗，下卷基本上是"第三代"诗人的作品。唐晓渡、王家新编的《中国当代实验诗选》（1987年）是首部"第三代诗歌"选本。1986年10月，安徽《诗歌报》与《深圳青年报》联合推出"1986中国现代诗群体大展"，此举被认为是"第三代"诗群正式登上新诗舞台的标志，1988年9月，徐敬亚等将相关作品汇编成《中国现代主义诗群大观（1986—1988）》，由同济大学出版社出版。从1985年到90年代，出现了众多的"第三代诗歌"选本，如唐晓渡选编的《灯心绒幸福的舞蹈——后朦胧诗选萃》（1992年）、万夏与潇潇合编的《中国现代诗编年史·后朦胧诗全集》（1993年），1993年谢冕、唐晓渡主编了"当代诗歌潮流回顾"丛书，其中"第三代诗歌"选本有崔卫平编的《苹果上的豹——女性诗卷》、陈超编选的《以梦为马——新生代诗卷》、唐晓渡的《与死亡对称——长诗、组诗卷》。1994年9月，阎月君与周宏坤合编了《后朦胧诗选》，同样由春风文艺出版社出版。与朦胧诗一样，"第三代诗歌"也是经由选本运作而在新诗坛上占据自己的位置。②

---

① 李建华：《三十年来朦胧诗选本研究——以北岛、舒婷、顾城为中心的考察》，《许昌学院学报》2017年第4期。

② 相关研究成果可参看邹建军《中国"第三代"诗歌纵横论——从杨克主编〈1998中国新诗年鉴〉谈起》，《诗探索》1999年第3期；刘春《朦胧诗后诗歌选本点评》，《南方文坛》2003年第5期；杨庆祥《"选本"对"第三代诗歌"的不同诗学态度》，《江汉大学学报》2007年第2期；杨庆祥《"选本"与"第三代诗歌"之命名》，《星星诗刊》（理论版）2007年第10期；罗执廷《选本运作与"第三代诗"的文学史建构》，《江汉大学学报》2012年第1期；杨庆祥《"第三代诗歌"：命名与建构》，《东吴学术》2016年第1期；杨庆祥《从两个选本看"第三代诗歌"的经典化》，《文艺研究》2017年第4期；徐勇《选本编纂与"第三代诗"的发生学考察》，《南方文坛》2018年第6期。

## 第三节　百年中国文学视域下的新诗选本

20世纪80年代，与风起云涌的流派选本相比，具有诗歌史意味的综合性选本显得有些沉寂和滞缓，因为在拨乱反正、改革开放起步的时候要完整地重塑中国新诗史显然是一项艰巨的任务。除了1979年北京大学等三校合编的《新诗选》与1980年《诗刊》社编选的《诗选》之外，这类选本并不算多，而且这两部选本也带有明显的过渡性痕迹。

80年代初出现的综合性选本基本继承了《新诗选》和《诗选》的路向，呈现出两个方面的特点：一是现代诗与当代诗分开［也有少量选本具有通选的意义，如1981年上海文艺出版社编选的《中国现代抒情短诗100首》（1919—1979）、周良沛编的《新诗选读111首》等］；二是较多着眼于短小的抒情诗。前者是因为"当代文学"取得了相对独立的地位，后者则与诗歌观念的转变、诗歌创作与接受情况的变化有关——自由体的抒情诗回归，特别是对于当代诗歌而言，小诗创作自新时期以来也出现了一次高潮①。体现这些特点的选本有吴开晋编《现代诗歌名篇选读》（河北人民出版社1982年版）、张永健编《中国当代短诗萃》（长江文艺出版社1983年版）、百花文艺出版社编《当代短诗选》（1984年）、张永健编《中国当代抒情小诗五百首》（长江文艺出版社1985年版）等。也就是说，选诗的重点从长篇的、民歌体、叙事诗转向短小的、自由体、抒情诗，同时政治抒情诗也不占主导地位。

张志民主持编选的《当代短诗选》，时限为1949—1982年，他提到选择"短诗"的考虑：短诗"要求在四十行以内，因为：再短，可选的范围，就更加缩小；再长，书的篇幅，则难以容纳"，这是很现实的考虑，但是他本身也是更倾向于短诗："编这本书，也是想提倡

---

① 申红梅：《小诗的第三次高潮——新时期小诗论》，硕士学位论文，西南大学，2012年。

一下短诗创作。短诗，是不易写好的，但短诗，在诗歌创作中，却占有特殊重要的地位。古往今来，好的长诗，固然为广大读者所传诵，但人们记得更多的，还是优秀的短诗。"① 张永健也持大体一致的观念，他认为长诗固然有小诗所不能及的地方，但小诗"能以奇巧的构思，从一个局部、一个侧面来反映时代，歌吟生活，抒发情感，畅言心志"。他从诗歌史的角度指出小诗发展的三个高潮："五四"前后、抗战前后、新时期，进而分析第三次高潮形成的四点原因："天安门诗歌运动的影响"、对"'假大空'的反拨"、生活节奏加快、诗歌创作倾向于"哲理性和思辨色彩"，因此，这支"诗阵地上的轻骑兵和轻武器"格外受到诗人青睐和读者欢迎②。对小诗的重视是当时大量短诗选本出现的重要原因。对于作品的选择，这类选本基本是采取一种兼容并包的原则，但是长诗、民歌体的叙事诗基本没有出现，如《中国现代抒情短诗 100 首》对于力扬选的是《给诗人》，李季选的是《黄浦公园》，阮章竞选的是《牧羊儿》。《当代短诗选》则给了青年诗人较多的篇幅，选入才树莲、张永枚、叶延滨、叶文福、江河、梁小斌、北岛、舒婷、顾城、徐敬亚、杨炼、李小雨等人的作品。雁翼提到他曾建议编一部当代抒情诗选，确定几点原则："一、以诗的艺术性为重；二、不以人废诗；三、不论资排辈，只看诗的优劣；四、不选旧体诗和民歌，不选叙事诗，不选长诗。"第四点意见其实就包含了对于当年诗歌观念的纠正，也就是说，他还是认同自由体的抒情诗，而"政治标准第一这一口号，三十年历史检验的结果证明是不太科学的"。③ 这一时期的诗选，还在为诗歌与政治的关系问题进行辨析，以便使诗歌真正回归到自身的轨道上来。

但是，这一时期的选本，仍然不能明确提出诗歌艺术标准第一的原则，在选诗时仍然首先强调主题、强调现实意义。这些选本能够兼

---

① 张志民：《序》，本社编《当代短诗选》，百花文艺出版社 1984 年版，第 3—5 页。
② 张永健：《开花的季节来了——写在〈中国当代抒情小诗五百首〉前面》，张永健编《中国当代抒情小诗五百首》，长江文艺出版社 1985 年版，第 1—7 页。
③ 雁翼：《接受历史的检验——写在〈中国当代抒情短诗选〉前面》，雁翼主编《中国当代抒情短诗选》，贵州人民出版社 1984 年版，第 3—4 页。

顾风格、流派，但是诗歌史的线索在繁杂的编排中显得晦暗不明，此外现代新诗与当代新诗的关系等问题也没有得到明确解答。

这种局面在1985年前后得到了扭转，中国现当代文学的编选与研究进入一个新的时代。就编选而言，赵家璧当年开创的"中国新文学大系"的传统得到接续，大规模的书系得到出版，如艾青主编《新文学大系（1927—1937）·诗集》、邹荻帆主编《中国新文艺大系（1976—1982）·诗集》、臧克家主编《中国新文学大系（1937—1949）·诗卷》、阮章竞主编《中国解放区文学书系·诗歌编》、公木主编《中国新文艺大系·诗集（1937—1949）》等。此外，文学鉴赏辞典也大量出现，如黄邦君、邹建军编《中国新诗大辞典》、吴奔星编《中国新诗鉴赏大辞典》、陈敬容编《中外现代抒情名诗鉴赏辞典》、唐祈主编《中国新诗名篇鉴赏辞典》、王彬主编《二十世纪中国新诗鉴赏辞典》、公木编《新诗鉴赏辞典》、胡明扬编《中外名诗赏析大典》、辛笛主编《20世纪新诗辞典》等，这是时代需要文学、文学走向普及的标志。一个新诗选本的繁盛时代已经到来。

与文学文献整理、编选的热潮形成对应的是文学研究范式的转换。1985年，"二十世纪中国文学"的新范式正式得以提出，这个新范式不仅仅是要打破过去依据政治标准而确立的近代文学、现代文学、当代文学的壁垒，更重要的是，它是在"现代意识"与"世界文学"的视域中来重整中国文学①，其影响十分深远。20世纪中国文学的研究范式，体现出对于中国文学现代性的探求。现代性"就是过渡、短暂、偶然，就是艺术的一半，另一半是永恒和不变"②，其特点是"现实生活的短暂的、瞬间的美"③。中国现代文学的现代性不是作为时间的"现代"，而是作为审美特点的"现代性"——成为文学研究回归文学本位后所要分析的对象。自此以后，七八十年代之交的审美追求进一步演变为审美现代性的追求，"现代性"成为衡量中国现当代文

---

① 黄子平、陈平原、钱理群：《论"二十世纪中国文学"》，《文学评论》1985年第5期。
② ［法］波德莱尔：《现代生活的画家》，郭宏安译，浙江文艺出版社2007年版，第32页。
③ ［法］波德莱尔：《现代生活的画家》，郭宏安译，浙江文艺出版社2007年版，第131页。

艺作品的重要标准，也成为文学研究与编选的内在尺度之一。以往的现代文学研究，由于受到了过多的政治因素的干扰，以历史现代性代替审美现代性，如今的研究模式则对此加以逆转。具有现代主义色彩的作家作品受到青睐，同时多样化的原则也在各类选本中得到体现。到80年代末，谢冕在"二十世纪中国文学"观念的启发下提出"百年中国文学"的命题，带动一批学者展开研究，取得多方面的成果[1]。1988年，陈思和、王晓明在《上海文论》提出"重写文学史"，引发了学界的热烈讨论，促成学界对于文学史写作模式的反思。诗歌研究领域也发出了"重写诗歌史"的提法，洪子诚用《"重写诗歌史"?》这样的标题表示了质疑，强调诗歌史写作应具备"当代意识"[2]。事实上，谢冕、洪子诚、孙玉石等学者所发表的一系列诗歌史论文，已经看作"重写诗歌史"的重要成果。2008年《当代文坛》开辟"重写当代诗歌史"栏目，发表了罗振亚、张清华、敬文东等学者的文章，何言宏也在2009年发表了《"重写诗歌史"!》的论文，对于"重写"的必要性与已取得的成就进行了肯定[3]。

在这一新的研究范式影响下，诗歌选本开始注重将20世纪中国新诗视为一个整体，重新探讨中国新诗的发生、现代新诗与当代新诗的关系、20世纪中国诗歌史等问题，诗歌研究的新格局逐渐得以开创。这方面的成果，比较早的是1985年人民文学出版社开始出版的谢冕、杨匡汉合编的《中国新诗萃》系列选本，首先出版的是50—80年代卷。在这部选本中两位编者明确地将"诗美"作为评判的标尺，实现了历史性的转变。值得注意的是，也就是在同一年，春风文艺出版社出版了《朦胧诗选》，新诗潮获得了胜利，而且谢冕恰恰也是朦胧诗最早、最坚定的支持者。杨匡汉则与刘福春合作编选了《中国现代诗论》（上、下编），由花城出版社于1985—1986

---

[1] 孟繁华：《〈百年中国文学总系〉的缘起与实现》，谢冕《1898：百年忧患》，山东教育出版社1998年版，第9—11页。

[2] 洪子诚：《"重写诗歌史"?》，《诗探索》1996年第1辑。

[3] 何言宏：《"重写诗歌史"！——诗歌研究与诗歌批评》，《当代作家评论》2009年第2期。

年出版。由此可见，两位选家本身就是走在新诗观念变革前沿的人物，他们能够将这种理念带入选本中，将审美作为新诗编选最重要的标准。

《中国新诗萃》是系列选本，共有三部：最先出版的是50年代—80年代卷，1988年出版了20世纪初叶—40年代卷，2001年出版了中国台港澳卷。三部诗选合为一个整体，从时间和空间上完成了对20世纪中国新诗的回顾与筛选。虽然出版的时间间隔较长，但是表现在其中的理念是一以贯之的。两位编者写的序言既有对诗歌理论的探索，也有新诗史的梳理。他们强调审美、强调诗艺，但并不是反对诗歌表现政治内容，谢冕认为，诗歌的根本在"诗美"："相对地远离社会和政治而富有审美趣味的诗是存在的。紧紧地以现实生活运行的节律为诗的节律而获得了价值的诗也是存在的。最没有意义是那些缺乏诗美的对于另一存在的单纯依附的诗。"[1] 杨匡汉也强调，要以"历史的和美学的双重目光去进行严格的艺术选择"，而评判的"法官"就是"诗美"[2]，所以于诗而言，"诗的首要条件是美的价值的实现，是成就从情感到灵魂的塑造"，诗歌与生活、时代、心灵、语言等诸多因素紧密相关，要据此锻造诗艺[3]。

两位编者没有在序言中系统地梳理新诗史，而是抓住中国新诗发展的关键点和重要问题展开论述。谢冕高度肯定了新诗出现的革命性意义，它不仅是形式、题材、内容的革新，更是与现代社会、现代意识相契合的，其意义已超出文学而具有伟大的文化意义。但是他更关注新诗在面对中国古典诗歌传统时的焦虑以及传统思维对新诗发展的影响，从这个意义上讲谢冕尤其欣赏20世纪80年代诗歌对"'五四'自由创造精神"的"恢复"，体现出"勇敢和机智结合在一起的自由

---

[1] 谢冕：《序一：从春天到秋天》，谢冕、杨匡汉主编《中国新诗萃（50年代—80年代）》，人民文学出版社1985年版，第4页。

[2] 杨匡汉：《序二：诗美的积淀与选择》，谢冕、杨匡汉主编《中国新诗萃（50年代—80年代）》，人民文学出版社1985年版，第2页。

[3] 杨匡汉：《序二：时代诗情与精神价值》，谢冕、杨匡汉主编《中国新诗萃（20世纪初叶—40年代）》，人民文学出版社1988年版，第12页。

创造精神的弘扬"①。他充分肯定了新诗潮的意义，认为它具有"开放性"，"根本改变了当代诗歌曾经有过的单一的价值观"，诗歌多元化的景观、中国新诗与外国诗歌恢复联系、重新接续中国古典诗歌传统等，都意味着"中国新诗已进入全面的自我更新的阶段"②。中国现代新诗不再被看作朝着当代新诗规定的方向前进、仅仅作为当代新诗的前身，整个新诗史被视为一个整体，但现代新诗、当代新诗及其各自的发展阶段都有自己独立的品性。杨匡汉则重申历史的美学的原则，强调三个方面："一是从时代汲取诗情"，"二是审美地、多方位地展现时代的世态和心态"，三是"新诗要能动地拥抱、参与个体和整体相统一的'人的世界'"③。

以上述严谨、深刻的诗歌理论与史观为基础，谢冕与杨匡汉始终将"诗美的现代原则"放在第一位，选诗标准为："（一）基于人类高尚精神的对于土地和人民命运的关切，丰沛的人生经验与时代精神的聚合，充分的现实感和历史深度的交汇；（二）现代意识的引入，现代精神的传扬，从内容到形式对于诗歌传统的创造性转化的有成效的推进；（三）艺术上的器度与探索性，博大而精深，厚重而简洁，充实而空灵，卓然不群的才情与文采。"④

从这种"诗人的心"⑤出发，谢冕与杨匡汉建立起了一个全新的选本世界，这是一个"多元平等的诗史景观"⑥。根据曲竟玮的统计，

---

① 谢冕：《序一：置身于文化冲撞的困惑》，谢冕、杨匡汉主编《中国新诗萃（20世纪初叶—40年代）》，人民文学出版社1988年版，第8页。

② 谢冕：《序一：从春天到秋天》，谢冕、杨匡汉主编《中国新诗萃（50年代—80年代）》，人民文学出版社1985年版，第6—7页。

③ 杨匡汉：《序二：时代诗情与精神价值》，谢冕、杨匡汉主编《中国新诗萃（20世纪初叶—40年代）》，人民文学出版社1988年版，第15页。

④ 杨匡汉：《序二：难以切割的诗学汇通》，谢冕、杨匡汉主编《中国新诗萃（台港澳卷）》，人民文学出版社2001年版，第9页。

⑤ 胡玲玲：《编选者也要有一颗诗人的心——评谢冕、杨匡汉编选的〈中国新诗萃〉》，《承德民族师专学报》1987年第2期。

⑥ 曲竟玮：《多元化诗史景观的建构与新诗现代化传统的接续——论80年代谢冕、杨匡汉主编〈中国新诗萃〉》，《海南师范大学学报》2018年第4期。

前两卷选录了189位诗人的455首作品①，体例上以年代为序，大体每10年为一个单位。打破了传统的以诗人出生时间或创作年代为序的编排方式，改为以诗人姓氏字母排序，"大诗人""重要诗人""普通诗人"的界限模糊起来，改变了以往选本带有的排座次的意味，也避免了以诗人为中心进行编选所导致的一些问题如名气、人情、阶级、出身等。

《中国新诗萃》有这样几个特色：一是不以诗人为中心，而是以诗作为中心，杨匡汉表示，为编选50—80年代卷，他们"在多年积累的基础上，重新看了近五百种诗集和开国以来的主要诗歌刊物"，"从'第一手'的劳作中取得选择权和发言权"②。因此，对于50年代的郭沫若，他们选择了1首《郊原的青草》，因为它"恢复"了《女神》的"时代风采"，这与郭沫若当时的地位无关，也不是因为他中华人民共和国成立后的诗作数量远超《女神》时期③。

二是注重多元风格的展现，又能突出重点。

表3-3　　　　20世纪初叶至80年代诗选中诗人与诗作统计

|  | 世纪初叶 | 20 | 30 | 40 | 50 | 60 | 70 | 80 |
| --- | --- | --- | --- | --- | --- | --- | --- | --- |
| 诗人数量（人） | 19 | 43 | 35 | 43 | 34 | 18 | 29 | 63 |
| 诗作数量（首） | 32 | 82 | 65 | 69 | 47 | 20 | 44 | 96 |

从表3-3可以看出，每个年代都有其地位，但是一头一尾的分量格外不同：作为起始的20世纪初叶，实际选诗时限大概为三四年（"五四"时期），却选入19位诗人的32首诗；80年代到1985年止，只有短短的5年，选入的诗人与诗作数量却是最多的，足见编者对这两个阶段的重视。这或许是因为世纪初叶是新诗开创期，意义重大，虽然创作的实绩较为贫乏，但是选诗也相对宽松一些；80年代在谢冕

---

① 曲竟玮：《多元化诗史景观的建构与新诗现代化传统的接续——论80年代谢冕、杨匡汉主编〈中国新诗萃〉》，《海南师范大学学报》2018年第4期。

② 杨匡汉：《序二：诗美的积淀与选择》，谢冕、杨匡汉主编《中国新诗萃（50年代—80年代）》，人民文学出版社1985年版，第2页。

③ 谢冕，《序一：从春天到秋天》，谢冕、杨匡汉主编《中国新诗萃（50年代—80年代）》，人民文学出版社1985年版，第3页。

看来正是恢复"五四"传统、开启未来无限可能的重要时期,特别是新诗潮的出现意义非凡,因而选录最多。北岛、舒婷、顾城、江河等朦胧诗人的入选,包含着为朦胧诗正名及经典化的用意。此外20年代是新诗逐渐确立民族品格与现代品性的时期,因而在数量上仅次于80年代,而一体化的五六十年代选入诗人诗作的数量就很少,其中60年代最少,这也是诗歌受政治干扰最深重的时代。选本对于各种类型、风格、流派的诗歌都有选入,但更偏重讲求诗艺者如"新月派""象征派""现代派""七月派""九叶派"朦胧诗等,这也与80年代以来它们受到流派选本的青睐是一致的。

对于诗人而言也是如此,每个时代诗人入选的诗作少则1首,最多3首。当然,那些创作生涯长、成就高的大诗人也依然会凸显出来,曲竟玮指出,"艾青在30、40、50、70、80年代等五卷中都选3首而共选15首,戴望舒在20、30、40年代等三卷中都选3首而共选9首",虽然不一定表明艾青与戴望舒的地位一定高于其他诗人,但像郭沫若在不同时代"共选9首诗,仅次于艾青的15首,与戴望舒、邵燕祥、蔡其矫持平,可见其中仍然含有极力维持其大诗人地位的意图"[①]。

三是注重对诗人多元面貌的展现。一般来说,选本在选录诗作之前就会对诗人有个基本定位,再根据此定位挑选作品,但是这样一来诗人的面貌往往是单一的。例如,胡适作为中国新诗的开山人物,不少选本选他的《蝴蝶》《鸽子》《一念》《人力车夫》等作品,其实是固化了胡适提倡新诗语言、文体解放的尝试者以及人道主义者的形象,但这样的面貌比较单一。《中国新诗萃》在20世纪初叶部分选了胡适的《蝴蝶》《一颗遭劫的星》《一念》,也是着眼于这一点,但是在20年代部分选入了他的《湖上》《梦与诗》《四烈士冢上的没字碑歌》,前两首是诗艺比较成熟的抒情诗作,后者是激昂的革命战歌,从而使胡适的形象变得丰富起来。在对郭沫若、艾青等众多诗人的处理上都是如此。特别值得一提的是,选本中收入了鲁迅的作品。20世纪初叶

---

① 曲竟玮:《多元化诗史景观的建构与新诗现代化传统的接续——论80年代谢冕、杨匡汉主编〈中国新诗萃〉》,《海南师范大学学报》2018年第4期。

部分收入了鲁迅《火的冰》《他们的花园》2 首新诗，应该是出于历史意义的考虑，而在 20 年代部分收入他的散文诗，就可能更多地是出于艺术方面的认可了——鲁迅的散文诗从一开始就成为了中国现代散文诗的第一座高峰，所以选入了 3 首：《影的告别》《希望》《题辞》。这显然是对鲁迅作为一位散文诗人的成就的高度认可。如此一来，作为诗人的鲁迅的丰富面相，就得到了立体的展现。而以往的选本，多注意鲁迅小说、杂文的成就，在新诗选本中是很少选鲁迅的作品的。不仅如此，把散文诗选入诗歌选本，也意味着对于散文诗这一文体的认可。

与 50—70 年代的选本不同，《中国新诗萃》基本没有选入政治抒情诗，对于政治意味太浓的左翼诗人、革命诗人的作品选得也不多，即使选入，也多是展现他们的情感世界及他们对自然、社会、人生、生命的思考，如蒋光慈（蒋光赤）选的是他的《我们可爱者一定在那里》而不是《哀中国》，殷夫选的是《东方的玛利亚》等，表明革命者也是鲜活的个体。这样做当然不是否定左翼诗歌传统，而是站在 80 年代的立场表达对于革命文学的理解。

因此，《中国新诗萃》进一步推动了新诗编选回归文学本位的潮流。当然，作为具有诗歌史意识的综合性选本，它还体现了兼顾历史性与审美性的原则，在 20 世纪初叶部分主要倾向于历史性，自 20 年代以后侧重审美性，在入选诗人的作品中也能见到这种兼顾的特点。这些取向在后来的很多选本中都有体现。1992 年，张永健、张芳彦主编的《中国现代新诗三百首》由长江文艺出版社出版。该选本请到了在当时享有崇高威望的艾青和臧克家为顾问，并以他们论述新诗史的文章作为代序：臧克家的文章是《"五四"以来新诗发展的一个轮廓》，艾青的文章是《中国新诗六十年》。

根据前文所述，臧克家的这篇文章是臧克家应《文艺学习》杂志的邀请而写，发表于《文艺学习》1955 年第 2—3 期，此后作为臧克家主编《中国新诗选》的代序，又历经了 1956 年 8 月初版本、1957 年 3 月第 2 版、1979 年 9 月第 3 版的三次修订，其面目在不断发生变化。这个选本选用的文章就是臧克家第三次修订后的版本，其中存在的问题在第二章已有论述。艾青的《中国新诗六十年》注明写于1980年8月，以"五四"运动为新诗诞生的起点，以"反帝反封建"来概括中国新诗，他评价徐志摩"具有纨绔公子的气质，一句话可以概括了他的一生：我不知道风是在哪一个方向吹"，"他的诗以圆熟的技巧表现空虚的内容"；艾青批评李金发诗歌晦涩难解，认为"象征派"诗人"大都陷于悲观厌世之作"，于赓虞"已经颓废到无以复加了"。艾青所认可的，是现实主义的诗歌，对于不符合这一诗风者予以抨击，也存在一定的片面之处。

与此不同的是，张永健提出了自己的看法，他的《跋：开放的民族的现代新诗》，与前两篇文章一起，构成了这个选本的第三篇新诗史文章。张永健对艾青、臧克家的论述做了巧妙的补充与调整，他强调现代新诗"开辟出了属于自己的多姿多彩的园地，出现了现实主义、浪漫主义、象征主义等众多的创作流派和自由体、新格律诗、十四行诗、散文诗、民歌体等各种各样的体式以及迥然不同的艺术风格"，因此，不管政治立场如何，不管观念、风格有何差异，中国现代诗人都"为现代新诗流派的多样化及其彼此影响、相互竞争、共同推进作出了各自的贡献"[1]。因此，这个选本既选入那些已被认可的现实主义诗作、左翼诗人与革命诗人的诗作，也选入了大量的"新月派"、"象征派"、"现代派"以及中国台湾诗人的作品，被臧克家批评的胡适，选本选入了4首诗，被艾青批评的徐志摩、李金发、于赓虞，选本也选录了他们的作品，包括被艾青点名批评的《我不知道风——》《弃妇》等。这确实体现了该书"内容提要"所说的"诗人知名度和作品知名度相统一，时代主旋律和艺术多样化相统一"[2]的特点，因而也是一部很有价值的选本。

进入20世纪90年代以后，审美现代性的追求进一步强化，同时

---

[1] 张永健：《跋：开放的民族的现代新诗》，张永健、张芳彦主编《中国现代新诗三百首》，长江文艺出版社1992年版，第622—624页。

[2] 《内容提要》，张永健、张芳彦主编《中国现代新诗三百首》，长江文艺出版社1992年版，衬页。

又与"经典"问题结合到了一起：1993年荷兰学者佛克马到北京大学讲学，他与蚁布思对"经典"的阐释引起中国学界的热议。中国自古有"经典"的观念，但90年代的"经典"热，更多地与西方资源有关。因此，从1990年代开始，随着20世纪进入尾声，中国知识界开启了对于百年/20世纪中国文学的总结历程，力图在这一新的学术视野中总结、盘点经典作家作品，百年/20世纪中国诗歌的经典化，正是在上述纷繁复杂的背景下发生的。与80年代不同的是，90年代的选本将晚清诗歌特别是"诗界革命"的成果纳入进来，力图与新诗融为一个整体，重新探讨晚清诗歌的意义、晚清诗歌与新诗的关系、百年/20世纪中国诗歌的发展历程等问题，使得"百年/20世纪"变得更加名副其实。同时那些注重诗艺探求，与政治保持一定距离的诗人诗作，得到了越来越多的关注，进入了"经典"的行列，而以往受到很高评价的左翼诗歌、政治抒情诗等受到了冷落。当然，由于这里面有不少观点、主张显得比较新潮甚至被视为偏激，因而争议也就随之而起。

1995年9月，中国台湾九歌出版社推出张默、萧萧主编的《新诗三百首》（1917—1995）（上、下册），这是中国台湾出现的力图涵盖海内外20世纪汉语新诗的一部通选本，意在"为新诗写史记"①，引起诗坛瞩目。余光中为之作序并誉为"跨海跨代，世纪之选"，谢冕也赞其"为百年中国新诗史值得纪念的创举"。②《新诗三百首（1917—1995）》选入224位诗人的338首诗，分为"大陆篇·前期"（1917—1949）、"台湾篇"（1923—1995）、"海外篇"（1949—1995）、"大陆篇·近期"（1950—1995），萧萧在"导言"中依此叙述中国新诗史，展开一幅"新诗的系谱与新诗地图"③。余光中的序言与萧萧的导言回

---

① 张默：《跋·为新诗写史记》，张默、萧萧编《新诗三百首》（1917—1995），九歌出版社1995年版，第1341页。2017年张默、萧萧在此基础上编选了《新诗三百首百年新编》（1917—2017），九歌出版社2017年出版。

② 张默、萧萧编：《新诗三百首》（1917—1995），九歌出版社1995年版，封底。

③ 萧萧：《导言·新诗的系谱与新诗地图》，张默、萧萧编《新诗三百首》（1917—1995），九歌出版社1995年版，第57页。

顾了 20 世纪中国新诗史，都把晚清诗歌作为其中的组成部分，注意诗歌史的传承与流变，而且注重发现青年诗人。该选本所收作品大体上能代表诗人的成就，如胡适《一念》、郭沫若《凤凰涅槃》《天狗》、康白情《草儿》、徐志摩《再别康桥》、闻一多《死水》、李金发《弃妇》、冰心《繁星》《春水》、戴望舒《雨巷》《我思想》《我用残损的手掌》、冯至《蛇》《十四行》（二）、臧克家《老马》、艾青《雪落在中国的土地上》、卞之琳《断章》、何其芳《预言》、穆旦《森林之魅》、洛夫《边界望乡》、余光中《乡愁四韵》《白玉苦瓜》、罗门《麦坚利堡》、痖弦《坤伶》《如歌的行板》、席慕蓉《一棵开花的树》、纪弦《狼之独步》、牛汉《华南虎》、昌耀《斯人》、北岛《回答》《收获》、舒婷《致橡树》《神女峰》、梁小斌《雪白的墙》《中国，我的钥匙丢了》、顾城《一代人》《远和近》、海子《日记》等，选诗还是较为精审，而为诗人诗作所写的鉴评也较为精练到位。不过与中国大陆的选本相比，中国台湾编的选本除了诗歌史意识，对于文化地理的差异性更为敏感，强调更多，在 224 位诗人中，中国大陆前期诗人 37 人，近期 46 人，中国台湾诗人 107 人，海外 34 人，中国大陆诗人远不如中国台湾诗人选得多，中国大陆的不少重要诗人未能入选，选诗的比例分配也存在一定问题，左翼诗人、革命诗人、政治抒情诗基本都没有选入。这个选本得到了很高的赞誉[1]，也受到过尖锐的批评[2]。

中国大陆围绕选本的争论也是不少。1994 年《二十世纪中国文学大师文库》出版，分为小说、诗歌、散文、戏剧四种，诗歌卷由张同道、戴定南主编。文库明确提出"重新审视 20 世纪中国文学"，因为 20 世纪中国文学已经建立了自己的"话语系统和独立美学品格，形成了新的文学传统"，但对它的评判是不公的，"最易为人忽略的是从审

---

[1] 沈奇：《跨海跨代世纪之选——评台湾九歌版〈新诗三百首〉》，《中国图书评论》1998 年第 2 期。

[2] 古继堂就认为，"这部《新诗三百首》中最突出的问题是三不。即不准、不公、不实。不准表现为：其一收入的作品不准，许多不是诗人的代表作。其二是选家的绳墨不准，轻重失当"（古继堂：《回答萧萧兼谈〈新诗三百首〉》，《华文文学》1999 年第 2 期）。

美标准看文学"①。所以这套文库编选的目的是"从审美标准评析文学",从"纯文学"视角出发以"澄清文学史的真面目,为大师重新定位"②,即遴选20世纪中国文学大师并为他们排座次。

编者强调,文学大师要靠文本证明自己,"大师级的文本"要具备四个条件:"首先,语言上的独特创造";"其次,文体上的卓越建树";"再次,表现上的杰出成就",即表现出"精神含蕴",它包括四个方面:"人生体验""历史意识""人伦关怀""理性洞悉";"最后,如果可能的话,形而上意味的独特建构"。这就排除了政治的因素,但即便如此,编者也把胡适、叶圣陶排除在外,胡适是大师,但他和叶圣陶一样没有"大师级的文本"。③

诗歌卷将20世纪中国诗歌分为创生、发展、成熟、挣扎与再生五个阶段。创生期(1900—1921)不是从1917年或1919年开始,而是选择了1900年,可见"20世纪中国文学"的理念是要将世纪文学作为一个整体加以把握。创生期主要涉及晚清"诗界革命"、胡适、郭沫若,以1921年《女神》的出版为下限;发展期是1922—1937年,这是新诗进行"本体建设""寻求多元发展"的时期,列举的对象包括"格律诗派"即"新月派"(徐志摩、闻一多为代表)、"象征派"(李金发、戴望舒、何其芳、卞之琳为代表)等;成熟期(1938—1948),"形成中国现代诗独立的审美品格",有"七月派"(以艾青、田间为代表)、"西南联大诗人群""上海诗人群"(后二者即"九叶诗派"的主要成员)。这一阶段以冯至、穆旦和艾青为典范;挣扎期(1949—1978),中国大陆诗歌只提到食指等地下诗人的作品,重点论述了中国台湾的现代诗运动,发起者为纪弦,另有余光中、洛夫等;再生期(1979—1994),以朦胧诗为主要成就,列举北岛、舒婷、顾城、杨炼、

---

① 《世纪的跨越——重新审视20世纪中国文学》,张同道、戴定南主编《二十世纪中国文学大师文库·诗歌卷》(上),海南出版社1994年版,第1—2页。
② 《世纪的跨越——重新审视20世纪中国文学》,张同道、戴定南主编《二十世纪中国文学大师文库·诗歌卷》(上),海南出版社1994年版,第3页。
③ 《世纪的跨越——重新审视20世纪中国文学》,张同道、戴定南主编《二十世纪中国文学大师文库·诗歌卷》(上),海南出版社1994年版,第4—5页。

江河、海子与柏桦等为代表。①

　　这是非常自觉的诗歌史叙述，要在这样的诗歌史中寻找大师，编者依然是以审美为标准："诗歌文本的审美价值及其对诗史的影响"②，以此选定了 12 位诗歌大师并排序如下：穆旦、北岛、冯至、徐志摩、戴望舒、艾青、闻一多、郭沫若、舒婷、纪弦、海子、何其芳③。

　　编选者对每位大师都有一段介绍与概括，实际是解释他们的大师身份与排序：穆旦"呈现了开创与总结的集合"，"以西方现代诗选为参照"，在现代语汇与意象符号方面有创造性贡献。④ 因此，穆旦是"带电的肉体与搏斗的灵魂"，"是中国现代诗最遥远的探险者、最杰出的实验者与最有利的推动者。……穆旦对于现代人类灵与肉的探索抵达了空前的深度与强度"。⑤ 因此，穆旦不仅是"大师"而且名列第一，编选者对穆旦的评价与排序是空前的。

　　北岛是"独自航行的岛"，他是"20 世纪中国诗史上一个诗歌新时代的象征。……北岛是这场朦胧诗运动最杰出的代表"。编选者承认北岛诗歌的政治性，但认为这一点恰恰具有积极性：北岛"以此结束谎言，还诗以自由。从某种意义上说，北岛的诗是新的启蒙运动的先声……北岛诗的思想光辉提供了他成为伟大诗人的素质，而诗学力量才是他成为一个伟大诗人的保证"，北岛由此成为 20 世纪中国诗歌承上启下的人物（着重号为引文原有——引者注）。⑥

---

　　① 《纯洁诗歌》，张同道、戴定南主编《二十世纪中国文学大师文库·诗歌卷》（上），海南出版社 1994 年版，第 1—2 页。

　　② 《纯洁诗歌》，张同道、戴定南主编《二十世纪中国文学大师文库·诗歌卷》（上），海南出版社 1994 年版，第 3 页。

　　③ 这是诗歌卷的序言即《纯洁诗歌》里的名单及排序，舒婷在纪弦之前，见该书第 3 页。但是在诗选部分舒婷却排在了纪弦之后，出现了不一致的情况。

　　④ 《纯洁诗歌》，张同道、戴定南主编《二十世纪中国文学大师文库·诗歌卷》（上），海南出版社 1994 年版，第 1—2 页。

　　⑤ 张同道、戴定南主编：《二十世纪中国文学大师文库·诗歌卷》（上），海南出版社 1994 年版，第 2—3 页。

　　⑥ 张同道、戴定南主编：《二十世纪中国文学大师文库·诗歌卷》（上），海南出版社 1994 年版，第 70—71 页。

冯至部分的标题是"生命的风旗","风旗"出自冯至的十四行诗。编选者称他为"中国现代诗人中的一位圣人",认为他能将中国古典儒学与西方存在主义哲学熔为一炉,在抒情诗与叙事诗上都有杰出成就,特别是他创作的十四行诗"把中国现代诗升为高峰,获得了与世界现代诗对话的资格"[①]。

徐志摩的特点是"灵魂的飞",他是"第一个获得旧诗势力承认的白话诗人",因为他能够充分借鉴中国古典诗歌资源来建设中国现代诗,体现为"格律意识的觉醒",他一生能够"自觉地坚守着艺术自律精神"[②]。

戴望舒:"青色的灵魂漂浮的梦",编选者认为戴望舒是"一位梦的歌手",他不是思想家,但是对诗艺做出了杰出的贡献,这个贡献不仅体现为"他精致的诗章",还表现在他找到的新诗散文化的道路,从而挽救了格律派末流的流弊[③]。

艾青被称为"歌唱太阳的人",编选者从20世纪30年代中国诗歌的语境出发,强调艾青诗歌的广阔与雄浑,堪与穆旦、北岛、闻一多比肩,艾青还有"独立的思考与独特的诗学",当然后期的作品也陷入迷途[④]。

闻一多的诗歌是"死水之火",他最明显的是民族情结,从而"为20世纪中国现代诗树立了一个为复兴民族文化而孜孜不倦,为诗歌创作而呕心沥血、壁立千仞的杰出榜样"[⑤]。

郭沫若最主要的成就在于"女神之歌",他的《女神》"以创世纪

---

[①] 张同道、戴定南主编:《二十世纪中国文学大师文库·诗歌卷》(上),海南出版社1994年版,第172—173页。

[②] 张同道、戴定南主编:《二十世纪中国文学大师文库·诗歌卷》(上),海南出版社1994年版,第230—231页。

[③] 张同道、戴定南主编:《二十世纪中国文学大师文库·诗歌卷》(上),海南出版社1994年版,第288—289页。

[④] 张同道、戴定南主编:《二十世纪中国文学大师文库·诗歌卷》(上),海南出版社1994年版,第336—337页。

[⑤] 张同道、戴定南主编:《二十世纪中国文学大师文库·诗歌卷》(下),海南出版社1994年版,第422—423页。

的豪情和奔放不羁的才华创作了新诗创生期最杰出的诗章",但他后期的作品倒退了。①

纪弦是"槟榔树下的摘星少年",他率先在中国台湾发起了现代诗运动,接续了中国大陆的诗学传统,同时他自己的作品展现了这一运动的实绩②。

舒婷的标志是"会唱歌的鸢尾花",出自舒婷的同名作品。编选者认为她可以与北岛并列,代表了朦胧诗的成就,赞赏她的独立思考、"南方风情和女性特征"以及她在诗艺上的多种尝试。③

海子部分的标题是"介入迷醉",编选者认为海子"借助通向死亡的迷醉完成了不朽的诗章",他"象征了朦胧诗之后中国现代诗的向度,不再执著于政治情结,转向现代诗学本体建设"。④

何其芳是一位"画梦人",编选者认为他的地位"完全是由文本确立的",而这个文本就是《预言》。何其芳高超的诗艺使得《预言》成为精品。⑤

从编选者的评述可以发现,这12位诗人能够被评为大师,是因为他们的作品(不论多少)都具备"大师级的文本"四种品质中的一种或几种。事实上这四种品质大体可分为思想与诗艺两方面,它们也成为排序的重要依据,穆旦、北岛、冯至被推举为兼具二者的典范,其他诗人则主要是在诗艺上有杰出的贡献,这或许也是编选者看重"形而上意味的独特建构"的体现。

这套文库在当年引起了轩然大波,成为轰动一时的现象。来自各

---

① 张同道、戴定南主编:《二十世纪中国文学大师文库·诗歌卷》(下),海南出版社1994年版,第488—489页。
② 张同道、戴定南主编:《二十世纪中国文学大师文库·诗歌卷》(下),海南出版社1994年版,第544—545页。
③ 张同道、戴定南主编:《二十世纪中国文学大师文库·诗歌卷》(下),海南出版社1994年版,第608—609页。
④ 张同道、戴定南主编:《二十世纪中国文学大师文库·诗歌卷》(下),海南出版社1994年版,第667—668页。
⑤ 张同道、戴定南主编:《二十世纪中国文学大师文库·诗歌卷》(下),海南出版社1994年版,第720—721页。

方的争议很多，主要聚焦于三点：一是评定标准，二是大师名号，三是座次问题。虽然以"审美"作为评定标准，但也受到质疑：一是有没有纯粹的审美标准，二是这样的标准仍然是主观的。而"大师""经典"这样的名号，在当时的中国确实是非常敏感的，公开打出这样旗号的选本还是凤毛麟角，因而它引发争议很正常。至于座次，更是一个容易引发争议的问题，何况它是"20世纪以文本排定作家座次的首次尝试"[①]。

或许这套文库被认为显得太新锐甚至偏激，但如今看来，它更应被视为一套个性鲜明的选本，应该得到肯定。以"审美"为标准显然是合理的，这是回归文学本位的表现。虽然任何标准在执行中都免不了主观化的色彩，但仍然还是可以取得相对一致的看法。至于大师、座次这样的问题，就编选者的评述来看，至少可以自圆其说，这12位诗人当然可以进入大师的行列，至于座次，其实不必要过于纠结，而且排座次的做法也有其合理性。以往的文学史与文学选本虽然会给作家划出一定的等次，但基本上是不会为每位作家排序。50—70年代选本是在政治原则指导下为作家定等次，80年代的一些选本为了扭转这一取向，按照作家姓氏字母或笔画排序，虽然摆脱了政治的束缚，但不同作家的成就及在文学史上的地位也变得晦暗不明。在这种情况下，排序的做法可以揭示每位作家的成就与地位，为读者展现了选家心目中的文学史图景，这种做法是十分大胆的，在富有创新性的同时也有很大的风险。

不仅如此，实际的排序情况也是较为合理的。穆旦排在第一，这并非是编选者孤立的看法，它显然是与穆旦80年代以来声誉日隆的情况有关。不仅如此，这个选本在标举审美的时候，实际是选择了审美现代性而摒弃了其他方面，在追求审美现代性上走向了极致，因而与力图兼顾历史性与审美性、体现多元化的选本显出了差异：这个选本把胡适排除在外就是一个证明，胡适是大师但没有"大师级的文本"，

---

[①]《世纪的跨越——重新审视20世纪中国文学》，张同道、戴定南主编《二十世纪中国文学大师文库·诗歌卷》（上），海南出版社1994年版，第6页。

"诗质的匮乏消解了胡适诗的美学效应，只剩下史的敬意"[1]。不仅如此，像郭沫若、艾青、何其芳这样的诗人，编选者也只取他们的前期作品，认为这才能代表他们的成就，不必要选入后期的平庸之作；对于北岛、舒婷等人的作品，选入的主要是带有反思意味的作品，如表现异化的舒婷的《流水线》。取其一端，当然也能达到兼顾性选本所达不到的某种深刻。

不过，该选本也存在着一些不足：首先，还是排座次的问题。文艺领域排座次确实少见，主要是因为人文精神创造难以完全量化。特别是每位作家、每部作品排在哪一位，终究还是需要拿出可以让人信服的证据（包括数据），这一点其实很难做到。即使证据充分，排出的座次也不见得就完全恰当，排座次很容易掉入机械、片面的陷坑中。该选本的问题在于论据的实证性不足，也完全没有提供数据和数据分析，更多地是偏于主观的议论，而这些议论终究是比较虚的方面。例如，舒婷既然可以与北岛比肩，成为朦胧诗的代表，那何以北岛能排第二位，舒婷却排到了第九位，中间冯至、徐志摩、戴望舒、艾青、闻一多、郭沫若、纪弦为什么能排在舒婷的前面？同样是注重思想与诗艺，冯至为何要排到北岛之后？具体到每位诗人的排位，其实有很多地方很难经得起推敲。其次，该选本只取审美现代性而摒弃了历史现代性，但是对诗人诗作的评析，仍然离不开具体的历史、时代语境，因此，编选者列举的发展期的卞之琳、挣扎期的食指、余光中、洛夫、再生期的顾城、杨炼、江河、柏桦等，何以不能列入大师行列？特别是中国台湾诗人只有纪弦一人入选，余光中、洛夫、痖弦、罗门这样的诗人为何落选？也就是说，大师入选名单是不是也有问题？限定大师入选要在10人左右，这样先在的限定，其依据又在哪里？再次，每位大师所选作品都超过了20首，如此一来何以能保证每首诗都是经典文本？最后，在诗歌卷的序言中，舒婷的排位在纪弦之前，但是到了诗选部分，舒婷却又排在了纪弦的后面。这样明显的前后矛盾也是不

---

[1] 张同道、戴定南主编：《二十世纪中国文学大师文库·诗歌卷》（下），海南出版社1994年版，第488页。

应该有的。

引起极大争议的不仅仅有这套大师文库，还有谢冕与其他学者联合主编的选本，那就是《中国百年文学经典文库》与《百年中国文学经典》。它们引起争议的原因有相似之处：它们都是对百年/20世纪中国文学的回顾与筛选，立足于百年/20世纪中国文学这一研究范式，标举审美原则，追求审美现代性，也都是首先由于书名中的"大师"或"经典"之类字眼而受到关注。不同的是，前者引起争议的焦点在于人选，后者在于作品；前者是因"大师"这样的字眼太敏感，后者是因"经典"而显得惹眼。此外，后两套选本还因为都有同一位主编谢冕，但同一位诗人入选的诗作却有不同，因而也饱受议论。如今硝烟早已散去，但对这些选本仍有重新审视的必要。

在20世纪80年代以来的编选大潮中，谢冕无疑是格外重要的一位人物，除了《中国新诗萃》外，在21世纪之前他还主编或联合编选了《中国当代青年诗选（1976—1983）》、"20世纪中国文学丛书"（10卷）、《鱼化石或悬崖边的树》《当代诗歌潮流回顾》《中国当代文学作品精选（1949—1989）》《中国当代文学史料选（1948—1975）》《中国百年文学经典文库》《百年中国文学经典》（8卷）、《中国女性诗歌文库》（16卷）、《中国新文学大系（第四辑）诗卷》《中国百年诗歌选》、"百年中国文学总系"丛书、《中国当代文学作品精选·诗歌卷》《中国新诗三百首》等。

《中国百年文学经典文库》由谢冕主编，孟繁华担任副主编，海天出版社1996年10月出版，按体裁分为中篇小说卷、短篇小说卷、散文卷、戏剧卷、诗歌卷。该文库的"内容简介"提到这套丛书的出版缘起是为"展示百年中国文学的壮丽图景"，而且它是"迄今为止国内第一部将20世纪中国文学作为一个整体把握的集百年中国文学经典之作于一体的大型丛书"[1]，强调了它的意义。谢冕在序言《回望百年文学》中，强调中国文学对百年历程的记载是"审美的而非过程

---

[1] 《编选说明》，谢冕、孟繁华编《中国百年文学经典文库·诗歌卷》，海天出版社1996年版，衬页。

的",百年中国文学是"饱含忧患而又不断寻求的文学",这与他为"百年中国文学总系"所作总序中说到的百年中国文学,"忧患是它永久的主题,悲凉是它基本的情调"①,是完全一致的。因此,谢冕也是强调审美现代性,但也注意历史语境对文学的影响。对这百年历程,如同他在主编《中国新诗萃》时一样,他是把百年文学视为一个整体,但格外强调"五四"文学革命、80年代文学复苏的意义。孟繁华则是在古今中西交融碰撞的大框架中展开对百年中国文学与文化的反思,特别着眼于中国人的心态对中国社会变革的影响,以此挖掘其中的"文化精神"。②

《百年中国文学经典》由谢冕、钱理群主编,北京大学出版社1996年12月出版,是一套综合性选本,按小说、散文、诗歌、戏剧编排。与《中国百年文学经典文库》一样,谢冕为《百年中国文学经典》所作的序同样首先着眼于百年忧患,强调百年文学在"激情"与"苦难"中呈现的"审美与非审美,功利与非功利的矛盾、对立,以及'杂呈'"③,而当年与陈平原、黄子平一起提出"二十世纪中国文学"论题的钱理群,是与谢冕联合主编这套丛书,他将自己的观念融入其中,强调了"新文学"方方面面"都有异于传统而显示出一种'现代性'",而这种现代性是"文学现代性"也就是审美现代性④。

因此,既然都是强调"百年文学"、都要遴选"经典"、都是以审美现代性为根基,两套选本在篇目上的不同自然就引起了关注与争议。

其实谢冕早就指出"经典"是一个相对的说法,主要有三点理由:第一,"任何精神产品的价值判断,都不会是单纯的和唯一的";第二,选家的"学养、趣味和考察的方式又是千差万别的";第三,

---

① 谢冕:《辉煌而悲壮的历程》,《1898:百年忧患》,山东教育出版社1998年版,第3页。
② 孟繁华:《激进的理想与世纪之梦——百年中国文学的文化背景》,谢冕、孟繁华编《中国百年文学经典文库·诗歌卷》,海天出版社1996年版,第5页。
③ 谢冕:《序》,谢冕、钱理群主编《百年中国文学经典》(第1卷),北京大学出版社1996年版,第1页。
④ 钱理群:《序》,谢冕、钱理群主编《百年中国文学经典》(第1卷),北京大学出版社1996年版,第5页。

"文学史总有很多有意或无意的'遗漏'"①。因此，任何选本都免不了受选家趣味、标准的影响而相互区别，谢冕提出了自己的编选依据："能通过具体的描写或感觉，直接或间接地表现出生活的信念、对人和大地的永恒之爱、有鲜明的个人风格、又有精湛丰盈的艺术表现力"，并特别关注"那些保留和传达了产生它的特定时代风情的精神劳作"②。不过，要想对这两个选本及其差异有更好的把握，还是需要在具体的比较分析中展开。

《中国百年文学经典文库·诗歌卷》以1949年为界分为两期：1895—1949年、1949—1995年，在编排上按诗人姓氏拼音排序；《百年中国文学经典》则切分出8个阶段，分得更细：1895年前后—1917年、1917—1927年、1927—1937年、1937—1949年、1949—1957年、1958—1978年、1979—1989年、1990—1996年，诗人按年代先后排序。这里可以统计出两套选本各自的收录情况见表3-4。

表3-4　　　　　　　　两套选本的收录情况

| | 《中国百年文学经典文库·诗歌卷》 || 《百年中国文学经典》 |||||||
|---|---|---|---|---|---|---|---|---|---|
| 年份(年) | 1895—1949 | 1949—1995 | 1895前后—1917 | 1917—1927 | 1927—1937 | 1937—1949 | 1949—1957 | 1958—1978 | 1979—1989 | 1990—1996 |
| 入选人次(人) | 67 | 55 | 19 | 5 | 7 | 9 | 20 | 14 | 27 | 19 |
| 合计 | || 40 |||| 80 ||||
| 实际人数(人) | 111 || 104 |||||||

由于两个选本都有在不同年代收录同一位诗人的情况，所以在统计人次的基础上还要进行核减以得出实际收录诗人的数量。从上表可

---

① 谢冕：《序》，谢冕、钱理群主编《百年中国文学经典》（第1卷），北京大学出版社1996年版，第2页。
② 谢冕：《序》，谢冕、钱理群主编《百年中国文学经典》（第1卷），北京大学出版社1996年版，第2—3页。

以看出，两套选本都是以1895年作为百年中国文学的起点，都选入了不少清末民初——通常称为"近代"——的旧体诗词，显示了对作为百年中国文学起始部分的近代文学的重视。将新诗与旧体诗词合编，此前有《诗刊》社编选的三册《诗选》收录了"天安门诗选"的旧体诗，但那已经是当代人所创作的；《二十世纪中国文学大师文库·诗歌卷》虽论及晚清文学却未收录作家作品，说明编者并不认为晚清诗界有大师存在。直到这两套选本才真正有所突破，从诗歌史与诗选两方面将新旧诗融为一体，对晚清与民初诗词的意义进行了更深的挖掘。前述《中国百年文学经典文库》敢于宣称自己是"迄今为止国内第一部将20世纪中国文学作为一个整体把握的集百年中国文学经典之作于一体的大型丛书"①，这应该是一个重要原因。

不过，《中国百年文学经典文库·诗歌卷》与《百年中国文学经典》还是各有侧重，前者在1949年以前选入67人次，1949年后选入55人次，后者则分别选入40人次与78人次。前者显然更重视1949年以前的诗歌成果，后者则正好相反。此外，《百年中国文学经典》给予了清末民初文学相当多的篇幅，1895—1917年是文学革命的前夜，22年间选收19人次，与现代文学30年的21人次基本持平，这在以往的选本中都是极为罕见的。以往的文学史或选本给予"近代文学"的评价并不高，《百年中国文学经典》则反其道而行，显示出编者对中国古典文学"最后的辉煌"②的重视。两个选本都选入了黄遵宪、梁启超、谭嗣同等"诗界革命"的代表人物，而进入民国以后的苏曼殊、柳亚子等写作旧体诗词的作家也被选入，体现出较强的包容性和历史眼光。1949年以后的诗歌，除1958—1978年20年间的诗人选入最少，意味着这是低谷之外，其他各阶段选收的人次都很多，但最值得注意的还是1990—1996年，虽然只有7年的时间，但是达到了19人次，

---

① 《编选说明》，谢冕、孟繁华编《中国百年文学经典文库·诗歌卷》，海天出版社1996年版，衬页。
② 谢冕：《序》，谢冕、钱理群主编《百年中国文学经典》（第1卷），北京大学出版社1996年版，第2页。

在比例上来讲是最高的，体现出编者对当下文学的高度重视与肯定。

《百年中国文学经典》选入近代 19 位诗人，与《中国百年文学经典文库·诗歌卷》重合的只有 9 人：黄遵宪、梁启超、康有为、蒋智由、谭嗣同、秋瑾、柳亚子、苏曼殊、丘逢甲，后者在此基础上增加了严复、于右任，共 11 人，可见两个选本之间的差异。《百年中国文学经典》在 1917—1949 年选入 21 人次，而在《中国百年文学经典文库·诗歌卷》中收入的胡适、沈尹默、周无、康白情、刘半农、刘大白、鲁迅、周作人、俞平伯、朱自清、冰心、饶孟侃、邵洵美、王独清、林徽因、方令孺、光未然、高兰、田汉、唐祈、唐湜、屠岸、张志民、冀汸、杭约赫、胡风、绿原、鲁藜、陶行知、辛笛、林庚、曾卓[①]等，都没有收入《百年中国文学经典》的这一时段中，可见其对现代诗人筛选之严格，特别是 1917—1927 年只选入 5 人次，或许是编者对初期新诗的实绩不满意。

但是《百年中国文学经典》所收清末民初 19 位诗人，除了两部选本重合的 9 位外，还收入马君武、章太炎、樊增祥、高旭、陈去病、王国维、王鹏运、郑文焯、陈三立、郑孝胥。以"百年中国文学"的宏观视野，清末民初的诗坛或许应该侧重选择具有雄厚的集大成之力的诗人、富有求新求变意识的诗人，19 人的规模还是太大了一些。即使从审美的角度来要求，《中国百年文学经典文库·诗歌卷》选入的严复、于右任，其实也不必选入。《百年中国文学经典》排除的众多新诗人，倒是有不少其实应该选入，如沈尹默、饶孟侃、光未然、唐祈、唐湜、绿原、鲁藜、辛笛等。即使单就作品论，《中国百年文学经典文库·诗歌卷》收入的沈尹默《月夜》《三弦》、刘半农《教我如何不想她》、鲁迅的散文诗《影的告别》、周作人《小河》等，又何尝不是经典之作呢？1949 年以后的诗人，两个选本的重合度很高，不过《百年中国文学经典》所收的顾城、伊沙、杜涯没有被《中国百年文学经典文库·诗歌卷》收入，这也是不应该的，特别是顾城不应被遗漏。

一个很有意思的现象是，胡适被《中国百年文学经典文库·诗歌

---

① 林庚、曾卓是在《百年中国文学经典》（第 6 卷）1958—1978 年这一阶段被收入的。

卷》收入，却在《百年中国文学经典》中落选了。前者收入了胡适的3首诗：《一颗星儿》《湖上》《四烈士冢上的没字碑歌》，其中的《湖上》《四烈士冢上的没字碑歌》曾被《中国新诗萃》收入。从作品本身看，前两首诗具有清新自然的抒情风格，确实是佳作，但第3首则是流于直露和议论的政治诗，算不上"经典"。可能编者是有意识要使两个选本显出差异，体现出互补性；当然也有编选本身会遇到的相对性、多元性等问题，还有可能是考虑到面对不同读者的需要：《中国百年文学经典文库·诗歌卷》或许是考虑面向社会上的大众读者，因而是更熟悉的格局，比较注重兼顾历史性与审美性；《百年中国文学经典》所作的细密的划分以及在晚清、"五四"时期的较大调整，或许是要面向更为专业的读者，也更强调审美现代性。

当然，更有意义的还是选篇分析，这里不妨从两个选本都选入的诗人中挑选一部分，把他们的入选篇目放到一起，看看其中所体现的异同及其意味见表3-5。

表3-5　　　　　　　　　两部选本入选诗人篇目的区别

|  | 《中国百年文学经典文库·诗歌卷》 | 《百年中国文学经典》 |
|---|---|---|
| 黄遵宪 | 《放归》《到家》《雁》 | 《今别离》《山歌》（选二）、《酬曾重伯编修》（选一） |
| 郭沫若 | 《Venus》《匪徒颂》《立在地球边上放号》 | 《凤凰涅槃》《天狗》《夜步十里松原》 |
| 闻一多 | 《口供》《死水》《心跳》《发现》 | 《口供》《死水》《发现》 |
| 徐志摩 | 《沙扬娜拉》《残诗》《翡冷翠的一夜》《再别康桥》《云游》 | 《再别康桥》《我不知道风——》 |
| 冯至 | 《十四行诗》（2、22、23、26）、《韩波砍柴》 | 《蛇》《吹箫人的故事》《十四行诗》（2、16、18、21）、《韩波砍柴》 |
| 臧克家 | 《生活》《烙印》《老马》《有的人》 | 《难民》《有的人》 |
| 戴望舒 | 《雨巷》《我底记忆》 | 《雨巷》《寻梦者》《乐园鸟》《我的记忆》 |
| 何其芳 | 《预言》《赠人》《花环》《云》《夜歌》（一）、《回答》 | 《预言》《古城》《回答》 |
| 卞之琳 | 《断章》《第一盏灯》《尺八》《距离的组织》 | 《断章》《白螺壳》《尺八》 |

续表

| | 《中国百年文学经典文库·诗歌卷》 | 《百年中国文学经典》 |
|---|---|---|
| 艾青 | 《大堰河——我的褓姆》《太阳》《雪落在中国的土地上》《我爱这土地》《礁石》《在智利的海岬上》《鱼化石》 | 《大堰河——我的保姆》《雪落在中国的土地上》《手推车》《我爱这土地》《礁石》《在智利的海岬上》《鱼化石》《虎斑贝》《互相被发现》 |
| 郑敏 | 《金黄的稻束》《雷诺阿的〈少女画像〉》《晓荷》《流血的令箭荷花》《开在五月的白蔷薇》《你已经走完秋天的林径》 | 《金黄的稻束》《晓荷》《流血的令箭荷花》《开在五月的白蔷薇》《你已经走完秋天的林径》《诗人与死》（组诗十九首选三首） |
| 穆旦 | 《在旷野上》《在寒冷的腊月的夜里》《赞美》《自然底梦》《冬》《停电之后》 | 《赞美》《诗八首》《在寒冷的腊月的夜里》《被围者》《森林之歌》《冬》《停电之后》 |
| 李季 | 《王贵与李香香》《正是杏花二月天》《黑眼睛》 | 《王贵与李香香》《正是杏花二月天》《黑眼睛》 |
| 阮章竞 | 《漳河水》 | 《漳河水》 |
| 袁水拍 | 《发票贴在印花上》《西双版纳之夜》《西双版纳的空气》《依娟红》 | 《西双版纳之夜》《西双版纳的空气》《依娟红》 |
| 罗门 | 《麦坚利堡》 | 《麦坚利堡》 |
| 余光中 | 《春天，遂想起》《民歌》《乡愁》《白玉苦瓜》《乡愁四韵》 | 《春天，遂想起》《民歌》《乡愁》《白玉苦瓜》《乡愁四韵》《堤上行》 |
| 食指 | 《这是四点零八分的北京》《相信未来》 | 《这是四点零八分的北京》《相信未来》 |
| 郭小川 | 《山中》《深深的山谷》 | 《山中》《深深的山谷》 |
| 梁小斌 | 《中国，我的钥匙丢了》《雪白的墙》 | 《中国，我的钥匙丢了》《雪白的墙》 |
| 北岛 | 《黄昏·丁家滩》《陌生的海滩》《回答》《宣告》《迷途》 | 《黄昏·丁家滩》《是的，昨天》《陌生的海滩》《回答》《宣告》《迷途》 |
| 舒婷 | 《致橡树》《四月的黄昏》《神女峰》《惠安女子》 | 《致橡树》《四月的黄昏》《惠安女子》《神女峰》 |
| 海子 | 《亚洲铜》《两座村庄》《春天，十个海子》《黑夜的献诗》 | 《亚洲铜》《两座村庄》《春天，十个海子》《月光》《五月的麦地》 |

从表 3-5 可以看出，两个选本在选同一位诗人的作品时出现了三种情况：一是所选诗作全然相异，如黄遵宪、郭沫若；二是全然相同，如李季、阮章竞、罗门、食指、郭小川、梁小斌、舒婷；三是部分诗作相同，如闻一多、徐志摩、戴望舒、冯至、臧克家、何其芳、卞之

琳、艾青、郑敏、穆旦、袁水拍、余光中、北岛、海子。全然相异只占极少数，同时也分为两种情况：一是两个选本分别展现诗人不同时期、不同风格的创作面貌与成就：如黄遵宪是晚清"诗界革命"首屈一指的人物，谢冕称他为"中国近、现代转型期的第一诗人"[①]。《中国百年文学经典文库·诗歌卷》选其《放归》《到家》《雁》，是他放归后的创作，属于后期作品，而《百年中国文学经典》所选《今别离》《山歌》（选二）、《酬曾重伯编修》（选一）是前期作品，都能代表诗人的风格，当然《今别离》更能代表"诗界革命"的成就。

另一种全然相异是表面相异而实质相近，即不同的选篇其实在风格、成就上十分接近，如郭沫若《Venus》《匪徒颂》《立在地球边上放号》与《凤凰涅槃》《天狗》《夜步十里松原》，都是既有表达破坏、反抗、追求精神的作品如《匪徒颂》《立在地球边上放号》《凤凰涅槃》《天狗》，又有寄寓细腻情思与感受的作品如《Venus》《夜步十里松原》。在这一点上两个选本貌异而实同。

至于部分相同、全然相同的情况，更是把诗人的代表作都收入进去，并且这两种情况也比全然相异要多得多，因此，从所选诗作的差异来指责这两个选本是不恰当的。也就是说，即使选本的编者是同一个人，但是也会受到种种因素的影响而使得不同选本可能呈现出差异，但是一般不会产生重大的、根本性的差异。

如果把这两个选本与谢冕后来编选的《中国百年诗歌选》（山东文艺出版社1997年版）放到一起，就可以了解得更清楚。该选本延续了谢冕"百年中国文学"的一贯思路，在选录时包容性更强，基本上可以视为两个选本的综合：在诗人方面综合了两个选本的入选者，如胡适再度入选，选了他的《一颗星儿》《湖上》《四烈士冢上的没字碑歌》；在作品方面，也基本上是两个选本的篇目都予以收录，如郭沫若选收《Venus》《匪徒颂》《立在地球边上放号》《凤凰涅槃》《天狗》《我是个偶像崇拜者》《瓶·第十六首》，艾青的作品选入《大堰河——我的褓姆》《芦笛》《太阳》《雪落在中国的土地上》《手推车》

---

[①] 谢冕：《1898：百年忧患》，山东教育出版社1998年版，第53页。

《我爱这土地》《火把》《礁石》《在智利的海岬上》《鱼化石》《虎斑贝》《互相被发现》等，都可以视为两个选本的融合。

如果说上述选本体现出对审美现代性的兴趣主要是在诗歌的主旨、情感、文体、技巧等方面，还有一些学者则更关注新诗在语言上所具备的现代性，他们甚至为此对"新诗"这一名称提出怀疑，力图找到更合适的名称以替代。"新诗"受质疑，是因为这一名称内涵与指向的含混，其中包含着二元对立、线性进化论的思维观念。由此奚密（Michelle Yeh）和王光明都主张以"现代汉诗"的概念取代"新诗"①。

在编选诗歌选本的过程中，"现代汉诗"的理念也得以融入其中，如王光明编选散文诗选本、奚密编译《中国现代诗选》（Anthology of Modern Chinese Poetry）、《二十世纪台湾诗选》等。此外，姜耕玉从20世纪中国文学的角度提出了"20世纪汉语诗歌"的命题，其核心是"汉语诗歌"。姜耕玉同样将中国新诗的基本问题置于语言之上，力图"追寻新诗的汉语言艺术的本性"（着重号为原文所有——引者注），从语言的线索中追踪20世纪中国诗歌演变的得失。在他看来，"新诗"的产生，一方面是自由精神的体现，另一面却是汉语诗意的流失，二三十年代则从模仿西方转而努力实现"融化"，五六十年代中国大陆的政治运动阻断了这一进程，但在中国台湾现代诗运动中得以延续，新时期以来的变革"通过思想解放回归诗的本质意义上的本体"，"现代汉语诗歌超越传统诗歌的本质特征"得以形成②。

以语言为本体、为根基，姜耕玉编选了5卷本的《20世纪汉语诗歌》，按年代划分为1900—1949、1950—1976、1977—1999，收入404位诗人的2240首诗歌，其中中国台港澳49家378首，国外诗人14家

---

① 参见奚密《现代汉诗：1917年以来的理论与实践》，上海三联书店2008年版；王光明《现代汉诗："新诗"的再体认》，现代汉诗百年演变课题组编《1997年武夷山现代汉诗研讨会论文汇编》，作家出版社1998年版；王光明《现代汉诗的百年演变》，河北人民出版社2003年版。

② 姜耕玉：《20世纪汉语诗歌的艺术转变：迷惘与前景》，姜耕玉选编《20世纪汉语诗选》（第1卷），上海教育出版社1999年版，第1—20页。

108首。入选作品除了新诗，还有古体、近体诗词29家149首①。就诗选而言，胡适的诗歌选有《鸽子》而不取《蝴蝶》，应该是着眼于该诗在文体解放上的意义。选本中既有新诗，也选旧体诗词，既有短诗，也选长诗，还选入左翼诗人、革命诗人的作品及一些政治抒情诗。既侧重自由体诗歌，也选入民歌体作品如《王贵与李香香》《漳河水》《王九诉苦》等。该选本着眼于语言，选诗较为注重兼容并包，当然重点还是在侧重诗艺与语言探索的现代诗作上。

总体来看，新时期以来的新诗编选回归文学本位、立足审美特性，由此出现的一个总体趋势就是选家日益青睐那些专注于诗艺、表达个体对时代、现实、生活真切感受的作品，而政治意味较为浓厚的左翼诗人、革命诗人、政治抒情诗则日益边缘化，在有的选本中甚至完全不见踪影，这是对50—70年代选本取向的一次大反转。

随着20世纪进入最后的阶段，对20世纪诗歌的总结也进入高潮，除了综合性选本，还有大量分类的专题性选本，其中综合性选本大体上可以分为两种模式：一类是从20世纪/百年中国诗歌的视角切入，从晚清开始；另一类则是对20世纪中国新诗的总结。前者体现为一种研究范式的更新，后者则更带有总结新诗史、开启百年新诗之门的意味。因此，进入21世纪之后，20世纪/百年中国诗歌的范式即为百年中国新诗的范式所取代，但是前者所具有的意义还是值得肯定的：这一范式不仅仅只是在时间上把近代文学、现代文学、当代文学打通，它更是将一个世纪的文学视为一个整体通盘把握，对晚清文学的意义及其与现当代文学的关联、旧体诗词（不仅存在于晚清，在整个20世纪甚至当今都存在）与新诗的关系进行了有益的探讨，深入文学内在脉络的延续与变革问题。正如余光中在为《新诗三百首》所作序言中说到的，"苏曼殊的凄美，比周梦蝶的《孤独国》又如何呢？而王国维的深思果真会较冯至的《十四行集》逊色吗？……我实在不能确定这些古典作品的传后率必然不及新诗，更不能确定这三百首新诗全都

---

① 《凡例》，姜耕玉选编《20世纪汉语诗选》（第1卷），上海教育出版社1999年版，第28页。

可以传后"①。

20世纪中国新诗的范式，牛汉、谢冕主编的《新诗三百首》三卷本可以作为代表。对20世纪中国新诗的梳理与总结并不以这部《新诗三百首》为起点，实际上20世纪80年代以来的一些选本就已经带有这种意味，而以"三百首"命名的新诗选本也有许多，早在1922年6月，上海新华书局出版的《新诗三百首》就首开先河，还有黄邦君编选的《当代青年抒情诗三百首》（1985年）、张永健、王芝主编的《中外名诗三百首》（1990年）、张永健、张芳彦主编的《中国现代新诗三百首》（1992年）、吕进主编《新诗三百首》（1996年）、谭五昌主编的《中国新诗300首》（1999年）等。牛汉、谢冕主编的这部出版于新旧世纪交替的最后阶段的选本，可以视为这类选本的收官之作。两位主编都在序言中对中国新诗的坎坷历程表达了深沉的感慨，也对新诗的发展充满了信心。谢冕提到，"三百篇"之名显然是取法自《诗经》，其后影响最大者莫过于《唐诗三百首》，如今采用这一模式，"是与人们对中国新文学取得业绩的体认，以及对新诗实践的成就的肯定有紧密的联系"。②

当然，给主编和编委印象最深的还是编选方式的变革：采用集体编选方式，主编并不拥有个人决定权。根据唐晓渡的回忆，这一新的操作模式是由该选本的策划人丁晓禾提出的。1998年丁晓禾出于"对诗的热爱，对新诗当前境遇的不忿和他精明的商业考虑"，抛出了《新诗三百首》的策划案："中国新诗诞生百年，竟无一权威选本走入寻常百姓家，不能不说是文学界和出版界的世纪性失误"，他主张按《唐诗三百首》编选本，让"百年经典走上大众的书架，使其成为20世纪中国文学最后的'卖点'"③。这样一种大胆的想法让人耳目一新，

---

① 余光中：《当缪思清点她的孩子》，张默、萧萧编《新诗三百首》（1917—1995），九歌出版社1995年版，第54页。

② 谢冕：《序二》，牛汉、谢冕主编《新诗三百首》（1），中国青年出版社2000年版，第13—16页。

③ 唐晓渡：《后记》，牛汉、谢冕主编《新诗三百首》（3），中国青年出版社2000年版，第724页。

当然也具有风险与挑战性。集体编选的做法也是他提出来的。次年33名编委提出备选篇目，其中9名常务编委根据得票情况决定最终入选作品，主编也只能投一票，编选宗旨为"好作品主义""只认作品不认人"①。这种运作，改变了过去以主编/编者为主导的编选出版模式，变为以策划人为主导，融文化传播、社会效益与商业创意于一体，在新世纪产生了更大的影响，深刻地改变了中国新诗出版、传播的方式与格局。

综上所述，自1979年至20世纪结束这一时期的新诗选本，是与当代中国社会转型、思想文化及文学的变迁紧密地结合在一起的，其中1979年与1985年又是两个具有标志意义的年份：1979年的新诗编选宣告了一个新时代的开启，但又处于新旧杂糅的过渡期。80年代的大量流派诗选是在此基础上的延伸，特别是1985年前后的选本更鲜明地体现了向审美的回归。随着"20世纪/百年中国文学"范式的兴起，新诗编选也被纳入这一总体框架之中，审美现代性的原则得到了进一步的突出，其影响一直持续到21世纪。

---

① 唐晓渡：《后记》，牛汉、谢冕主编《新诗三百首》（3），中国青年出版社2000年版，第726—727页。

# 第四章 21世纪新诗选本的多元化景观

进入21世纪，新诗选本呈现出更为繁荣的态势，并且随着新媒体的兴起，纸质出版之外，网站、手机、微博、微信公众号、APP等构成的电子网络空间更是成为诗歌编选的重要平台。诗歌选本也不再限于单一的纸本印刷物，而是融纸本、音频、视频、图像等于一体的立体文化产品。诗歌编选形式更为多样，除了传统的读诗选诗，还与朗诵会（诗会）、颁奖、研讨会、诗歌节等诸种活动打包，成为一场文化盛宴。凡此种种，都使得新世纪的新诗编选与以往有了很大的不同，具备了自身的特点。

与上述态势相关联，21世纪以来的20年，由于新诗创作的喷发式增长、诗歌信息的海量丰富，选本的重要性也日渐突出，因而自世纪之交开始，诗歌选本也出现了前所未有的兴盛。陈思和就特别提到"现在是选本世界"，选本要充分发挥它的导向作用[①]。大体而言，新诗选本可以分为综合性选本与分类选本，后者依照分类的标准——性别、民族、篇幅、内容、方式、时间、空间、年龄、风格、观念、发表平台等——可以分出各类选本如女性诗选、少数民族诗选、短诗选、长诗选、爱情诗选、叙事诗选、抒情诗选、年度诗选及双年、十年、五十年、百年、××年代诗选等、现代诗选、当代诗选、地域诗选、校园诗选、青年诗选、代际诗选（60后、70后、80后等）、流派诗选、探索诗选、《诗刊》诗选、民刊诗选、网络诗选等，而分类诗选

---

[①] 陈思和：《好的选本能将文学引向好的方向》，《中华读书报》2015年3月25日。

内部又可以相互交叉而产生更多更细种类的选本，其种类之繁多让人目不暇接。新诗选本的数量也是呈几何倍数增长的。因此，为了能对新世纪以来的选本有一个较好的了解与把握，本章主要选取两种选本类型加以研究：年度诗选与综合性选本，前者是新世纪以来最为活跃的一种分类诗选，对诗坛动态的把握也较为及时；后者则历来是诗歌选本中的一大重镇，而新诗百年诞辰的到来，使得综合性选本在21世纪的头20年迅速达到高潮，涌现了一大批重量级的选本，对此需要认真加以总结和探讨。

## 第一节　年度诗选的发展历程

年度诗选的发展历程大体可以分为四个阶段：20世纪二三十年代的创立期、50年代的发展期、八九十年代的拓展期、90年代至21世纪以来的兴盛期。

中国新诗之有年度诗选，始于1922年8月上海亚东图书馆出版、北社编的《新诗年选》（一九一九年），本书第一章曾经论及。中国古代没有这样的年度诗选，更重要的是，现代的年度诗选所依托的其实是现代的、线性的时间观念。特别是在19世纪末20世纪初，这种时间观念又与进化论结合，在当时产生了极大的影响。即使这种进化观念后来被舍弃，但年度选本也始终受到青睐，因为其中包含着立足当下而对已逝的过去的铭记，当然也含有对未来的无限期望。

《新诗年选》（一九一九年）是一部编选谨严、点评精辟的选本，也得到了众多研究者的青睐。该书分为《弁言》《北社征文启事》、"诗选""余载"（含《一九一九年诗坛略纪》《北社的志趣》两篇文章），体例也较为完备：有选有评、有史有论，在当时也产生了很大的影响，1929年4月发行了第5版。该选本把1919年以前的诗歌也选入其中，同时它也是个性极为鲜明的选本，是以选本的形式表达北社的旨趣与观念。只可惜北社同人所许诺的"以后当按年续出"① 没有兑现，再无下文。

随后出现的是小说年选：1923 年 3 月小说研究社出版了鲁庄、云奇编的《小说年鉴》，这是中国现代第一部小说年鉴；1932 年 8 月，王抗夫编的《短篇小说年选》由南强书局出版。1933 年 8 月 10 日，《中国文艺年鉴（第一回）1932 年》由现代书局出版，如书名所宣称的，这是中国第一部现代意义上的文艺（实际只涉及文学）年鉴。《现代》杂志刊登的广告称："本书系中国文艺年鉴社编辑，为中国首创唯一之文艺年鉴。"② 该年鉴署"中国文艺年鉴社编辑"，据考证实为杜衡、施蛰存二人③。该书是这样介绍创刊缘起的："我国新文学运动发生到现在，已经有了十多年的历史，每年出版的文艺书报，亦不在少数；文艺的著作者，几乎每年都有新陈代谢的情势；文艺界的活动，亦是每年总有一些值得注意的波澜。但是，关于这些文艺界的风景，从来没有人给摄一帧清晰的照片，使目迷五色的读者能够一目了然。我们决心编印《文艺年鉴》，就是企图给我国文艺界每年摄一帧清晰的照片。"④

为中国文艺每年摄一帧照片，这样形象的说法，的确道出了文艺年鉴最重要的功能和特点。这本年鉴的内容包括四个方面：一是选录年度文学杰作；二是介绍年度文艺界动态；三是年度文学作品成果编目；四是年度文艺书报编目。体现在正文中就是三大部分：第一部为"一九三二年文坛鸟瞰"，是对年度文艺的回顾、总结与评论；第二部为"一九三二年创作选"，分短篇小说、诗、散文、剧本；第三部为

---

① 北社同人：《弁言》，《新诗年选》（一九一九年），亚东图书馆 1922 年版，第 2 页。

② 转引自谢其章《沦为珍本的〈中国文艺年鉴〉》，https：//baijiahao. baidu. com/s？ id = 1626231981727544667&wfr = spider&for = pc 2019 年 2 月 23 日。

③ 相关研究成果可参见平保兴《〈中国文艺年鉴〉编纂史略》，《年鉴信息与研究》2008 年第 6 期；吴福辉《全景与杂陈（"第一回"中国文艺年鉴之回顾）》，《汉语言文学研究》2012 年第 1 期；房存、唐晴川《文艺论争视域下的 20 世纪 30 年代〈中国文艺年鉴〉解读》，《哈尔滨师范大学社会科学学报》2016 年第 2 期；谢其章《沦为珍本的〈中国文艺年版鉴〉》，https：//baijiahao. baidu. com/s？ id = 1626231981727544667&wfr = spider&for = pc 2019 年 2 月 23 日。

④ 《中国文艺年鉴创刊缘起》，中国文艺年鉴社编《中国文艺年鉴（第一回）1932 年》，现代书局 1933 年版，第 1 页。

"作家及出版索引",属于资料性质。这样的体例,有年度文艺综述、有作家作品选、有资料汇编,涵盖了主要的文学体裁,"可称略具规模,已备雏形"①,对后来的年度选本产生了很大的影响。

文艺年鉴作为年度选本,自然需要客观公正,但由于编者的"现代派"倾向明显,因而该年鉴招致左翼阵营如茅盾、蒲风的猛烈抨击,鲁迅也予以嘲讽②。现代书局版的《文艺年鉴》只出了一本,此后上海北新书局出版了杨晋豪所编的《中国文艺年鉴》(有1934、1935、1936年鉴三本)。

新中国成立后,50年代出版过四部诗歌年选:《诗选》(1953.9—1955.12)、1956年《诗选》、1957年《诗选》和1958年《诗选》。本书第二章曾经论及。这四部年选都是当时出版的年选丛书中的一种:1953—1955年选本有儿童文学、诗、短篇小说、散文特写、独幕剧五种;1956年选本包括儿童文学、诗、短篇小说、散文小品、特写、独幕剧六种;1957年选本包括儿童文学、诗、短篇小说、散文特写、独幕剧、曲艺六种;1958年选本包括儿童文学、诗、短篇小说、散文特写、曲艺五种。在当时的环境下,年选丛书对年度文艺成果的展示,不仅是为了留存,更是为了集中推广和传播,展现新中国文艺创作的成就。文艺成就与其他各方面的成就结合一起,新中国生机勃勃的面貌就呈现出来了。总体而言,这四部诗歌年选虽然政治色彩浓厚,但也有可取之处:大力吸收青年诗人,不仅总结年度诗歌成就,也对诗歌的发展作了展望,这也为日后的年度诗选所吸收。1959年前后为庆祝中华人民共和国成立十周年,各地还推出了大量的十年诗选。

新时期以来年度诗选再度恢复,除了1979年前后的庆祝中华人民共和国成立三十周年诗选之外,首先就是中国社科院文学研究所编的《1980年新诗年编》,江苏人民出版社1981年出版,此后陆续推出了

---

① 吴福辉:《全景与杂陈("第一回"中国文艺年鉴之回顾)》,《汉语言文学研究》2012年第1期。

② 蒲风主要是批评诗选部分,参见蒲风《"中国文艺年鉴"诗歌部》,《出版消息》1933年第23期。

1981年、1983年、1985年的新诗年编；其次是《诗刊》社从1982年开始编选出版的诗选，最先是《1979—1980诗选》，属于双年诗选；此后是1981—1989年的年度诗选；1994年，人民文学出版社编辑部推出了《1990—1992三年诗选》。除此以外，吕进、毛翰主编的《中国诗歌年鉴》也值得注意，该年鉴从1993卷一直做到1997卷。还有安徽文艺出版社编选的年度《全国诗歌报刊集萃》，从1985年持续到1992年，广泛采录各类报纸杂志上的诗作。这一时期的年度诗选，是在全面回归文学本位、追求审美的大背景下进行，同时也注重兼容并包。

编选者对年度诗选的功能与特点也有更加自觉的认识："它应是新诗史中的一个横断面，尽可能反映出新诗创作在这一年的概貌，有一定的史料性；同时力求成为可资作者借鉴和足堪读者欣赏的一个较好的读本。"① 要做到这些，年度选本需要确立这样的编选标准：外部标准是"1，尽可能反映出这一年内我们社会生活的重大方面，如农村新貌、城市改革等等；2，尽可能反映出新诗创作在这一年的实际成就和普遍趋势，如各种形式、体裁、风格等量的统计；3，尽可能反映出有别于往年的特点，如新人和'新作'"；内部标准是"好诗"②。

吕进、毛翰主编的《中国诗歌年鉴》十分厚重，强调选本以客观、公正、厚重、权威显示"诗歌编年史的文献意义"和"引导阅读匡正时风的现实意义"，该年鉴既选录海峡两岸诗歌，又兼选海外华文诗歌，立志做成"一部关于全世界华文诗歌的年鉴"③，视野十分广阔。年鉴的体例包括诗选、诗论和资料信息，同样是非常完备的规模。不仅如此，从1994年卷开始，《中国诗歌年鉴》收录的诗歌分为四大板块：新诗、歌词、旧体诗词与散文诗，不限于新诗，体现出更强大的包容性，与"诗歌年鉴"之名相符。

---

① 《诗刊》社：《编者的话》，《诗刊》社编《一九八一年诗选》，人民文学出版社1983年版，第271页。

② 《诗刊》社：《编者的话》，《诗刊》社编《一九八四年诗选》，人民文学出版社1986年版，第483页。

③ 吕进、毛翰：《序言》，吕进、毛翰主编《中国诗歌年鉴（1993卷）》，西南师范大学出版社1994年版，第1—7页。

但是，八九十年代的年度编选由于文学边缘化、无法适应市场经济大潮的冲击等原因而中断。20世纪90年代后期，中断的诗歌年选又一次得到接续并在新世纪之初展现出前所未有的兴盛态势，其中最早出现的是长江文艺出版社1999年1月出版的《1997年中国诗歌精选》，它是该社推出的"中国年度文学作品精选丛书"（为论述方便，以下简称"长江年选"）之一，此后各类年选也纷纷出现，形成蔚为大观的局面。20年过去，至2020年，有六家年选坚持出版达到或即将达到20年，已经形成品牌效应，它们是（1）长江文艺出版社的"长江年选"；（2）《中国新诗年鉴》；（3）辽宁人民出版社的"太阳鸟文学年选"；（4）漓江出版社的"漓江年选"；（5）春风文艺出版社推出的"21世纪中国文学大系"及江苏凤凰文艺出版社接续出版的"中国好文学"丛书①；（6）花城出版社出版的"花城年选"。

本章即以这六家年选为重点展开探讨，兼及其他年选。这六家年选以诗歌选本出版的时间先后排序见表4-1。

表4-1　　　　　　　　六家年度诗歌选本的情况

| 序号 | 年选品牌名称 | 出版社 | 合作者 | 最早出版物 | 诗歌年选出版时间 | 历任编者 |
|---|---|---|---|---|---|---|
| 1 | "中国年度文学作品精选丛书" | 长江文艺出版社 | 中国作协创研部 | 1995年选（散文、中篇小说、短篇小说），1997年7月出版 | 1997年中国诗歌精选（1999年1月出版） | 张同吾、祈人、韩作荣、霍俊明 |
| 2 | 中国新诗年鉴 |  |  | 《1998中国新诗年鉴》（1999年2月） | 《1998中国新诗年鉴》（1999年2月） | 杨克等 |
| 3 | "太阳鸟"文学年选 | 辽宁人民出版社 | 王蒙（主编） | 1998中国最佳（散文、诗歌、随笔、杂文、小说）（1999年7月出版） | 1998中国最佳诗歌（1999年7月出版） | 臧棣、陈树才、宗仁发 |

---

① 春风文艺出版社的"21世纪中国文学大系"，自2001年卷到2010年卷，此后这项工作停止。自2012年卷开始，李敬泽任总主编的"中国好文学丛书"由江苏文艺出版社（江苏凤凰文艺出版社）出版。

续表

| 序号 | 年选品牌名称 | 出版社 | 合作者 | 最早出版物 | 诗歌年选出版时间 | 历任编者 |
|---|---|---|---|---|---|---|
| 4 | 漓江年选 | 漓江出版社 | 《诗刊》社、《诗探索》 | 1997年选（中篇小说、短篇小说）（1998年9月出版） | '99中国年度最佳诗歌（2000年1月出版） | 林莽 |
| 5 | "21世纪中国文学大系""中国好文学"丛书 | 春风文艺出版社、江苏凤凰文艺出版社 | 陈思和（主编）、李敬泽（主编） | 2001年大系（10卷本）（2002年1月出版） | 2001年中国最佳诗歌（2002年1月出版） | 张清华等 |
| 6 | 花城年选 | 花城出版社 | 中国诗歌研究中心、中国诗歌学会 | 2001中国散文年选（2002年4月出版） | 2002—2003中国诗歌年选（2004年3月出版） | 王光明、李小雨、大卫、周所同、吕达、徐敬亚、韩庆成 |

由此看来，1999年是中国新诗年选再度兴起的标志：这一年出现了长江文艺出版社的《1997年中国诗歌精选》、杨克主编的《1998中国新诗年鉴》（花城出版社出版）、辽宁人民出版社的《1998中国最佳诗歌》，此外还有唐晓渡主编的《现代汉诗年鉴·1998卷》由中国文联出版社出版、何小竹主编的《1999中国诗年选》由陕西师大出版社出版。不仅如此，1999年对于中国新诗而言也是意义重大：庆祝建国50周年的选本大量出现；人民文学出版社发起的"百年百种优秀中国文学图书"揭晓；《星星》诗刊开辟专栏讨论新世纪诗歌教育问题；"盘峰论争"则成为继朦胧诗论争以来中国新诗界爆发的最激烈的论争，而《1998中国新诗年鉴》与《岁月的遗照》（程光炜主编，1998年出版）两个选本正是引爆论战的重要导火索。由此看来，新诗年选在1999年的再度崛起，是因为文学始终与历史、现实密切相关，也始终是人们不可或缺的精神需求。

1999年兴起的新诗年选其实带有某种实验或者说"试水"性质。六家年选大多是涵盖各类体裁的综合性文学年选，也有只做新诗的

《中国新诗年鉴》，它们都在20世纪末开始"试水"，其中的辉煌集中出现在新世纪前后（见表4-2）。

表4-2　　　　　　　　20世纪末新诗年选出版情况

| 序号 | 年选品牌名称 | 诗歌卷 | 总印数（册） | 出版时间 |
| --- | --- | --- | --- | --- |
| 1 | "中国年度文学作品精选丛书" | 2000中国诗歌精选 | 10000 | 2001年3月 |
| 2 | "中国新诗年鉴" | 1998中国新诗年鉴 | 20000 | 1999年2月 |
| 3 | "太阳鸟"文学年选 | 2000中国最佳诗歌 | 10000 | 2001年2月 |
| 4 | 漓江年选 | '99中国年度最佳诗歌 | 30000 | 2000年1月 |
| 5 | "21世纪中国文学大系" | 2001年中国最佳诗歌 | 6000 | 2002年1月 |
| 6 | 花城年选 | 2002—2003中国诗歌年选 | 7000 | 2004年3月 |

以最早面试的"长江年选"为例，无论是编选方还是出版方，对于年选的新运作模式都没有太多经验，出版时间太过滞后，最先推出的是1995年度选本，涉及四种体裁：中篇小说、短篇小说、报告文学与散文。这套选本迟至1997年才出版，1998年度选本也迟至1999年12月才出，违背了年选的时效性原则因而遭遇亏损。此后调整了年选的出版时间，2000年度选本选在了2001年3月面世，从2002年度选本开始在每年1月出版，顺应了市场形势，销售情况明显好转。1997年度选本开始加入诗歌卷，印数3000册，到2000年度选本就达到了8000册，重印后总数达到1万册，创下了前所未有的佳绩。2002年度选本开始增加《中国散文诗精选》。漓江出版社是在2000年1月推出《'99中国年度最佳诗歌》，首印1万册，此后两次重印，总数达到3万册，发行量居于同类诗歌年选之首。"太阳鸟年选"的98、99年度选本分别出版于1999年7月、2000年4月，印数都是6000册，到2000年度选本提前到2001年2月出版，印数增长到10000册。时效性对于年选图书十分关键，出版社把握住这一点，是其在年选市场上成熟的表现。因此，新诗年选可以说是在21世纪迎来了自身大发展的契机。

新世纪以来的新诗年选更是如雨后春笋，这里仅列举数例：（1）《人民文学》编选、敦煌文艺出版社出版的《文学精品·诗歌卷》，自2002年卷开始，到2004年卷；（2）罗晖主编的《中国诗歌选》，自2002年度选本开始；（3）梁平、韩珩主编的《中国年度诗歌精选》，自 2007 年度选本开始；（4）北塔所编的中英双语本《中国诗选》，自 2011 年度选本开始；（5）邱华栋主编、百花洲文艺出版社出版的《中国诗歌排行榜》，自 2011 年度选本开始；（6）杨志学、唐诗编选、新华出版社出版的《中国年度优秀诗歌》，自 2011 年卷开始；（7）张德明主编《中国年度好诗三百首》，自 2012 年度开始；（8）北岳文艺出版社出版的"北岳·中国文学年选"，其中诗歌卷名为《××年诗歌选粹》，自 2013 年度选本开始；（9）谭五昌编选的《中国新诗排行榜》，自 2013 年度选本开始；（10）中国当代文学研究会诗歌委员会选编、林莽主编、现代出版社出版的《中国年度作品·诗歌》，自 2015 年度选本开始；（11）朱零编选、作家出版社出版的《年度诗人选》，自 2015 年度选本开始，等等①。

  这里所提及的还仅仅只是综合性的年度诗选，如果再细分，还有分类性的年选如网络诗歌年选、民刊诗歌年选、女性诗歌年选、校园诗歌年选、西部诗歌年选等，种类异常丰富。其中网络是最深刻地改变了中国文学创作、阅读与传播面貌的新媒体，文化界与学术界对于网络诗歌与网络诗选已经展开了一定的研究。在六家年选中，漓江年选是最早推出网络文学年选的，那就是 2000 年 6 月出版的《'99 中国年度最佳网络文学》，但是没有收入诗歌。公开出版的网络原创诗歌选本中，陈村主编的《网络诗三百——中国网络原创诗歌精选》（大象出版社 2002 年版）可能是最早的一部，"三百"之名很容易让人想到"唐诗三百首"，古典意味与经典标志的"三百"与时尚新潮的"网络"形成了奇妙的组合，这样的网络诗被谢冕称为"另一片天空"②。网络诗歌年选方面有墓草编《2001 年度中国网络诗歌》，但是没有公开出版。符马活主编的《诗江湖·2001 网络诗歌年选》（青海人民出版社 2002 年版）可能是最早公开出版的网络诗歌年度选本。此

---

① 何言宏任总主编的《二十一世纪中国文学大系》（2001—2010），18 册，涵盖 13 种文体，更明显地采用了"中国新文学大系"的形式，以 10 年为一个单位，总结新诗史的意味更为明显，与逐年编选的年度选本不同。

② 谢冕：《另一片天空——读〈网络诗三百——中国网络原创诗歌精选〉》，陈村主编《网络诗三百——中国网络原创诗歌精选》，大象出版社 2002 年版，第 1 页。

后网络文学选本在中国文学选本中打出了一分自己的天地，有陈忠等主编的《中国网络文学年选》（自 2009 年选开始）、墨写的忧伤（赵奇伟）主编的《中国网络文学精品年选》（自 2010 年选开始）等，网络诗歌选本有马铃薯兄弟（于奎潮）主编的《中国网络诗典》（2002年）、小鱼儿（于怀玉）等人编的《中国网络诗歌年鉴》（第一部为 2007—2009 卷，此后不定期出版）、阎志主编的《中国诗歌·网络诗选》（自 2010 年选开始，同年推出的还有民刊诗选，人民文学出版社出版）等。博客诗选、短信诗选、微信诗选等也纷纷登场。此外，2015 年开始，国家新闻出版广电总局下发通知，开展"年度优秀网络文学原创作品"推介活动，2018 年广电总局开始与中国作协联合发布推介名单。这意味着中国网络文学也得到了国家层面的重视与支持。这是一个有很大开拓空间的领域。

世纪之交的文学年选，看上去是以往年度选本浪潮的回归，但里面其实有不少的差异。一个重要差别体现在前者更讲究经济效益与社会效益的"双赢"，立足实际、注重市场规律与读者需求，对于诗歌类选本较为谨慎。20 世纪 90 年代出现的六家年选，有五家是涵盖多种体裁的，它们从选题酝酿到付诸实施，都经过了一番探讨、调研、论证的过程，即使是只做诗歌年选的《中国新诗年鉴》也是如此。五家年选，都是实力较为雄厚的地方出版社与高端的文学机构之间的合作，可谓强强联手，即便如此，最先面世的长江年选、商业上大获成功的漓江年选、晚出的花城年选，最先推出的选本中也并不包括诗歌卷。

长江年选的创意是在 1995 年诞生的，在时任长江文艺出版社社长周百义和现任社长阳继波的回忆中，周百义本身喜爱文学，但发现当时的图书市场缺乏年度文学选本，这勾起了他早年阅读文学年度选本的记忆，创意由此产生，当然也可能是受到《中国新文学大系》的启发。次年他便与中国作协创研部签订合同，由创研部副主任雷达负责并按文学体裁进行了分工。最初年选遭遇亏损，但是周百义坚持下来了，理由有四点：一是可以"打造出版社品牌，提高出版社地位，扩大出版社影响"；二是"年年出版，能为研究当代文学的专家提供一套完整的资料，具有存史和文化建设的意义"；三是"因此与中国作家协会建立了密切的联系,为以后业务开展奠定基础";四是"密切了出版社与作家的关系,为以后的组稿架设了桥梁"①。事实证明这一思路是正确的,在摸清了市场需求与读者心理后,在新世纪到来后,长江年选迎来了自己发展的黄金时期。此后 20 年的时间,长江文艺出版社的年选种类经历过调整,但是六种年选——中篇小说、短篇小说、报告文学、散文、诗歌、随笔,始终是由中国作协创研部负责,保证了其质量与稳定性。

就整体创意的产生时间来看,漓江年选其实更早。漓江出版社的优势本来是在外国文学图书领域,顺应时代变革,出版社转变战略方向,开辟新的领域,中国文学年选进入出版人的视野。舒晋瑜提及,漓江出版社在 1992 年就策划过年选选题,后来漓江社选择与《小说选刊》合作,以《'97 中国年度最佳小说》(短篇卷、中篇卷,1998 年出版)打头阵,该选本首印 6000 册,文学年选正式推出。首战告捷,漓江出版社看到了编选机构品牌所具有的号召力,2000 年漓江出版社又与《诗刊》社合作,出版《'99 中国年度最佳诗歌》,首印即有 1 万册,此后多次重印,总印数高达 3 万册,在文学年选运作上可以说是最为成功的②。2000 年度选本开始,增加《中国年度最佳散文诗》选本。

花城年选的策划与实施也是稳步推进:首先推出的是《2001 中国散文年选》,选择与中国散文学会合作,2002 年的《中国中篇小说年选》《中国短篇小说年选》是与中国小说学会合作。2004 年花城出版社开始出版诗歌年选,第一本是由王光明编选的《2002—2003 中国诗歌年选》,合作单位是王光明所在的首都师范大学中国诗歌研究中心,首印 7000 册,也是非常不错的成绩。花城年选自 2010 年度选本开始增加《中国散文诗年选》。

之所以要小心"试水",特别是诗歌年选,更是在有保障、"试水"成功的前提下再推出,隐含的是出版方、销售方对文学图书市场

---

① 参见周百义《一套出版了 25 年的"年选"》,《长江日报》2019 年 3 月 12 日;舒晋瑜《中国文学年选二十年成长记》,《中华读书报》2018 年 11 月 24 日。

② 舒晋瑜:《中国文学年选二十年成长记》,《中华读书报》2018 年 11 月 24 日。

风险的认知。在成都购书中心的负责人看来,"这些书不会太热,但销势稳定","在国内图书市场上,'年选'是相对稳定的板块";四川文艺出版社的责任编辑王梦雪也认为"选本的价值有时不在于市场热不热,而在于文学的需要"。读者"也需要信任度高的出版社先甄选,再做选择"[1]。在快餐式消费的大众阅读时代,年选可以满足读者对时效性的要求,但文学作品特别是诗歌,又要求读者慢下来,在某一个时刻细细品味,因此,文学年选不可能是大热图书,但也会保持稳定的态势,而其中相对来说可能是最为小众的诗歌年选,又尤其是在这种夹缝中生存,因而这三家出版社采取的是稳扎稳打的策略。

与上述三种年选不同的是,辽宁人民出版社的"太阳鸟"文学年选、春风文艺出版社的"21世纪中国文学大系"虽然也是多种体裁覆盖,但一开始就包括了诗歌在内,不过也同样是在调查研究的基础上进行的,同样也是强强联手:"太阳鸟"文学年选是出版社提出选题,方案由鲁迅博物馆设计,关键人物是孙郁,他组建了编委会,落实分卷主编,资深作家、文化学者王蒙挂帅[2]。"21世纪中国文学大系"则是最明显地借鉴了"中国新文学大系"的理念,春风文艺出版社邀请陈思和出任总主编,在时任春风文艺出版社副总编辑的臧永清看来,该社是畅销书与常销书并举,"春风社的本意就是要把《21世纪中国文学大系》做成一部准工具书,换言之是要做成常销书",在2001年推出这套大系,包含着"要做成新世纪中国文学断代史的意味"[3]。

五家年选之外的《中国新诗年鉴》是不是一时冲动的产物呢?答案也是否定的。从远处说,主编杨克既是诗人,也编过诗选,有过对于民刊的长期关注与追踪,直至1998年他与小海编的《他们——〈他们〉十年诗歌选》出版,这一工作告一段落;从近处看,引发这一年鉴的导火线是前一年出版的《岁月的遗照》这部选本,因此1998年杨克意识到"在世纪末,在商业气息浓郁的南方,相对远离意识形

---

[1] 黄里:《"年度选本":一种眼光,多种声音》,《四川日报》2012年7月25日。
[2] 舒晋瑜:《中国文学年选二十年成长记》,《中华读书报》2018年11月24日。
[3] 《新世纪推出〈21世纪中国文学大系〉》,《文学报》2002年1月17日。

态，更能体现民间边缘立场"，就"有能力且有实力为中国新诗的发展做些有意义的实际工作"。因此，他与朋友"一次次讨论各种方案的可行性"，而具备丰富市场经验与策划能力的杨茂东在编选新诗年鉴这一选题上起到了关键作用。此后多人组成的编委确立了编选的宗旨、标准、体例、分工等，使这一诗歌年选逐渐从理想化为现实①。该年鉴首印高达 2 万册，可谓一炮而红。

新世纪以来的诗歌年选，在运作上呈现出新的特点，漓江诗歌年选一开始就是漓江出版社与《诗刊》社"合作出版"的②。"合作"一词确实意味深长，它意味着以往的编选格局与方式被打破，不再是编选者编书、出版社出书这样的简单模式。"合作"意味着出版方、编选方是双向选择的关系，他们都要主动为选本而努力，意味着在市场经济条件下资源的优化配置、携手合作，致力于图书品牌的打造。当然，在市场经济条件下，出版社往往成为运作中的主动方，主动寻找合作伙伴，或者说是希望能够优先找到优质资源。

作为文化产品，文学年选首先要在图书市场中生存，有了经济效益才谈得上发展、延续、壮大，形成品牌，做到了这一步，反过来又能提升出版社、编选方的地位、信誉与口碑，产生良好的社会效益。这里面起到决定作用的还是读者，而读者在挑选时，往往第一印象是聚焦于出版社或编选方。出版社、编选方的地位、信誉、身份、口碑等，起到了重要作用见表 4-3。

表 4-3    新世纪年选出版情况

| 年选 | 出版社 | 编选方 | 诗歌卷编者任职（曾任或现任） |
| --- | --- | --- | --- |
| 长江年选 | 长江文艺出版社 | 中国作协创研部 | 张同吾（中国作协创研部任研究员、中国诗歌学会、国际华文诗人笔会秘书长）<br>祈人（中国诗歌学会常务副秘书长、《中国诗人报》主编） |

---

① 杨克：《〈中国新诗年鉴〉98 工作手记》，杨克主编《1998 中国新诗年鉴》，花城出版社 1999 年版，第 517—519 页。

② 《诗刊》社：《编者的话》，《诗刊》选编《2000 中国年度最佳诗歌》，漓江出版社 2001 年版，第 1 页。

续表

| 年选 | 出版社 | 编选方 | 诗歌卷编者任职（曾任或现任） |
|---|---|---|---|
| 长江年选 | 长江文艺出版社 | 中国作协创研部 | 韩作荣（《诗刊》编辑、《人民文学》主编、中国作协委员、中国诗歌学会常务副会长、会长） |
| | | | 霍俊明（文学博士、《诗刊》社主编助理，中国作协诗歌委员会委员） |
| 中国新诗年鉴 | | 杨克 | 杨克（广东作协副主席、《作品》总编，广东外语外贸大学创意写作中心主任、中国作协诗歌委员会副主任、中国诗歌学会副会长）① |
| 太阳鸟年选 | 辽宁人民出版社 | 王蒙（文化学者、资深作家） | 臧棣（诗人、北京大学教授） |
| | | | 陈树才（诗人、中国社科院研究员） |
| | | | 宗仁发（中国作协委员，吉林作协秘书长、《作家》主编） |
| 漓江年选 | 漓江出版社 | 《诗刊》《诗探索》 | 林莽（中国作协会员、中华文学基金会文学部副主任、《诗刊社》副主任、副编审、中国诗歌协会理事、《诗探索》作品卷主编） |
| 21世纪中国文学大系、中国好文学丛书 | 春风文艺出版社、江苏凤凰文艺出版社 | 陈思和（复旦大学教授、图书馆长、上海作协副主席、《上海文学》主编）李敬泽（中国作协副主席、《人民文学》副主编、中国现代文学馆馆长） | 张清华（文学博士、北京师范大学教授） |
| 花城年选 | 花城出版社 | 中国诗歌研究中心、中国诗歌学会 | 王光明（首都师大教授、首都师大中国诗歌研究中心研究员） |
| | | | 李小雨（中国作协会员、《诗刊》副主编、中国诗歌学会副会长兼秘书长） |
| | | | 大卫（中国作协会员、中国诗歌学会理事）周所同（《诗刊》编辑、中国作协会员）吕达（诗人、《中国新诗》编辑） |
| | | | 徐敬亚（诗人、评论家、海南大学教授）韩庆成（诗人、编辑、记者、主持人） |

① 《中国新诗年鉴》的主编、编者情况比较复杂，这里列举杨克一人加以分析。

续表

| 年选 | 出版社 | 编选方 | 诗歌卷编者任职（曾任或现任） |
|---|---|---|---|
| 文学观察书系 | 敦煌文艺出版社 | 《人民文学》 | 韩作荣主编，编者商震、朱零 |
| | | | 商震（《人民文学》副主编、《诗刊》副主编、作家出版社副总编辑） |
| | | | 朱零（诗人、《人民文学》诗歌栏目主持） |
| 《中国诗歌选》 | | 罗晖 | 罗晖（诗人、海风出版社特邀编辑） |
| 《中国年度诗歌精选》 | | 《星星》诗刊社、四川师范大学文理学院 | 梁平（四川省作协副主席、成都市文联主席、曾任《星星》诗刊主编）、韩珩（四川师范大学文理学院董事长） |
| 《中国诗选》 | | 北塔 | 北塔（中国现代文学馆研究员、世界诗人大会中国办事处主任等） |
| 中国文学排行榜书系 | 百花洲文艺出版社 | | 谭五昌（北京师范大学教授） |
| | | | 邱华栋（《人民文学》杂志副主编、鲁迅文学院常务副院长、中国作协书记处书记） |
| 中国年度优秀诗歌 | 新华出版社 | | 杨志学（文学博士、中国作协会员、曾任解放军外国语学院教师、《诗刊》主任、中国作家出版集团编审）、唐诗 |
| 中国年度好诗三百首 | | 张德明 | 张德明（文学博士、中国作协会员、岭南师范学院文学与传媒学院教授、南方诗歌研究中心主任） |
| 北岳·中国文学年选 | 北岳文艺出版社 | | 张光昕（文学博士、首都师大教师） |
| | | | 王辰龙（文学博士） |
| 中国新诗排行榜 | | 谭五昌 | 谭五昌（同上） |
| 《中国年度作品》 | 现代出版社 | 中国当代文学研究会诗歌委员会 | 林莽（同上） |
| 年度诗人选 | 作家出版社 | 朱零 | 朱零（同上） |

　　新世纪诗歌年选的情况十分复杂，而主编、编者的信息更是庞大多变，这里仅仅是一个粗略的统计。即便如此，从中仍可以看出，年选的两种主要运作方式：一种方式为大部分年选所采用，即出版方＋编选方的合作模式，往往由出版社提出选题，选择相应的编选方来负责编选事宜，从而合力打造年选品牌，长江年选、漓江年选、"太阳

鸟"文学年选、"21世纪中国文学大系""中国好文学"丛书、"花城年选""文学观察书系""中国文学排行榜书系"中国年度优秀诗歌、"北岳年选"、年度诗人选等均是如此。出版社当然会首先着眼于经济效益，文学类图书虽然很难大卖，但也会拥有较为稳定的收益和回报，特别是随着出版体制改革，出版社面向市场转型，纷纷成立出版公司或集团，文学图书的利益动力仍然存在。特别是地方出版社往往敢于率先试水，而编选方则是资深专家（如王蒙、陈思和、李敬泽、梁平）或高端机构、刊物（《人民文学》《诗刊》《星星》诗刊等），具体编者或是学院派专家，或是资深媒体人，或是诗人、评论家，或是集几种身份于一体，在这个双向选择的过程中实现资源的优化组合。从这个意义上讲，地位高、资源丰富的专业机构往往成为出版方的首选，长江文艺出版社与中国作协创研部的合作、漓江出版社与《小说选刊》《诗刊》的合作、花城出版社与中国散文学会、中国小说学会、中国报告文学学会的合作都是非常经典的案例。对于新兴的网络文学，漓江社选择与北京大学中文系邵燕君的网络文学论坛团队合作，影响很大。因此，对于市场和读者来说，除了出版社的名气外，编选方、编者的名望、地位、头衔等同样具有吸引力。"太阳鸟"年选的成功，除了王蒙出任总主编，还在于孙郁搭建的编委会，除他自己外有张中行、牛汉、谢冕、林非等诸多名家。《人民文学》杂志社编选的"文学观察书系"，封面醒目地印有"十位名家举荐"的字样，"十位名家"即该书系的十位顾问：牛汉、李国文、陈建功、邵燕祥、季羡林、贾平凹、袁鹰、曹文轩、蒋子龙、谢冕。"北岳年选"则有"名作欣赏杂志鼎力推荐"的宣传语，以《名作欣赏》的态度来彰显选本的地位。新华出版社推出的2011—2015年度《中国年度优秀诗歌》，号称"九博士联合推选"，如此等等。这种运作模式无疑有着强大的集体力量与品牌效应。当然，这种运作模式对于编选者的趣味与发挥会造成一定限制，出版方、编选方与读者需求等都是制约的因素。

另一种方式较为传统，是以选家为主导，从而能够最大限度保障选家的文学理念、编选宗旨与立场。这类选家与前一类一样，他们基本上也是作家、学者、媒体人或是集几种身份于一身，也与前一种方式一样会受到出版社、书商包括编委内部分歧等因素掣肘，但这种运作方式更会因为缺少出版方及其他方面的资源，在资金、出版、发行、宣传等方面往往会遭遇不少困难，需要选家付出极大的精力去解决，表现出来最明显的现象就是推出选本的出版社与出版时间的不稳定。例如，杨克的《中国新诗年鉴》、罗晖的《中国诗歌选》、张德明《中国年度好诗三百首》、北塔的《中国诗选》、谭五昌的《中国新诗排行榜》等都是如此。张德明就提到因为"出版经费和其他方面的原因，使得'年度好诗三百首'的编辑出版计划一度搁浅"①，其中又以《中国新诗年鉴》最为典型。《中国新诗年鉴》自 1998 年鉴以来，以其标举的"民间立场"、大胆的选诗理念、新锐的批评风格而备受瞩目，但其中的艰辛也是非比寻常。在《〈中国新诗年鉴〉十年精选》的代序中，杨克强调"编委会依靠个人的绵薄之力，依仗民间资本，独立支撑起汉语诗歌艺术平台"②。要维持年鉴的运作，要持久地把年鉴做下去，就需要解决多方面的问题，这里面有杨茂东等人注入的私人资金，有多人分工合作的年鉴三大板块（诗选、理论、资料），但编委内部的分歧也存在，外部的制约更多。年鉴出版后"广为赠送"，"这就注定了无论'年鉴'如何在商业发行上努力，都面临亏损的窘境"，更何况发行机制也是一大阻碍③。《中国新诗年鉴》的出版社在不断地更换，出版时间也不固定，刘春就注意到，"'年鉴'并不像其他选本那样追求上市的时效性，其出版时间往往比其他出版社的年度选本晚好几个月"④。不仅如此，2004—2005 年、2009—2016 年、2018—2019

---

① 张德明：《编后记》，张德明主编《2016 中国年度好诗三百首》，暨南大学出版社 2017 年版，第 387 页。

② 杨克：《中国诗歌现场——以〈中国新诗年鉴〉为例证分析（代序）》，杨克主编《〈中国新诗年鉴〉十年精选》，中国青年出版社 2010 年版，第 1 页。

③ 杨克：《中国诗歌现场——以〈中国新诗年鉴〉为例证分析（代序）》，杨克主编《〈中国新诗年鉴〉十年精选》，中国青年出版社 2010 年版，第 3—5 页。

④ 刘春：《众声喧哗之下的辉煌与寂寞——新世纪诗歌"年选"出版现象》，《文艺报》2011 年 9 月 21 日。

年的年鉴均为双年选，其间只有2006年鉴、2007年鉴、2008年鉴、2017年鉴是单年出版。《中国新诗年鉴》在1999—2009年的十年间没有涨价，越编越厚，2002—2003年鉴达到了76.1万字，但2004—2005年鉴又锐减至19.8万字，价钱却没有变，这对于图书销售是极为不利的。

这里面当然也有杨克等同人的一份坚守。依靠着民间资本的注入，直至2018—2019年鉴即将出版时，杨克仍宣称"《中国新诗年鉴》20多年来从未用过纳税人一分钱，它必须是一本上架的年鉴。但它同时又是有方向感有艺术品位的年鉴，从未像其他选本那样赶在年初出版。因为我们都知道，一本书从定稿到出版，往往历时数月，年初问世，意味着头一年后面几个月的诗都无法入选，经不起历史的检验。这也是年鉴几乎都是在其他选本之后出版的原因"。① 事实的确如此，一部选本往往要经过几道筛选，等到定稿、印刷成册发往图书市场，至少需要几个月的时间。要在每年的元月出书，意味着年底的作品必然来不及收录。李小雨在接手2012花城诗歌年选时，明确表示所选作品时限为2011年10月至2012年10月，这是一个迫不得已的补救方法②。因此，来自市场、读者的对年选时效性的需求与年选编选本身需要的时间是有矛盾的，杨克牺牲时效性而坚持对年度诗歌完整阅读、选录，是有其对诗歌理想的坚守的。

年度选本的产生，与现代人对时间的感知密切相关。现代人眼中的时间，是奔腾向前、永不止息的线性之流。年度选本诞生在时间的某一节点上，但能坚持多久，却是所有年选都要面临的考问。上面所论主要是影响年选的外部条件，而就年选的内部因素而言，质量、水准、眼光、立场、标准、倾向等，也是年选能否长久生存的重要条件。新世纪的诗歌年选，既有各方面的优势与条件，也在种种矛盾中挣扎。

---

① 杨克：《鲜嫩的目光——工作手记》，http://blog.sina.com.cn/s/blog_48930cd80102zoxz.html。

② 李小雨：《前面的话》，李小雨编选《2012中国诗歌年选》，花城出版社2013年版，第3页。

与新世纪诗歌的多元化一样，新世纪的诗歌年选也是气象万千、多元呈现，不过各种年选貌似千差万别，但依然存在很多的相通之处，从纵向的时间轴看，各家年度选本关注的问题是比较接近的：

1997—2000 年度选本：世纪末诗歌的多元化格局；

2001 年度选本：新世纪诗歌延续 20 世纪 90 年代以来的态势；对新世纪新诗作出初步判断：个人化、口语化、日常化、叙事性的潮流开始形成；70 后开始崛起；网络开始对诗歌生态产生影响；公开刊物转型、民间刊物兴盛；

2002—2003 年度选本：新诗仍在平稳发展；公开刊物与民刊的壁垒打破，出现合流，网络平台进一步兴盛；中国港台诗歌受到关注；对叙事泛滥的警觉；

2004—2007 年度选本：新诗出现回暖、升温，诗歌界出现狂欢景象；网络诗歌迅猛发展，对公开刊物与民刊形成冲击；80 后、女性诗歌、文化地理、底层写作成为热门话题，郑小琼成为各选本的热门人选；

2008 年度选本：地震诗潮与写作伦理的讨论；90 后崭露头角；

2009 年度选本：网络影响进一步增大，公开刊物、民刊、网络的界限打破，90 后进一步成长；

2010 年度选本：新世纪诗歌 10 年总结；

2011—2014 年度选本：新诗在平稳中前进，小诗繁盛；诗歌向抒情回归；00 后受到关注；

2015 年度选本：余秀华事件，诗歌事件再度成为公共话题；

2016—2018 年度选本：新诗百年回顾与未来展望；

2019—2020 年度选本：新世纪诗歌 20 年总结。

由于各选本在立场、观念、编者兴趣等方面的差异，各选本在同一年关注的话题未必全然相同，除非是特别重大或引起全社会关注与反响的事件如汶川地震、余秀华事件等；即使是同一问题，各选本也未必是在同一年作出反应，而有的选本又可能会在不同的年度反复探讨、长线追踪，从而也呈现一种多元化的景观。例如，对于底层写作、打工诗歌这类现象，宗仁发表示，他在编选《2001 中国最佳诗歌》的时候，就"注意到张守刚等人的打工诗"①，到编选《2005中国最佳诗歌》时，他在序言中予以专题阐述，体现出对这一问题的长期关注；《中国新诗年鉴》是在2004—2005年度选本中把郑晓琼列为"年度潜力诗人"；王光明是在2006年选的序文《近年诗歌的民生关怀》中进行了专门分析；张清华则在2004—2008年的选本中就此话题多次展开探讨。

从横向来看，各选本在关注的话题、聚焦的领域等方面有着总体上的相近，而在具体观点、立场、编选风格等方面则展现出一定的差异，个性较为突出。下面就一些主要的话题、领域进行分析和比较：

第一，对世纪末新诗的梳理。这方面的选本既有在新世纪之前出版的年选，也有进入新世纪之后出现的选本。后者多是在分析新世纪诗歌时出于对比、追溯的需要而谈及八九十年代甚至是20世纪初的新诗。这里着重谈谈前者，主要是4种年度选本：长江诗歌年选、《中国新诗年鉴》、"太阳鸟"诗歌年选、漓江诗歌年选，它们在梳理20世纪的新诗时有着天然的优势，可以以见证者、编选者的身份，介入当时的新诗现场。它们的梳理又可分为两种情况：

一是，从新诗史的角度作一个宏观的把握。长江诗歌年选是从新时期讲起："我国进入新的历史时期之后，新诗创作有了长足的发展"，"老诗人们焕发了艺术青春……中年诗人们，在思想上和艺术上日臻成熟，是我国诗坛的中坚力量……青年诗人们，是我国诗坛的生力军"，他们的创作具有"多样的艺术风格和艺术形式"，但是诗歌理论和诗歌创作"也出现了明显的偏颇和缺陷"②。到2000年则从世纪末回眸，认为"中国新诗发展到二十世纪末，已渐近成熟。在艺术多元并存的大背景下，不同艺术观念所形成的不同作品异彩纷呈，不同的诗观各有肆意的张扬与公然的排斥，但作品都有着不可相互替代的

---

① 宗仁发：《新世纪诗歌的疑与惑》，宗仁发选编《2005中国最佳诗歌》，辽宁人民出版社2006年版，第10页。

② 张同吾、祈人：《时代风情的多彩画卷——〈1997年中国诗歌精选〉》，中国作协创研部编《1997年中国诗歌精选》，长江文艺出版社1998年版，第441—442页。

价值",这些"构成了世纪末中国新诗的全貌"①。多元化、继续发展,成为对世纪末中国新诗的基本判断。但是韩作荣进一步指出了90年代所出现的新质如诗歌成就比80年代更高、表现现实出现新的特点、"叙事性"潮流的形成、"智性写作"趋于成熟、大批新人的崛起等②。

与长江诗歌年选、漓江诗歌年选等专门从公开刊物选诗不同,《中国新诗年鉴》树起了"民间"的旗帜,以此将公开刊物全部打入另册,《1998中国新诗年鉴》强调"好诗在民间",对民间传统从80年代追溯到世纪初再往前推至中国古典诗歌时代,力图使现代汉语重新获得唐诗宋词那样的光荣。这其中"第三代诗歌"被视为一个关键点,它接续了"五四"的传统,"恢复汉语的尊严","建立了真正的个人写作","开始了诗歌精神的重建",这是中国新诗"一条伟大的道路"③。

臧棣在编选"太阳鸟"诗歌年选时细致地清理了80年代诗歌与90年代的相通与不同:80年代的朦胧诗促成了20世纪后期中国新诗的自觉,然而90年代主导读者理解诗歌的审美规定仍然是由"诗歌批评对朦胧诗的解读与阐释构成的。但是难点在于,由于朦胧诗产生于特殊的历史情境,它实际上无法担当展示当代诗歌的文学程式的主要角色",这就构成了巨大的矛盾。80年代的"诗歌多元化"与90年代的"诗歌多样性"并不等同,前者"主要依据的是意识形态的区分和诗歌群落的辨认",后者"主要依凭的是诗人个人的语言能力、风格迹象和主题深度",这也正是个人化写作的潮流,90年代诗人摒弃80年代追求的"现代派诗歌"或"先锋诗歌",这又涉及对自主性的追求④。

---

① 韩作荣:《2000年的中国新诗》,中国作协创研部编《2000年中国诗歌精选》,长江文艺出版社2001年版,第448页。

② 韩作荣:《2000年的中国新诗》,中国作协创研部编《2000年中国诗歌精选》,长江文艺出版社2001年版,第448—452页。

③ 于坚:《穿越汉语的诗歌之光》,杨克主编《1998中国新诗年鉴》,花城出版社1999年版,第1—5、17页。

④ 臧棣:《筛子到底有多大?——1998年中国诗歌综评》,臧棣选编《1998中国最佳诗歌》,辽宁人民出版社1999年版,第2—11页。

漓江诗歌年选由于是在20世纪的最后一年出版，因而一开始就把目光投向了开创年选传统的《新诗年选》（一九一九年），再讲到中国新诗的世纪历程、"80年代的诗歌高潮"、近年以来的繁盛局面，指出选本与诗歌相辅相成的关联，对于新诗所取得的成绩予以了充分肯定[①]。

二是，有些选本在对新诗进行较为宏阔的把握时，也注意对某一年度的状况进行微观探察。长江诗歌年选就认为1997年的诗坛丰富多样，"贴近现实生活表现时代风情的诗作有所增多"[②]，2000年仍然是多样化的，虽然缺少力作，但已经"进入汉语诗歌的自觉写作阶段"，诗歌进入一个新时代[③]。臧棣对1998年诗歌的印象首先就是"多样性"，然后是"中国诗人在个体的文学成熟上取得的进展""对诗歌的叙事性的普遍认同""对现实的普遍关注""想象力的自主性"公开刊物与民刊之间的复杂关系等[④]。

长江诗歌年选是着眼于公开刊物而得出上述结论，臧棣的观察与遴选则是建立在公开刊物与民刊一半对一半的基础上，于坚与谢有顺则坚决地以"民间"为立足点对民刊一边倒，一方面他们对公开刊物大加挞伐，认为90年代是"诗歌精神大面积失血的时代"[⑤]；另一方面他们大力表彰民刊和"民间"的独立精神，强调"好诗在民间"[⑥]。因此，在他们眼中1999年是具有特殊意义的一年，民间立场与知识分子写作的争论使"中国新诗以它自己独有的革命方式度过了1999这最

---

① 《诗刊》社：《编者的话》，《诗刊》社选编《'99中国年度最佳诗歌》，漓江出版社2000年版，第1—2页。

② 张同吾、祈人：《时代风情的多彩画卷——〈1997年中国诗歌精选〉》，中国作协创研部编《1997年中国诗歌精选》，长江文艺出版社1998年版，第443页。

③ 韩作荣：《2000年的中国新诗》，中国作协创研部编《2000年中国诗歌精选》，长江文艺出版社2001年版，第448—452页。

④ 臧棣：《筛子到底有多大？——1998年中国诗歌综评》，臧棣选编《1998中国最佳诗歌》，辽宁人民出版社1999年版，第4—11页。

⑤ 谢有顺：《序》，杨克主编《1999中国新诗年鉴》，广州出版社2000年版，第1页。

⑥ 于坚：《穿越汉语的诗歌之光》，杨克主编《1998中国新诗年鉴》，花城出版社1999年版，第9页。

后的一年"①，这场论争为"重建中国诗歌精神"提供了契机，这也是"中国当代诗歌真正重返民间的时代"②。

这些选本中的宏阔把握与微观探析往往是交融在一起，前者可以成为后者的语境、背景，后者对前者构成支撑与依托，并且不同选本会在一些问题上达成共识，如多样化的诗歌景观、个人化、日常化、叙事性的写作潮流等。

第二，对新世纪诗歌的总结、展望。这里说的展望，不仅是指20世纪的选本对新世纪的展望，也包括新世纪每一年度的选本对下一年以至新诗未来的展望。正是在这个意义上，这一时期的年选与20世纪90年代以前的年选有了很大不同，后者往往更注重选本的文学史意义、总结意义、文献留存意义，前者则在此之外，还注重选本的介入现场、指引诗歌未来发展的意义。

上述4类选本（长江诗歌年选、《中国新诗年鉴》、"太阳鸟"诗歌年选、漓江诗歌年选）在20世纪末的总结中都表现出或隐或显地对于新世纪诗歌的展望，基本上都认为新世纪诗歌会在90年代的轨道上前行，毕竟物理意义上的时间不能规定诗歌本身发展的规律。值得注意的是，这里存在着三种时间：一是自然年度的时间，二是新诗自身发展演进的时间，三是年度选本的时间。对第一种时间而言，新世纪无疑是个重大的节点与转折，但对新诗而言则未必具有同样的意义。进入新世纪以后，无论是前述4类选本还是后来出现的各类选本，基本上都认同这一总体判断。这里首先可以看看学界对新世纪文学的判断。陈思和早在1996年发表的《共识与无名》中就以"无名"来指称90年代的文学和文化状态："'无名'不是没有主题，而是有多种主题并存。"③沿着这一思路进入21世纪，陈思和认为，"文学创作似乎过于平淡，甚至没有轰动一时的争鸣之作"，文学表面上看上去没

---

① 谢有顺：《序》，杨克主编《1999中国新诗年鉴》，广州出版社2000年版，第1—2页。

② 于坚：《当代诗歌的民间传统（代序）》，杨克主编《2000中国新诗年鉴》，广州出版社2001年版，第10页。

③ 陈思和：《共名与无名》，《陈思和自选集》，广西师范大学出版社1997年版，第139页。

那么热闹显眼，但它正是顺着90年代的轨迹走下来，"以具体的个别的感性的艺术追求来开辟文学的新境界"①。

具体到诗歌领域也是如此。2001年是新世纪的开局之年，韩作荣发现这一年"新世纪的新诗仍旧平稳地发展，既不可能前无古人地焕然一新，也不可能陈腐固执地抱残守缺，诗仍旧在多元并存的艺术状态下生长着"，众多诗人在默默地从事创作。② 宗仁发则深感遗憾，因为"这一年的诗歌创作缺少大气象，诗歌的艺术空间没有多少明显的拓展"，当然他"并不企图在一个自然的年度内看到想象中的诗歌景况"③，在他看来"诗歌发展的节拍与年度的结转之间毫无关系"④。他们都注意到了第一种、第二种时间在2001年并没有交汇。

对于两种时间的分离，王光明作了非常深入的思考。在他看来，年度编选的方式自有其合理性，因为它"为人类保存和反思自己的历史提供了许多方便和可能，也增加了人们对时间的期待与憧憬"，但问题是"第一，时间是否就是刷新历史的油漆，翻开新的纪年、新的年份是否就是全新的事物？第二，即使时间刷新了我们的许多记忆，但它能否马上改变诗歌的象征体系和想象方式？"⑤ 显然，相对于物理时间的迅疾而言，诗歌的时间显得缓慢得多。因此，期待新世纪、新一年到来时就遇到全新的诗歌是不现实的，"因为21世纪初的诗歌，无论从何种意义上，都是上个世纪90年代中国诗歌探索的延续：仍然在城市化、世俗化的语境中走向边缘化；仍然是一种转型的、反省的、过渡性的写作，泥沙俱下、鱼龙混杂；仍然具有疏离'重大题材'与

---

① 陈思和：《总序》，张清华主编《2001年中国最佳诗歌》，春风文艺出版社2002年版，第2—6页。

② 韩作荣：《2001年的中国新诗》，中国作协创研部编《2001年中国诗歌精选》，长江文艺出版社2002年版，第459—460页。

③ 宗仁发：《序 站在读者的立场上》，宗仁发选编《2001中国最佳诗歌》，辽宁人民出版社2002年版，第3页。

④ 宗仁发：《从显现中所看到的——2003年诗歌浏览札记》，宗仁发选编《2003中国最佳诗歌》，辽宁人民出版社2004年版，第1页。

⑤ 王光明：《前言》，王光明编选《2002—2003中国诗歌年选》，花城出版社2004年版，第1页。

公共主题的倾向，以个人意识、感受力的解放和趣味的丰富性见长，而不以思想的广阔、境界的深远引人注目。这是一个有好诗人、好作品却缺乏大诗人和伟大作品的年头"，这是"一个平凡的年头"，"21世纪初的中国诗坛没有20世纪初的中国诗坛热闹"，诗坛变得"风平浪静"，但这也许是诗歌在自身应有的位置上展现真实自我的机缘①。

如果说以上论断都是从互补性、相辅相成的角度谈论90年代诗歌的多样性及21世纪诗歌对此的继承，选家的态度大体一致，那么面对更具体的99年盘峰论战时，选家的态度明显出现了分化。《中国新诗年鉴》是把这场论争作为一个界标，但是把它的意义放大到极致，伊沙赋予它"诗学革命"与"思想革命"的双重荣誉②。肯定盘峰论战的选家也大有人在，不过他们的评价相对客观冷静。林莽肯定了盘峰会议的意义，认为90年代的中国新诗处于低谷期，"但1998年的盘峰诗会却是一次开启中国新诗新时代的转折点"③。宗仁发认为这场争论是新世纪诗歌状况的起点④。张清华则理性而冷静地"深入到诗学的内部"加以考察，他选取了两组运动及论争进行参照，一组是"五四"新诗运动与朦胧诗论争，另一组是中国台湾现代诗运动与知识分子写作同民间写作之争。他从积极的意义上去探讨这场论争，称其为"一次真正把中国现代诗歌推向前进的机遇，会大大促进现代诗歌的成熟"⑤。

不过其他一些选家对于这场论争是持保留意见。首先，他们认为论争往往掺杂很多非学理的因素，在韩作荣看来，诗人吵架，缘由复

---

① 王光明：《前言》，王光明编选《2002—2003中国诗歌年选》，花城出版社2004年版，第1—2页。

② 伊沙：《现场直击：2000年中国新诗关键词》，杨克主编《2000中国新诗年鉴》，广州出版社2001年版，第441页。

③ 林莽：《编者的话》，林莽主编《2018中国年度诗歌》，漓江出版社2019年版，第1页。

④ 宗仁发：《新世纪诗歌的疑与惑》，宗仁发选编《2005中国最佳诗歌》，辽宁人民出版社2006年版，第2页。

⑤ 张清华：《序》，张清华主编《2001年中国最佳诗歌》，春风文艺出版社2002年版，第12—14页。

杂，"和诗歌写作本身关系并不大"①。陈树才则认为许多诗人是"没有专心于写，而是致力于争（说穿了，是想确立自己已经写下的），那些争论文章尽管也涉及诗学理论的构想，但构想的背后仍是名分之争"②；其次，在韩作荣看来，理论提出的概念可能本身就是含混的，论争者的思维方式也可能存在问题，他认为 2000 年中国新诗创作"已进入汉语诗歌的自觉写作阶段"，这就意味着诗人"不为潮流所左右，亦不借助理论来确定自己的写作方式"，而 90 年代的这场论争，"似乎两派也陷入他们自己也反对的二元对立的模式之中"③。这场论争从阵营、刊物来区分不同的立场，在一些选家看来也是有问题的，划分出两种阵营并对敌对方大加挞伐，所谓的敌对方恐怕也是制造出来的"假想敌"，因此"思想的独立性与否只能以思想本身来证明，而不是靠姿态与'站队'来说明，就像诗人的成就必须以诗作的优秀而不是发表在何种刊物来决定一样"，"拥有'民间'或'知识分子'身份，并不意味着就是一个诗人"④。因此，有选家指出，对这场论争的意义固然不能否定，但也很难作出很高的评价，它"远不能达到当年陈仲义所指称的'诗的哗变'那样一种状况"⑤；最后，理论、批评对创作所起的作用是有限的、值得怀疑的，陈树才以胡风为例说明理论"什么也不指向，除了指向它自身"，这和实际的创作是两码事⑥。

---

① 韩作荣：《2001 年的中国新诗》，中国作协创研部编《2001 年中国诗歌精选》，长江文艺出版社 2002 年版，第 459 页。

② 树才：《序 写诗写诗，关键是写》，陈树才选编《1999 中国最佳诗歌》，辽宁人民出版社 2000 年版，第 1 页。

③ 韩作荣：《2000 年的中国新诗》，中国作协创研部编《2000 年中国诗歌精选》，长江文艺出版社 2001 年版，第 452 页。

④ 王光明等：《2004 年的诗：印象与评说（代前言）》，王光明选《2004 中国诗歌年选》，花城出版社 2005 年版，第 14—15 页。

⑤ 臧棣：《筛子到底有多大？——1998 年中国诗歌综评》，臧棣选编《1998 中国最佳诗歌》，辽宁人民出版社 1999 年版，第 10 页。"诗的哗变"取自陈仲义《诗的哗变——第三代诗面面观》的书名，鹭江出版社 1994 年出版。

⑥ 树才：《写诗写诗，关键是写》，陈树才选编《1999 中国最佳诗歌》，辽宁人民出版社 2000 年版，第 2 页。

因此，世纪末的这场论争，其意义不在于具体的观点、立场与结论，而在于它打破了诗坛僵化的格局、促成了人们对诗歌现状的反思，这才是最重要的，张清华也赞同这一点。即使是谢有顺也强调"并不需要指出谁是争论的胜利者，它毫无意义，只要争论引致了双方重新思考自己所面临的问题，目的便已达到"①。在这一点上各家的观点倒是非常一致。

不过，这场论争引发的更重要的问题是，如何看待理论、批评的意义？前述一些选家认为理论对于创作的无效，而对于批评也有类似的观点，韩作荣就认为"对诗人有所启迪的批评也是有的，尽管为数不多"，"而诗人大抵是不会按照某些批评家的引导来写作，即使是那种入心入骨的批评对诗人来说也是没有用处的"②；霍俊明也否定了批评家对读者、对时代的引导作用③。但是他们又表达了对理论、批评的认可："或许，增加诗的理论、评论及写作随笔的数量，是刊物深入探讨诗歌写作，给人以启迪，而又保证了作品质量的有效方式。"④这种态度看似矛盾，其实不然，臧棣早在1998年选中就指出当代诗歌"是一种并不缺少阅读而却明显地匮乏阐释的诗歌，特别是有力的阐释。而实际上，优秀的诗歌越来越依靠阐释来实现它的审美目标和它的文化功用"⑤。这就表明，公正、深刻的理论与批评对于文学创作与阅读仍是有效的，甚至是亟须的。

如果说2001年的诗歌状况是20世纪90年代的自然延伸，那么面对第一个10年的历程时，选家又有怎样的评说呢？首先还是可以看看他们对新世纪10年文学的总体看法，陈思和用"先锋"与"常态"

---

① 谢有顺：《序》，杨克主编《1999中国新诗年鉴》，广州出版社2000年版，第3页。

② 韩作荣：《关于诗歌的几个问题》，中国作协创研部选编《2007年中国诗歌精选》，长江文艺出版社2008年版，第375页。

③ 霍俊明：《十二个片段·编后记》，中国作协创研部选编《2015年中国诗歌精选》，长江文艺出版社2016年版，第374页。

④ 韩作荣：《2003年版的中国诗歌》，中国作协创研部编选《2003年中国诗歌精选》，长江文艺出版社2004年版，第404页。

⑤ 臧棣：《筛子到底有多大？——1998年中国诗歌综评》，《1998中国最佳诗歌》，辽宁人民出版社1999年版，第3页。

概括新文学的发展状态，他认为自 90 年代开始文学处于"常态"，至 2010 年仍然如此，但文学此时"真正完成了文学与生活的新关系，那就是在边缘立场上进行自身的完善和发展"①。

这样一个总体判断同样适用于新诗，燎原就是用"常规化"来概括这个诗歌时代②，谢冕则作出了"奇迹没有发生"③的论断，因为这十年来，新诗除了"涉及大题材的展开的问题，其实并没有出现任何的新意"④。不少选家也是如此看待新世纪 10 年的新诗。韩作荣在 2009 年选的后记中是用"被遮蔽的写作"⑤来概括当时的诗界状态，这仍然是他在世纪初所提出的说法，诗歌"被遮蔽"，既有外部原因，也有新诗自身的问题，如粗制滥造之作太多、诗界的"宗派化和小圈子化"、过度求新求变等，新诗仍然是边缘化的，不过这已经是一种"常态"，有利于诗人致力于实际创作⑥。杨克则注意到"90 后"的成长、网络的兴起对公开刊物与民刊造成的冲击⑦。宗仁发认为十年来的诗歌"越来越呈现出多面性、双重性和矛盾性的特征"，同时长诗的创作显示了值得注意的特色⑧。漓江诗歌年选自 2009 年选开始改由《诗探索》编选，但是编者仍是林莽。2010 年选"编者的话"有着对第一个 10 年的总结，但与往年相比有了不小的变化：以往"编者的话"更像官方发言，对年度诗歌基本上都是肯定，也多是一般性的泛

---

① 陈思和：《对新世纪十年文学的一点理解》，《萍水文字》，上海文艺出版社 2011 年版，第 2 页。
② 燎原：《多元化建造中的纵深景观：本时代若干诗歌问题的描述与回应》，《诗刊》2014 年第 1 期。
③ 谢冕：《奇迹没有发生》，《中华读书报》2010 年 7 月 14 日。
④ 谢冕：《中国新诗史略》，北京大学出版社 2018 年版，第 432 页。
⑤ 韩作荣：《新诗：被遮蔽的写作》，中国作协创研部选编《2009 年中国诗歌精选》，长江文艺出版社 2010 年版，第 360 页。
⑥ 韩作荣：《新诗：被遮蔽的写作》，中国作协创研部选编《2009 年中国诗歌精选》，长江文艺出版社 2010 年版，第 360—362 页。
⑦ 杨克：《十三载，诗歌的凝眸——2009—2010 中国新诗年鉴工作手记》，杨克主编《2009—2010 中国新诗年鉴》，重庆大学出版社 2011 年版，第 481 页。
⑧ 宗仁发：《风吹草低见牛羊》，宗仁发主编《2010 中国最佳诗歌》，辽宁人民出版社 2011 年版，第 1—3 页。

论。但这次的回顾,仅用一小段话肯定这是"一个走出低谷,走向多元,呈现发展的十年",但更多的篇幅是用较为严厉的语气直击弊端:诗歌教育的不足、诗歌评奖的功利性、诗歌命名的杂乱、各种诗歌活动的商业化、标签化、诗歌本身存在的各种弊病等[1],这样的总结是有现实意义的。

张清华则把10年的阅读史、编年史内化为自己的"一部诗歌编年史、关于诗歌的记忆史",在梳理10年来诗歌的变化方面打捞出了更多的细节:"网络新媒体平台的普及对诗歌的影响可能是最大的",这种影响不仅是外在的,它还深入诗歌观念、风格等内在的层面,形成一个新事物——"网络美学";诗歌写作进入"相对沉潜和丰厚的时期";"整体性瓦解",所有的二元对立局面不复存在;"诗歌风格写作的代际化"更为明显;"诗歌经验的某种整体性迁移",出现了"前现代景象与后工业时代文化的奇怪混合";"土地经验可能渐趋消失",边缘、地域、民族、现代,等等[2]。显然,张清华在自己的编年史记忆中,感受更深刻的恐怕是新世纪诗歌10年来发展的质变与内部差异,他由此还指出了新世纪诗歌与20世纪90年代诗歌的差异:"所有的对立都被一种更为交杂和纠缠、更为广阔和多元的局面所代替。"[3]

到2020年,对20年来的新世纪诗歌又需要有一个回望与总结。《文学报》特邀评论家何言宏主持"文化工作坊"栏目,第一期的题目就是"新世纪诗歌二十年"。张清华作了题为《"新世纪诗歌二十年"的几个关键词》的主题报告,它来自2019年张清华在江苏常熟举办的"第二届世界诗歌论坛"上的主题报告。何言宏、罗振亚与傅元峰就此展开讨论。张清华把新世纪以来的诗歌称为"中国新诗有史以来的'第三次解放'":第一次是"五四"的"诗体大解放";第二次是"新时期"的"朦胧诗"时代;第三次解放"不一定从文本的意义上,审美的意义上来过分推崇它,但它一定是一个大众文化时代,

---

[1] 编者:《编者的话》,林莽主编《2010中国年度诗歌》,漓江出版社2011年版,第1页。
[2] 张清华:《序》,张清华主编《2010年诗歌》,春风文艺出版社2011年版,第2—10页。
[3] 张清华:《序》,张清华主编《2010年诗歌》,春风文艺出版社2011年版,第8页。

大众传媒时代的显形"①。何言宏则在回应中将三次大解放分别概括为"诗体大解放""主体大解放""诗权大解放",最后一种是文化的解放。罗振亚赞赏张清华的"整体意识",傅元峰则强调了"共时"的观察角度②。张清华为这20年的新诗概括出三个方面的特点:(1)"极端写作"的彰显和先锋写作的终结;(2)"文学地理的细化";(3)"写作的碎片化、材料化或者未完成性"③。可以看出,张清华对21世纪20年诗歌的总结是建立在长期编选、阅读与研究新世纪诗歌的基础上,是他往年观点的总结与提炼,而"第三次解放"的说法,则是站在百年新诗的高度所作的新概括,为新世纪诗歌作了定位,值得重视。

这场讨论实际是把自然年度时间与诗歌时间交汇到一起,有助于更深入地理解新世纪诗歌的特点与意义。就诗歌时间而言,21世纪初有个最为重大的时间节点——新诗百年。但是年度诗选在对待这一节点时表现了很复杂的情形:一方面,各家对新诗百年的时间点(新诗的诞生时间)存有不同看法;另一方面,年度选本意味着任何当下都会迅速消逝,它要做的是对当年度诗歌的梳理,即使是"百年",对于年度诗选来说也只是一个年度、一个时间点而已,而新诗百年却是对新诗史的总体性回顾,所以要开掘这个交汇点的意义并不容易。

事实确实如此。张清华是以胡适写作《蝴蝶》的1916年算起,他在2015年度的诗歌中能发现佳作,但他也感到"从一百年的尺度看,写得好的诗歌就不能以这样的一种常态尺度来衡量。我们所能够着眼的,便应该是那些更具有体积、硬度以及陌生感和实验性的文本,而这恰恰是一本年选诗集所难以体现的"④。霍俊明也同样把话题放到2015年度的选本来谈,只是意见更为犀利:"我们讨论新诗从来没有变得像今天这样吊诡而艰难",因为"百年新诗似乎仍没有建立起具

---

① 张清华:《"新世纪诗歌二十年"的几个关键词》,《文学报》2020年2月27日。
② 《聚焦"新世纪诗歌二十年"》,《文学报》2020年2月27日。
③ 张清华:《"新世纪诗歌二十年"的几个关键词》,《文学报》2020年2月27日。
④ 张清华:《序》,张清华编《这里是人间的哪里》,江苏凤凰文艺出版社2016年版,第1—2页。

备公信力的'共识机制'和'传统法度'"①。王辰龙则是在他主编的2016年度北岳诗歌选本中,由朱自清《中国新文学大系·诗集》导言论及的问题而回顾新诗百年(以1916年为起点),希望诗坛可以沉静下来探寻新诗发展之路②。杨志学是以1917年为新诗诞生期,谈论新诗的"回暖"与"升温"③。

当然,对于诗歌年选而言,百年新诗的时间节点是可以与年度编选结合起来的。例如,邱华栋主编的《2016中国诗歌排行榜》,这一年度的排行榜比以往增加了5个榜单:50后、艺术家、翻译家、批评家、小说家的诗。从诗人代际看,自50后至00后诗人都收入其中,体现了一种历史的纵深感,而诗人与非专职诗人的选录,则从共时的层面展开。该选本在编选中体现了向百年新诗致敬的意味。在"小说家的诗"这一辑中,莫言的《你不懂我,我不怪你》入选④。在新诗百年之际选入莫言的作品,意味深长:莫言的诺贝尔文学奖得主身份自然能使选本有分量,而莫言在得奖后也积极尝试,写出了一批诗作。这显然可以理解为一种双赢。

选入莫言作品的意义也为其他选本所重视,杨克主编的《2017中国新诗年鉴》专门把第一卷设为"向百年新诗致敬"专辑,而居首的就是莫言,然后是吉狄马加、池莉、张炜、叶延滨、于坚、王家新等,显得极为隆重。2017年度漓江诗歌年选也收入了莫言的作品,是他的组诗《七星曜我》中的2首,即《诗是酒后爬树——献给特朗斯特罗姆》和《一生恋爱——献给马丁·瓦尔泽先生》,还有小说家阿来的诗作《风暴远去》。漓江诗歌年选意在揭示"诗歌依旧是文学创作者普遍尊重并希望涉猎的文学样式"⑤。紧接着2018年选梳理了中国新

---

① 霍俊明:《十二个片段(编后记)》,中国作协创研部选编《2015年中国诗歌精选》,长江文艺出版社2016年版,第372—373页。

② 王辰龙:《序》,王辰龙主编《2016年诗歌选粹》,北岳文艺出版社2017年版,第2—3页。

③ 杨志学:《当下诗歌回暖与升温(代序)》,杨志学、唐诗主编《中国年度优秀诗歌》(2016卷),新华出版社2017年版,第1页。

④ 邱华栋主编:《2016年中国诗歌排行榜》,百花洲文艺出版社2016年版,第131页。

⑤ 编者:《编者的话》,林莽主编《2017年度诗歌》,漓江出版社2018年版,第2页。

诗的百年历程，但编者林莽巧妙地将漓江诗歌年选的20年融入新诗百年：这个选本"所涉及的这二十年，是百年中国新诗发展的一个新阶段"。林莽将百年新诗分为多个阶段：20年代是发轫期，30年代是第一个高潮，40年代是低谷，但新诗形成了较完备的审美体系；五六十年代有了新特点；70年代停滞；80年代是第二个高潮；90年代是低谷，但盘峰诗会是开启新诗新时代的转折点；21世纪是第三次高潮[①]。因此，在这一系列的操作中，漓江年选实现了选本时间与新诗时间的交汇，极大地提升了选本的意义。林莽的第三次高潮的观点，与张清华的第三次解放的论断，也形成了呼应的态势。只是林莽认为90年代的新诗处于低谷，与张清华等人的意见明显不同。

自然年度时间、新诗时间与选本时间有各自的发展规律，选家立足于诗歌自身，因而最重视第二种时间，而出版方、编选方可能更看重选本时间即选本推出的时机问题。在这方面首先需要提到的是漓江年选。漓江出版社最先推出的1997年度选本不包括诗歌，诗歌年选始于1999年度选本，而"编者的话"一开始就把这本年选提升了一个很高的层次：一方面在20世纪的最后一年编这个选本，"无疑是很有意义的一件事"[②]，意味着这个选本继往开来的使命；另一方面，该选本与中国第一部新诗年选对接，承续中国新诗80年的传统，从而实现了选本时间与自然年度时间、新诗时间的交汇。

这种交汇可以凸显选本诞生的时间节点的意义，正如《21世纪中国文学大系》的封面广告语所言："为世纪文学存档"，春风文艺出版社为这套大型丛书所选择的时间起点，最恰当的就是2001年度了。北岳年选始于2013年度选本，因为这个年份是世界末日之后"一个浴火重生的元年"[③]，玩笑背后仍然是严肃、审慎的选择。

尽管有着各种的差异，但是落实到对于诗歌创作实绩的评价上，

---

① 林莽：《编者的话》，林莽主编《2018年度诗歌》，漓江出版社2019年版，第1页。
② 《诗刊》社：《编者的话》，《诗刊》社选编《'99中国年度最佳诗歌》，漓江出版社2000年版，第1页。
③ 张光昕：《序》，张光昕主编《2013年诗歌选粹》，北岳文艺出版社2014年版，第1页。

各选家的结论倒是相当一致。在六种选本中,长江年选与漓江年选具有较为正式的或者说"官方"立场,始终肯定诗歌创作的稳步提升,但是在 2000 年度长江诗歌年选后记中,韩作荣指出,20 世纪的最后一年"这个年度的作品还缺少具有震撼力的'大诗',也没有那种家喻户晓式的轰动效应"①,同年度的漓江诗歌年选也感慨"真正的好作品太少"②。这仿佛带有某种标志意味,此后类似的观点在很多选本(也包括这两种选本自身)中都可以见到,选家感慨大诗人与大作品太少:

  2001 年度长江诗歌年选:诗坛的淘汰也是残酷的,真正的诗人是写得越来越好的诗人,而这样的诗人并不会多。③

  2001 年度太阳鸟诗歌年选:这一年的诗歌创作缺少大气象,诗歌的艺术空间没有多少明显的拓展,诗人们与周遭的一切,甚至包括自我的内心世界都呈现胶着状态。④

  2002 年度太阳鸟诗歌年选:2002 年的中国诗歌是在相对平稳的状态中度过的。⑤

  2003 年度长江诗歌年选:本集中,让我感到写得不错的诗为数不少,读后让我心动的也有一些,但让我眼睛一亮,大为赞赏,印象特别深刻的诗却为数不多。⑥

---

① 韩作荣:《2000 年的中国新诗》,中国作协创研部编《2000 年中国诗歌精选》,长江文艺出版社 2001 年版,第 448 页。

② 《诗刊》社:《编者的话》,《诗刊》选编《2000 中国年度最佳诗歌》,漓江出版社 2001 年版,第 2 页。

③ 韩作荣:《2001 年的中国新诗》,中国作家协会创研部编选《2001 年中国诗歌精选》,长江文艺出版社 2002 年版,第 464 页。

④ 宗仁发:《站在读者的立场上》,宗仁发选编《2001 中国最佳诗歌》,辽宁人民出版社 2002 年版,第 3 页。

⑤ 宗仁发:《平静中的孕育》,宗仁发选编《2002 中国最佳诗歌》,辽宁人民出版社 2003 年版,第 3 页。

⑥ 韩作荣:《2003 年的中国诗歌》,中国作家协会创研部编选《2003 年中国诗歌精选》,长江文艺出版社 2004 年版,第 404—405 页。

2002—2003年花城诗歌年选：这是一个有好诗人、好作品却缺少大诗人和伟大作品的年头。……平庸的诗人和作品也大量存在。①

2004年花城诗歌年选：荣光启："但见诗人不见诗"，好诗偶尔有几首，但不多。张桃洲：现在写诗的人很多，写得不错的人也很多。……但一个致命的问题是，缺乏给人以震撼之感的诗人和诗作的出现。②王光明：2004年的诗，虽然会给人一种只见丘陵却少见高峰、峻峰、险峰的感觉，但符合第一种要求（指有新意——引者注）的也不算少，只是重视新意的艺术转化的努力还非常不够。③

2005年花城诗歌年选：使人舒服的文本……这样的诗作是必需的。但从诗歌是人类一种蕴藉在语言之中的想像力的活动的话，我们不免为这些诗作缺乏一种对读者的心智和想像力的挑战而遗憾。④

2006中国新诗年鉴：这是个"量"的时代。真正的诗乃是罕见的、稀少的。⑤

21世纪中国文学大系2007年度诗歌卷：2007年也许是一个安稳平淡的年头。……总归这是一个"好诗"多于"痕迹"的年份。⑥

2009年度长江诗歌年选：任何时代的好诗都不会太多。……每年不下十万首新诗的产出，绝大多数的诗都是平庸之作。⑦

---

① 王光明：《前言》，王光明编选《2002—2003中国诗歌年选》，花城出版社2004年版，第1—2页。
② 《2004年的诗：印象与评说（代前言）》，王光明编选《2004中国诗歌年选》，花城出版社2005年版，第10—12页。
③ 王光明：《后记》，王光明编选《2004中国诗歌年选》，花城出版社2005年版，第418页。
④ 荣光启：《更深的分野与必要的转型——2005年中国诗歌读评（代序）》，王光明编选《2005中国诗歌年选》，花城出版社2006年版，第6页。
⑤ 杨克：《〈2006中国新诗年鉴〉工作手记》，杨克主编《2006中国新诗年鉴》，花城出版社2007年版，第364页。
⑥ 张清华：《序》，张清华主编《2007年诗歌》，春风文艺出版社2008年版，第1页。
⑦ 韩作荣：《新诗：被遮蔽的写作》，中国作协创研部选编《2009年中国诗歌精选》，长江文艺出版社2010年版，第360—361页。

2009 年度花城诗歌年选：不见诗歌但见人。①

2010 年度漓江诗歌年选：在数量极大的分行文字中，难于发现优秀的诗歌作品和优秀的诗人。②

2011 年度漓江诗歌年选：以诗歌艺术终极标准来衡量，我们还缺少那种能够进入典籍，一经阅读，就会令人铭记于心的优秀作品。③

2011 年度长江诗歌年选：绝大多数分行排列的文字都是平庸之作，甚至和诗没有什么关系，但任何一个时代真正的好诗都不会太多，能够流传下来并成为经典的作品还有待于时间的汰洗和检验。④

2014 年度花城诗歌年选：撞击我们心灵的诗歌少了些。⑤

2016 年度长江诗歌年选：在我看来当下是有"诗歌"而缺乏"好诗"的时代，是有大量的"分行写作者"而缺乏"诗人"的时代，是有热捧、棒喝而缺乏真正意义上的"批评家"的时代。⑥

2017 年度太阳鸟诗歌年选：找到一首整体性的言之凿凿的具有"发现性"和个人化历史想象力的诗歌其难度是巨大的。……在我看来当下是有"诗歌"而缺乏"好诗"的时代，是有大量的"分行写作者"而缺乏"诗人"的时代，是有热捧、棒喝而缺乏真正意义上的"批评家"的时代。⑦

---

① 荣光启：《诗坛：一个特殊的中国社会（代序）》，王光明编选《2009 中国诗歌年选》，花城出版社 2010 年版，第 16 页。

② 编者：《编者的话》，林莽主编《2010 中国年度诗歌》，漓江出版社 2011 年版，第 1 页。

③ 编者：《编者的话》，林莽主编《2011 中国年度诗歌》，漓江出版社 2012 年版，第 1 页。

④ 韩作荣：《诗毕竟是诗》，中国作协创研部选编《2011 年中国诗歌精选》，长江文艺出版社 2012 年版，第 423 页。

⑤ 李小雨：《又是秋叶正红时——代序》，李小雨编选《2014 中国诗歌年选》，花城出版社 2015 年版，第 1 页。

⑥ 霍俊明：《"写诗的人"与"诗人"（编后记）》，中国作协创研部选编《2016 年中国诗歌精选》，长江文艺出版社 2017 年版，第 294 页。

⑦ 霍俊明：《萤火时代的暗影或新鲜的碎片——近年诗歌观察笔记或反省书》，宗仁发主编《2017 中国最佳诗歌》，辽宁人民出版社 2018 年版，第 1—3 页。

2018年度漓江诗歌年选：成才的诗人尚寥若晨星，但泥沙俱下是任何一个发展中事物的必然现象。①

"中国好文学"2018年选：今天的一个稍微训练有素的写作者……他们在技艺上有足够的玩意，所缺少的，仅仅是作为大诗人的精神与气度，还有那些可遇而不可求的人格境地。②

以上意见具有两个方面的特点：一是各选家在对大诗人与大诗作的企盼中表达出对当代新诗的一种期待；二是相关论述几乎年年出现，也代表着一种焦虑，也说明能够得到共识的大诗人、大诗作尚未出现。这其中的原因很复杂，编选者们也论及其中的一些原因如时代、社会、诗人自身、诗歌发展规律等。到2020年，张清华在论及新世纪20年的新诗时，仍然认为："我们这个时代还没有出现真正的'但丁式的诗人'，那种能够开创一种文明的大诗人，因为这样的条件几乎已经不存在了。没有一个诗人能够创造出一个具有总体性、神性、三位一体的，具有创新'创世'的，重生性的作品。具有这种能力的人，我们这个时代还没有出现。"③

在这种对大诗人与大诗作的企盼中，诗坛的情形却似乎不太让各位选家乐观。从措辞中可以发现，对于诗人，2010年度之前的选本多期待"大诗人""给人以震撼之感的诗人""在整个世界有重大影响的诗人"，此后则是"诗人""成才的诗人"；对于诗歌，先前的期待是"伟大作品""震撼之感"，此后则是"好诗"，选家们对诗人和诗作的期待值似乎在逐渐下调。当然他们都注意到还是有很多诗人沉潜下来用心写作，诗歌回归自身的位置，好诗在不断涌现，但相比于越来越喧闹的媒介与平台，诗人与诗歌都是"量"胜过"质"，更为大量出现的则是"分行排列的文字"与"分行写作者"，连"诗"与"诗

---

① 林莽：《编者的话》，林莽主编《2018中国年度诗歌》，漓江出版社2019年版，第2页。
② 张清华：《序》，张清华、王士强编《2018诗歌年选》，江苏凤凰文艺出版社2019年版，第2页。
③ 张清华：《"新世纪诗歌二十年"的几个关键词》，《文学报》2020年2月27日。

人"都说不上。当然,另一方面,不同的编选者的观念还是有一定的差异,对大诗人,韩作荣、林莽、李小雨等都是希望这样的诗人能积极回应现实,而《中国新诗年鉴》更看重"民间立场""原创性、先锋性和在场感"①;对大诗,同样希望给人以震撼,林莽、韩作荣、李小雨等选家心目中的大诗是反映时代、现实的作品,而杨克与张清华期待的是能够在诗歌史上留下痕迹、具有极端性、实验性和革新精神的作品。

面对林林总总的现象,选家们如何对一个时代的诗歌格局与生态作出整体的判断?这也就是张清华说的,"随着'新世纪文学''新世纪诗歌'概念的日益做实,我们应该怎样思考和确立这样一个概念?"他强调首先"要避免以往简单的'进步论'思维",避免将"新世纪"理解为"一个新的时间神话"②。各选家面对这样一个时代,给出的结论大致有三种:准黄金时代;萤火时代;诗歌时代。三种观念的立足点是一致的,那就是新诗回归到自身的位置从事建设,但具体的结论不同。张清华多次作出"黄金时代"这一判定,当然他并不是说这个时代已经到来,"黄金时代"是未来的目标,是理想,现下所处的是诗歌的"准黄金时代":"世纪初的狂欢与喧闹已经渐渐沉落,在最近的两三年中,诗歌写作渐渐步入了一个相对沉潜和丰厚的时期","真正的'黄金时代'正在来临"③。2013年度选本中他也强调"我一直认为我们正处于诗歌本身的一个'准黄金时代'"④。

韩作荣的观念与张清华相近,在2008年度选本的"后记"中他就提出"目前的中国新诗,是诗歌史上最好的时期之一"⑤,3年后他

---

① 杨克:《中国诗歌现场——以〈中国新诗年鉴〉为例证分析(代序)》,杨克主编《〈中国新诗年鉴〉十年精选》,中国青年出版社2010年版,第3—4页。
② 张清华:《序》,张清华主编《2010年诗歌》,春风文艺出版社2011年版,第2页。
③ 张清华:《序》,张清华主编《2010年诗歌》,春风文艺出版社2011年版,第7页。
④ 张清华:《序》,张清华编《2013最佳诗歌》,江苏文艺出版社2014年版,第7页。
⑤ 韩作荣:《答〈汉诗〉问》,中国作协创研部选编《2008年中国诗歌精选》,长江文艺出版社2009年版,第361页。

"仍然认为，目前，是中国新诗所经历的最好时期之一"①。这种观念与漓江年选所提出的中国新诗的第三次高潮也是接近的。

与之相反的判断是"萤火时代"。霍俊明在2016年度长江诗歌年选的后记与2017年度太阳鸟诗歌年选的序言中都作出了这一判断："这是一个'萤火'的诗歌时代，这些微小的一闪而逝的亮点不足以照亮黑夜。而只有那些真正伟大的诗歌闪电才足以照彻，但是，这是一个被刻意缩小闪电的时刻。"②

霍俊明的这一评判，侧重点是在诗坛的浮躁之风，意在警醒与批判；张清华、韩作荣更为诗坛的沉潜与建设而欣慰，因而意在鼓励。这是21世纪中国新诗的两个侧面，它们相反相成，难以分割。何言宏则提出"诗歌时代"③的说法，意在辩证分析这个时代的独特性。所谓"诗歌时代"，总体上是"常规化""常态化"，而其独特性在于诗歌体制、诗歌文化、媒介文化等，而就诗歌自身而言，他从七个方面加以总结：历史向度、现实精神、日常意识、生命体验、女性意识、本土情怀、海外写作，由此对21世纪以来的诗歌境况作了积极的评价④。

以上这些评判都有其合理性，不同的论者侧重点不同，但他们都揭示了一个重要的原则：新世纪的诗歌有其独立的地位与特点，但20年的时间太过短暂，它是开放的、未完成的、不定的，充满了多种可能，它是通往一个更明晰的诗歌时代的通道或者是其组成部分，它是一个过渡时代，它的成就与不足，都可以从这些方面去理解。

---

① 韩作荣：《诗毕竟是诗》，中国作协创研部选编《2011年中国诗歌精选》，长江文艺出版社2012年版，第423页。
② 霍俊明：《"写诗的人"与"诗人"（编后记）》，中国作协创研部选编《2016年中国诗歌精选》，长江文艺出版社2017年版，第294页；另见霍俊明《萤火时代的暗影或新鲜的碎片——近年诗歌观察笔记或反省书》，宗仁发主编《2017中国最佳诗歌》，辽宁人民出版社2018年版，第2页。
③ 何言宏：《导言：当代中国的诗歌界》，何言宏主编《二十一世纪中国文学大系：2001—2010·诗歌卷》，南京师范大学出版社2014年版，第1页。
④ 何言宏：《导言：当代中国的诗歌界》，何言宏主编《二十一世纪中国文学大系：2001—2010·诗歌卷》，南京师范大学出版社2014年版，第3—14页。

第三，是关于编选问题的探讨，关于年度诗选的编选缘起上文已经论及，这里主要探讨编选宗旨、原则、标准、选本功能、特色、选家角色与立场等方面的问题。

任何选本都具有保存文献并使之经典化的意愿与功能，年度诗选的特殊性在于它的对象是一个年度的诗人诗作，但是新世纪以来的年度选本，显然并不满足于仅仅成为年度诗歌的横断面、成为一个年度记忆。面对永恒奔腾的时间之流，年选还力图介入当下诗歌现场，指引诗歌未来的发展方向，因此，这些年选实际想把过去、现在和未来三种时间向度融为一体。如此一来就要在一些看似相反的向度中把握好分寸：看重市场效益还是社会效益、强调历史性还是看重审美性、侧重总结过去还是看重介入当下与指引未来、各方兼顾还是突出选家趣味等，要做好平衡显然并不容易，更何况这里面的主体不仅有选家，还有出版方、编选方、读者等，一个选本的命运，往往都是各方博弈乃至妥协的结果。

长江年选对于编选宗旨与原则、选本的功能与作用一开始就有明确的意识，最早推出的1995年度选本（不包括诗歌）所介绍的编辑宗旨与原则大体上可以归纳为三个方面：一是汇集年度最佳作品，展现年度成就，反映年度动态；二是注重多样化与创新性；三是满足读者需求①。选本的作用也是多方面的：既具备历史性，又强调审美性，还能介入文学现实与指引未来、培养文学新人——换言之就是向文学青年、新人倾斜。这些观念确实非常全面，并且与其说是在选本中得到了实现，不如说是一种理想、目标，是年选能够持续编纂的动力，其他众多选本在这些方面的看法与长江年选是一致的。《中国新诗年鉴》一开始确立的编选主旨就是"民间"立场、选入"好诗"。当然，它也要"'多元化'地适度表现这一年度不同的诗人在写什么。但最关键的，是必须关注诗歌的新的生长点……今后的年鉴都应给新涌现的诗人以应有的位置"，有很多本《中国新诗年鉴》的第一卷都是新

---

① 中国作协创研部：《编选说明》，中国作协创研部编选《1995年中国报告文学精选》，长江文艺出版社1997年版，第1—2页。

人专辑,可见它对创新、新人的重视。在杨克的眼中,《中国新诗年鉴》是一部"注重民间性、艺术性、兼容性且以新的方式进行市场操作"的选本。[①] 因此,《中国新诗年鉴》并没有因为论争和标举"民间立场"就陷入褊狭的境地,新锐之外,它在选诗方面仍然做到了多元、兼容。

太阳鸟年选强调它是"及时发布上年度最有代表性的原创作品。为读者提供极具保留价值、蕴涵文学精髓的优选本",以"民间立场、民间态度、民间选本"为编辑宗旨[②],这里的"民间"意在强调独立精神及对多样化的坚持。漓江年选的原则有三条:"关注青年诗群、全面反映诗坛现状、优中择优",以此"反映出我们现代诗歌的较高水平,并标志出现在中国诗歌最新的审美趋向"[③]。《21世纪中国文学大系》也强调客观公正的立场,而就诗歌卷主编张清华来讲,他还"试图从中展示诗界的新动向与新活力,所以年轻诗人的和实验性强的作品尽量多选,有争议、能够显现出弊病与问题的也尽可能选一些"[④],并且在顾及个人趣味的同时"尽量按照一个多元的原则来选择作品"[⑤]。花城年选也是三个原则:"广泛阅读,精中求精;以质取文,不以人取文;题材多样,风格多样。"[⑥]

从以上六种年选的宣言可以见出,它们基本上都以作品的艺术质量为着眼点,强调选本的兼容性以容纳诗歌的多样性,但它们也有一些差异:长江诗歌年选、《中国新诗年鉴》、漓江诗歌年选、《21世纪中国文学大系·诗歌卷》特别重视文学青年与新人、重视创新,但长江诗歌年选、漓江诗歌年选看重的创新是合乎主流要求的,而《中国

---

[①] 杨克:《〈中国新诗年鉴〉98工作手记》,杨克主编《1998中国新诗年鉴》,花城出版社1999年版,第518—520页。

[②] 陈树才选编:《2000中国最佳诗歌》,辽宁人民出版社2001年版,衬页。

[③] 《诗刊》社:《编者的话》,《诗刊》社选编《'99中国年度最佳诗歌》,漓江出版社2000年版,第1页。

[④] 张清华:《序》,张清华主编《21世纪中国文学大系·2001年中国最佳诗歌》,春风文艺出版社2001年版,第24页。

[⑤] 张清华:《序》,张清华主编《2003年诗歌》,春风文艺出版社2004年版,第13页。

[⑥] 《编者的话》,王光明编选《2002—2003中国诗歌年选》,花城出版社2004年版,第1页。

新诗年鉴》《21世纪中国文学大系·诗歌卷》更青睐实验性、先锋性的创新。还有就是《中国新诗年鉴》、太阳鸟诗歌年选、《21世纪中国文学大系·诗歌卷》表现出"民间"立场的倾向，花城年选介乎二者之间，总体也倾向于"民间"，在这一点上它们与长江诗歌年选、漓江诗歌年选明显不同。当然这里的"民间"立场不同于1999年论争时的概念，更应该理解为由此生发的独立精神的内涵，2002年以后的《中国新诗年鉴》也是倾向于这种广义的"民间"立场。

　　种种异同，其实是与编选者的情况有着密切的关系。六种选本的编选者可以分为三种情况：第一种情况是编选方以单位名义出现但同时秉持主流立场，编选单位中的个人负责具体的编选工作，这样的选本是一些评论家所说的"官方选本"，长江诗歌年选和漓江诗歌年选等属于此类；第二种情况是编选者的身份可能兼有诗人、评论家、编辑、出版人等多种身份，但编选时起主要作用的身份是编辑，太阳鸟诗歌年选的臧棣、陈树才、宗仁发（尽管他强调"站在读者的立场上"[①]）和《中国新诗年鉴》的杨克、花城诗歌年选的李小雨、周所同、徐敬亚等属于这种情况；第三种情况是学者选诗，花城诗歌年选的王光明、《21世纪中国文学大系·诗歌卷》和"中国好文学"诗选的张清华等属于这种情况。

　　就第一种情况看，长江年选是长江文艺出版社与中国作协创研部合作的产物，自1995年合作至今，在诸多品种中，中国作协创研部承担中篇小说、短篇小说、报告文学、散文、诗歌、随笔六类的编选任务。负责具体编选任务的选家先后是张同吾、祈人（1997—1998年度选本）、韩作荣（2000—2013年度选本）、霍俊明（2014年度选本至今），各个选家的倾向、趣味存在一定的差异，但是在"中国作协创研部"这个名义下的编选，使得他们都要顾及客观、权威、公正、符合主流价值观等方面的"官方"要求，最明显的就是"弘扬主旋律提倡多样化"，"主旋律"的诗歌是"关注历史走向、贴近时代精神、传

---

[①] 宗仁发：《站在读者的立场上》，宗仁发选编《2001中国最佳诗歌》，辽宁人民出版社2002年版，第1页。

达人民心声，引发心灵共鸣"，并且是"中国读者喜闻乐见"的作品①。

这样一种立场同样适用于漓江诗歌年选。从1999年度选本开始漓江出版社与《诗刊》社合作，选家则是林莽。从2009年开始编选方换为"《诗探索》编辑委员会"，但负责编选的仍是林莽。《诗刊》这一中国顶级诗歌刊物的光环是漓江诗歌年选受到读者重视的重要原因，而它本身的办刊宗旨以及由此带来的编选立场，可以说与长江诗歌年选的客观、权威、公正、"弘扬主旋律提倡多样化"的取向并没有什么不同。林莽在编选时显然要从《诗刊》的立场出发，后来他虽然退休转到《诗探索》，但是总体取向仍然是不变的。林莽与漓江社合作有20多年，形成了漓江版诗歌年选的一贯风格。

相比之下其他四种选本都倾向于"民间"立场，尤其是《中国新诗年鉴》与张清华选本最为明显。杨克主编的《1998中国新诗年鉴》在封面上即打出"艺术上我们秉承：真正的永恒的民间立场"，这一宣言至今未变。在1998—2000年度的选本中，"民间立场"问题得到了反复的阐述与申发。但是"民间"又是一个动态的、活泛的概念，《中国新诗年鉴》的编选者也没有把它理解得过窄、过死，谢有顺就指出过1999年的争论并非要争出个胜负，"只要争论引致了双方重新思考自己所面临的问题，目的便已达到"，他相信诗歌话语同样要"关涉灵魂和身体的双重性质"，即便坚持日常化、口语化，他也强调"普通意义上的日常生活和口语，与诗性意义上的日常生活和口语，是有很大不同的"②。这些观念无疑是合理、辩证的，也能得到其他选家的认可。到2006年鉴中，杨克对"民间性"的重新阐发："所谓民间性，也就是个人性、创造性，某种有力量的边缘性、陌生性"③，不再执着于民刊/官刊、民间立场/知识分子等的论辩，使得"民间"成

---

① 张同吾、祈人：《诗如莺飞草长——〈1998年中国新诗精选〉编后》，中国作协创研部编《1998年中国诗歌精选》，长江文艺出版社1999年版，第408—409页。
② 谢有顺：《序》，杨克主编《1999中国新诗年鉴》，广州出版社2000年版，第3—9页。
③ 杨克：《〈2006中国新诗年鉴〉工作手记》，杨克主编《2006中国新诗年鉴》，花城出版社2007年版，第364页。

为一个更为灵活、兼容的概念，向着后来的"大民间"① 的观念迈进。

张清华对90年代的盘峰论争给予了积极的评价，他提到自己"一直力图遵奉着'民间立场'"②，不过，他说的"民间"与"知识分子"都不是当初论争时的概念，从内在精神上讲，他"赞美'民间'的自由艺术精神，文学的主体和创造权利"，但是反感把"民间"等同于"粗鄙"，再把"粗鄙"转换为特权③；就外在因素讲，民刊的兴盛、"官刊"的转型特别是网络的兴起，导致三大板块间的界限被冲破，民间/官方的对立也失去意义。因此，张清华对于这些概念中可能存在的极端倾向是警觉的，也没有把"民间"加以神化。

如果说"民间立场"是张清华个人的选择，那么对于太阳鸟年选来说，"民间立场、民间态度、民间选本"就是每位编者都要遵守的编辑宗旨了。但太阳鸟年选的"民间"倾向与张清华大体一致，这样一种讲求独立、自由的观念，在王光明主持的花城诗歌年选中也得到了体现。虽然花城诗歌年选曾先后由王光明、李小雨编选，编选方则分别是他们所在的首都师范大学中国诗歌研究中心、中国诗歌学会，但是选家的个性与自主性仍得到了充分的展现。

编选工作要落到实处，编选方式与标准的确定是极为重要的。编选方式大体分为两类：一类是以诗作为中心，先选诗，再确定诗人；另一类是以诗人为中心，先确定人选，再按人选诗。新诗编选史上这两种方式都用过，各有其合理性与不足：前者突出了作品的中心地位，讲求公平对待，避免关系和人情，可以保证入选作品的质量，不足是选家的阅读视野毕竟有限，实际会变成依据诗集和刊物来选诗，视野的广狭、趣味的偏向会对编选造成直接影响，同时也不利于对诗人的完整和长期把握。臧棣曾把这种方式比喻成筛子，"筛子的大小，首先同阅读量有关"，"但麻烦的是无论这种阅读的覆盖面有多大，它都

---

① 杨克：《中国诗歌现场——以〈中国新诗年鉴〉为例证分析（代序）》，杨克主编《〈中国新诗年鉴〉十年精选》，中国青年出版社2010年版，第4页。
② 张清华：《序》，张清华主编《2006年诗歌》，春风文艺出版社2007年版，第4页。
③ 张清华：《序》，张清华主编《2002年诗歌》，春风文艺出版社2003年版，第24页。

会显得可疑"①；后者可以实现对诗人的完整和长期把握，也能展现出诗人的特性，但视野的广狭、趣味的偏向同样会造成对选家视域之外的诗人的盲视，同时也不利于发现具有创新意味的作品。

在诸多选本中，依据第一种方式来选诗的主要有长江诗歌年选、太阳鸟诗歌年选、漓江诗歌年选、《人民文学》编选的《文学精品·诗歌卷》、罗晖主编的《中国诗歌选》、梁平与韩珩主编的《中国年度诗歌精选》、北塔主编的《中国诗选》、杨志学、唐诗主编的《中国年度优秀诗歌》、北岳诗歌年选、谭五昌主编的《中国新诗排行榜》、中国当代文学研究会诗歌委员会选编的《中国年度作品·诗歌》等；采用后一种的有邱华栋主编的《中国诗歌排行榜》（2014年度选本开始明显地表现出以诗人为中心来选诗）、朱零编选的《年度诗人选》等。当然有的选本是诗作、诗人乃至刊物平台为中心的方式交替或综合使用，表现出相当大的灵活性，《中国新诗年鉴》、张清华选本等即是如此。

就编选标准而言，同样是追求"最佳"诗歌、立足于作品的思想与艺术水准，各选家的观念还是呈现出很多的差异。正如宗仁发所总结的，"好诗每首都是不同的"，这种不同意味着每首好诗都不同于别的作品，但还可以表现为每位选家眼中的好诗或许也是不同的，而"有问题的诗却是容易归类的"：虚伪之作、病态之作、模式化的制作②。各选家对这类诗作当然都是拒斥的，但对于好诗则有不同的理解。韩作荣在编选2000年度选本时就提出"本年度诗选遵循的是'惟好诗'的准则"，这一准则他一直坚持不变③。"好诗"即为编选标准，但是他心目中的"好诗"又是怎样的呢？那就是"感性和理性都达到极致，有如熔化的钢水，却不失去本身的重量"的作品，具备

---

① 臧棣：《筛子到底有多大？——1998年中国诗歌综评》，臧棣选编《1998中国最佳诗歌》，辽宁人民出版社1999年版，第1—2页。

② 宗仁发：《站在读者的立场上》，宗仁发选编《2001中国最佳诗歌》，辽宁人民出版社2002年版，第2页。

③ 韩作荣：《答〈汉诗〉问》，中国作协创研部选编《2008年中国诗歌精选》，长江文艺出版社2009年版，第360页。

"对情绪的微妙把握,对事物的深入剖析,对现实的诗性观照,对意象的敏感捕捉,对人性的深入探究,以及生活实感与丰富的想象力,动人心魄的情思、解构与反讽"等①。

漓江诗歌年选"尤其关注那些体现了中国汉语语言艺术的作品,关注那些体现了当下人们的真切情感与体验的作品,关注那些有文化底蕴与进入整体文化背景的作品"②,这可以视为它的编选标准,比长江诗歌年选的标准更具有主流与宏大的意味。

《中国新诗年鉴》一开始亮出的标准就是"艺术":"艺术是诗歌的生命,也是这部年鉴唯一的编选标准"③,谢有顺后来做了更详细的解释:"选择的标准依然秉承着我们一贯的诗学信念:对当下存在的敏感,心灵的在场,观察世界之方式的探索,艺术的原创性和语言的天才。"④

宗仁发在编选太阳鸟诗歌年选时,起初并不打算作为一个诗人、评论家、编辑来选诗,而是"试图使自己还原成一个普通的诗歌读者",站在读者的立场上来选诗,这样"读完一首诗,扪心问一问喜欢或不喜欢,这便是理由,这便是标准"⑤。但他发现这一点其实很难做到,因为即便成为读者,每个读者的喜好也会不同,何况选家也不是普通读者,而是"诗歌的职业阅读者"⑥。作为职业阅读者,喜好的不同更会影响到诗歌的选择,之前的陈树才就更喜欢短诗,而且偏重叙事性、简洁性与内在精神⑦。宗仁发则比较侧重"朴素自然""意境

---

① 韩作荣:《2002年的中国新诗》,中国作协创研部编选《2002年中国诗歌精选》,长江文艺出版社2003年版,第424—425页。

② 《编者的话》,《诗刊》选编《2008中国年度诗歌》,漓江出版社2009年版,第1页。

③ 杨克:《〈中国新诗年鉴〉98工作手记》,杨克主编《1998中国新诗年鉴》,花城出版社1999年版,第519页。

④ 谢有顺:《序》,杨克主编《1999中国新诗年鉴》,广州出版社2000年版,第5页。

⑤ 宗仁发:《站在读者的立场上》,宗仁发选编《2001中国最佳诗歌》,辽宁人民出版社2002年版,第1页。

⑥ 宗仁发:《诗歌的意义在于它具有攫犯的能量》,宗仁发主编《2013中国最佳诗歌》,辽宁人民出版社2014年版,第3页。

⑦ 陈树才:《后记》,陈树才选编《1999中国最佳诗歌》,辽宁人民出版社2000年版,第213、229页。

不俗""语言精致"的作品①,但或许还需要加上"既超越社会的藩篱,又超越个人的孤芳自赏"②,才能算作他的编选标准。

王光明对好诗提出了两个方面的要求,可以视为他的选诗标准:一是有新意;二是"思想情感与表现形式的完好统一"③。李小雨接手花城诗歌年选后提出了她的看法:一是"好诗应该具有直击人心而使人'眼前一亮'的力量";二是"个人对生活的独特的发现";三是诗歌语言要做到"精练、自然、抒情、跳跃、有内在义涵,有内在节奏感"④。张德明的《中国年度好诗三百首》也是倡导"好诗"并列出公式:"好诗=精巧的结构+优美的语言+真挚的情感+(深刻的思想)。"⑤ 他们的观念是较为一致的。

张清华对问题的复杂性有更敏感的体会,他发现"好诗""纯粹艺术的诗""代表性的诗"是完全不同的概念,并没有一个公认的编选标准,他"唯一依循的一个标准,就是它们作品中的思想与技艺的含量"⑥。具体来说就是他倾向于有代表性的诗,但他心目中的这类诗是"极限式写作"、具有"痕迹意义"的作品⑦。这类诗歌显然不是一般意义上的"好诗",它们具有的特点是真诚、介入、实验、创新甚至是破坏、粗鄙等。张清华对大系的诗歌卷的基本定位就是:"民间性""作为诗歌史痕迹的编年选"是首先考虑的、最重要的两个因素,同时在一定程度上"也会顾及某种意义上的'年度最佳'的标准"。

---

① 宗仁发:《平静中的孕育》,宗仁发选编《2002中国最佳诗歌》,辽宁人民出版社2003年版,第4页。
② 宗仁发:《诗歌的意义在于它具有撄犯的能量》,宗仁发主编《2013中国最佳诗歌》,辽宁人民出版社2014年版,第3页。
③ 王光明:《后记》,王光明编选《2004中国诗歌年选》,花城出版社2005年版,第418页。
④ 李小雨:《前面的话》,李小雨编选《2012中国诗歌年选》,花城出版社2013年版,第2页。
⑤ 张德明:《编后记》,张德明主编《2016中国年度好诗三百首》,暨南大学出版社2017年版,第387页。
⑥ 张清华:《序》,张清华主编《2003年诗歌》,春风文艺出版社2004年版,第13页。
⑦ 张清华:《序》,张清华主编《2003年诗歌》,春风文艺出版社2004年版;另见张清华《序》,张清华主编《2007年诗歌》,春风文艺出版社2008年版,第2页。

但如果"优秀或最佳诗歌"的标准与"作为历史痕迹的诗歌"的标准之间有冲突,他会取后者①。

由此可以见出,选家的编选标准基本上集中于思想性与艺术性两方面,具体的要求则有不同。既然选家对于编选标准都有自己的理解与认识,那么落实到具体的编选工作中是否就可以凭自己之意行事,编选是否会一帆风顺呢?答案是否定的。作为"新世纪编年文选"之一种,《2003年诗歌》在序言中一开始就提出,"任何选本都是妥协的产物,本书当然也不可能例外。因为任何选本都不可能是全方位的"②。这不仅是众多选家的共识,也是事实。

首先,年选图书的时效性要求与选家的阅读、编选之间就存在矛盾。对于读者而言,年选图书在每年年初出版才最具吸引力,但对选家而言,巨大的阅读量造成了很大压力,何况诗歌阅读更讲究细品、慢慢体会,此外选家还要费尽心力去挑选、去发现、去评述,还要满足编选宗旨所说的权威、客观、公正之类要求,任务其实异常繁重。即使是漓江诗歌年选只挑选公开刊物发表的诗歌,封底宣传语打出"花最少的钱,用最短的时间,享受中国当代文艺的最新成果",但诗作数量也是逐年递增。1999年度漓江选本选了90位诗人的116首诗,全书204页。到2003年度选本出版时,收入207位诗人的283首作品,全书428页,已经翻倍还不止。

在民刊和网络还没有全面兴起时,选家或许还可以应对,到2003年以后,随着民刊的兴盛和网络诗歌的繁荣,很难说一个选家能够阅读当年的所有诗歌,韩作荣在2009年作出的"每年不下十万首新诗的产出"③的估计可能都偏于保守了。在韩作荣看来,"诗歌发表数量的增多给诗选的编选增加了难度","一个具有开放性、全局性、权威性,同时具有前瞻性的选本,要做到高质量、没有过分的偏颇,选取

---

① 张清华:《序》,张清华主编《2010年诗歌》,春风文艺出版社2011年版,第3页。
② 敬文东:《序》,敬文东主编《2003年诗歌》,山东画报出版社2004年版,第1页。
③ 韩作荣:《新诗:被遮蔽的写作》,中国作协创研部选编《2009年中国诗歌精选》,长江文艺出版社2010年版,第361页。

不同写作方式中有代表性的作品，继而有代表性地展示中国诗歌2003年度的全貌，让我感到力不从心，虽然我努力了，但仍然难以达到完善的境界"①。王光明也发现"《中国诗歌年选》自2003年启动以来，总跟不上同套年选的出版发行速度"，因为难以解决"诗歌阅读的慢与社会发展节奏快的矛盾"②。

王光明的说法揭示出对选家而言，除了阅读量之外，时间方面的压力也是十分巨大。对于年度选本而言时间是最宝贵的，《诗刊》社选诗，是"用了两个月的时间进行编辑审读工作"③，经历五次筛选而确定。但是图书的编辑、印刷、出版、发行，牵涉多个部门，需要的时间更长，因此年初出版的选本的选家，没有足够时间读完全年的诗歌。《诗刊》社就是"因出版的要求，后一季度的作品选入很少"④，对于张清华而言这个时间"大约只能截止到10月份"⑤。有的选家为了弥补，会选择上一年10月至该年度10月的作品，王光明、李小雨等都是采用了这种方式。

其次是标准的模糊性、主观性问题。张同吾、祈人在1998年就指出过，在一个多元化的时代，诗人、诗评家与读者都"对'佳作'的标准难有共识"⑥，臧棣也认为"最佳"是个模糊的概念⑦，这些后来基本上都成为选家的共识。而且每个选本选入的诗歌基本上都有两三百首之多，如何能够保证每首都是"最佳"？这实际上是不可能的。

---

① 韩作荣：《2003年版的中国诗歌》，中国作协创研部编选《2003年中国诗歌精选》，长江文艺出版社2004年版，第404页。

② 王光明：《后记》，王光明编选《2007年中国诗歌年选》，花城出版社2008年版，第183页。

③ 编者：《编者的话》，林莽主编《2010中国年度诗歌》，漓江出版社2011年版，第1页。

④ 林莽：《编者的话》，林莽主编《2018中国年度诗歌》，漓江出版社2019年版，第2页。

⑤ 张清华：《序》，张清华主编《21世纪中国文学大系·2001年中国最佳诗歌》，春风文艺出版社2002年版，第24页。

⑥ 张同吾、祈人：《时代风情的多彩画卷——〈1997年中国诗歌精选〉》，中国作协创研部编《1997年中国诗歌精选》，长江文艺出版社1998年版，第444页。

⑦ 臧棣：《筛子到底有多大？——1998年中国诗歌综评》，臧棣选编《1998中国最佳诗歌》，辽宁人民出版社1999年版，第2页。

因此,"21世纪中国文学大系"的诗歌卷从2002年选开始去掉"最佳"二字,漓江年选则从2004年度选本开始去掉"最佳"。这正如张清华所言,标准只是"个人与公共尺度之间的一种妥协,一种推测","抽象意义上的'公正'的编选大约也是不存在的"①。不过臧棣从这种模糊性、主观性也找到了对选家有利的地方,那就是它的宽泛性、灵活性及文学史意味②。

最后,编选时要面对各种制约因素,如政治立场、伦理道德、价值观念、时代心理、读者的审美期待、年度诗歌的实际状况等。臧棣就认为读者对"最佳"的理解主要是"依照以往的文学程式对诗歌的审美规定",而这种规定其实来自对80年代朦胧诗的理解,但它已不适应当下的诗歌境况③。如此一来,选家都会有"不得不放弃"的情况,筛选变为"一个从俗和妥协的过程——不得不屈从于公共审美经验的专制",选本变成了"残缺的编选"④。这还是有选家心目中理想作品时的情况,而诗坛的实际是诗人和诗作越来越多,真正的大诗人和好作品却稀缺,当21世纪第一个10年过去时,张清华发现选本的"选"的意义削弱了,"'佳作汇集'或'好诗大全'的味道正越来越浓"⑤。

此外,编选工作也会遭遇各方分歧、包括选家自身矛盾的影响。漓江诗歌年选的做法是由编选方挑出1500—2000首作品参与初选,经过多次筛选,最后选出200—300首作品"提供给出版者终审"⑥,这就涉及编选方与出版者之间的协商。《中国新诗年鉴》的编委也经常会因为选诗而产生分歧甚至起争执。即使是同一个选家如张清华,在面对

---

① 张清华:《序》,张清华主编《2003年诗歌》,春风文艺出版社2004年版,第12—13页。
② 臧棣:《筛子到底有多大?——1998年中国诗歌综评》,臧棣选编《1998中国最佳诗歌》,辽宁人民出版社1999年版,第2页。
③ 臧棣:《筛子到底有多大?——1998年中国诗歌综评》,臧棣选编《1998中国最佳诗歌》,辽宁人民出版社1999年版,第2—3页。
④ 张清华:《序》,张清华主编《2003年诗歌》,春风文艺出版社2004年版,第14页。
⑤ 张清华:《序》,张清华编《中国诗歌年选》,江苏文艺出版社2012年版,第1页。
⑥ 《诗探索》编辑部:《编后记》,林莽主编《2015中国年度诗歌》,漓江出版社2016年版,第251页。

作品时也会因作品或自身心态的复杂而产生矛盾的感觉。当然，多方面的阅读也可能会纠正或拓展选家原有的趣味、观念，产生积极的意义。此外，原本各不相干的诗作被整合进同一个选本中时，它们就"都具有某种超越了个体的'整体'与'互文'意义"①，诗人诗作之间出现呼应、对话的效应，单个诗人、单篇作品的意义得到了升华。

还有就是编选体例等造成的制约，这里所考察的年度诗选也带有综合性选本的意味，所选诗人诗作就要做到全面覆盖。但是篇幅所限，很多诗人只能入选一首，这种平均主义能否反映出年度的创作成绩？长诗往往被拒之门外，漓江诗歌年选就表示不收长诗，而是以节选的方式予以弥补。同时，长江诗歌年选、漓江诗歌年选、《中国新诗年鉴》、张清华选本都强调要多选青年诗人与新人的作品，2003年漓江年选所选青年诗人的作品居然高达80%，这样对中老年诗人势必造成一定的挤压，而这种挤压是否一定合理，显然是值得商榷的。虽然年度选本是指向未来，因而更看重能代表新诗发展方向、具有创新与实验勇气的青年诗人与新人，但选本更应该根据当年度的实际情况来确定入选与诗作，而非先入为主地保证青年诗人与新人的比重。与之相似的是选本对代际划分的采用，虽然代际命名难以揭示特定诗群的诗学旨趣、美学风格、内在特点，但也是一种权宜之计。年选的关注点从70后到80后、90后乃至00后，代际更新一直是年度诗选比较关注的热点，这和推出青年诗人、新人一样，有合理之处，但也值得反思，其背后所隐含的，未必就不是一种线性进化的观念。

既然年度诗选存在种种的制约，选本所要做的不仅是要达成各方的妥协，也要为避免沦为平庸选本而突出自身的特色。长江年选对自身特色的设定可以从《2002年中国诗歌精选》封面上的一段话看出："最具权威性的中国文学年选本，中国作家协会精心选编，一套在手，当代名家力作悉数网罗，一套在手，年度文学风云尽收眼底。"漓江年选《2002中国年度最佳诗歌》的封底写有"花最少的钱，用最短的时间享受中国当代文艺的最新成果。思想性艺术性俱佳，有代表、有

---

① 张清华：《序》，张清华主编《2010年诗歌》，春风文艺出版社2011年版，第2页。

影响力",除了同样强调是佳作汇集外,还顾及了读者在金钱、时间方面的考虑。太阳鸟年选除了强调"权威选家"、佳作之外,还突出了两个方面:其一,它是"读者眼中有别于官方选本的、极具特色的民间选本";其二,"卷首序言更见功力"①,从1998年度选本至今,太阳鸟诗歌年选的序言成为见证中国新诗及新诗理论批评发展的重要资料。《中国新诗年鉴》的特色在于"民间立场"、民间编选、推出新人、涵盖创作与理论批评及其本身不断地求新求变等方面②。花城年选在封面把"权威名家精选,沉淀文学精髓"作为自己的特色予以展示。《21世纪中国文学大系》则宣称"专家视野,民间立场,权威选本,为世纪文学存档"(封底),如果"专家视野,权威选本"也是其他选本都宣称的,那么"民间立场"也确实是"大系"的一个重要特点,但更引人注目的是最后一点,它突出地展现了"大系"所具有的史料意义。张清华就主张诗歌卷的原则是"记录诗歌的历史痕迹","而不是最大限度地搜寻'最美的诗篇'——所谓'大系'与'年度最佳'的区别,应该是在这里"③。当然出于实际考虑,张清华把"民间性""作为诗歌史痕迹的编年选"作为首要特色,同时也会顾及一定的"年度最佳"标准,这是他对于诗歌卷的"基本定位"④。

其他的选本也在尽力展现自己的特色,《人民文学》编选的《文学精品·诗歌卷》强调有十位名家(牛汉、李国文、陈建功、邵燕祥、季羡林、贾平凹、袁鹰、曹文轩、蒋子龙、谢冕)举荐;北塔所编的《中国诗选》是目前唯一一本中英双语年度诗选;邱华栋主编的《中国诗歌排行榜》,是百花洲文艺出版社推出的"文学排行榜书系","文学排行榜"是其特色;杨志学、唐诗编选的《中国年度优秀诗歌》号称"九博士联合推选",其特点有三:一是"包容性、综合性";二

---

① 陈树才选编:《1999中国最佳诗歌》,辽宁人民出版社2000年版,衬页。
② 参看杨克《中国诗歌现场——以〈中国新诗年鉴〉为例证分析》,刘波《在独立坚守中求新求变——写在〈中国新诗年鉴〉出版十周年之际》,杨克主编《〈中国新诗年鉴〉十年精选》,中国青年出版社2010年版,第1—15页。
③ 张清华:《序》,张清华主编《2007年诗歌》,春风文艺出版社2008年版,第1页。
④ 张清华:《序》,张清华主编《2010年诗歌》,春风文艺出版社2011年版,第3页。

是"入选作品的多源性、广博性";三是"选稿的严肃性、严格性"①。北岳年选的封面宣称"《名作欣赏》杂志鼎力推荐,权威遴选,深度点评,中国最好年选","深度点评"确实是其特色,诗歌卷就"有一个标配,即在诗后附上简评"②。朱零则以选定诗人再选诗的方式为《年度诗人选》的特色③。

值得注意的是,年度选本与其他类型选本相比有一个很大的优势,就是它们可以与时俱进地对自身进行调整。像长江年选、漓江年选都根据市场情况调整过自己的年选品种,就诗歌年选而言,也会根据需要而加以改变。长江诗歌年选自2000年度选本由韩作荣接手,更具包容性,对青年诗人和新人关注更多,也注意到活跃在民刊上的诗人,2001年选完整收入两首长诗,也是打破常规的一种表现。长江年选还注意选本时间的重要性,2015年长江文艺出版社与中国作协创研部举办了纪念《中国年度文学作品精选丛书》出版20周年座谈会,既扩大了年选品牌的影响,又成功地开拓了新的业务:《新世纪作家文丛》启动。2019年度选本除了继续从纸质刊物选诗,也开始从微信等新媒体上搜寻佳作。

《中国新诗年鉴》的求新求变意识更强,陈振波把1999—2010年度的《中国新诗年鉴》划分为三个阶段:一是民间化选本阶段(1998—2001),杨克主编并负责,编委会成员统稿,立足于"早期的狭义的民间立场";二是风格化选本阶段(2002—2006),实行执行主编负责制,具有"明显的风格化倾向";三是多元化选本阶段(2007—2010),恢复主编负责制,主要靠网络平台编选,"在诗学形态上表现出多元化、全面化等特征,同时也显露出比较明显的商业气息"④。2011年鉴至今的《中国新诗年鉴》,仍可归入这个多元化阶段。《中国新诗年

---

① 杨志学、唐诗:《中国诗歌:缤纷又一年——〈中国年度优秀诗歌2011卷〉序》,杨志学、唐诗主编《中国年度优秀诗歌·2011卷》,新华出版社2012年版,第4页。
② 王辰龙:《序》,王辰龙主编《2017年诗歌选粹》,北岳文艺出版社2018年版,第4页。
③ 朱零:《后记》,朱零编《2015年度诗人选》,作家出版社2016年版,第374页。
④ 陈振波:《"中国新诗年鉴"(1998—2010)的诗学脉络》,硕士学位论文,西南大学,2013年。

鉴》从一开始就兼有创作卷与理论卷,还有大事记,着力推出新人的"年度推荐"已被打造为一个品牌栏目。例如,2002—2003 年鉴设有"e 时代:'80 后'诗人诗选";2004—2005 年鉴策划"中国诗歌的脸",设有"年度桂冠诗人""年度潜力诗人""年度最有创意诗歌形式:短信诗选";2006 年鉴关注中国台湾中生代诗人、2008 年鉴推荐中国台湾新生代诗人、中国大陆 90 后诗人;2009—2010 年鉴推出博客女性诗歌选、90 后诗歌选、青春诗会诗选;2011—2012 年鉴推出少数民族诗人诗歌、微诗体精选、新诗典诗选、网络诗选与散文诗专栏;2013—2014 年鉴推出粤地诗篇、网络诗选、文学期刊诗选、民刊诗选;2015—2016 年鉴推荐 90 后诗人(00 后诗人 2 人);2017 年鉴设立"向百年新诗致敬专栏",如此等等。每本年鉴几乎都有新的创意,而理论批评部分也涵盖了诗歌界几乎所有的热点问题,如 90 年代论争、女性诗歌、网络诗歌、文化地理、底层写作、代际写作、新世纪诗歌回顾等。刘波就发现,阿斐是第一个进入《中国新诗年鉴》的 80 后诗人(《2000 中国新诗年鉴》),而他很快就成长为《2004—2005 中国新诗年鉴》的年度执行主编了[①]。该年鉴选入 6 位 80 后作为"年度潜力诗人",其中郑小琼更是具有广泛影响力的诗人,这不仅是发现新人,也是以新人来发现新人。因此《中国新诗年鉴》的成就是多方面的,其"民间"立场不再是二元对立模式的,而是指向"诗歌艺术的探索、创新和个性",在选诗上是开放多元、发现被遮蔽的诗人与新人,在编选体例、制度等问题上也求新求变[②]。

杨克本人对《中国新诗年鉴》也有强烈的总结与研究意识,2010 年中国青年出版社出版了《〈中国新诗年鉴〉十年精选》,封底有杨克撰写的一段很长的文字对年鉴进行了推介:首先是肯定了 98 年鉴引发的诗歌论战及其首倡的"民间立场",进而提到"迄今已出版 11 年,

---

① 刘波:《在独立坚守中求新求变——写在〈中国新诗年鉴〉出版十周年之际》,杨克主编《〈中国新诗年鉴〉十年精选》,中国青年出版社 2010 年版,第 10—11 页。
② 刘波:《在独立坚守中求新求变——写在〈中国新诗年鉴〉出版十周年之际》,杨克主编《〈中国新诗年鉴〉十年精选》,中国青年出版社 2010 年版,第 11—15 页。

是中国新诗诞生以来甚至是从《诗经》始连续出版时间最长的诗歌选本。其次，它还是 1949 年以后第一本由个人和民间编选并正式出版的年度文学选本。它是第一本收录各种民刊诗歌的年度选本，第一本收录网络诗歌的选本，第一本收录中国港台诗人作品的年度诗歌选本；是被国内诗人、批评界和西方汉学家关注最多的诗歌选本。《中国新诗年鉴》遴选了历年年度好诗，凸显了汉语诗歌最活跃最有生命爆发力的部分，可以说没有一个选本包含了如此多的艺术信息和文化含量，也没有任何一个选本推出过如此众多杰出的诗歌新秀"。这种排山倒海的气势突出了《中国新诗年鉴》锐意进取的特点。在《2018—2019 中国新诗年鉴》的工作手记中，杨克写道："拒绝老去与无视生长，是傲慢无礼的做法，一个体系内新陈迟缓的疲态端倪初现，而最简单的更新方式，就是让更年轻的一代人来选稿"，"年度推荐由 95 后桉予初选，入选者绝大多数也是 95 后"①，贯彻了发现新人又以新人来发现新人的做法。

主编 1998 太阳鸟年选的臧棣关注的是选本的文学史意味，而到宗仁发则更关注审美性，但他也会做出灵活调整，2002 年选"为了保留一份年度诗选的史鉴性"，他"破例收选了于坚的组诗《长安行》"②。他和之前的陈树才都偏重于短诗，但陈树才是出于对短诗的喜爱，而宗仁发还考虑到"读者的阅读兴趣"及长诗、组诗的质量问题。但是 2008—2010 年选，他改变策略，更重视选入长诗、组诗，从一个新的向度把握新诗的脉络，在阅读、编选中他也确实找到了一条脉络："长诗的创作在明显增加。而且由书写个人心灵史和传记体的家族史，向表达时代情绪或发掘历史题材方面逐步拓展、延伸。"③ 这显然是只选短诗的选家所难以发现的。

---

① 杨克：《鲜嫩的目光——工作手记》，http://blog.sina.com.cn/s/blog_48930cd80102zoxz.html。

② 宗仁发：《平静中的孕育》，宗仁发主编《2002 中国最佳诗歌》，辽宁人民出版社 2003 年版，第 1 页。

③ 宗仁发：《风吹草低见牛羊》，宗仁发主编《2010 中国最佳诗歌》，辽宁人民出版社 2011 年版，第 3 页。

漓江年选中负责诗歌卷的是林莽,面对不断兴盛的诗歌态势,在他的主持下,2001年《诗刊》开办了下半月刊,注意吸纳青年诗人。漓江诗歌年选原来只从省级以上刊物选诗,2002年选开始取消了这一门槛,"普遍阅读全国多种文学期刊","同时对近几年比较活跃的,办得较好的社团期刊也适当进行了筛选"①,2003年选则邀请报刊进行推荐。年选选诗的数量最开始是116首,到2005年选就超过了300首,与长江诗歌年选相当,2008年以后对于民刊、网络诗歌也予以关注并作出积极的评价,显示出一种包容、开放的格局。2004年选在林莽的提议下去掉"最佳"两个字,"这样在学术上更客观、更严谨",这一意见被出版社采纳。②从2005年选开始,选本的封面、封底上出现部分诗人诗作的名称、选段,显然带有优中选优、重点推荐的意味,对读者起到了指导作用。2017年选收入小说家莫言、阿来的诗作,也是突破常规的表现。与长江年选一样,漓江年选也注意选本时间的意义,2017年漓江出版社"年选系列"图书出版20周年研讨会在北京大学举行,次年"漓江年选文学奖"设立,已颁发2届,诗歌卷主编林莽获特别贡献奖,余怒《旅客》、代薇《千言万语一声不响》、余秀华《甜》、北野《一个人死了,可以用生来偿还》获得年度诗歌奖,获奖作品更是具有优中选优的特点,对于诗人、诗作的经典化、对于读者的阅读都有重要意义。

一般而言,年度诗选的导言③是要对一年来的诗人诗作、诗坛态势等进行综述和评议,但落实到具体的选本中,各选家有自己的看法与操作,同样是多样化的呈现。例如,导言一般是序言,长江诗歌年选却是以"后记"的形式来做;导言一般是评论文章,但2008长江诗歌年选的后记是一篇访谈:韩作荣的《答〈汉诗〉问》;1998—2000年《中国新诗年鉴》有序,自2001年鉴取消,但无论有没有序言,杨

---

① 《诗刊》社:《编者的话》,《诗刊》社选编《2002中国年度最佳诗歌》,漓江出版社2003年版,第1页。
② 《漓江社"年选系列":记录文学前行的脚步》,《文艺报》2018年1月26日。
③ 各种年度诗选的"导言"其实有不同的名称:序(言)、前言、后记、编后记、编者的话等,为方便论述,这里统一称"导言"。

克为每本年鉴所写的"工作手记"也具有导言的性质,只是形式更为灵活,近于随笔;漓江诗歌年选放在诗选前的"编者的话"到2012年选时取消,此后是不定期出现,2015—2016年选则放到后记的位置,其中2016年选的后记是林莽所写的一首诗《迎新的梅花》;2004年花城诗歌年选的导言是首都师大读诗会的发言记录。

就导言的内容来看,年度综述是最常见、最重要的一种,六种选本都有程度不同的年度综述,此外还有专题研讨、理论批评阐述、作品举例细读等,这种不拘一格的做法,使得导言呈现出相当灵活、多样的特点。专题研讨有长江诗歌年选的《新诗:被遮蔽的写作》(2009)、《诗毕竟是诗》(2011)、《十二个片段》(2015);太阳鸟年选的《写诗写诗,关键是写》(1999)、《写诗写诗,写的是诗》(2000)、《新世纪的疑与惑》(2005)、《回故乡之路》(2012)、《月亮作为月亮升起来》(2015)、《萤火时代的暗影或新鲜的碎片》(2017);花城年选的《近年诗歌的民生关怀》(2006)、《诗坛:一个特殊的中国社会》(2009)等。

理论批评方面有长江诗歌年选的《关于诗歌的几个问题》(2007)、《诗:主观的创造》(2010)、《心灵的感应》(2012)、《"写诗的人"与"诗人"》(2016);1998—2000《中国新诗年鉴》的序言;太阳鸟诗歌年选的《诗歌的意义在于它具有撄犯的能量》(2013)、《诗歌批评标准:内部的与外部的》(2016)、花城年选的2008年选序、《聆听世界,命名存在》(2010)等。

作品举例细读,如太阳鸟诗歌年选的《永恒的开始和持久的回归》(2009)、《词汇就是一切——以一首诗〈这里〉为例》(2014);花城诗歌年选《读诗的三个问题》(2007)(所选诗歌并不来自选本)等。

张清华选本的序言涵盖了年度综述、专题研讨、理论批评阐述、作品举例细读等方面,有时候一篇序言同时涉及这些方面,这在于他灵活的态度与写作方式。对于年选而言,年度综述有着重要的意义,它是立足当下对上一年度的总结与对未来发展的思考与判断。但是选家的态度却显得矛盾:固然意识到这一工作的意义,但苦差事是一方面,另一方面是对这种宏大叙事的有效性表示一种担忧和怀疑。宗仁发就认为"对一个年度的诗歌做出某种整体性的判断和分析都是相当困难的，同时也是十分危险的，除了诗歌现象本身具有令人头疼的复杂性之外，还有一个致命的原因就是诗歌发展的节拍与年度的结转之间毫无关系"[①]。不过他还是坚持做下来了："尽管在这种状况下，企图给诗坛勾勒出一幅清晰图示，必然是一种以偏概全的冒险，但我仍然试图有所尝试。"[②] 对张清华而言，他直接称这类文章为"年度审计报告"[③] 并力图避免，毕竟"年度扫描式的文章大约是没什么意义的，因为不可能每年都有一个新的'诗坛态势'供选家和评论家去概括和预言"[④]。但也有选家认为年度总结可以让人收获"'意外'和'新鲜'"，从而警醒诗人[⑤]。

因此，各选家写出的"年度总结"仍有很高的价值，以张清华为例，他的"年度审计报告"探讨的话题涵盖众多方面：1999年论争的意义、70后、80后、90后的登场与成长、诗歌媒介壁垒的打破、网络的兴起与网络美学、"干货"的呼吁、"中产阶级趣味"批判、底层写作、文化地理、写作伦理、诗人之死、诗歌经验的迁移、城市书写、思想与技艺、公共话题与诗歌、上帝的诗学、新世纪诗歌十年、百年新诗等。特别是他对底层写作/草根写作/打工诗歌、网络美学、文化地理、"工业时代的美学"的分析、对"中产阶级趣味"的抨击、对写作伦理的提倡，都是非常重要的见解。张清华在年选中对问题的关注有持续性、连接性的特点，所谓持续性是指他对某个问题的关注可能是长期的，并且不断深化，如他早在2004年度选本中就选入了郑小琼的诗，到2007年度选本仍然在选，2006年度选本是重点介

---

① 宗仁发：《从显现中所看到的——2003年诗歌浏览札记》，宗仁发主编《2003中国最佳诗歌》，辽宁人民出版社2004年版，第1页。
② 宗仁发：《风吹草低见牛羊》，宗仁发主编《2010中国最佳诗歌》，辽宁人民出版社2011年版，第1页。
③ 张清华：《2002年诗歌·序》，《2002年诗歌》，春风文艺出版社2003年版，第33页。
④ 张清华：《序》，张清华主编《2003年诗歌》，春风文艺出版社2004年版，第1页。
⑤ 梁平：《2013年诗歌：良好的气节与风范》，梁平、韩珩主编《中国2013年度诗歌精选》，四川文艺出版社2014年版，第1页。

绍郑小琼并细读其作品,而对于底层写作的探讨也是从 2004 年选开始关注,在 2006—2007 年选中予以集中的探讨。所谓连接性,是指他的关注点往往能够相互关联起来,从而达到相当的深度。例如,底层写作、外省、文化地理、地域性、少数民族诗歌等,看起来各自独立,但是他认为"草根写作""从美学意义上,地域性和底层性是它的根本特征"[1],打工诗歌为什么首先兴起于南方特别是在广东十分兴盛?张清华认为"是这里的工业社会的发达带来的都市化和前现代景观给写作和生存者带来了更加尖锐和丰富的体验与写作资源"[2],这种情况在北京是很难见到的。由此把底层写作、外省、文化地理连接了起来,而文化地理、地域性与少数民族诗歌也同样被连接了起来。

张清华选本与《中国新诗年鉴》都是较早关注网络诗歌的年度选本,后者首先从诗歌理论入手,《2002—2003 中国新诗年鉴》开始收集网络观点,2006 年鉴收入探讨"网络诗学"的文章,2011—2012 年鉴开始集中推出网络诗歌。张清华也对网络文学有着长期的关注,2001 年度选本中他就注意从诗歌网站选取作品,2002 年选论及网络写作问题,2007 年选他提到网络文学应该具有自身的美学,包括"简约性、异类色彩、隐身气质、'合理的恶意'、狂欢意味、无文体界限"等[3]。在 2010 年选中他对"网络美学"的特点作了系统的总结:"一是狂欢与娱乐化",二是"主体的改变",造成一种"隐身"的美学。当然网络也有积极的一面,它冲破束缚,"为汉语诗歌的发展开辟了新空间",也能培养起"公民意识"[4]。在 2012 年选中,他进一步指出,网络对诗歌最主要的影响就在"主体'身份'的变化",形成"隐身的美学",带来狂欢的氛围,使网络诗歌具有"新的戏剧性与喜剧气质""民粹趣味与草根气息",出现"更多在伦理上更为极端

---

[1] 张清华:《序》,张清华主编《2006 年诗歌》,春风文艺出版社 2007 年版,第 10 页。
[2] 张清华:《序》,张清华主编《2007 年诗歌》,春风文艺出版社 2008 年版,第 8 页。
[3] 张清华:《序》,张清华主编《2007 年诗歌》,春风文艺出版社 2008 年版,第 16 页。
[4] 张清华:《序》,张清华主编《2010 年诗歌》,春风文艺出版社 2011 年版,第 6—7 页。

的作品"①。2001年选中张清华选入轩辕轼轲的《盯着》和《是××，总会××的》，就是因为他认为第二首诗是具有网络风格的作品，严肃、戏谑、开放的混杂，构成了这首诗的独特风格，这也正是网络写作中日益呈现的景观。张清华的探讨对于理解网络诗歌是十分重要的。

此外，张清华选本还有一个突出的特点，就是选诗与序言形成既相互呼应又相互补充的态势，这是年度选本中少见的。一般而言，年度选本在导言中所评述的都是入选的作品，但张清华看重的"极限式写作"的诗歌，往往因各种原因而未能选入，但他会在导言中予以评述，这些未选入的诗歌就构成了一个年选的"潜文本"，与入选诗歌之间也形成了一种张力。

花城诗歌年选的编选风格一直比较多元、稳健，从2008年选开始，选本的封面上出现部分诗人诗作的名称，这种做法与漓江诗歌年选相似，可能也是带有优中选优、重点推荐的意味。2014年选中还选入了网络诗歌，相比以往是一次突破性的尝试。2017年起由徐敬亚、韩庆成这两位媒体人编选，改为按行政区域排列，是出于"文本面前理应人人平等"②的考虑。更重要的是，编选发生了巨大的变化，出于媒体人的理念，选本对新媒体特别是网络给予了前所未有的关注，强调传统媒体和新媒体并重，"试图在全媒体视域下，对中国年度诗歌进行抽样"③。对媒体的全覆盖，这也是一种革新，形成更为开放、多元、包容的格局。到编选2019年度选本时，来自网络平台的诗歌更是占了大部分。

选本的多元化格局，意味着一个多元化时代多种权力的实现。张清华认为，选本意味着总体化，而"总体化既是一种描述策略，同时也构成了一种权力"，年选"某种程度上也是一种总体化的尝试，也

---

① 张清华：《序》，张清华主编《2012年诗歌》，春风文艺出版社2013年版，第2—3页。
② 韩庆成：《编后记》，徐敬亚、韩庆成编选《2017中国诗歌年选》，花城出版社2018年版，第323页。
③ 韩庆成：《编后记》，徐敬亚、韩庆成编选《2017中国诗歌年选》，花城出版社2018年版，第323页。

是一种权力的实现形式"①。选本运作的过程也是各方运用权力博弈与妥协的过程，而在编选的过程中，选家的权力也得到一定程度的实现。这一点首先体现在选家对诗歌出处的选择上。以漓江诗歌年选、长江诗歌年选、太阳鸟诗歌年选、花城诗歌年选、张清华选本五种年选为对象，刘晓翠统计了2000—2006年五种年选所选诗歌的来源数据，得出了一些重要结论②：漓江诗歌年选从《诗刊》与《人民文学》选诗最多，"每年都在40%—60%之间浮动"，可见《诗刊》社也希望把漓江诗歌年选打造成跟自身地位相匹配的主流、主导选本。长江诗歌年选与之相近，也主要是从主流刊物选诗，不过比漓江诗歌年选选择的刊物数量更大、种类更多一些，也选了少量民刊，但比例很小。太阳鸟诗歌年选自2003年以后民刊诗歌入选比例大幅提高，符合该年选所宣传的"民间"立场；王光明在编选花城诗歌年选时也十分重视民刊，所选刊物占到了1/3的比重；张清华选本与以上四种差异最大，"完全摒弃了从全国公开发表的诗歌刊物当中选取对象的方式，而将近2/3的选本放到民刊以及网络和诗人自印诗集上"，体现了一种完全独立的立场③。当然，"官方""民间"的对立是相对的，它们之间也在不断交融，这里是一种相对的区分，对"官方"或"民间"的偏重更多是代表一种态度。

王士强对这五种年选在2006年度的来源数据进行抽样分析，也得出相近的结论："《诗刊》选本和张清华选本可以说代表了这两种趋向的两个'极致'，而另外的三个选本则属于'中间形态'或者'过渡形态'"④。

刘晓翠还分析了五种年选从《诗刊》选诗的数量及比重，进一步

---

① 张清华：《序》，张清华、王士强编《2018诗歌年选》，江苏凤凰文艺出版社2019年版，第1页。
② 刘晓翠：《新时期诗歌年选研究》，硕士学位论文，首都师范大学，2008年。
③ 刘晓翠：《新时期诗歌年选研究》，硕士学位论文，首都师范大学，2008年。
④ 王士强：《诗歌刊物的"生态"与当今的诗歌状况——以五种诗歌年选（2006年）为中心》，《星星》（下半月）2008年第4期。

探讨《诗刊》在年度诗选中的地位与意义①（见表4-4）。

表4-4　　　　　　五种年选从诗刊选诗数量及比重

| 年度 | 《诗刊》社（选自《诗刊》数/总数）（首） | 韩作荣选本（选自《诗刊》数/总数）（首） | 宗仁发选本（选自《诗刊》数/总数）（首） | 王光明选本（选自《诗刊》数/总数）（首） | 张清华选本（选自《诗刊》数/总数）（首） |
| --- | --- | --- | --- | --- | --- |
| 2006 | 96/232 | 82/327 | 30/453 | 67/320 | 4/232 |
| 2005 | 165/331 | 79/318 | 36/440 | 66/297 | 9/222 |
| 2004 | 124/264 | 67/286 | 19/384 | 44/241 | 9/227 |
| 2003 | 133/284 | 69/300 | 30/409 | 46/207 | 4/194 |
| 2002 | 76/170 | 40/299 | 45/276 | — | 6/165 |
| 2001 | 66/142 | 38/319 | 25/186 | — | 2/179 |
| 2000 | 59/155 | 53/309 | — | — | — |

根据表4-4统计可以得出这样一些结论：第一，《诗刊》的地位、影响力及在图书市场的号召力仍然是显著的，因而各种选本都会对它有程度不同的选择，漓江诗歌年选不必说，长江诗歌年选在五种年选中是最接近漓江诗歌年选的立场的，对《诗刊》也极其看重；第二，与漓江诗歌年选形成最大反差的是张清华选本，虽然他也会从《诗刊》选诗，但比例最小；第三，《诗刊》在王光明选本中所占比重高于宗仁发选本，这和王光明的稳健风格相一致，如果说王光明选本和宗仁发选本是介乎两大极致之间，那么王光明选本离漓江诗歌年选、长江诗歌年选更近一些；第四，自2000—2006年度，各种选本选诗总数在递增（除《诗刊》社外），这与诗歌数量不断增长的形势保持了一致，但是《诗刊》作品在各选本中的比例仍然大体不变，体现出五种选本的稳定风格。

需要补充的是，刘晓翠与王士强都没有把《中国新诗年鉴》统计在内，但可以肯定的是《中国新诗年鉴》在风格上是与张清华选本最为接近的：虽然它也强调多元化和包容、开放，但它首倡"民间立场"，对公开刊物的抨击最为猛烈，他们的"民间"风格是十分鲜明

---

① 数据来源于刘晓翠《新时期诗歌年选研究》，硕士学位论文，首都师范大学，2008年。

突出的。在选录诗人诗作时《中国新诗年鉴》与张清华选本有不少一致的地方，如它们都较早注意并推举网络诗歌、中国港台诗歌、底层写作，重视推出新人，1999—2001年度《中国新诗年鉴》与张清华主编《2001年中国最佳诗歌》都重视70后诗人的登场，其中2001年度的两部选本都选入了轩辕轼轲的作品《盯着》《是××，总会××的》。张清华还为70后诗人划分出不同类型①，显示出很强的学理性。2004年前后，两部选本又都推出80后：《中国新诗年鉴》是在2000年鉴、2002—2003年鉴；张清华是在2005年度选本。2009年，两部选本又都在2008年度选本中集中推出90后诗人，蓝冰丫头（罗薇薇）在两部选本中都得以入选，而《中国新诗年鉴》收入3位90后诗人，张清华选了9位，力度更大。此外，张清华在研究文化地理问题时特别注意到广东的特殊性，而《中国新诗年鉴》恰恰崛起于广东，同时《2013—2014中国新诗年鉴》推出了"粤地诗篇"。

在这样一个格局下，这些选本收入诗歌诗作的情形会是如何，就需要进一步来探寻。刘晓翠统计了2003—2006年度五种诗选收录诗人的情况（见表4-5）。

表4-5　　　　　2003—2006年度五种诗选收录诗人情况

| 年选 | 入选3种 | 入选4种 | 入选5种 |
| --- | --- | --- | --- |
| 2003 | 40人 | 23人 | 3人 |
| 2004 | 41人 | 23人 | 10人 |
| 2005 | 41人 | 28人 | 12人 |
| 2006 | 57人 | 23人 | 11人 |

这里还可以把2002—2003、2004—2005、2006年度的《中国新诗年鉴》加进去统计，可以发现同时入选6种选本的诗人数：2003年为1人（臧棣），2004年3人（臧棣、哑石、翟永明），2005年4人（林莽、王家新、刘川、王小妮），2006年2人（杜涯、于坚）。

由此可见，年度诗选在收录诗人时有两个方面的特点：一是能够

---

① 张清华：《序》，张清华主编《21世纪中国文学大系·2001年中国最佳诗歌》，春风文艺出版社2002年版，第20页。

为各选本都认可的诗人其实并不少,郑敏、李瑛、邵燕祥、安琪、大解、韩东、于坚、伊沙、朵渔、林莽、王家新、西川、哑石、刘川、王小妮、杜涯、翟永明、郑小琼等,都是经常在六种选本中出现的诗人,可见各选本对诗人的地位与水平有较高程度的共识,这也与选家包容、多元的眼光有关。无论是久已成名的老诗人,还是中青年诗人,无论是知识分子写作还是民间立场,无论是符合主流风格还是新锐的下半身写作等,都在很大程度上为这些选本所接受;二是虽然各选本认可的诗人有很高的重合度,但能够在同一年度为六种选本全部选入的仍然极少,这与每一年度诗人的创作情况有关,也与选家在每一年度的兴趣、立场、观念等因素有关,可见较高程度的共识是就总体而言,具体到每一年度,就变成了韩作荣所说的"有限的共识"①。韩作荣此说针对的是不同选本选诗的差异,其实对诗人来说也同样适用。

这里以郑小琼为例加以分析,她通常被视为打工诗人中的一位代表人物,长江诗歌年选是在 2006 年选入她的诗作;《中国新诗年鉴》是在 2004—2005 年度选本中把郑晓琼列为"年度潜力诗人",选了她的 3 首诗歌,表现出高度重视。"编委评论"是这样说的:"年度首推郑小琼绝不是她的'打工者'(带有歧视性)的身份,而是一个诗人与生俱来的艺术天赋,使她将比同龄人有更深刻体验的生命疼痛,尖锐、嘶哑、粗糙地表达了被压抑的生命激情,真实地告知了当下的、中国的、底层群体的生存本相。"② 宗仁发是在编选《2005 中国最佳诗歌》时在序言中予以专题阐述,选入她的诗作,2006 年度选本再度选入;漓江诗歌年选从 2004 年选开始选入郑小琼的诗;张清华则在 2004—2008 年的选本中就底层写作话题多次展开探讨,并在这五个选本中都选入了郑小琼的作品;王光明是在 2006 年选的序文《近年诗歌的民生关怀》中进行了专门分析,选入了郑小琼的诗。从中可以看出选家对诗人的关注是与他们对诗坛的总体关注相一致的,但具体时间会有差异,

---

① 韩作荣:《答〈汉诗〉问》,中国作协创研部选编《2008 年中国诗歌精选》,长江文艺出版社 2009 年版,第 363 页。

② 杨克主编:《2004—2005 中国新诗年鉴》,海风出版社 2006 年版,第 9 页。

因而各选家都关注的诗人，也未必会在同一年被各选本都收录进去。

退一步说，即使诗人的重合度相对较高，各选本选的诗歌重合度又如何呢？这里以2006年度六种选本都选入的杜涯、于坚为例，各选本选了他们的作品（见表4-6）。

表4-6　　　　　2006年各选本中诗歌的重合度

| 选本 | 杜涯 | 于坚 |
| --- | --- | --- |
| 长江诗歌年选 | 《无限》 | 《一条鱼也没有》（外一首） |
| 中国新诗年鉴 | 《这些天》《椿树》 | 《过海关》《读伦勃兰晚年的一幅肖像有感》 |
| 太阳鸟诗歌年选 | 《无限》《岁末诗》《河南》 | 《澳门》《读康熙信中写到的黄河》 |
| 漓江诗歌年选 | 《秋天》《为一对老夫妇而作》 | 《只有大海苍茫如幕》《诗人郭路生》 |
| 《21世纪中国文学大系·诗歌卷》 | 《空旷》《春天寄友人书》（之三） | 《那就是大海》《大副》《渤海》 |
| 花城诗歌年选 | 《秋之落》《空旷》 | 《青瓷花瓶》《美好的一天》《往事二三》（选三） |

从表4-6可以看出，六种选本虽然都在2006年选中选入了杜涯、于坚，但是作品相同的却很少，杜涯的诗只有长江诗歌年选、太阳鸟诗歌年选都选了她的《无限》，《21世纪中国文学大系·诗歌卷》和花城诗歌年选都选了她的《空旷》，此外再无重合；于坚的作品更是没有一首重合。这表明从诗人到诗作，各选家的共识更加有限了，韩作荣将其称为"共识有限的好诗"[1]。虽然从积极方面讲，"编选者不同，编选的角度不同，相反可以帮助读者读到更多的精品力作"[2]，但既然每部选本都宣称自己为最佳、权威，然而分歧何以如此巨大？并且每部选本如果每年选入的诗作有200—300首，那数量庞大的选本所选出的几千首诗作难道都是年度最佳？更何况就同一部选本而言也不可能首首都是最佳、经典，正如《诗刊》所承认的，所谓"最佳诗

---

[1]　韩作荣：《答〈汉诗〉问》，中国作协创研部选编《2008年中国诗歌精选》，长江文艺出版社2009年版，第363页。

[2]　周百义：《一套出版了25年的"年选"》，《长江日报》2019年3月12日。

歌","并不意味着每一首诗都会被公认为最佳",而且必定有遗珠之憾①。因此,选本、选家的共识只是相对的,差异是绝对的,而且在日益多元化的今天,选本的差异性恐怕远大于共识。

除了诗人角度外,还可以从各选本对待同一年度的诗歌事件来考察其共识的有限性。2008年的汶川大地震是一场大灾难,由此产生了地震诗歌这一潮流;同年中国成功举办了奥运会,中国人在同一年经历了大悲大喜。张清华感受到对诗歌而言,"唯有眼泪和痛感才是它永恒的修辞"②,为此他设立"5·12"地震诗选专辑,认为地震诗潮现象恰恰需要写作者对写作伦理进行反思,他称许朵渔《今夜,写诗是轻浮的……》是最好的并将其选入,因为"它对包括'写作'以及自我在内的一切灾难承受者之外的人与物、行为与表达的普遍质疑,恰好凸显了这场写作的意义"③。他的这一观点是具有代表性的,朵渔的这首诗也被杨克主编的《2008中国新诗年鉴》选入,年鉴还在诗歌理论部分设立"地震诗歌:反思与理论专栏"。有意思的是,张清华和杨克还都在同一年度的选本中设立了90后诗人专辑,体现了两种选本的相近性。

宗仁发和王光明也选了这首诗。王光明选的另一首诗《孩子快抓紧妈妈的手》④也是一首感人肺腑的作品,最初是在网上出现,随后迅速传播开来,流传极广。王光明选入这首网络诗歌,表现出对于网络时代诗歌创作和传播的敏锐把握。

长江诗歌年选与漓江诗歌年选没有选朵渔的这首诗。前者选的白连春《一位母亲跪在地上为死去的女儿梳头》是地震灾难的一幅特写,令人心碎;后者选的潘洗尘《我在心里叫你:人民的总理》则是表现国家领导人关心灾区、心系人民。除地震诗歌外,两部选本也选了不少奥运诗歌,前者选的商泽军《致顾拜旦》、后者选的耿国彪《北京的早晨》

---

① 《诗刊》社:《编者的话》,《诗刊》社选编《2002中国年度最佳诗歌》,漓江出版社2003年版,第1页。
② 张清华:《序》,张清华主编《2008年诗歌》,春风文艺出版社2009年版,第1页。
③ 张清华:《序》,张清华主编《2008年诗歌》,春风文艺出版社2009年版,第4页。
④ 《2008中国诗歌年选》选入的这首诗署"无名氏",作者实际是苏善生。

彰显出国人迎奥运的豪情。这些诗选确实符合这两种年选的风格。

因此，同样是面对灾难和灾难诗歌，选家或是着眼于反思，或是流露真情，或是表达痛苦，或是传达坚毅，在选诗上就呈现出多样化的差异。

2015年的余秀华事件也可以为考察年选的共识与分歧提供很好的参照。余秀华是在2015年初因《诗刊》微信公众号的推送而爆红的，对于余秀华的诗和这次事件，评论趋于两个极端，各界也是众说纷纭，下面是六种年选收录余秀华诗作的情况：

长江诗歌年选在2015年选中收入余秀华的《一个失眠的人》；

《中国新诗年鉴》是在2013—2014年选中首次收入余秀华的作品《我爱你》，2015—2017年选也选了她的作品；

太阳鸟诗歌年选在2016年选中收入余秀华《长在左边的心》；

漓江诗歌年选是在2016年选收入余秀华的《想和你去喝杯咖啡》，2018年选收录《别宜昌》，2019年选收入《我已经没有珍贵的给你》《一夜都有凉风吹》；

张清华是在2014年选中收入余秀华的7首诗；2015年选收入余秀华的诗歌5首；

花城诗歌年选在2015年选中收入余秀华《你没有看见我被遮蔽的部分》，2016年选收的是《因为你在这个世界上》。

张清华和杨克的选本在六种年选中最早选入余秀华的作品，张清华在2014年选中收入余秀华的作品是最多的，表明该年度他对余秀华最为欣赏，由此表现了他和杨克一向秉承的"民间"立场与新锐意识。当然张清华还是从诗歌本身发言的，对余秀华事件也有敏锐的洞察力，他认为余秀华的部分作品"确实不错，可以说是相当专业"[1]，她的"穿越大半个中国去睡你"，带有"适度的诙谐与颠覆性"，表现出一种"泛反讽性"[2]，对此他非常欣赏。

漓江诗歌年选的态度也耐人寻味，其实余秀华本来就是《诗刊》

---

[1] 张清华主编：《沉默的大多数@2014》，江苏凤凰文艺出版社2015年版，第2页。
[2] 张清华主编：《沉默的大多数@2014》，江苏凤凰文艺出版社2015年版，第5页。

公众号推出的诗人，但是漓江诗歌年选迟至 2016 年选才收入她的作品，似乎是有意设置一个沉淀期，但直至 2019 年选还在选入她的作品，关注的时间在诸种年选中又是最久的，而选入的作品又是非常合乎主流审美经验的，由此可见漓江诗歌年选的特点与立场。其他年选则是介乎二者之间。此外，梁平、韩珩主编的《中国现代诗歌精选·郁金香卷》则代表了另一种立场，他们对诗歌成为噱头表达了不满，认为"火候把握不住，甚至拼接出肌肉男哗众取宠，这是对余秀华的伤害，也是对诗歌的伤害"①，或许是出于这样的考虑，他们最终没有选择余秀华的作品。

因此，作为有着较长历史、在新世纪又重新走红的年度诗选，其本身发展的历史也是中国新诗、新诗观念、新诗创作与传播发展的一个缩影，它们有重要的意义，但其中的问题也是存在的：难有共识、编选套路化、诗人诗作的选择也限于小圈子、主观性随意性较强等，这些都是年度诗选在今后需要注意克服的。

## 第二节　选本中的百年新诗

在 2020 年到来之前，中国新诗迎来了它的百年华诞，这是新诗的一个盛大节日，也是新诗选本所要欢庆的一个盛典。与之相应的是，刚进入 21 世纪时就已经有了对 20 世纪新诗进行总体把握与遴选的综合性选本，在 2010—2018 年，关于百年新诗的编选活动达到最高潮，富有诗歌史意味的综合性选本在此时最为引人注目，它们最能展现出百年新诗的面貌与选家心目中的新诗史。

这里需要注意以百年新诗为编选对象的选本，其背后的理念或者说研究范式，实际上是再一次发生了转移：从"20 世纪/百年中国诗歌"向"百年中国新诗"的转移。20 世纪 90 年代发生的范式转移是

---

① 梁平：《越热闹　越要清醒——我看 2015 年中国诗歌》，梁平、韩珩主编《中国现代诗歌精选·郁金香卷》，四川人民出版社 2016 年版，第 2 页。

从"20世纪中国新诗"向"20世纪/百年中国诗歌"的转移，前一个"20世纪"只是个时间概念，是50—70年代意识形态主导下的研究范式，以政治为近代诗歌、现代诗歌、当代诗歌的切分点。90年代以来形成的"20世纪/百年中国诗歌"范式，是在"20世纪/百年中国文学"的总框架中生成的，是从"审美现代性"的角度对几个阶段中国诗歌的打通，这一变革具有重大意义。由于晚清以来的旧体诗词也被纳入其中，因而这一范式是"20世纪/百年中国诗歌"而非"20世纪中国新诗"，此类选本往往冠以"诗歌选"而非"新诗选"之名，1996年盛仰红编的《百年诗歌精品》、1997年谢冕主编的《中国百年诗歌选》等即是如此。

21世纪初发生的从"20世纪/百年中国诗歌"向"百年中国新诗"的范式转移，其中"百年中国诗歌"与"百年中国新诗"，一字之差，但是意义十分重大：首先，"百年中国诗歌"是建立在"百年中国文学"的基础之上，"百年中国新诗"则意味着新诗与新诗研究从"百年中国文学"的框架中独立出来，首次以宏观视角把百年新诗作为一个整体加以研究；其次，"百年中国新诗"意味着是对新诗史的研究，在提出百年中国诗歌的20世纪90年代，由于研究者身处90年代，所以对于诗歌史的关注与思考受到时间距离的限制而难以充分展开，考察范围基本上是到80年代，最多到90年代中期。只有到了21世纪，对20世纪新诗乃至百年新诗进行总体观照与把握才有了可能；最后，"百年中国诗歌"是以审美现代性作为最根本的规定性，而"百年中国新诗"的范式，是以审美现代性为主导，但又是一种多元化的展开。

"百年中国诗歌"的范式力图打通近代、现代、当代诗歌的界限，打通旧体诗词（不限于晚清时代，旧体诗词直至今天还存在）与新诗的界限，这种努力对于中国诗歌研究是有意义的，它可以展现新诗起源的历史面貌以及20世纪中国诗歌的多元生态。"百年中国新诗"的研究是在"百年中国诗歌"基础上的推进、深化，当然这次的范式转移也比较仓促，其中的很多问题还没有得到解决。

新世纪的百年新诗编选，不仅是时间限度上比以往的选本更长，同时也不再定于一尊，无论是意识形态主导还是审美主导，呈现出多元化时代的多元景象。率先具有这种新气象的就是张新颖编选的《中国新诗：1916—2000》①。在该书的序言中，张新颖表示编这样一个选本，是有感于一些选本为求全而弄成了杂烩，因而想编出一本能让读者"眼亮心明"②的选本。与牛汉、谢冕主编的《新诗三百首》开创的投票制不同，也与一些选本的联合编选不同，这是一部以选家个人名义编纂的选本，张新颖编的是"个人心目中的诗选"③，因而所谓"眼亮心明"，在于它是一部个性鲜明的选本。选家个性鲜明，往往可以给读者留下深刻的印象：它首先表现为主线清晰、重点突出，而张新颖也是这样努力去做的。这条主线，张清华认为就是"现代性传统"④。当然，按照张新颖自己的观念，更确切的说法应该是"现代意识"⑤。以20世纪中国新诗为对象的选本，必然要考虑历史性的倾向，但是张新颖表达了不同意见，他更倾向于"尊重读者今天的欣赏趣味和判断标准"，这样的选本更强调以今天的眼光去看待历史，使历史在当下活起来，因而与以往更强调历史性尺度的选本有所不同。

其次，标准与趣味都是相对的、多元的，因而这个选本"有意识地瓦解一段时期内所谓的诗史'主流'的观念和此一观念统摄下的作品'定位''排序'，同时也有意识地不以另一种单一的观念和趣味取而代之"，努力"呈现出多元的诗观和诗作面貌"⑥。为了凸显这种多元性，张新颖选录了不少与入选诗人诗作相关的文字如理论、评论、诗人自述等，与诗作之间构成了一种奇妙的呼应、对话与争辩，形成了一种互文

---

① 张新颖编选：《中国新诗：1916—2000》，复旦大学出版社2001年版。修订版由复旦大学出版社于2011年出版。
② 张新颖：《把住一些把不住的事体·编选小序》，张新颖编选《中国新诗：1916—2000》，复旦大学出版社2001年版，第1页。
③ 张新颖：《把住一些把不住的事体·编选小序》，张新颖编选《中国新诗：1916—2000》，复旦大学出版社2001年版，第2页。
④ 张清华等：《印象点击》，《当代作家评论》2001年第6期。
⑤ 参见张新颖《导论 20世纪上半期中国文学现代意识的基本状况》，《20世纪上半期中国文学的现代意识》，生活·读书·新知三联书店2001年版，第1—4页。
⑥ 张新颖：《把住一些把不住的事体·编选小序》，张新颖编选《中国新诗：1916—2000》，复旦大学出版社2001年版，第3页。

性的关联。这在新诗选本中也是一种颇有新意的做法，可以视为诗选与理论选、史料选的打通融合，对于文学选本有重要的借鉴意义。

最后，张新颖是按照诗歌的写作时间而非发表时间来编排顺序的，这也与通常看重发表时间的选家观念、文学史观不同，或许是因为他标举的"现代意识"更看重作家的主体性。这也是该选本将起点定在1916年的缘由：作为新诗开山的胡适，最早尝试写作白话诗，因而他在这个选本中也是排在卷首，而入选的第一首作品就是胡适写于1916年的《蝴蝶》。很多选本选择这首诗，但注重的是它的发表时间1917年，以此作为新诗的开端。张新颖的观念显然与此不同，不仅如此，这首诗的意义不是孤立的，诗选前面选了两段文字，一段是胡适给任鸿隽的信，另一段是《逼上梁山》，都展现了胡适决意试作白话诗的决心及他对白话诗意义的理解。因此，以胡适为第一人，以《蝴蝶》开篇，整部选本的基调得以确立，这不仅仅是具有"新诗史"的意义，更是具有"现代意识"生成的意味。

这里提到的就是张新颖的总体视角——"中国文学的现代意识"。在推出这部选本的同一年，张新颖出版了《20世纪上半期中国文学的现代意识》，这部著作与他编的选本构成了一种相辅相成、相互呼应的关系：前者是一种理论架构、文学史观念的表达，后者可以视为这种架构与文学史观在编选中的落实，同时也支持了这种架构与史观。张新颖所说的"现代意识"即"以现代主义的文化思潮和文艺创作为核心的思想和文学意识"，但它又是中国的而非西方的，即"中国文学的中国现代意识"，它"接受西方现代意识的启迪和激发，同时它更是从自身处境中生成、并对自身的历史和现实构成重要意义"[1]。从张新颖的表述中，可以发现他所强调的"现代意识"，既包含思想精神，也涵盖艺术追求，还有中国立场与世界眼光，他把这种理念渗透到新诗的编选之中。

虽然这部专著论述的时限是20世纪上半叶，但这种思路在张新颖

---

[1] 张新颖：《导论20世纪上半期中国文学现代意识的基本状况》，《20世纪上半期中国文学的现代意识》，生活·读书·新知三联书店2001年版，第2—4页。

的选本中无疑贯穿了整个 20 世纪，他对 20 世纪下半叶诗歌的选择，应该也是出于同一理念。诗选有着诗歌史的线索并呈现了多元化的诗歌景观，现实主义、浪漫主义、现代主义、后现代主义等多种手法、风格的作品都有，各种流派也都有收入，初期白话诗、新月派、象征派、现代派、左翼诗歌、地下写作、中国台湾现代诗、朦胧诗、第三代诗等，兼容并蓄。但它们的连接点都是"现代意识"。

张新颖重点关注的是能够充分体现"现代意识"的时代，曲竟玮指出，该选本"以 40 年代与 90 年代为重心，这两个时代正是百年新诗现代化的历史进程中的前后两个高峰"[1]，而在很多选本与文学史著述中，这两个时代（特别是 40 年代）得到的评价往往低于 30 年代与 80 年代，这也体现出选家的眼光。在世纪历程中，张新颖在早期阶段突出的是鲁迅，20 年代突出闻一多，30 年代突出戴望舒、卞之琳，40 年代突出冯至、穆旦等西南联大诗人，50—70 年代突出多多与中国台湾现代诗，80 年代初突出昌耀、北岛，90 年代突出海子[2]，都在于这些诗人作品中所散发的现代气质。不仅如此，张新颖对于过去处于边缘或被遗忘的诗人的彰显，如对鸥外鸥（初版收入）、废名、林庚（修订版收入）、吴兴华（修订版收入）、"地下诗歌"（如根子、多多、黄翔等诗人）的开掘，也是基于他们的"现代意识"。对于左翼诗歌及政治色彩强烈的作品，张新颖予以了弱化，蒋光慈、殷夫、"中国诗歌会"、田间、50 年代的政治抒情诗人等，都没有进入他的视野，这应当也是出于对作为主体的中国诗人的"现代意识"的强调。

就入选的诗作来看，张新颖并不是要对诗人进行全面的编选，而是选择最能代表其创作成就的时期，也是其现代意识最自觉、最鲜明的时期，同时也不忽视对诗人多面相的揭示。初期白话诗人以鲁迅为重点，这与通常选本以郭沫若为重心显然不同。沈尹默的诗选其《月

---

[1] 曲竟玮:《严整的诗史格局与纯正的现代品格——论张新颖编〈中国新诗：1916—2000〉》，《绥化学院学报》2018 年第 8 期。

[2] 曲竟玮:《严整的诗史格局与纯正的现代品格——论张新颖编〈中国新诗：1916—2000〉》，《绥化学院学报》2018 年第 8 期。

夜》而不选在艺术技巧上更受好评的《三弦》，借奚密的评论以表明他对诗中表现的独立精神的赞赏。胡适、郭沫若的诗歌都是入选2首，郭沫若的诗选了《凤凰涅槃》《天狗》，都是《女神》中的作品，此后的诗歌一律不选，可见张新颖认可的是郭沫若"五四"时期的创作，这也确实是郭沫若创造力最旺盛、现代意识最强烈的时期。但在选本中他的分量不如鲁迅，后者的作品选了4首：《他》《我的失恋》《影的告别》《墓碣文》，前两首是鲁迅创作的白话诗，后两首是散文诗。鲁迅的散文诗受到一致的赞誉，但他的白话诗本来是为新诗敲敲边鼓，所以如何评价这些作品就十分重要。因而张新颖编选的两段文字（分别出自废名和鲁迅自己）都是围绕《他》和《我的失恋》而展开，阐述了其中的寓意与戏拟手法，它们与后两首散文诗一样，都表现了鲁迅的现代意识。

新月派诗人中徐志摩与闻一多也表现了相当大的差异，张新颖显然更重视闻一多这样富有理论自觉意识与现代主义倾向的诗人，除了名作《死水》，还选入《闻一多先生的书桌》这样一首幽默的诗作，展现了闻一多生动的一面，这也是朱自清在《中国新文学大系·诗集》中称赏的作品。《奇迹》《忘掉她》进一步展现了诗人血肉丰满的形象。特别值得注意的是张新颖选入了孙大雨的《自己的写照》，徐志摩曾称赞它为一首杰作，"概念先就阔大，用整个的纽约的城的风光形态托出一个现代人的错综的意识"，具备"情感的深厚""关照的严密""笔力的雄浑""气魄的莽苍"[1]。但因种种原因，这首诗逐渐湮没无闻。张新颖重新发现了这首诗，注意到它以繁复的手法书写都市经验的特点[2]，确实很有识见。

30年代的诗人中，张新颖对李金发、梁宗岱、戴望舒、卞之琳的安排是经过深思熟虑的。在他看来，象征派诗人中李金发与梁宗岱都是十

---

[1] 徐志摩：《〈诗刊〉前言》，《徐志摩全集》（第3卷），天津人民出版社2005年版，第373—374页。
[2] 张新颖：《20世纪上半期中国文学的现代意识》，生活·读书·新知三联书店2001年版，第24—25页。

分重要的人物，但两人有不同的取向：李金发以波德莱尔为重点，梁宗岱是以瓦雷里为核心；李金发反抗社会的姿态，梁宗岱则潜心于诗艺[1]，所选的《晚祷》就能体现出这一点。当然象征主义链条上更明显的联系是李金发—戴望舒—卞之琳，李金发的诗选了 3 首，戴望舒选了 5 首，卞之琳选了 9 首，也表现出他们在选家心目中的地位。在张新颖看来，李金发主要是西化即借鉴法国象征主义，戴望舒则更多地表现为古典化的倾向，而能融二者之长的则是卞之琳[2]，他对卞之琳的评价之高可谓前所未有。对于这些选本中常见的诗人，他也往往会选到一些不太知名但实际很重要的作品。对于戴望舒，张新颖特别提到他的《秋蝇》，这是一首不出名的诗，但"为我们提供了探讨戴望舒结合中国古典诗境、西方象征主义诗艺、个人现代感受而融化无间的一个绝好的例子"[3]。这首诗被他收入选本中，修订版里戴望舒的诗还增加了一首《萧红墓畔口占》，同样也是一首杰作。三人之中张新颖最赞赏卞之琳"能以细密繁复的组织、趋向延伸的内蕴，传达现代人精微、敏锐、复杂的经验、思想和感受"[4]，他选录了卞之琳的 9 首诗，仅次于冯至和穆旦的 10 首诗，卞之琳的地位在这部选本中得到了空前的提高，"突出卞之琳几乎是这部选本最醒目的个性标志"[5]。不仅如此，这 9 首诗都是他前期即 1937 年之前的作品，张新颖认为这段时期的作品代表了卞之琳创作的最高成就[6]，他后期的作品如《慰劳信集》虽然经常为各种选本所

---

[1] 张新颖：《20 世纪上半期中国文学的现代意识》，生活·读书·新知三联书店 2001 年版，第 20 页。

[2] 张新颖：《20 世纪上半期中国文学的现代意识》，生活·读书·新知三联书店 2001 年版，第 113 页。

[3] 张新颖：《20 世纪上半期中国文学的现代意识》，生活·读书·新知三联书店 2001 年版，第 109 页。

[4] 张新颖：《20 世纪上半期中国文学的现代意识》，生活·读书·新知三联书店 2001 年版，第 119 页。

[5] 曲竟玮：《严整的诗史格局与纯正的现代品格——论张新颖编〈中国新诗：1916—2000〉》，《绥化学院学报》2018 年第 8 期。

[6] 张新颖：《20 世纪上半期中国文学的现代意识》，生活·读书·新知三联书店 2001 年版，第 119 页。

选入，但张新颖没有选。

40年代的诗人中张新颖特别突出了"七月派"与西南联大诗人群（如冯至、穆旦、郑敏等诗人），这也是90年代以来备受选家青睐的对象。而他选录冯至、穆旦的诗歌达到10首，是整部选本中最多的，也意味着他把40年代的诗歌视为新诗史上最有成就的阶段之一。特别是冯至的《十四行集》代表着他"从早期的浪漫主义的情绪表露，蜕化为现代主义的沉思、凝想和对于世界的自觉担当"[①]，张新颖为选本所写的序言标题为《把住一些把不住的事体》，就是来自冯至的十四行诗，可见他对冯至的重视。

50—70年代的诗歌突出的是地下写作及中国台湾现代诗如洛夫、罗门、余光中的作品，从而接续上了现代主义诗歌脉络。对于郭小川，张新颖没有选他的知名的政治抒情诗，而是选了他的《望星空》这首关乎诗人对宇宙天地、人生命运沉思，表现诗人矛盾、痛苦与思索的作品。食指作品的意义已经得到了公认，而选入黄翔的《独唱》《野兽》《人界》这样具有爆发性、反抗性的作品，更需要选家的眼光。80年代的诗人突出的是北岛这样具有冷峻反思意识的诗人和具有深刻意味的昌耀，90年代则是海子，但同时也注意诗人群体面貌的展现，韩东、于坚、翟永明、陈东东、欧阳江河、西川、张枣、王家新、臧棣等诗人都有多首作品入选，"现代意识"的思路显然一直延伸到20世纪末。

曲竟玮认为，张新颖的诗学旨趣是"象征主义——现代主义"的，他有意瓦解的主流诗史观念应该有两种，一种是"左翼革命诗史观念"，即"郭沫若的启蒙咏唱与革命呼唤—殷夫的普罗诗歌—艾青、田间、臧克家的现实主义革命诗歌—贺敬之、郭小川的政治抒情诗—当代现实主义诗歌"的演进，另一种是"以徐志摩、闻一多—戴望舒、何其芳—北岛、舒婷、顾城—海子、西川等诗人为主干构成诗史"[②]，后

---

[①] 张新颖：《20世纪上半期中国文学的现代意识》，生活·读书·新知三联书店2001年版，第211页。

[②] 曲竟玮：《严整的诗史格局与纯正的现代品格——论张新颖编〈中国新诗：1916—2000〉》，《绥化学院学报》2018年第8期。

者是在 80 年代审美现代性的旗帜下产生的，但如果发展到极端，也会成为一种单一的视角。张新颖在"中国现代意识"的探求中所编的这部诗选，既注重思想人格力量，也重视诗艺锤炼，并且具有多元、开放的品格，显然开创出了一种新局面，也为后来的选本提供了很好的参照。

张新颖对"现代意识"的研究，使其选本也非常重视作家作品的思想、精神层面，2008 年花城出版社推出的《旷野》，作为林贤治、肖建国主编的《1917—2007 中国作家的精神还乡史》的诗歌卷，也是这一编选脉络上的成果。《旷野》这一书名，可能来自书中选入的艾青的《旷野》。张新颖的着眼点是"现代意识"，《1917—2007 中国作家的精神还乡史》的切入点则是"精神"。在长篇导言中，选家首先强调了精神对文学的决定性作用，从哲学的高度对"精神"进行阐述，并探讨了作为精神母题的"还乡"[①]。选家所提倡的"精神"是一种批判精神，是真正的作家、知识分子与艺术所禀有的内核。但选家对当下中国文学的精神现状是不满的，他们认为"中国文学缺乏精神性"，对 90 年代以来的状况尤其作了尖锐的批评[②]。

从导言的论述可以发现，林贤治、肖建国主编的这个选本，已不仅仅限于文学的意义，而是通过文学精神的树立倡导一种刚健的人文精神，是有针砭时弊、介入当下的用心，而这种理想的精神发轫于"五四"，因而 1917 年成为该选本的起点，回望"五四"也成为"精神还乡"的来由。导言梳理的中国文学精神史与选本的编选是有内在对应性的，导言虽然提到胡适提倡白话文运动、尝试新诗和话剧，却无一语涉及其精神，胡适也就没有入选。《旷野》以郭沫若开篇，是因为"郭沫若的《女神》是狂飙式的，充满革新精神"[③]，"体现了编

---

[①] 《〈中国作家的精神还乡史〉导言》，林贤治、肖建国主编《旷野》，花城出版社 2008 年版，第 1—3 页。

[②] 《〈中国作家的精神还乡史〉导言》，林贤治、肖建国主编《旷野》，花城出版社 2008 年版，第 7—18 页。

[③] 杜光霞、周伦佑：《精神还乡的诗性之旅——评〈旷野〉的百年新诗经典遴选尺度》，《西南大学学报》2008 年第 5 期。

者着重凸显诗歌精神性的遴选尺度"①。

导言把中国文学精神史分为上、下两部分，以1949年为界，选本对应地分为上、下篇，共选入32位诗人的作品。除古典文学外，这一精神史分为七个阶段："五四"新文学、30年代文学、抗战时期文学、40年代文学、50—70年代文学、70年代后期—80年代文学、世纪末文学。根据对时代精神状况的评判，"五四"至40年代的精神面貌得到了肯定，对50年代以来的评述只肯定了个体作家具有独立和反抗意识的写作。被认为文学精神得以弘扬的首先是"五四"时期，在新诗领域有郭沫若的狂飙精神，刘半农、刘大白的"平民化"、徐志摩"西洋风"、闻一多的"爱国且唯美"等；其次是30年代，冯至的作品具有"精神性和现代性"，左翼文学有"道义感和反抗的激情"；再次是抗战时期诗人是以艾青为代表，他"最富于个人创造活力"，"最具西方现代诗的自由色彩，但是又充满了中国土地的苦涩气息"；最后是40年代的新诗以"七月派"和"九叶派"为主，前者重集体、主题、热情，后者重个体、艺术、知性②。

就具体诗人而言，上篇选入14人，下篇选入18人；就诗作而言，入选4首以上的诗人依次是昌耀（12首）、多多（9首）、艾青（8首）、郑敏（8首）、海子（8首）、北岛（7首）、穆旦（6首）、周伦佑（6首）、王寅（6首）、闻一多（5首）、戴望舒（5首）、牛汉（5首）、郭沫若（4首）、刘大白（4首）、彭燕郊（4首）、邵燕祥（4首）、顾城（4首）。昌耀以其"对人生的孤独处境的喟叹"③位居榜首，而多多、海子、北岛、周伦佑、王寅、牛汉、彭燕郊及黄翔、顾城、翟永明、伊蕾，都是编选者在导言中肯定了精神个体的诗人，下篇入选诗人多于上篇，可见选家更为重视的还是作家个体的精神性。

---

① 《〈中国作家的精神还乡史〉导言》，林贤治、肖建国主编《旷野》，花城出版社2008年版，第9页。

② 《〈中国作家的精神还乡史〉导言》，林贤治、肖建国主编《旷野》，花城出版社2008年版，第9—16页。

③ 《〈中国作家的精神还乡史〉导言》，林贤治、肖建国主编《旷野》，花城出版社2008年版，第16页。

但昌耀等诗人都是置于 80 年代文学复兴的背景下论及，可见时代精神与个体精神之间的相关性。世纪末最靠近当下，但受到了严厉抨击，能作为代表的似乎只有杜涯一人。

需要注意的还有艾青，入选的《旷野》（又一章）是他的两首同题诗作。诗作描写了苍凉、凋敝的旷野，是对苦难的书写，但诗人也发出了"我始终是旷野的儿子"这样坚韧的呼喊，很好地切合了"精神还乡"的主旨，这或许正是选本看重这两首作品的原因。

以精神维度编选诗歌，自有其合理之处，特别是对于左翼作家如蒋光慈重新予以肯定、对"七月派""九叶派"、地下写作的发掘等。在对诗人诗作的选择中，对当代的重视超过了现代，这也与以往选本重现代轻当代不同。但是其中的问题也是明显的：以"精神"为尺度导致了单一性，因而胡适被排除，"象征派""现代派"等也遭到忽视。对 90 年代以来的文学作了过分严厉的指责而忽视了其多元化的发展。对于冯至，导言充分肯定其《十四行集》"更具精神性和现代性"①，但是只选了他的早期作品《蚕马》和《北游》，十四行诗一首未选，这不仅是自相矛盾，更深层的原因恐怕还是对艺术方面的重视不够，这就留下了不小的遗憾。

与这类选本形成对照的是更侧重诗艺的选本，姜耕玉、赵思运主编的《新诗 200 首导读》，是与高校通识课相配套的教材。在序言中，姜耕玉提出了他们编写的总体指导思想——"坚持诗的语言基线"②，这与姜耕玉主编 5 卷本《20 世纪汉语诗选》时的思路是一致的。他再度强调了诗歌作为语言艺术的特点，同时也辩证地认为"汉语诗歌的现代精神与修辞，虽有对抗矛盾的一面，却并非二元对立"，因而初期白话诗的简单幼稚，不仅在于语言，更主要是因为"诗的现代意识的匮乏与精神的贫困"，自 80 年代以来随着这种意识与精神的生发，

---

① 《〈中国作家的精神还乡史〉导言》，林贤治、肖建国主编《旷野》，花城出版社 2008 年版，第 11 页。

② 姜耕玉：《序》，姜耕玉、赵思运主编《新诗 200 首导读》，东南大学出版社 2011 年版，第 4 页。

"最近30年是百年新诗的鼎盛期"①。这些观点与《旷野》形成了鲜明的对照，应该说姜耕玉的观念的确更为辩证而全面一些，他立足语言的同时又兼顾语言之外的因素，80年代以来新诗实现了本体回归，出现了多元化的发展格局。王珂在序言中赞同这些观念，他提到了百年新诗的十大成就与十大问题，同样强调"好诗的标准首先是语言标准"②。

从这种观念出发，选本所选的当代诗歌分量更重一些，80年代以来特别是新世纪的诗歌占了相当的篇幅，这与选家在序言中对这30年来诗歌的肯定是一致的。入选诗歌多是短小精致的作品，可能与选本本身的体例、篇幅（200首）有关，也应该与选家对语言的要求有关。因此，周作人的作品选的是《儿歌》，而不是常选的《小河》，胡适的作品是《湖上》，这首诗语言优美、意蕴悠长，确实是胡适诗歌中的佳作。郭沫若的作品没有选他的《凤凰涅槃》《天狗》等，选的是《天上的街市》，应该与这首诗的清新自然有关。

当然早期白话诗收录不多，篇幅较多的部分主要有30年代的现代派如冯至、戴望舒、卞之琳、纪弦、徐迟等，40年代的"七月派"、西南联大诗人群如鲁藜、绿原、曾卓、牛汉、辛笛、陈敬容、穆旦、唐湜、郑敏等。50—70年代选诗很少，70年代后期的分量很重，有中国台湾的现代诗人，也有中国大陆坚持个体思考的诗人，80年代以后有很多年轻诗人如臧棣、赵丽华、小海、伊沙、安琪、黄礼孩、沈浩波等入选，这与编选者的重视有关。

值得注意的是，诗选以李叔同的《送别》开篇，很耐人寻味的是姜耕玉编选的《20世纪汉语诗选》第1卷也收入了李叔同，但是没有选这首《送别》。不过谢冕编选的《中国百年诗歌选》以及他主编的《中国百年文学经典文库·诗歌卷》恰恰都收录了《送别》。这首具有古典诗词意境的作品被选入，意味着"百年新诗"与"百年/20世纪

---

① 姜耕玉：《序》，姜耕玉、赵思运主编《新诗200首导读》，东南大学出版社2011年版，第1页。

② 王珂：《新诗是精致的语言艺术（代序）》，姜耕玉、赵思运主编《新诗200首导读》，东南大学出版社2011年版，第1—2页。

诗歌"的接续，也是选诗观念多元化的表现。进入21世纪，还是有不少选本注意两大范式之间的接续，在诗选中予以贯彻。

《新诗200首导读》还是一部导读性的选本，以选家的点评、导读揭开作品的奥秘，为读者指引路径。对于这种做法，选家大致有两种意见：一种是赞同，即选家不仅仅是作为编选者发挥自己的主体性，在点评、导读中也可以体现主体性，同时也成为作者、读者之间的桥梁，并且还可以表达自己的文学观念与立场；另一种是反对，认为先入为主的点评、导读会给读者的理解造成干扰，而且选家的意见也往往只是一家之言，未必准确。这两种态度各有其合理之处，选家是否要对作品进行点评、导读，完全是其自身的权利。不过，现代读者的知识储备、文化素养毕竟已有整体上的提升，其主体意识也是十分强烈的，因而选家大可以表达自己的观点与见解供读者参考，而且选家基本上都是专门的诗人、职业批评家、学者，对诗作的阐释也往往处于更高的层面，能够为读者提供助益。

正因为如此，新诗选本从一开始就出现了《新诗年选》（一九一九年）这样水平很高的点评本，这一传统一直延续下来，20世纪80年代以来还出现了《新诗鉴赏辞典》《新诗三百首鉴赏辞典》等大型工具书。不过这类选本一般是以普及为目标，会淡化个体选家的趣味、倾向，因此，还是个体选家所编的选本会更具有个性，也会表现出选家的诗学观念与旨趣；此外，前者是以诗选为主，赏析、导读是为配合诗歌、便于读者理解而撰写，但对于后者而言，以专业性读者或评论者的身份编选，赏析、导读反而居于主导地位，因为它们承载着选家的理念、立场、批评方法等，而诗作则是根据这种需要而选。这类选本除了《新诗200首导读》，还有邓荫柯《1916—2008经典新诗解读》（2009）、陈仲义《百年新诗百种解读》（2010）、张德明《百年新诗经典导读》（2015）等。这一类型的选本实际继承了自朱自清、废名以来的"现代解诗学"传统[①]，他们在解诗时有着自觉的方法论意识，能够熟练地运用系统的理论与方法，对诗歌进行"细读"。这

---

① 参见孙玉石《中国现代解诗学的理论与实践》，北京大学出版社2007年版。

种"细读"有着英美"新批评"影响的印记，选家在解诗时往往会深入诗歌的内部进行解读。

邓荫柯《1916—2008经典新诗解读》收入169位诗人的189首作品，张清华在序言中称赞他既有"遵从读者趣味和历史定见"的一面，也有"深邃坚定的别裁洞见，与绝不苟同的标新立异——也对许多原有的俗见做了大胆的冒犯"，如他选入伊甸的《林昭之死》，选了灰娃、郑小琼、杜涯、轩辕轼轲等的作品，体现出选家自身的诗学立场与趣味，当然最重要的还是点评与赏析部分。[①]

邓荫柯的诗学立场与趣味，如他所言，在"思想的、语言的、诗意的、审美的内涵和价值上"，这也是他的选诗标准，他把食指看作"现代诗歌和当代诗歌的分界线"，体现了他对于新诗史的理解[②]。对于现代诗人侧重于他们的思想与艺术成就，对于当代诗歌，除了思想、艺术成就外，还通过导读"帮助读者从语言运用和新的诗歌观念技巧上"理解诗人诗作[③]。

邓荫柯选了食指的《相信未来》《这是四点零八分的北京》，这是食指的名作，很多选本都会选入。但是邓荫柯是把食指视为现当代诗歌的分界线的，这就有了特别的意味。正如他在解读《相信未来》时提道的：

>食指在大家只知道握起拳头呼唤万岁或打倒的时候，冷静地伸出了他的食指。
>
>............
>
>这是一首感动中国也震动中国的诗，是清晨的响箭，是林中的微光，是黑暗中的第一缕晨曦；是对软弱的不幸者强劲的抚慰，

---

① 张清华：《序》，邓荫柯编著《1916—2008经典新诗解读》，中国青年出版社2009年版，第3页。

② 邓荫柯：《前言》，邓荫柯：《1916—2008经典新诗解读》，中国青年出版社2009年版，第4页。

③ 邓荫柯：《前言》，邓荫柯：《1916—2008经典新诗解读》，中国青年出版社2009年版，第4页。

是对倔犟的失败者温柔的鼓励。它不仅激励诗歌，也激励整个社会，它宣告了歌功颂德、迷失个性的诗歌的终结，高举批判旗帜、张扬个性的诗歌的诞生。由于对舆论的强力钳制和人民觉悟的限制，这首曾在地下传播的诗在当时传播不广，影响不大，但是，从当代思想史和文学史的角度判断，这首诗的价值是怎样估计都不会过高的。①

邓荫柯显然是从思想史和文学史的角度来评判，从而将食指视为一个开创新时代的人物，他的意义已不止于诗歌和文学。因此，他所选的诗人诗作可能也是其他选本都会收录的，但是深刻而富有新意的解读却可以使选本更有深度。

陈仲义指出当下的新诗教育有三大缺失：一是"欠缺属于'特殊知识'的基本常识"，二是"欠缺差异性的寻求"，三是"缺乏体验、感受的悟性"②。他的选诗与解诗是直接取法自英美新批评与中国的感悟式品鉴，这与他一直致力于诗学体系的阐发与建构有关。陈仲义对中国现代诗学进行了细致的分类梳理，结为《扇形的展开》一书③，他自己则建构起了"张力诗学"④，这一概念显然来自英美新批评。因此，《百年新诗百种解读》实际立足于他对现代诗学的理解以及他自身的张力诗学，选本成为他阐发自身诗学观念的一个平台。

陈仲义把百年新诗分为六辑："五四—朦胧诗前""朦胧诗年代""第三代""中间代""'70后'／'80后'""后现代"，可见其中的总分界线是朦胧诗，由此区分出通常意义上的现代诗与当代诗。朦胧诗及其后的诗歌占了五辑，可见80年代以来的诗歌在他心中分量更重。陈仲义每解读一首诗就揭示一种技巧和解读角度，从而实现"百年新诗百种解读"，因此也被认为是对"百年新诗艺术技巧的梳理与

---

① 邓荫柯：《1916—2008经典新诗解读》，中国青年出版社2009年版，第238页。
② 陈仲义：《如何进入现代诗，如何读解现代诗（引言）》，陈仲义《百年新诗百种解读》，安徽文艺出版社2010年版，第2页。
③ 陈仲义：《扇形的展开——中国现代诗学谫论》，浙江文艺出版社2000年版。
④ 陈仲义：《现代诗：语言张力论》，长江文艺出版社2012年版。

总结"①。这种解读方式既使他能够在选诗时重新发现一些诗作的价值，又能在解诗时有新的收获。例如，舒婷的诗歌，他没有选择广为人知的《致橡树》《神女峰》等作品，而是选择《流水线》进行解读，这首诗曾经受到过批判，陈仲义则读出了其中的"异化，连同'存在性不安'"的感觉；舒婷《在潮湿的小站上》一诗并不为读者熟知，陈仲义则从电影美学出发，分析出其中"电影化镜头"的画面感②。还有他对杨黎《红灯亮了》的声音分析、对韩东《甲乙》的现象学解读、从戏剧性角度对李尚朝《一节旧火车》的分析、对"垃圾派"诗人徐乡愁《练习为人民服务》的语词分析，都是在选诗、解诗方面展现了新意。

张德明的《中国新诗鉴赏与诠释中的细读问题》《新诗研读方法举隅》等文章③，同样表明他有自觉的方法论意识，并且也是侧重于细读。不过与邓荫柯、陈仲义不同的是，他的《百年新诗经典导读》首先是按诗歌流派/诗人群来梳理百年新诗的线索：初期白话诗派、创造社诗派、文学研究会诗派、象征诗派、新月诗派、"现代"诗派、七月诗派、西南联大诗派、政治抒情诗派、朦胧诗派、归来诗派、第三代诗群、后现代诗群、中间代诗群。他单独列出的台港诗歌、网络诗歌与新世纪诗歌，则又是从地域、载体与时间的角度做出的区分。中国台湾诗歌只选了余光中和纪弦，覆盖面不够，余光中一人又占了3首，纪弦只有一首入选，分配有些失衡。网络诗歌与新世纪诗歌作为一个单元列出，而前者涉及诗歌平台，后者是时间线索，将它们并置一处并不妥当，何况网络诗歌大部分都是在新世纪出现，而新世纪诗歌有不少也是网络诗歌，它们相互之间是缠绕的。

按照对文本细读方法的总结，张德明从"主题提取""意象穿缀""语词细读""结构剖析""中外比较""古今对照"六个方面对诗作

---

① 殷鉴：《百年新诗艺术技巧的梳理与总结》，《渤海大学学报》2011年第3期。
② 陈仲义：《百年新诗百种解读》，安徽文艺出版社2010年版，第92—96页。
③ 张德明：《中国新诗鉴赏与诠释中的细读问题》发表于《中国现代文学研究丛刊》2011年第2期；《新诗研读方法举隅》作为附录收入《百年新诗经典导读》一书。

进行了细读①，体现了程继龙所说的"历史性""科学性"和"审美性"相结合的特点②。他出版过《网络诗歌研究》《新世纪诗歌研究》这样的专著，选本是其研究成果在编选中的体现，因而他对网络诗歌、新世纪诗歌着力颇多。网络诗歌选了宋晓贤的《乘闷罐车回家》、梁永利《海之咏》进行细读，新世纪诗歌选了李少君《抒怀》、雷平阳《八哥提问记》、陈陟《梦呓》。他认为"新世纪的诗歌产量极其巨大，但精品不多，整体实力还有待提升"③，这一判断与众多年度诗选的编选者相一致。在解读文本时，他能够抓住新世纪诗歌的特点，如分析雷平阳的《八哥提问记》时就提取了"底层写作""叙事策略"这两个新世纪诗歌的典型侧面来展开，对于叙事策略是从对话、重复、细节描写三个方面，探讨了诗歌对个体命运的展现④。

这类选本固然有明确的诗歌史意识，不过选家关注的重点并不在于提供一条鲜明、客观的历史线索，而是根据他们对新诗品质的理解，选取各自的视角，以诗作串起他们心目中的新诗史，所选作品也未必都是世所公认的经典，而是对凸显他们的理念与立场有意义的作品。另外，一些选本，特别是像《中国新诗总系》这样的大型选本，就与它们明显不同。

抱着"为中国新诗立传"⑤的宏伟志愿，北京大学中国新诗研究所启动了《中国新诗总系》这一工程。按照谢冕的说法，"北京大学是中国新诗的发祥地"，《中国新诗总系》又是向北京大学中文系百年系庆、北京大学中国新诗研究所成立五周年致意的贺礼之作⑥，《中国新诗总系》的定位显然是精品工程。同时，视诗歌为"做梦的事业"

---

① 张德明：《百年新诗经典导读》，暨南大学出版社 2015 年版，第 198—219 页。

② 程继龙：《走向新诗阅读的专业性——兼谈张德明著〈百年新诗经典导读〉》，《现代中国文化与文学》2016 年第 2 期。

③ 张德明：《百年新诗经典导读》，暨南大学出版社 2015 年版，第 189 页。

④ 张德明：《百年新诗经典导读》，暨南大学出版社 2015 年版，第 194—196 页。

⑤ 谢冕：《世纪诗歌之约——〈中国新诗总系〉总后记》，刘福春主编《中国新诗总系》（第 10 卷），人民文学出版社 2010 年版，第 790 页。

⑥ 谢冕：《世纪诗歌之约——〈中国新诗总系〉总后记》，刘福春主编《中国新诗总系》（第 10 卷），人民文学出版社 2010 年版，第 791 页。

的谢冕,也把《中国新诗总系》看作"圆梦之举"①。该工程自2006年启动,谢冕担任总主编,北京高校、中国社科院的多位学者担任分卷主编,2009年交付书稿,2010年9月十卷本《中国新诗总系》正式出版面世,共700多万字,选诗4000多首,系统地回顾、梳理了1917—2000年中国新诗的世纪历程,成为新诗选本史上规模空前的一项出版工程。它也得到了学界的高度重视,李润霞、张松建、张清华、王泽龙、沈奇、古远清等,包括编选者如谢冕、孙玉石、洪子诚等都对"总系"发表了意见,《文艺争鸣》2011年第6期"新世纪文学研究"栏目还开辟"《中国新诗总系》出版研究"专栏,发表了相关论文。

《中国新诗总系》(以下简称《总系》)以10年为期分卷,共10卷,前8卷为作品卷,即第1卷1917—1927年(姜涛主编)、第2卷1927—1937年(孙玉石主编)、第3卷1937—1949年(吴晓东主编)、第4卷1949—1959年(谢冕主编)、第5卷1959—1969年(洪子诚主编)、第6卷1969—1979年(程光炜主编)、第7卷1979—1989年(王光明主编)、第8卷1989—2000年(张桃洲主编)。第9卷为理论卷(吴思敬主编)、第10卷为史料卷(刘福春主编)。《总系》确定了编选的三原则:

> 一、各卷有由主编撰写的长篇导言;二、力求采用最初的版本、以正式发表的时间为准并注明原始出处(因情况特殊,六十年代卷和七十年代卷可按实际写作时间、而不以出版时间为准);三、改变历来此类书按作者姓氏音序、笔画等排列的惯例,坚持按选诗的内容分类编目(个别卷除外)。②

从十年为期的划分、学者(不少学者本身也是诗人)担纲主编、导言的撰写等方面,不难发现《总系》向《中国新文学大系》致敬的

---

① 谢冕:《寻花踏影到梦端——〈中国新诗总系〉出版感言》,《文艺争鸣》2011年第11期。
② 谢冕:《世纪诗歌之约——〈中国新诗总系〉总后记》,刘福春主编《中国新诗总系》(第10卷),人民文学出版社2010年版,第791页。

意味。而从该丛书的实际完成情况看，这确实是自中国新诗诞生以来编选与研究最为全面、系统、深入的一部选集，它对于中国新诗的历史意义、发展历程、内在特点、诗人诗作、思潮流派、理论批评、史料版本等做了空前的总结与探讨，在编选中取得了前所未有的成果，当然其中存在的缺憾与不足，也为后来的新诗编选与研究提供了宝贵的借鉴。

对于《总系》的定位，孙玉石明确指出："《总系》不是为一般爱好诗歌的读者，编选出他们喜欢阅读和容易接受的大型新诗读本。它属于一种全面回顾和总结历史成绩，提供新诗历史研究具有更大史料可信度的学术性的大型百年新诗选本。"[1]《总系》是为专业读者和研究者提供的选本，是具有建构新诗史、保存新诗文献、促成新诗经典化意义的权威性、全面性选本。

作为总主编，谢冕在总序中一开始就高屋建瓴地指出，"这是中国历史上规模最大、影响最深的一次诗学挑战，这也是对中国传统诗学质疑最为深切、反抗最为彻底的一次诗歌革命"[2]。中国新诗是在对几千年古典诗歌传统的质疑、在应对现实危机中而诞生，因而既有文学的意义，也有超出于文学的现实的、文化的意义。这期间新诗的合法性问题、"诗"与"非诗"的争论、新诗审美特性探讨贯穿始终。定下了总的基调，分卷导言也是异彩纷呈，对于新诗的破坏与建设、革命向度与现代追求、一体化格局、中国台港澳新诗的发展、新诗潮直至90年代多元化诗歌生态都有着充分的辨析，其中对于两岸四地诗歌的总体审视、对边缘的、被遗忘的诗人诗作的发掘、对地下写作的重视、对新诗理论批评史、新诗史料的梳理等，也都构成了《总系》新诗史叙述的组成部分。

当然，作为以选叙史的选本，《总系》的导言与诗选、理论选、

---

[1] 孙玉石：《〈总系〉编选中想到的一些问题——〈中国新诗总系〉研讨会上最后的发言》，《文艺争鸣》2011年第6期。

[2] 谢冕：《论中国新诗——〈中国新诗总系〉总序》，姜涛主编《中国新诗总系》（第1卷），人民文学出版社2010年版，第1页。

史料选是不可分割的,但"选"的难度也是特别大。编选本身的主观性、歧异性及内在矛盾,都是需要克服的但实际上任何选本又都不可能完全解决的问题。在研讨中,包括编选者在内的学者们对此有清醒的认识,而且有时他们对同一编选问题的意见也存在分歧,由此也提供了更多讨论和反思的空间。洪子诚明确地指出了《总系》所具有的特点:一是它的规模包括了作品卷、理论卷和史料卷,诗人诗作入选的数量"都是此前的新诗选本所未见的";二是体例上采取"编年体"的形式,以十年分期;三是将 20 世纪台港澳的新诗也作为"中国新诗"的组成部分纳入,这种做法早已存在,但是《总系》是把它们"放置在中国新诗历史的整体中考量,探索'整合'的可能性";四是"主题"的分类方式排列;五是《总系》有统一的原则、体例,但各卷主编有"相对独立"的编选方针与权力,各卷之间有联系也有差异,而这种差异也未尝不可以为对话、反思提供空间;六是"重视发掘过去因政治意识形态,因诗歌观念,因史料上的原因而被忽略的优秀诗人和诗作。在史实和史料处理上,严谨,科学性是重要预期"[1]。这些意见为我们理解《总系》提供了重要参考。下面展开具体论述。

第一,《总系》是从"现代性质"这一根本点上去理解与整合中国新诗及理论批评、史料的。这一总的指导思想不仅谢冕的总序指出过,吴思敬的导言也予以了强调:"二十世纪的中国新诗理论与古代诗歌理论相比,从根本上说就是体现了一种现代性质,或者说是诗歌现代化进程的一种理论表述。"[2] 这种"现代性质"是中国新诗的根本标志,也内在地支配着中国新诗史的进程。围绕这一核心谢冕揭示了中国新诗的发展历程与规律,张清华指出,《总系》在这一点上展现出了丰富的"历史修辞"[3],即在描述中暗含着选家对中国新诗价值与意义的判断。总序讲到 30 年代为止,其实已经包含了对于新诗自破坏

---

[1] 洪子诚:《诗与历史——对〈中国新诗总系〉的讨论(摘要)》,《中国新诗:新世纪十年的回顾与反思——两岸四地第三届当代诗学论坛论文集》,2010 年,第 3—4 页。

[2] 吴思敬:《导言 现代化进程中的诗学形态》,《中国新诗总系》(第 9 卷),人民文学出版社 2010 年版,第 1 页。

[3] 张清华:《如何描述新诗历史——〈中国新诗总系〉读记》,《文艺争鸣》2011 年第 6 期。

到建设、从背叛到回归等的理解，融入了"关于新诗发展和成熟的全部历史逻辑在其中"①，新诗的历史演进乃至未来发展都是可以把握的。

第二，以"选"叙"史"，以选本的形式建构起中国新诗史、新诗理论史，新诗史料也得到了系统的整理，《总系》的规模确实是空前的。总序、分卷导言、各卷编后记、总后记、理论卷、史料卷，与诗选一起搭建了一个大型学术性选本的总体架构，这个架构从理论、史料到作品选都是前所未有的完备。就诗选而言，入选诗人的诗作有4000多首，超乎以往的各类选本。

从诗人诗作的入选情况看，以往被收录的诗人有了更多的作品入选，王泽龙以姜涛编《总系》第1卷与朱自清编《中国新文学大系·诗集》比较，发现与后者相比，"姜涛本选68家，共474首，所选诗家新增20人，多选作品66篇，选择的作品作家都有增加。两人所选诗篇相同的篇目共计96首，占总篇目的近四分之一。朱选本中有11人没有被姜选入，改变约六分之一。姜的选篇在数量上比朱选本扩大七分之一"②。以胡适为例，《总系》第1卷选胡适诗歌13首，就超过了朱自清选本的9首。姜涛发掘的顾诚吾、黄仲苏、王怡庵、罗石君、何植三等，孙玉石发掘的常任侠、关露、郭子雄、贾芝、刘廷芳、朱企霞等，都是在新诗史上处于边缘地位或被遗忘了的诗人。

当然，不仅是数量上超过前人，《总系》还做到了后出转精。以胡适为例，朱自清选本所选《一念》体现的是现代性思绪和白话实验，《湖上》则是艺术上较为优美的新诗，《四烈士冢上的没字碑歌》这样的政治诗歌则体现了胡适的刚性一面。姜涛选本则不取最后一种，集中于胡适在白话实验与诗艺探索方面较好的作品如《一念》《鸽子》《湖上》《梦与诗》等作品，甚至收录了译诗《关不住了!》，这是胡适自称的他的新诗"成立的纪元"③，而《十一月二十四夜》这样的作品

---

① 张清华：《如何描述新诗历史——〈中国新诗总系〉读记》，《文艺争鸣》2011年第6期。
② 王泽龙：《〈中国新诗总系〉的经典意识》，《文艺争鸣》2011年第6期。
③ 胡适：《〈尝试集〉再版自序》，胡适编选《中国新文学大系·建设理论集》，上海文艺出版社2003年版，第315页。

被收录更显眼光，这是历来被各类选本所忽视的作品，但其实鲁迅早在1921年1月15日致胡适的信中就明确表示"《十一月二十四夜》实在好"，随后周作人也表示了对它的欣赏①。

虽然朱自清选郭沫若诗歌25首，多于姜涛选本的23首，不过王泽龙认为，朱自清在选郭沫若诗歌时"较多倾向和谐，富于诗意想象的美学趣味"，但没有选入能够代表"五四"时代精神的《凤凰涅槃》《天狗》《立在地球边上放号》，姜涛则收录了，还收录了朱自清没有选入的"《梅花树下醉歌》表现泛神论思想的代表作"②。这些选择，都体现了谢冕强调的"好诗主义"优先的原则③。当然，《炉中煤》的漏选是个缺憾，而鲁迅的作品选了他的6首新诗和《野草》中的《我的失恋》，力度也很大，但是《野草》中的很多优秀作品没有选入也是很遗憾。

不过，对于《总系》的这一空前规模，洪子诚也产生了疑问："是否需要这样的规模？也就是说，百年新诗是否有这么多的好作品？"④《总系》的体量如此庞大，在新诗不到一百年（1917—2000）的历程中选入了数千首作品，中国新诗真达到了这么辉煌的境地吗？这显然是值得怀疑的。洪子诚认为，如此大规模的单向扩展会导致"美学标准有可能无意间降低"，特别是在对待某些"新发现"的诗人时，很可能会"失去分寸"⑤。其实这种情况在《总系》中已经出现，它与下一个问题直接相关。

第三，编选标准。洪子诚所说的做"加法"和"减法"，包括对诗人诗作的重新认识，都意味着是在重新建构、叙述一部新诗史，这

---

① 参见陈平原《鲁迅为胡适删诗信件的发现》《经典是怎样形成的——周氏兄弟等为胡适删诗考》（一）（二），分别刊载于《鲁迅研究月刊》2000年第10期、2001年第4期、第5期。

② 王泽龙：《〈中国新诗总系〉的经典意识》，《文艺争鸣》2011年第6期。

③ 谢冕：《世纪诗歌之约——〈中国新诗总系〉总后记》，刘福春主编《中国新诗总系》（第10卷），人民文学出版社2010年版，第791页。

④ 洪子诚：《诗与历史——对〈中国新诗总系〉的讨论（摘要）》，《中国新诗：新世纪十年的回顾与反思——两岸四地第三届当代诗学论坛论文集》，2010年，第4页。

⑤ 洪子诚：《诗与历史——对〈中国新诗总系〉的讨论（摘要）》，《中国新诗：新世纪十年的回顾与反思——两岸四地第三届当代诗学论坛论文集》，2010年，第4页。

里"选"的意味格外突出。既然是"选",标准问题就至关重要。谢冕强调"入选诗应以艺术和审美水准为第一参照,兼顾它的文学史价值,即'好诗主义'和'时代意义'综合考量的原则"①。"好诗主义"与"时代意义"之间的矛盾,也就是审美性与历史性之间的矛盾,其实是一切注重文学史建构的选本所面临的难题。《总系》定下的基调是"好诗主义"为首要原则,"时代意义"次之,这一点基本上在各卷得到了体现。

当然,"好诗"这个概念本身就值得回味,与"经典"所具有的强烈程度比,它是一个比较柔和的概念,张松建就区分了"好诗"与"经典"这两个概念:文学史上有些作品,其价值还没有得到充分发掘与公认,只能被认为是"好诗",《总系》做到了"经典主义"与"好诗主义"的兼顾,因为它"既保留名家经典,又钩沉无名佳作,这种折中的做法,符合文学史的实际"②。

不过,选入"好诗"就意味着诗歌的经典化历程开始了,这里面难以说清的是何谓"好诗"?"好诗"的标准是什么?"好"显然是一个模糊的、主观性很强的形容词。《总系》没有也不可能给出一个人人遵守、易于操作的标准,"好诗主义"与"时代意义"之间的尺度如何把握,也是每位主编面临的难题。洪子诚认为这一方针"对于这一大型选本来说,是合理,稳妥的。但方针自身就存在着矛盾,而各编选者的理解也不很相同"③,"根据什么来确定一首诗是'好诗',对我来说就是个天大的难题"④。

从诗歌史叙述与实际编选看,《总系》各卷在整体倾向"好诗主义"的同时,现代部分"多求'历史主义'之全",当代部分"多求

---

① 谢冕:《世纪诗歌之约——〈中国新诗总系〉总后记》,刘福春主编《中国新诗总系》(第10卷),人民文学出版社2010年版,第791页。
② 张松建:《经典、好诗与文学史:〈中国新诗总系〉的选本问题》,《文艺争鸣》2011年第6期。
③ 洪子诚:《诗与历史——对〈中国新诗总系〉的讨论(摘要)》,《中国新诗:新世纪十年的回顾与反思——两岸四地第三届当代诗学论坛论文集》,2010年,第5页。
④ 洪子诚:《编后记》,《中国新诗总系》(第5卷),人民文学出版社2010年版,第483页。

'好诗主义'之精"①。进一步说，《总系》在"好诗"问题上所倾向的，是追求新诗现代性的诗人诗作，因而20—40年代的新诗探索与左翼主潮之外的审美追求、50—70年代的中国台湾现代诗、中国大陆的地下写作、80年代的朦胧诗、90年代的多元化格局都受到选家的肯定。但如此一来就存在两个方面的问题，一是对左翼或政治性诗歌、新诗主潮的理解上仍有一定的偏差，如王泽龙谈到《总系》"有一些忽略具有左翼色彩或大众化特征的现实主义、浪漫主义诗歌作品的，对纯诗化的现代主义诗人与诗作的关注与选择占了绝对多数的篇幅，应该说存在对历史主义原则有所弱化的倾向"②。这种倾向自20世纪80年代以来就存在，一直没有得到很好的纠正。二是难以呈现历史本身的面貌，"历史主义"的原则难以兼顾，如张松建发现第3卷涉及40年代，"按照新诗史的实情来说，大众化的、现实主义的新诗显然占据了压倒一切的数量优势，现代主义最后沦为'失败的形式和不可能性'"，但编者对"好诗主义"和现代主义诗歌的强调，使得局势颠倒："这样就出现了有趣的一幕：从文学史的实情来看，这个时期是大众化新诗的节节胜利、高歌猛进的时代；但是从文学批评和文学选本的角度来看，反倒是大众化新诗沦为边缘和弱势、而现代主义和'纯诗'（在这个词的广泛意义上而言）占据了主流位置"③。

由于追求"好诗主义"、偏重新诗现代性，大批边缘化、被忽视的诗人诗作被发掘出来，这是《总系》的一大贡献，如刘延陵、王怡庵、何植三、常任侠、关露、贾芝、刘廷芳、朱英诞、吴兴华、多多、灰娃等。但是问题也随之而来，一方面，被发掘的这些诗人，可能在选本中占据了太多的位置，但是他们在当时的历史影响却又极其微弱，那历史主义原则如何兼顾？李润霞指出，最典型的是朱英诞，"这是几乎完全搁置'历史主义'的影响效果而纯以'好诗主义'原则入选

---

① 李润霞：《〈中国新诗总系〉的编选原则与史料问题》，《文艺争鸣》2011年第6期。
② 王泽龙：《〈中国新诗总系〉的经典意识》，《文艺争鸣》2011年第6期。
③ 张松建：《经典、好诗与文学史：〈中国新诗总系〉的选本问题》，《文艺争鸣》2011年第6期。

的一个标本性个案"①。《总系》第 2 卷选入朱英诞作品 2 首,第 3 卷选入 7 首,第 6 卷选入 16 首,共计 25 首,俨然成为新诗史上最重要的诗人之一;被发掘的诗人吴兴华,入选作品也多达 12 首,这就是洪子诚说的"在'惊喜'中失去分寸"。

另外,一些诗人诗作被大量发掘,却有另外的诗人诗作被遮蔽,漏选或选得过少。在打捞中国大陆文化大革命时期的"地下诗歌"时,程光炜就对以"地下诗歌"指称 20 世纪 70 年代的诗歌抱有警惕,因为"它也会窄化或简化人们对这一时期诗歌创作的认识,使'地下诗歌'的价值观念成为遮蔽或支配其他诗歌现象的唯一'正确'的东西",即使是面对地下诗歌,不少选本在"某种程度上都在突出地下诗歌单质化的反抗性质,而忽略、模糊了它别的一些特点",以至于还原真正的历史其实是不可能的②。当然这也反过来说明了重新整理、编选和研究的重要性,程光炜对穆旦、朱英诞、灰娃、岳重等诗人的打捞,正是在做一种去蔽的工作。

不少学者指出一些重要的诗人被遗漏或选诗不够,甚至包括海子这样的重量级诗人只选了 9 首,数量偏少,还有就是同样是被发掘的诗人,吴奔星的作品却只入选 2 首,这也无法自圆其说。此外,《总系》以十年分期,可以使各卷选诗数量相对均衡,但有的诗人在多卷中出现,入选诗作极多,有的诗人只出现在一卷中,诗作也只选了一两首,这说明《总系》在诗人诗作的比例配置上还缺少宏观的把控。显然,如何真正把握好"好诗主义"与历史主义之间的尺度,是每位编选者要解决的难题。

这里面特别需要提到的是编选 90 年代诗歌的第 8 卷,在各卷当中,它是最贴近时下的,诗歌经历岁月的洗礼和时间的检验要比其他时代都短,"好诗主义"与"历史主义"的张力最为明显,选择的难度相当大。90 年代的新诗状况正如张桃洲给导言所起的标题:"杂语共生与未竟的

---

① 李润霞:《〈中国新诗总系〉的编选原则与史料问题》,《文艺争鸣》2011 年第 6 期。
② 程光炜:《导言 处在转折期的诗歌》,《中国新诗总系》(第 6 卷),人民文学出版社 2010 年版,第 1—5 页。

转型",同时它表明"中国诗歌处在一个新的转折点上"①。要对这一时期的多元共生、混杂面貌与过渡形态进行总体把握与条分缕析,是非常艰难的,这一卷诗选基本上涵盖了多个向度的诗歌佳作,如昌耀的《紫金冠》、周伦佑《在刀锋上完成的句法转换》、郑敏《诗人之死》、张曙光《尤利西斯》、西川《夕光中的蝙蝠》、王家新《帕斯捷尔纳克》、欧阳江河《傍晚穿过广场》、于坚《〇档案》、臧棣《未名湖(春天结束于)》、哑石《奇迹》、伊沙《饿死诗人》等。

孙玉石编选的是第 2 卷,他也在反复思考"历史"与"好诗"结合,"需要坚守的底线是什么"这个问题,在他看来,还是要从新诗与民族、个人的联系中寻找"历史"与"审美"的平衡②。这一意见无疑是值得重视的。

第四,以十年为期划分阶段的体例贯彻到每一部作品卷,这个操作可能便于各卷的均衡、统一。在出版前的研讨中,洪子诚就意识到这样的处理"对描述一个时期的诗歌状况是一种合适的安排。这个阶段的诗人,诗派,诗歌体式,诗歌场域结构等,能得到便利的呈现。但是,这样的处理带来的问题是,那些写作跨不同阶段的诗人,被人为的时间所分割",如郭沫若、艾青、臧克家、冯至、穆旦、洛夫、余光中等诗人的处理上都存在这样的问题③。显然,是整体呈现诗人的面貌还是整体呈现一个时期的面貌,这是一个"两难的选择"④。不仅如此,不少学者也认为十年分期本身也有一定的问题,如果说中国现代诗歌三十年的划分与《中国新文学大系》及学界的基本看法相一致,以 1979 年作为一个时代的起点也符合新诗及时代变化的内在节奏,但

---

① 张桃洲:《导言 杂语共生与未竟的转型》,《中国新诗总系》(第 8 卷),人民文学出版社 2010 年版,第 1、37 页。
② 孙玉石:《〈总系〉编选中想到的一些问题——〈中国新诗总系〉研讨会上最后的发言》,《文艺争鸣》2011 年第 6 期。
③ 洪子诚:《诗与历史——对〈中国新诗总系〉的讨论(摘要)》,《中国新诗:新世纪十年的回顾与反思——两岸四地第三届当代诗学论坛论文集》,2010 年。
④ 洪子诚:《诗与历史——对〈中国新诗总系〉的讨论(摘要)》,《中国新诗:新世纪十年的回顾与反思——两岸四地第三届当代诗学论坛论文集》,2010 年。

1949年之后的划分总体上是不尽合理的，特别是涉及两岸四地，十年分期就"未必有类似'历史关结点'的分界意义"①，"也暴露了一些难以自圆其说的勉强"②。第8卷论及"90年代诗歌"，这种提法"虽然多少带有诗歌史'时期'的意味，却并非严格的时期概念；在很大程度上，它带有近距离观察时，作为一种时间尺度的'权宜'性质"③。

第五，主题分类的编选方式。之所以这样安排，是考虑到"这样做的好处是突出了创作现象和创作思想的意义，从而有利于诗歌史的研究，并引起读者阅读的兴味"④。《总系》没有为主题设置明确的分类标准或类别，完全由分卷主编根据情况自行设定。因此，各卷的主题涉及的有社团流派、诗歌体式、风格、题材、取向、主题、诗人地域、代际、诗歌创作与发表方式等，不一而足。很多主题确实能体现谢冕所说的优点如"文学研究会诗人群""创造社及周边的诗人""沦陷区的吟哦""政治的抒情""台湾的现代主义"等。吴思敬为理论卷概括的主题为"诗体解放与诗体变革""自由与格律的消长""现实主义、浪漫主义及现代主义的并峙与兼容"⑤，理论线索与诗歌史的线索都得到了清晰的呈现。

但是，如果碰到多元混杂的情况，主题归类的优点可能就显现不出来了，并且可能因为其混杂而变成缺点。第一个十年相对来说最易于从主题加以归类，因其风格、社团流派的特点非常明显，但到了40年代以后就非常困难，最靠近当下的第8卷是最难的。因此孙玉石在编选第2卷时干脆放弃，而其他主编在拟定主题时出现一些措辞含糊、指向不明的命名，也暴露了这种方式的问题。沈奇发现第7卷对80年

---

① 李润霞：《〈中国新诗总系〉的编选原则与史料问题》，《文艺争鸣》2011年第6期。
② 洪子诚：《诗与历史——对〈中国新诗总系〉的讨论（摘要）》，《中国新诗：新世纪十年的回顾与反思——两岸四地第三届当代诗学论坛论文集》，2010年，第5页。
③ 洪子诚、刘登翰：《中国当代新诗史》（修订版），北京大学出版社2005年版，第242页。
④ 谢冕：《绕杭州西湖长跑（编后记）》，《中国新诗总系》（第4卷），人民文学出版社2010年版，第536页。
⑤ 吴思敬：《导言 现代化进程中的诗学形态》，《中国新诗总系》（第9卷），人民文学出版社2010年版，第4—17页。

代诗歌的概括就有"其他诗人的诗"这样尴尬的命名①，李润霞则认为第 8 卷概括的 90 年代诗歌的四个主题"转换与延续""拓展与深入""探求可能性""多向度选择"是模棱两可、似是而非的。她进一步指出，主题分类的不当，可能导致一些风格多样或特异的诗人难以归类，前一种诗人可能会被切割，后一种诗人可能被遗漏，还可能导致诗歌史认识的偏差，如第 6 卷（1969—1979 年）"从白洋淀到朦胧诗"的命名，就简化了朦胧诗的发生线索，还有就是中国台港诗人难以安置②。此外，李润霞还指出，第 6 卷最后设了"特殊的歌唱"这样一个表意不明的主题，其中又只选了郭小川、李瑛两人的诗歌，这也会让人产生疑惑③。在那样一个特殊的年代，发出"特殊的歌唱"的怎会只有 2 个人，而郭小川《团泊洼的秋天》《秋歌》与李瑛《进山第一天》《高山哨所》《山鹰》《告别深山》具有的共同性又在哪里？"特殊的歌唱"如果是只在主流之外，那么它与地下诗歌的区别又在哪里？这些问题显然是需要深思的。

因此，谢冕也意识到主题分类方式如果运用不好，很可能就会陷入这样的困境："首先是诗人被'拆解'了，一个诗人可能出现在不同的'分类'中。再就是分类难，分类之后'归类'更难。五十年代卷中'生活颂歌''时代风景'乃至'边疆风情'，性质都有些近似乃至重叠。我在给诗歌归类时，往往举棋不定。没有办法了，只好'粗暴'地'强行分配'"④。谢冕主编"百年新诗"丛书时按照内容（题材）分卷，按照他所说的，有季羡林主编"百年美文"丛书思路的启发，但显然也与《总系》的分类方法形成呼应。该丛书分社会卷、人生卷、艺文卷、都市卷、乡情卷、情爱卷等，分类明确，当然这种分类方法带来的对诗人的"肢解"、分类判断的困难

---

① 沈奇：《梳理、整合与重建——〈中国新诗总系〉初读谫论》，《当代作家评论》2011 年第 4 期。
② 李润霞：《〈中国新诗总系〉的编选原则与史料问题》，《文艺争鸣》2011 年第 6 期。
③ 李润霞：《〈中国新诗总系〉的编选原则与史料问题》，《文艺争鸣》2011 年第 6 期。
④ 谢冕：《绕杭州西湖长跑（编后记）》，《中国新诗总系》（第 4 卷），人民文学出版社 2010 年版，第 536 页。

等问题依然存在①。

第六，对两岸四地新诗的整合。有学者指出，自 20 世纪 80 年代以来，中国内地的新诗选家就开始关注并选入中国台湾作品，此后中国港澳乃至海外华人诗作也进入选家视野，中国港台等地的新诗史与选本，也逐渐将中国内地新诗纳入其中。但一直以来选本的地域本位主义、条块分割没有得到很好的解决。《总系》显然力图打破这一困局，从宏观的"中国新诗"视野把中国内地和中国台港澳的诗歌融为一个整体加以考察，打破地域、历史、意识形态等界限，是"一种'重写诗歌史'的实践"②。

在 1949 年之后的各卷中都需要对这一问题进行处理，张清华肯定了洪子诚"比较大胆"的做法：第 5 卷收录了中国内地和中国香港、中国台湾的作品，其中中国台湾的现代主义诗作占据了最大的篇幅，远超中国内地的政治抒情诗及其他作品、潜在写作的诗歌。张清华认为这一做法"既符合历史客观性，又体现文学性价值准则"③，它基于洪子诚根据"好诗主义"优先的原则所作的判断，从"诗歌文化的层面上，将两岸诗歌设定为对比、互为参照的对象"④。这一立场是值得肯定的。这一卷可以与谢冕主编的第 4 卷联系起来看，谢冕在该卷中以"现代主义的挑战"为题，给中国台湾诗歌留了较小的篇幅，中国内地的诗歌占了绝大多数，这不完全是出于兼顾历史主义的考虑，也是因为当时中国内地的政治气候虽然多变，但仍然为诗人的创作留下了一定的空间，而中国台湾在 50 年代初也遭遇了政治高压，现代主义的兴盛还有待时日。到 1958 年以后随着局势急剧变化，中国内地诗歌

---

① 谢冕：《总序》，谢冕主编，罗振亚、杨丽霞编《百年新诗·乡情卷》，百花文艺出版社 2013 年版，第 2—3 页。

② 贺桂梅：《1950—1970 年代诗歌的"四板块"与"重写诗歌史"》，《新诗评论》2009 年第 1 辑，北京大学出版社 2009 年版，第 33 页。

③ 张清华：《如何描述新诗历史——〈中国新诗总系〉读记》，《文艺争鸣》2011 年第 6 期。

④ 洪子诚：《导言 殊途异向的两岸诗歌》，《中国新诗总系》（第 5 卷），人民文学出版社 2010 年版，第 1 页。

的"满园荒芜"① 才与中国台湾形成了更鲜明的对照，洪子诚的处理也是顺理成章。此后到王光明编选的80年代选本，中国新诗"重新获得了交流、沟通的条件，出现对话、融合的可能"，良性互动的局面开始形成，中国台港诗人与"'归来'诗人群""'朦胧诗'诗人群""'第三代'诗人群""其他诗人"形成众声喧哗的热闹景象。②

当然，如何更好地处理并勾勒两岸四地的诗歌格局，仍然是一个艰巨的任务，并且中国新诗不仅仅是中国的新诗，也是"世界中"的新诗。新世纪以来出现过"汉语新诗"的提法③，正是希望打破中国现代、当代文学的界限，另外将现代以来不同地域（中国内地、中国港澳台、海外）的新诗整合为一。

"世界中"的新诗还有另一重含义：面向世界的传播。1936年哈罗德·阿克顿（Harold Acton）与陈世骧合译的《中国现代诗选》在伦敦出版，是中国新诗最早的英译本。而自1963年许芥昱编译《二十世纪中国诗选》以来，重古诗、轻新诗的局面逐渐得到改观，中国学者也加强了与海外汉学界的合作，如杨四平、严力与梅丹理合编的《中国当代诗歌》、庞秉均编《中国现代诗选》等。新世纪以来北塔主编的双语本《中国诗选》、张智等先后编选的《中国新诗300首》（1917—2012）、《百年诗经·中国新诗300首》（1917—2016）等都是向海外传播中国新诗的选本。

当然，问题仍然是十分复杂的。古远清针对《总系》指出：1."中国新诗是否一定要中国诗人所写？"2."中国新诗是否一定要用中文书写？"3."中国新诗用中文书写是否一律要用北京话？"在他看来，根本上还是在于"中国新诗以大陆为中心，台港澳新诗只是边缘"的

---

① 谢冕：《导言 为了一个梦想》，《中国新诗总系》（第4卷），人民文学出版社2010年版，第24页。
② 王光明：《导言 中国诗歌的转变》，《中国新诗总系》（第7卷），人民文学出版社2010年版，第50页。
③ 傅天虹在《对"汉语新诗"概念的几点思考——由两部诗选集谈起》一文（《暨南学报》2009年第1期）中提出"汉语新诗"这一概念，此后还有进一步的阐发。

观念①。这些其实已经不仅仅是属于《总系》的问题了,而是所有编选中国新诗的选家都面临的问题,《总系》在这方面其实已经努力开始了破冰之旅。

第七,版本校勘与史料辨析。《总系》对自身的定位决定其必然重视学术性和科学性,这里面版本校勘、史料辨析等就成为编选工作的基础。编选三原则中的第二条就是"力求采用最初的版本、以正式发表的时间为准并注明原始出处(因情况特殊,六十年代卷和七十年代卷可按实际写作时间、而不以出版时间为准)"②,正是其学术品格的体现,同时也兼顾了历史的特殊性。这一原则对于作品卷、理论卷和史料卷都是一样的。

孙玉石在这一点上严格执行,他谈到自己所编的第 2 卷"每首诗作的出处,除个别作品无法做到外,绝大多数诗作均竭力找到原载诗集和原发刊物,有的还注明后来收集时的修改情况。这些,都是为了尽可能给读者一份历史的原貌,多少增添一些本书的学术性与科学性"③。版本、史料问题看似基础,实际非常重要,但做起来又异常艰辛。这种工作可以还原历史面貌、纠正讹误,如孙玉石提到,收入第 3 卷的阿垅的《纤夫》,在后来的编选中都出现了编排的错误,直到他见到该诗最初发表时的样态,才发现诗人在形式上独具匠心的安排,从而纠正了 60 多年来的讹误④。这项工作还能打捞起一些被遗忘的作品,如冯雪峰的《呼唤》、徐迟的《京胡》,并且钩沉旧作,还能发现诗人更丰富的面貌和风格,艾青写给新婚妻子的《给》,就展现了诗人的"另一种精神侧面"⑤。由于诗歌在抄写、发表、出版过程中可能存在的修改、讹

---

① 古远清:《对〈中国新诗总系〉的三点质疑》,《文学报》2011 年 7 月 7 日。

② 谢冕:《世纪诗歌之约——〈中国新诗总系〉总后记》,刘福春主编《中国新诗总系》(第 10 卷),人民文学出版社 2010 年版,第 791 页。

③ 孙玉石:《编后记》,《中国新诗总系》(第 2 卷),人民文学出版社 2010 年版,第 678 页。

④ 孙玉石:《〈总系〉编选中想到的一些问题——〈中国新诗总系〉研讨会上最后的发言》,《文艺争鸣》2011 年第 6 期。

⑤ 孙玉石:《〈总系〉编选中想到的一些问题——〈中国新诗总系〉研讨会上最后的发言》,《文艺争鸣》2011 年第 6 期。

误，诗人对作品可能也有多次的修改，因此，研究诗作各个版本之间的关系、修改过程中诗人思想、观念等变化，这是非常有意义的。

洪子诚也认为选择初版本是值得肯定的，但他也有顾虑，因为"作品后来的改动可能是失误，但也可能是向着'完善'境界走出的一步。……从读者的阅读，和诗歌'经典化'工作的角度上说，'初版本'（'初刊本'）的价值并不就是至高无上的"[①]。

洪子诚的顾虑是有普遍意义的，孙玉石在《中国新诗总系》研讨会上最后的发言，实际上回答了这个问题。他提到戴望舒的《我思想》，这首诗最初发表时题为《偶成》，末句为"来震撼我斑斑的彩翅"。后来收入诗集出版时改题《我思想》，末句改为"来振撼我斑斓的彩翼"。《总系》收录这首诗时采用的就不是初刊本，而是后来的修改本。因为这种修改使作品更完善，使之成为"蕴含极深的20世纪中国现代绝句之一曲绝唱"[②]。相比之下，郭沫若、何其芳的一些诗作，经过了很大的改动，而这种修改往往是出于一些特殊的原因，这就不能采用修改本，而应该依据原始面貌。这也是需要灵活对待的[③]。

相反地，如果在版本、史料工作中不够扎实、细致，出现了错误，就可能导致对诗人诗作的认识出现较为严重的偏差。这些问题在根本上还是源于研究者重视不够，甚至是对史料工作的轻视。刘福春主编史料卷，2002年他主编的《二十世纪中国文艺图文志·新诗卷》是一部图文并茂的新诗选本。他长期从事新诗史料工作，不仅发掘出了大量珍贵的史料，纠正了不少讹误，也特别感慨"史料的重要性是没有人怀疑的，但学术地位不高，史料工作的地位就更低"[④]。即使是《总系》中的一

---

① 洪子诚：《诗与历史——对〈中国新诗总系〉的讨论（摘要）》，《中国新诗：新世纪十年的回顾与反思——两岸四地第三届当代诗学论坛论文集》，2010年，第5页。

② 孙玉石：《〈总系〉编选中想到的一些问题——〈中国新诗总系〉研讨会上最后的发言》，《文艺争鸣》2011年第6期。

③ 孙玉石：《〈总系〉编选中想到的一些问题——〈中国新诗总系〉研讨会上最后的发言》，《文艺争鸣》2011年第6期。

④ 刘福春：《导言 艰难的建设》，《中国新诗总系》（第10卷），人民文学出版社2010年版，第21页。

些分卷，也存在这方面的问题，已为不少学者所指出。但瑕不掩瑜，《总系》对版本、史料问题的重视，对改变这种局面是有着积极意义的。

还有一点就是21世纪以来的新诗未能选入，或许是出于"好诗主义"的考虑，毕竟新世纪以来的诗歌作品距离太近，时间的检验还不够。但这始终是一个遗憾，《总系》实际上成为20世纪中国新诗的总结，离百年诗选的目标还差一步。但无论怎样，《中国新诗总系》仍是目前为止中国新诗选本史上最为全面、深刻、权威的大型综合性选本，堪称一座丰碑。它的成就与缺憾，都应该得到后来选家的重视。

2013年长江文艺出版社推出的《中国新诗百年大典》（以下简称《大典》）是继《中国新诗总系》之后又一个大型诗歌选本出版工程。从《大典》的编选队伍、理念、体例等方面来看，它显然是以《总系》为重要参照而力图形成自己的特色。

《大典》与《总系》一样，都是为了展现中国新诗的百年历程与成果，也力图成为"对五四以来现代中国文明与现代中国文化成就的一个有力呈现"[①]。同时《大典》的总主编洪子诚、程光炜，分卷主编吴晓东、姜涛、张桃洲，本来都是《总系》的分卷主编，而《大典》的另一些编者如李润霞、张清华等，则参与过《总系》的研讨活动，也有丰富的选本编纂经验。其他编者则基本是由学者、诗人、评论家构成。《大典》具有以下一些特点：

第一，就规模而言，《大典》共30卷，选入了300多位诗人的1万多首诗作，成为迄今为止新诗史上规模最大的出版工程。该选本最初制订的计划是每位诗人平均选诗30首，根据实际成就，多者五十首，少者十首[②]。编选时限自1917年新诗诞生到2012年为止，所选诗人以胡适居首，从"五四"作家直至85后[③]，时间维度之长，也超越

---

[①] 沉河：《〈中国新诗百年大典〉出版统筹备忘录》，http://blog.sina.com.cn/s/blog_aa9a8ff201017k92.html。

[②] 沉河：《〈中国新诗百年大典〉出版统筹备忘录》，http://blog.sina.com.cn/s/blog_aa9a8ff201017k92.html。

[③] 《大典》以诗人年代影响力为序，兼顾出生年月，最后一卷（第30卷）的最后一位诗人是茱萸，1987年出生，他入选的最后一首作品是《李商隐：春深脱衣》，时间标注为2012年5月6日。

了以前的选本。《总系》的一个缺憾是没有选入新世纪的诗人诗作，《大典》无疑在这个方面做到了。

第二，"对'文本性'的重视。虽然也意在展现历史过程的情景，更主要是推荐有优秀诗作的诗人及其创作"①。这样的表述很容易让人想到《总系》的编选原则。《大典》编辑筹备会召开时，有一项议题即是"区别于'大系'，强调'大典'。大系即强调史事性，大典即强调文本性"②。但其实《总系》的编选原则是"好诗主义"优先，兼顾"时代意识"，也是把"文本性"放在首位的。不过由此也可以看出《大典》同样有着遴选"好诗"的追求，其标准是："其作品是否具有较高思想艺术价值，是否对新诗艺术发展具有某种创新意义，和在某一历史时期是否产生较大影响。"③ 前两点可以视为审美性的尺度，第三点可以视为历史性的尺度，当然二者也可以交叉。《总系》的编选其实也是有这样的思路，甚至可以说具有诗歌史意味的综合性选本，大体上都会秉承这样的思路。

第三，《大典》有两位来自中国台湾的分卷主编唐捐、钟怡雯。整部选本选录范围除中国内地诗人外，中国台港澳诗人以及海外华文诗人也在收录之列。这不仅是对新诗地域性的重视，也体现出《大典》力图涵括"华文诗歌"的宏愿。同时《大典》对近20年来的华文诗歌给予了更多的关注，体现出《大典》对当下诗歌现实的充分重视，力图以更具包容性的姿态展现多元化的成就。

第四，主编和分卷主编提出候选人，经投票确定人选。这是与《总系》不同的操作方式，是集体编选中另一种常见的方式，分卷主编的权力受到了一定的限制。

第五，《大典》以诗歌、诗人年代作为分卷依据，兼顾其他因素，

---

① 洪子诚、程光炜：《中国新诗百年大典·序》，李怡主编《中国新诗百年大典》（第一卷），长江文艺出版社2013年版，第1页。
② 沉河：《〈中国新诗百年大典〉出版统筹备忘录》，http://blog.sina.com.cn/s/blog_aa9a8ff201017k92.html。
③ 洪子诚、程光炜：《中国新诗百年大典·序》，李怡主编《中国新诗百年大典》（第一卷），长江文艺出版社2013年版，第1页。

这是以时间为线索的编排，平均10人1卷，相对来说比较简单、便于操作。以人为主线，可以保证诗人的完整面貌，但是相对来说难以清晰呈现每个时期诗歌的风貌。

第六，《大典》有总主编撰写的简短序言，对编选缘起、选本特点、体例等方面做了介绍，也强调了《大典》的特点。不设理论批评卷，各分卷没有导言，为每位诗人撰写诗人小传，这些方面都体现出《大典》的定位是成为具有普及意义、面向社会大众的新诗选本。

从提名程序看，《大典》的操作是有民主性的，但是分歧也不可避免。最初提名的诗人有666位，得到14票以上的诗人有43位，越接近当下的诗人，争议就越大。靠投票来解决有合理性，但也会有一些遗憾和问题，分卷主编张桃洲就表示，"至少有20位诗人不该入选"，"参与的人很多，众口难调，出版社也会有自己的考虑和想法，所以最后其实有妥协的成分"①。除投票外，还有种种原因导致一些诗人漏选，如中国台湾诗人夏宇，因为未获得她的授权。

截至目前，学界对《大典》的研讨并不多，但是《大典》上了网络热搜却是因为"羊羔体""废话体"诗人的入选，而且质疑和争论往往流于表面，并没有对相关诗人的入选作品进行解读，更谈不上全面的分析。这是一件非常遗憾的事情，因为它背后的意义还是严肃的，涉及新诗史观、当下诗歌的评价及经典化问题。车延高其实在获得鲁迅文学奖时就引发过热议，这次再引争议也很正常。《大典》编辑统筹沉河强调了车延高的影响力，并认为"他的羊羔体确实也代表一种风格和特例，也确实有人喜欢"，而杨黎入选是因为他是"最早写废话体的诗人"②。从沉河的介绍可以看出，《大典》在选择"羊羔体""废话体"诗人时，可能首先是因为影响力而注意到他们，但是在选作品时，实际又倾向于"文本性"，这是力图在审美性与历史性之间

---

① 《"羊羔体"入〈中国新诗百年大典〉惹争议》，《新京报》2013年5月1日。
② 《"羊羔体"入〈中国新诗百年大典〉惹争议》，《新京报》2013年5月1日。

保持平衡。当然，在讨论车延高等诗人时争执是比较激烈的①。从《大典》来看，车延高入选了第 12 卷，杨黎是在第 17 卷。车延高入选的作品如《一瓣荷花》《向往温暖》《那个洗衣服的人呢》等，出自他获得鲁迅文学奖的诗集《向往温暖》；杨黎的诗歌有 3 首入选：《撒哈拉沙漠上的三张纸牌》《五个红苹果》《冷风景》。从诗艺上讲，这些作品是能够代表诗人风格、相对成熟且有艺术个性的作品。《大典》的选择应该说是合理的。

《大典》在选择诗人时的另一个特点也引起关注，那就是 60 后诗人成为主力。最初得到提名的诗人中，1900 年以前的诗人有 26 人，1900 年代、1910 年代、1920 年代、1930—1940 年代、1950 年代、1960 年代、1970 年代、1980 年代诗人得到提名的分别为 47 人、48 人、41 人、56 人、40 人、234 人、66 人、23 人，60 后远超其他年代出生的诗人。从《大典》的编排来看，60 后诗人从第 16 卷的吕德安开始，到第 25 卷的周伟驰，占去了 9 卷的篇幅（9 卷中有个别诗人为 50 后），确实可以说是分量最重。张桃洲提到 60 后当下"正处在创作的活跃期，我们的选本给了他们足够的空间"②。这里也可以看出《大典》对于当下诗歌现实有更多的关注。

以人分卷、以人选诗是《大典》在体例上的安排，从中大体可以看出新诗史的线索：初期白话诗人、象征派、新月派、现代派、左翼诗人、南方诗群、七月派、西南联大诗群、中国台湾现代诗群、50 年代的抒情诗人、朦胧诗群、中国港澳及海外诗人、第三代、70 后、80 后等。选诗大体上也以审美现代性为主线来贯穿，但表现得比《总系》更明显，朱英诞、穆旦、吴兴华、灰娃等诗人继续得到重视，相比之下田间、殷夫、李季、郭小川、贺敬之等人的入选，在《大典》的庞大规模中显出左翼诗歌、政治抒情诗等占的比重更小。可见在处理特殊时代的作品时，《大典》更少历史主义方面的顾虑，但是也出现了不应有的遗漏，如阮章竞的《漳河水》。

① 《"羊羔体"与鲁迅并列入〈中国新诗百年大典〉引争议》，《羊城晚报》2014 年 12 月 31 日。
② 《"羊羔体"入〈中国新诗百年大典〉惹争议》，《新京报》2013 年 5 月 1 日。

在具体诗作的选择上，可以比较一下《总系》与《大典》在"好诗"选择上的异同。两部选本都以胡适为新诗的开创性诗人，《总系》选胡适诗13首，《大典》选20首，显然都把胡适视为较重要的诗人。就诗作言，两部选本都选的作品有8首：《三溪路上大雪里一个红叶》《关不住了！》（译诗）、《一颗遭劫的星》《例外》《梦与诗》《希望》《一念》《鸽子》，重合度还是比较高的，并且它们也都是胡适诗中的上乘之作。不过，《大典》选入的《"威权"》《我的儿子》并不是上好的作品。鲁迅的作品，《总系》选了7首，《大典》选了29首，数量上远超前者，不过两部选本显然都很重视鲁迅的作品。一般认为鲁迅创作的白话新诗有6首，两部选本共同选入的多达5首：《梦》《爱之神》《桃花》《他们的花园》《人与时》，《总系》选了《野草》的一首散文诗《我的失恋》，《大典》则把《野草》中的散文诗全部选入，加上"题辞"共24篇作品，是选入鲁迅散文诗最多的综合性选本。在这一点上，《大典》的力度堪称前所未有，把"文本性"的追求发挥到了极致。

郭沫若的诗歌，《总系》选入23首，《大典》选入37首，两部选本重合的达到13首，比例也是很高，最具代表性的《凤凰涅槃》《天狗》《笔立山头展望》，清新的《天上的市街》都在其中，《大典》选入而《总系》未收的《炉中煤》《匪徒颂》也是极具"五四"时代精神的作品，但《总系》还选了静谧的《夜步十里松原》，这也是一首佳作，《大典》未选也是一个缺憾。

因此，《大典》总体上看也是一部具有重要意义的大型选本，在很多方面它与《总系》有着相似相通之处，同时两部选本也可以构成互补的关系。

《中国新诗百年大典》与《中国新诗总系》一样，体现了审美性优先、兼顾历史性的原则，而《中国新诗百年志》（以下简称《百年志》）则正好相反，首重历史性，这是"志"的体式所要求的，当然"立足于诗歌美学和诗歌历史学的综合标准"[①]也是应有之义。《百年

---

[①] 吉狄马加：《中国新诗百年志·总序》，中国作家协会诗刊社编《中国新诗百年志·作品卷》（上），中国工人出版社2017年版，第2页。

志》由中国作家协会委托《诗刊》社编纂,编委会主任为吉狄马加,副主任商震,编委会成员刘福春、吴思敬、张清华、谢冕、霍俊明等都是《总系》或《大典》的编者,其他成员均为诗人、学者、评论家。不难想见《百年志》的风格显然会与前两部选本接近。

《百年志》分为作品卷和理论卷,体例上较为完备。就作品卷而言,总体上是按照新诗史的线索推进,以胡适写于1916年的《朋友》(《蝴蝶》)开篇,止于2015年,基本上展现出了从初期白话诗、新月派、象征派、现代派、左翼诗歌、现实主义、"七月派"、"九叶派"、民歌体叙事诗、政治抒情诗、中国台湾现代派、朦胧诗、第三代直至新世纪以来的创作。作为一部规模适中的选本,《百年志》所选作品在历史性兼顾审美性上还是做得比较到位的,胡适的作品只选了《朋友》《鸽子》,代表了胡适在白话诗领域最初尝试的成果,树立起了一位"尝试者"的形象;周作人的作品也只选被称为新诗中的第一首杰作的《小河》,鲁迅的作品《影的告别》《希望》《雪》都出自《野草》,郭沫若的《夜步十里松原》《凤凰涅槃》《天狗》的入选是合适的,《郊原的青草》则代表了他后期的成就。蒋光慈、殷夫、陈辉、胡昭、雁翼、梁上泉、张永枚等人的入选,展现了左翼诗歌、现实主义诗歌、政治抒情诗等的历史面貌,一定程度上纠正了对此类诗歌的轻视,这是有必要的。但在具体篇目上还是应该再严格一些,如蒋光慈选的是《莫斯科吟》,出自诗集《新梦》,这样的诗歌缺少锤炼,抒情少节制,"甚至为了表达思想而自觉的放弃艺术"①,应该从他更成熟的《哀中国》挑选作品。对于偏重历史性的《百年志》来说,编选20世纪90年代以来的新诗是最大的难题。对这一时段的诗作,编委会进行了反复的筛选与商讨。从这个意义上讲,《百年志》还是非常谨慎地对待新诗入史的问题,力图使自身成为有历史价值的新诗文献。

《百年志》还有一个特点,那就是在篇幅上较为适中。在此前后洪子诚、奚密主编的《百年新诗选》(上、下,2015年)、张贤明主编的《百年新诗代表作》(现代卷、当代卷)(2017—2018年)等都是

---

① 谢冕:《中国新诗史略》,北京大学出版社2018年版,第135页。

这类选本。《百年新诗选》的编选缘起就是考虑到已有的多种诗选或是极其"简约",类乎"诗三百";或是极其宏大,因而需要一种"'适度'篇幅"的选本[1]。篇幅适度当然仅仅是外在标志,这种"适度"原则也可以渗透选诗行为中,与选家观念融为一体:"面向诗歌爱好者的、普及性的,但又为想了解新诗历史和现状的读者提供进一步深入的空间。在这样的选本里,对诗人和诗作有一定的包容量,能显示新诗历史和重要诗人的基本风貌,但也避免过分膨胀而让一般读者难以使用",还可以"为学校的诗歌教育提供基本的参考资料"[2]。也就是说,这类选本既有基本的覆盖面,同时也突出重点诗人。《百年新诗选》上册名为"时间和旗",下册名为"为美而想",分别出自唐祈和骆一禾的作品,也是注重历史性与审美性的统一。

除此以外,还有众多个体选家单独或联合编选的百年新诗选本,如蔡天新主编《现代汉诗 100 首》(2007 年)、李朝全《诗歌百年经典(1917—2015)》(2016 年)、老刀编选《中国新诗百年百首》(2016 年)、周良沛主编《中国百年新诗选》(2017 年)、张默、萧萧主编《新诗三百首百年新编》(1917—2017)(2017 年)、谭五昌编《新诗百年诗抄》(2017 年)、徐正华编选《中国新诗百年精选》(2019 年)、吴投文《百年新诗经典解读》(2019 年)等,选家有较为鲜明的个人风格,这些选本也构成了非常多元化的格局。

还有就是以 21 世纪以来的诗歌为对象的选本也大量出现,除了前文已经论及的年度诗选及何言宏主编的《二十一世纪中国文学大系(2001—2010)·诗歌卷》以外,还有李少君主编的《21 世纪诗歌精选》系列(2006 年推出第一辑)、谭五昌主编《21 世纪诗歌排行榜》(2010 年)、李犁、吉狄马加主编《新世纪中国诗典》(2011 年)、伊沙主编《新世纪诗典》系列(2012 年推出第一季)、耿立主编《21 世

---

[1] 编者:《编选说明》,洪子诚、奚密主编《百年新诗选》(上),生活·读书·新知三联书店 2015 年版,第 1 页。

[2] 编者:《编选说明》,洪子诚、奚密主编《百年新诗选》(上),生活·读书·新知三联书店 2015 年版,第 1 页。

纪中国最佳诗歌：2000—2011》（2012年）、普冬主编《新世纪诗选》（2014年）等。

需要提及的是，21世纪以来的文学选本，出现了两种同时并存的编选方式：一是传统的书斋编选，二是多种活动融合的形式，后者往往是把编选与评奖、论坛、讲座甚至是朗诵会、音乐会、诗歌节、纪录片摄制等融为一体，将诗歌编选打造为立体的、多元的文化节目。例如，2012年中国新诗论坛在沙溪举行，会议重点讨论了新诗经典化的议题，同时选出了新诗19首，编选与论坛融为一体。此外选家与媒体的合作也是一大特色。1998—2000年伊沙在《文友》开辟荐诗栏目"世纪诗典"（后结集为《被遗忘的经典诗歌》，2005年出版），此后网易读书频道邀请他开设一个微博的诗点评专栏，每天推荐一首新世纪以来的诗歌，名为"新世纪诗典"，2011年启动。其成果结集为《新世纪诗典》（第一季），2012年由浙江文艺出版社出版，此后这一系列一直做了下来。不仅如此，围绕《新世纪诗典》还举办了诗会、学术研讨会、颁奖活动，成为一个多元的文化项目。

不仅如此，借助于扫码、音频、视频等技术，新诗选本也能从单一的平面纸质文本转变为立体的、可读、可听的艺术品，成为一个融文字、声音、图片、影像等各种因素的多元世界。刘福春主编的《二十世纪中国文艺图文志·新诗卷》（2002年）、邱华栋主编，周瑟瑟编选的《那些年我们读过的诗》（2016年）、2016年河南举办的"中国新诗百年华文诗人影像志"史料展览、上海打造的"中外诗歌进地铁"活动等就是如此。新诗编选与新媒体、新技术的携手，使得选本与编选活动获得了丰富的文化意义，也能赢得更广泛的社会关注。

因此，21世纪以来的新诗编选，一方面立足于社会转型与新诗创作空前繁荣的基础，选本也出现了空前的繁荣与多样化。新世纪的新诗选本，以年度诗选与建构新诗史的综合性选本最为突出；另一方面，大量选本又出现了同质化与差异化的悖论现象，同质化是指重复编选，思路、模式的僵化，反复入选的总是同样的诗人；差异化是指各类选本在选诗时，由于各种分歧，选入的诗作呈现出极大的差异，在编选20世纪90年代以来的诗歌时体现得最为明显。罗振亚认为这表明新诗史上更多的是"动态经典"（"文学史经典"），缺乏的是"恒态经典"（"文学经典"），两种经典重合率太低，"恒态经典"太少，这是"新诗真正经典匮乏和不够繁荣的显豁证据，这也是许多批评者攻击新诗的理由所在"[①]。中国新诗与新诗选本，各自都度过了百年诞辰，但对于中国诗人与选家而言，下一个百年的大门已经开启，新诗创作与编选仍然任重而道远。

---

① 罗振亚：《百年新诗经典及其焦虑》，《文艺争鸣》2017 年第 8 期。

# 结　　语

进入2020年，中国新诗已经度过百年诞辰，正向新的百年进发；中国新诗选本则正迎来百年华诞，亟待回顾与总结。在这一看似漫长实则短暂的路途上，选本与新诗相伴而行，见证了中国新诗的百年荣耀与世纪争议。选本自身的历史、成就与不足，也同样应该引起重视与关注。

新诗诞生不久，新诗选本即应运而生。1920年1月，新诗社编辑部编《新诗集》（第一编）出版，拉开了中国新诗编选的大幕。百年来选本的跌宕起伏，与新诗一样，既有来自历史风云的变幻，也与它们自身的变化密切相关。

新诗编选历经1920—1948年的草创与初步发展阶段、1949—1979年的"一体化"阶段、1979—2000年的变革阶段、21世纪以来的多元化发展阶段。在第一个阶段，新诗创作与编选都处于草创期，因而此时的选本，主要是要维护作为新文学组成部分的新诗的地位。早期的新诗创作以依托《新青年》《新潮》的北大师生群为中心，新诗编选也同样如此。进入30年代，新诗创作与编选出现了第一个高潮，新诗创作的主力既有左翼诗潮，也有专注于诗艺的"新月派""象征派""现代派"等，新诗编选的焦点也随之向他们转移。40年代由于战乱，新诗编选遭遇挫折，但仍然出现了富有个性化、体现选家对时代和文学、文化深入思考的选本。

第二阶段与第一阶段相比呈现出极大的变化即"一体化"的特点。因而这一阶段的新诗选本既有传统形式的选本，也有极为特殊的以丛书形式出现的选本。对于后者，本书以"中国人民文艺丛书"

"新文学选集"、中国现代作家选集为例进行了探讨，认为这种规模化运作把作家作品纳入高度统一的"一体化"秩序中，以丛书的形式体现国家意志，同时又与当时作家的思想改造紧密地结合在一起，这些选本也就打上了鲜明的时代烙印。对于后者，本书以臧克家主编的《中国新诗选（1919—1949）》为核心，考察了序言的四个版本与诗选的三个版本，这些变迁是时代风云的投影，也折射出选家在面对政治与审美之间的张力时的心理矛盾。

第三阶段是对第二阶段的反拨，经过1979—1980年的过渡，进入80年代，审美本位的复归成为文学编选的重要标志。为了更好地介入与指引当下创作，具有现代性的流派选本大规模出现，为文学创作和时代精神的变革提供了助力。到90年代，这种对于审美现代性的追求进一步发展，由此也引发了极大的争议，争议的焦点显然是此时的文学编选是否从50—70年代的政治主导的极端，发展到了如今的审美现代性主导的极端。但其实此时的新诗选本基本上还是以"20世纪/百年中国文学"的范式为指导，努力在审美性与历史性、艺术与政治之间保持平衡。

新世纪以来的第四阶段承接第三阶段而发展，但又有了新的特点，那就是在编选中不再执着于一端，而是以一种更为多样、开放、包容的姿态来看待诗人诗作，同时也是以"百年中国新诗"的视域来编选新诗。新诗编选经历了一个辩证发展的过程，对于新诗的艺术特质、文化属性、新诗与时代的关系等问题有了更为深入的理解。这一点在年度诗选及综合性选本中体现得最为鲜明。同时随着新媒体的兴起，新诗编选也从过去的一种文学活动，转变为一种多元而丰富的文化行为，在新诗百年诞辰到来时达到了一个新高潮。

当然，中国新诗选本在百年来的历程中是呈指数级增长的，本书所涉及的选本只是其中的一部分。中国新诗选本的研究还有很大的空间可以开拓，选本研究中发现的很多问题，也值得关注与探讨，像编选的主观性与客观性、编选标准的审美性与历史性尺度、新诗编选与创作的关系等，这些问题当然不可能一劳永逸地解决，任何选家在编选时都可能会遇到这样那样的问题，但总结已有选本的经验与教训，仍然可以为今后的新诗创作与编选提供有益的借鉴。

# 参考文献

(以时间顺序排列)

黄子平、陈平原、钱理群:《论"二十世纪中国文学"》,《文学评论》1985年第5期。

王颖辉:《未完成的手稿:略论新诗经典选本的编选策略》,硕士学位论文,南开大学,2005年。

杨庆祥:《选本与"第三代诗歌"之建构》,硕士学位论文,中国人民大学,2006年。

林喜杰:《群体性解读与想象——新诗教育研究》,博士学位论文,首都师范大学,2007年。

栾慧:《中国现代新诗接受研究》,博士学位论文,四川大学,2007年。

刘晓翠:《新时期诗歌年选研究》,硕士学位论文,首都师范大学,2008年。

张志国:《〈今天〉与朦胧诗的发生》,博士学位论文,暨南大学,2009年。

陈振波:《"中国新诗年鉴"(1998—2010)的诗学脉络》,硕士学位论文,西南大学,2013年。

陈璇:《叙述与确认:民国时期新诗选本研究》,博士学位论文,武汉大学,2014年。

陈宗俊:《"十七年"新诗选本与"人民诗歌"的构建》,博士学位论文,南京师范大学,2014年。

徐宁:《"以诗存史"与经典化选择——闻一多〈现代诗抄〉研究》,硕士学位论文,陕西师范大学,2018年。

王文静：《中国当代新诗经典化问题研究》，博士学位论文，吉林大学，2019 年。

《聚焦"新世纪诗歌二十年"》，《文学报》2020 年 2 月 27 日。

赵景深：《中国文学小史》，光华书局 1928 年版。

卢冀野：《近代中国文学讲话》，会文堂新记书局 1930 年版。

中华全国文学艺术工作者代表大会宣传处编：《中华全国文学艺术工作者代表大会纪念文集》，新华书店 1950 年版。

王瑶：《中国新文学史稿》（上册），开明书店 1951 年版。

郭沫若：《学生时代》，人民文学出版社 1979 年版。

汪原放：《回忆亚东图书馆》，学林出版社 1983 年版。

杨匡汉、刘福春编：《中国现代诗论》（上、下编），花城出版社 1985—1986 年版。

徐迺翔编：《文学的"民族形式"讨论资料》，广西人民出版社 1986 年版。

王文金、李小为编：《李季研究资料》，陕西人民出版社 1986 年版。

刘增人编：《臧克家序跋选》，青岛出版社 1989 年版。

侯健主编：《中国诗歌大辞典》，作家出版社 1990 年版。

艾青：《艾青全集》（5 卷），花山文艺出版社 1991 年版。

顾黄初、李杏保主编：《二十世纪前期中国语文教育论集》，四川教育出版社 1991 年版。

闻一多：《闻一多全集》（12 册），湖北人民出版社 1993 年版。

郭志刚：《中国现代文学书目汇要（诗歌卷）》，书目文献出版社 1994 年版。

陈思和：《陈思和自选集》，广西师范大学出版社 1997 年版。

［荷］佛克马、蚁布思：《文学研究与文化参与》，俞国强译，北京大学出版社 1997 年版。

刘福春编：《新诗名家手稿》，线装书局 1997 年版。

吴长翼、邱国忠编：《持恒纪念集》，中国文史出版社 1997 年版。

欧阳哲生编：《胡适文集》（12 册），北京大学出版社 1998 年版。

谢冕：《1898：百年忧患》，山东教育出版社 1998 年版。

洪子诚：《1956：百花时代》，山东教育出版社1998年版。

龙泉明：《中国新诗流变论：1917—1949》，人民文学出版社1999年版。

顾黄初、李杏保主编：《二十世纪后期中国语文教育论集》，四川教育出版社2000年版。

姚丹：《西南联大历史情境中的文学活动》，广西师范大学出版社2000年版。

张新颖：《20世纪上半期中国文学的现代意识》，生活·读书·新知三联书店2001年版。

王本朝：《中国现代文学制度研究》，西南师范大学出版社2002年版。

邹云湖：《中国选本批评》，上海三联书店2002年版。

张伯伟：《中国古代文学批评方法研究》，中华书局2002年版。

郭淑芬等编：《常任侠文集》（第6卷），安徽教育出版社2002年版。

洪子诚主编：《中国当代文学史·史料选：1945—1999》（上、下），长江文艺出版社2002年版。

胡适编选：《中国新文学大系·建设理论集》，上海文艺出版社2003年版。

陈思和：《中国现当代文学名篇十五讲》，北京大学出版社2003年版。

王光明：《现代汉诗的百年演变》，河北人民出版社2003年版。

程光炜：《中国当代诗歌史》，中国人民大学出版社2003年版。

贺桂梅：《转折的时代——40—50年代作家研究》，山东教育出版社2003年版。

刘福春编：《新诗纪事》，学苑出版社2004年版。

王燕生：《上帝的粮食》，古吴轩出版社2004年版。

洪子诚、刘登翰：《中国当代新诗史》（修订版），北京大学出版社2005年版。

陆耀东：《中国新诗史》（1—3卷），长江文艺出版社2005—2015年版。

刘福春：《中国当代新诗编年史》（1966—1976），河南大学出版社2005年版。

罗振亚：《朦胧诗后先锋诗歌研究》，中国社会科学出版社2005年版。

姜涛：《"新诗集"与中国新诗的发生》，北京大学出版社2005年版。

吉少甫主编：《郭沫若与群益出版社》，百家出版社 2005 年版。

徐芳：《中国新诗史》，台湾秀威资讯科技股份公司 2006 年版。

刘福春编：《中国新诗书刊总目》，作家出版社 2006 年版。

陈改玲：《重建新文学史秩序：1950—1957 年现代作家选集的出版研究》，人民文学出版社 2006 年版。

张建智：《诗魂旧梦录》，上海远东出版社 2006 年版。

黎泽渝、刘庆俄编：《黎锦熙文集》（上、下卷），黑龙江教育出版社 2007 年版。

石凤珍：《文艺"民族形式"论争研究》，中华书局 2007 年版。

王本朝：《中国当代文学制度研究（1949—1976）》，新星出版社 2007 年版。

[法] 波德莱尔：《现代生活的画家》，郭宏安译，浙江文艺出版社 2007 年版。

童庆炳、陶东风主编：《文学经典的建构、解构和重构》，北京大学出版社 2007 年版。

黄修己：《中国新文学史编纂史》，北京大学出版社 2007 年版。

孙玉石：《中国现代解诗学的理论与实践》，北京大学出版社 2007 年版。

刘福春：《寻诗散录》，广西师范大学出版社 2008 年版。

陈树萍：《北新书局与中国现代文学》，上海三联书店 2008 年版。

黄耀红：《百年中小学文学教育史论》，湖南师范大学出版社 2008 年版。

奚密：《现代汉诗：1917 年以来的理论与实践》，上海三联书店 2008 年版。

刘春：《朦胧诗以后：1986—2007 中国诗坛地图》，昆仑出版社 2008 年版。

梁笑梅：《中国新诗传播空间中诗集序的历史镜像》，华中师范大学出版社 2008 年版。

鲍嵘：《学问与治理：中国大学知识现代性状况报告（1949—1954）》，学林出版社 2008 年版。

张泽贤：《中国现代文学诗歌版本闻见录：1920—1949》，上海远东出版社 2008 年版。

张泽贤：《中国现代文学诗歌版本闻见录续集：1923—1949》，上海远东出版社 2009 年版。

西渡、王家新编：《访问中国诗歌：中国 23 位顶尖诗人访谈录》，汕头大学出版社 2009 年版。

张新：《20 世纪中国新诗史》，复旦大学出版社 2009 年版。

刘福春、徐丽松编：《中国现代文学总书目·诗歌卷》，知识产权出版社 2010 年版。

冯光廉、刘增人编：《臧克家研究资料》（上、下），知识产权出版社 2010 年版。

朱寿桐：《汉语新文学通史》，广东人民出版社 2010 年版。

陈思和：《萍水文字》，上海文艺出版社 2011 年版。

吴思敬：《自由的精灵与沉重的翅膀》，安徽教育出版社 2011 年版。

赵敏俐、吴思敬主编：《中国诗歌通史》（11 卷），人民文学出版社 2012 年版。

方长安：《新诗传播与构建》，中国社会科学出版社 2012 年版。

罗执廷：《文选运作与当代文学生产：以文学选刊与小说发展为中心》，暨南大学出版社 2012 年版。

刘福春编：《中国新诗编年史》（上、下卷），人民文学出版社 2013 年版。

吴义勤主编：《文学制度改革与中国新时期文学》，文化艺术出版社 2013 年版。

宋宝伟：《新世纪诗歌研究》，中国社会科学出版社 2015 年版。

张清华：《中国当代先锋文学思潮论》（修订版），中国人民大学出版社 2014 年版。

霍俊明：《新世纪诗歌精神考察》，河北大学出版社 2014 年版。

陈子善：《不日记二集》，山东画报出版社 2015 年版。

孙玉石：《新诗十讲》，中信出版社 2015 年版。

吴思敬主编：《20 世纪中国新诗理论史》（上、下），人民文学出版社 2015 年版。

吴思敬：《中国当代诗人论》，社会科学文献出版社 2015 年版。

王本朝：《文学现代：制度形态与文化语境》，人民出版社 2015 年版。

黄晓东：《政治、权力与美学：民国以来的新诗教育研究》，中国社会科学出版社 2015 年版。

罗执廷：《民国社会场域中的新文学选本活动》，山东文艺出版社 2015 年版。

张德明：《新世纪诗歌研究》，暨南大学出版社 2013 年版。

张清华主编：《中国当代民间诗歌地理》（上、下），东方出版社 2015 年版。

张清华：《新世纪诗歌：一个人的编年史》，四川文艺出版社 2016 年版。

李斌：《民国时期中学国文教科书研究》，北京大学出版社 2016 年版。

梁笑梅：《汉语新诗集序跋的传播学阐释》，人民出版社 2016 年版。

霍俊明：《萤火时代的闪电：诗歌观察笔记或反省书》，中国言实出版社 2016 年版。

方长安：《中国新诗（1917—1949）接受史研究》，中国社会科学出版社 2017 年版。

徐勇：《选本编纂与八十年代文学生产》，人民文学出版社 2017 年版。

段从学：《新诗文本细读十三章》，清华大学出版社 2017 年版。

杨黎、李九如主编：《百年白话：中国当代诗歌访谈》，江苏凤凰文艺出版社 2017 年版。

王士强：《消费时代的诗意与自由：新世纪诗歌勘察》，广西师范大学出版社 2017 年版。

谢冕：《中国新诗史略》，北京大学出版社 2018 年版。

陈思和：《新文学整体观》，广东人民出版社 2018 年版。

臧棣、西渡主编：《北大百年新诗》，四川人民出版社 2018 年版。

谢冕主编：《中国新诗总论》（6 册），宁夏人民教育出版社 2019 年版。

罗振亚：《中国先锋诗人论》，中国社会科学出版社 2019 年版。

方长安：《中国新诗传播接受与经典化研究》，社会科学文献出版社 2020 年版。

# 附录　中国新诗选本举隅

新诗社编辑部编：《新诗集》（第一编），新诗社出版部1920年版。
何仲英编：《白话文范》（第2册），商务印书馆1920年版。
许德邻编：《分类白话诗选》，崇文书局1920年版。
新诗编辑社编：《新诗三百首》，新华书局1922年版。
北社编：《新诗年选》（一九一九年），亚东图书馆1922年版。
（沈）仲九、（孙）俍工：《初中国语文读本》（六编），民智书局1922—1924年版。
秦同培编：《中学国语文读本》（4册），世界书局1923年版。
丁丁、曹雪松编：《恋歌：中国近代恋歌选》，泰东图书局1926年版。
卢冀野编：《时代新声》，泰东图书局1928年版。
《（新式标点）新体情诗》，大中华书局1930年版。
秋雪选编：《小诗选》，文艺小丛书社1930年版。
赵景深选编：《初级中学混合国语教科书》（6册），北新书局1930年版。
王侃如等选编：《新学制中学国文教科书初中国文》（4册），南京书店1931年版。
陈梦家编：《新月诗选》，新月书店1931年版。
云裳编：《女朋友们的诗》，新时代书局1932年版。
柳亚子编：《文艺园地》（诗文合集），开华书局1932年版。
沈仲文编：《现代诗杰作选》，青年书店1932年版。
赵景深编：《初级中学北新混合国语》，北新书局1932年版。
王伯祥选：《开明国文读本》（6册），开明书店1932—1933年版。

朱剑芒、陈霭麓编:《抒情诗》(新旧体诗、译诗合集),世界书局 1933
    年版。
朱剑芒、陈霭麓编:《写景诗》(新旧体诗合集),世界书局 1933 年版。
薛时进编:《现代中国诗歌选》,亚细亚书局 1933 年版。
刘半农:《初期白话诗稿》,北平星云堂书店 1933 年版。
张立英:《女作家诗歌选》,开华书局 1934 年版。
赵景深编:《现代诗选》,北新书局 1934 年版。
朱剑芒主编:《朱氏初中国文》(6 册),世界书局 1934 年版。
王梅痕编:《中华现代文学选》(第二册·诗歌),中华书局 1935 年版。
王梅痕编:《注释现代诗歌选》,中华书局 1935 年版。
陈士杰编:《现代诗精选》,经纬书局 1935 年版。
陈陟编:《现代青年杰作文库》(诗文合集),经纬书局 1935 年版。
朱自清编:《中国新文学大系·诗集》,良友图书印刷公司 1935 年版。
夏丏尊、叶绍钧选编:《国文百八课》(4 册),开明书店 1935 年版。
钱公侠、施瑛编:《诗》,启明书局 1936 年版。
大同报社编:《新诗》(第二编),大同报社 1936 年版。
笑我编:《现代新诗选》,上海仿古书店 1936 年版。
林琅编辑,淑娟选评:《现代创作新诗选》,中央书店 1936 年版。
宋文瀚选编:《新编初中国文》(6 册),中华书局 1937 年版。
沈毅勋编:《新诗》,新潮社 1938 年版。
王者编:《诗歌选》,沈阳文艺书局 1939 年版。
徐志摩等著,闲云编:《新诗选辑》,海萍书店出版部 1941 年版。
臧克家等著,赵晓风编:《古城的春天》,沈阳秋江书店 1941 年版。
文辑丛书社编辑:《友情》,北京艺术与生活社 1942 年版。
《蓬艾集》,北京艺术与生活社 1943 年版。
《新诗源》,江西中华正气出版社 1943 年版。
孙望、常任侠编:《现代中国诗选》,重庆南方印书馆 1943 年版。
中华文艺界协会桂林分会编:《二十九人自选集》,桂林远方书店 1943
    年版。
《诗潮》(第一辑),北京艺术与生活社 1943 年版。

胡风选编：《我是初来的》，重庆读书出版社1943年版。

石门新报社编：《野草集》，石门新报社1943年版。

苏文编：《遗愁集》，成都创作文艺社1943年版。

《石城底青苗》，田园文艺丛书1944年版。

草原文艺社编辑：《草原诗集》，草原文艺社1944年版。

孙望编：《战前中国新诗选》，绿洲出版社1944年版。

艾黎选编：《歌，唱在田野》，梅县科学书店1945年版。

蒙晋主编：《风沙》，猛进社1946年版。

《方桌集》，威海中国文化投资公司1946年版。

苗培时辑：《歌谣丛集》，韬奋书店1947年版。

华北新华书店编辑部编：《人民大翻身颂》，华北新华书店1947年版。

华北新华书店编辑部编：《不死的枪》，华北新华书店1947年版。

《舵手颂》，香港海洋书屋1948年版。

鲁迅艺术文学院编：《陕北民歌选》，大连大众书店1948年版。

王希坚等：《佃户林》，新华书店1949年版。

横吹编：《战士诗集》，山东新华书店1949年版。

骆剑冰编：《红旗升了起来》，五月文艺社1949年版。

东北新华书店编：《钢铁的手》（工人诗歌选集），东北新华书店1949年版。

剑林、炳南编：《工人诗歌》，山东新华书店1949年版。

洛夫、张默编：《中国新诗选辑》，创世纪诗社1956年版。

中国作家协会编：《诗选（1953.9—1955.12）》，人民文学出版社1956年版。

臧克家编选：《中国新诗选（1919—1949）》，中国青年出版社1956年版（1957年再版，1979年三版）。

彭邦桢、墨人编：《中国诗选》，大业书店1957年版。

中国作家协会编：《诗选（1956）》，人民文学出版社1957年版。

作家出版社编：《诗风录》，作家出版社1958年版。

作家出版社编：《诗选（1957）》，作家出版社1958年版。

《诗刊》编辑部编选：《诗选（1958）》，作家出版社1959年版。

郭沫若、周扬编：《红旗歌谣》，红旗杂志社 1959 年版。

张默、痖弦编：《中国现代诗选》，创世纪诗社 1967 年版。

绿蒂编：《中国新诗选》，长歌出版社 1970 年版。

白萩、洛夫编：《中国现代文学大系·诗》，巨人出版社 1972 年版。

采刈社编：《中国新诗选集（1918—1969）》，波文书局 1973 年版。

沙灵、萧萧编：《现代诗三百首》，大升出版社 1974 年版。

张曼仪等合编：《现代中国诗选》（1917—1949），香港中文大学出版部、香港大学出版社 1974 年版。

尹肇池编：《中国新诗选——从五四运动到抗战胜利》，香港大地出版社 1975 年版。

洛夫编：《中国现代文学年选·诗》，巨人出版社 1976 年版。

张汉良、张默编：《中国当代十大诗人选集》，源成图书供应社 1977 年版。

萧萧编著：《现代名诗品赏集》，联亚出版社 1979 年版。

罗青编：《小诗三百首》（第一、二册），尔雅出版社 1979 年版。

张汉良、萧萧编：《现代诗导读》，故乡出版社 1979 年版。

北京大学、北京师范大学、北京师范学院中文系中国现代文学教研室编：《新诗选》（第一、二、三册），上海教育出版社 1979 年版。

诗刊社编：《诗选》（一）（二）（三），人民文学出版社 1980—1981 年版。

文晓村编著：《新诗评析一百首》，布谷出版社 1980 年版。

林明德等编：《中国新诗选》，长安出版社 1980 年版。

痖弦编：《当代中国新文学大系·诗集》，天视出版公司 1980 年版。

林明德编著：《中国新诗赏析》（3 册），长安出版社 1981 年版。

萧萧、陈宁贵、向阳编：《中国当代新诗大展》，德华出版社 1981 年版。

张默编：《剪成碧玉叶层层——现代女诗人选集》，尔雅出版社 1981 年版。

辛笛等：《九叶集——四十年代九人诗选》，江苏人民出版社 1981 年版。

绿原、牛汉编：《白色花——二十人集》，人民文学出版社 1981 年版。

王家新编：《中国现代爱情诗选》，长江文艺出版社 1981 年版。

本社编：《中国现代抒情短诗 100 首》（1919—1979），上海文艺出版社1981年版。

吴开晋编：《现代诗歌名篇选读》，河北人民出版社1982年版。

张默编：《感月吟风多少事：现代百家诗选》，尔雅出版社1982年版。

阎月君等编：《朦胧诗选》，辽宁大学中文系印行，1982年。

珞旷编：《现代散文诗选》，湖南人民出版社1982年版。

许敏歧编：《中国散文诗选》，广西人民出版社1983年版。

钱光培编注：《现代新诗一百首》，北京出版社1983年版。

张永健编：《中国当代短诗萃》，长江文艺出版社1983年版。

周良沛编：《新诗选读111首》，花城出版社1983年版。

张志民等编：《当代短诗选》，百花文艺出版社1984年版。

《中国当代女诗人诗选》，贵州人民出版社1984年版。

辛笛等：《八叶集》，生活·读书·新知三联书店香港分店、秋水杂志社（美国）1984年版。

白崇义、乐齐编：《现代百家诗》，宝文堂书店1984年版。

老木编选：《新诗潮诗集》（上、下册），北京大学五四文学社未名湖丛书编辑委员会，1985年。

孙玉石、王光明编：《六十年散文诗选》，江西人民出版社1985年版。

吴奔星、徐荣街编：《现代抒情诗选讲》，江苏教育出版社1985年版。

艾青主编：《新文学大系（1927—1937）·诗集》，上海文艺出版社1985年版。

钟仲南等编：《中外散文诗佳作选》，青海人民出版社1985年版。

《名作欣赏》编辑部编：《中国现代诗歌名作赏析》，山西人民出版社1985年版。

邹绛编：《现代格律诗选》，重庆出版社1985年版。

中国四十年代诗选编委会编：《中国四十年代诗选》，重庆出版社1985年版。

周仲器、钱仓水编：《中国新格律诗选》，江苏人民出版社1985年版。

阎月君等编：《朦胧诗选》，春风文艺出版社1985年版。

谢冕、杨匡汉主编：《中国新诗萃》（50—80年代），人民文学出版社1985年版。

邹荻帆主编：《中国新文艺大系（1976—1982）·诗集》，中国文联出版公司1985年版。

周红兴编著：《现代诗歌名篇选读》，作家出版社1986年版。

俞元桂主编，汪文顶等选编：《中国现代散文诗选》，四川文艺出版社1986年版。

蓝棣之编选：《现代派诗选》，人民文学出版社1986年版。

方铭：《中国现代文学作品教学必读》（上、下），天津人民出版社1986年版。

孙玉石编：《象征派诗选》，人民文学出版社1986年版。

向明选析：《抒情短诗》，花城出版社1985年版。

向明选析：《小叙事诗》，花城出版社1986年版。

关立勋等选注：《古今中外爱情诗选》，中国妇女出版社1987年版。

罗绍书选编：《中国百家讽刺诗选》（1919—1986），贵州人民出版社1988年版。

王宇鸿、周耀根：《散文诗导读》，福建教育出版社1988年版。

黄邦君、邹建军编：《中国新诗大辞典》，时代文艺出版社1988年版。

章亚昕、耿建华：《中国现代朦胧诗赏析》，花城出版社1988年版。

韦晓吟等：《散文诗十家精选》，工人出版社1988年版。

宫玺选编：《中国现代散文诗100篇》，上海文艺出版社1988年版。

徐敬亚等编：《中国现代主义诗群大观（1986—1988）》，同济大学出版社1988年版。

谢冕、杨匡汉主编：《中国新诗萃》（20世纪初叶—40年代），人民文学出版社1988年版。

吴奔星编：《中国新诗鉴赏大辞典》，江苏文艺出版社1988年版。

任孚先、任卫青：《现代诗歌百首赏析》，山东教育出版社1988年版。

周良沛编：《中国新诗库》第一辑，长江文艺出版社1988年版，分卷收录：朱湘、闻一多、陈梦家、冯乃超、穆木天、林徽因、郭沫若、徐志摩、刘大白。

杨牧、郑树森编：《现代中国诗选》（上、下），洪范书店有限公司1989年版。

吴欢章主编：《中国现代十大流派诗选》，上海文艺出版社1989年版。

张默、白灵、向阳编：《中华现代文学大系·诗卷》，九歌出版社1989年版。

臧克家主编：《中国抗日战争时期大后方文学书系·诗歌》，重庆出版社1989年版。

李发模、陈春琼选编：《中国百家爱情诗选》，贵州人民出版社1989年版。

陈超编：《中国探索诗鉴赏辞典》，河北人民出版社1989年版。

陈敬容编：《中外现代抒情名诗鉴赏辞典》，学苑出版社1989年版。

尹在勤主编：《中国百家现代诗选》，贵州人民出版社1989年版。

蓝棣之编选：《新月派诗选》，人民文学出版社1989年版。

马尚瑞主编：《中外名作艺术鉴赏丛书·中国现当代诗歌卷》，文化艺术出版社1989年版。

钱谷融：《中国现代文学作品选》（上、下卷），华东师范大学出版社1989年版。

钱光培选编评说：《中国十四行诗选》，中国文联出版公司1990年版。

臧克家主编：《中国新文学大系（1937—1949）·诗卷》，上海文艺出版社1990年版。

唐祈主编：《中国新诗名篇鉴赏辞典》，四川辞书出版社1990年版。

邹荻帆、杨金亭选编：《古今中外文学名篇拔萃·中国诗卷》，青岛出版社1990年版。

苗得雨编：《中国百家乡土诗选》，贵州人民出版社1990年版。

周良沛编：《中国新诗库》第二辑，长江文艺出版社1990年版，分卷收录：冯至、殷夫、徐迟、金克木、俞平伯、胡也频、孙大雨、刘半农、戴望舒、臧克家。

陆以霖：《恋曲99》，业强出版社1990年版。

姜葆夫：《古今中外爱情诗歌荟萃》，广西教育出版社1990年版。

耿林莽编选：《中国当代优秀散文诗精选》，北方文艺出版社1990年版。

"中外精品诗丛"（10册），浙江文艺出版社1989—1990年版。

王光明：《中外散文诗精品赏析》，花城出版社1990年版。

李玉昆、李滨选评：《中国新诗百首赏析》，北京语言学院出版社 1991 年版。

王振民编：《中国百家抒情诗选》，贵州人民出版社 1991 年版。

王泽龙、沈光明主编：《中国现代文学名作选讲》，华中理工大学出版社 1991 年版。

黎焕颐、姜金城编：《中国百家哲理诗选》，贵州人民出版社 1991 年版。

郭风编：《中国百家散文诗选》，贵州人民出版社 1991 年版。

王彬主编：《二十世纪中国新诗鉴赏辞典》，中国文联出版公司 1991 年版。

公木编：《新诗鉴赏辞典》，上海辞书出版社 1991 年版。

周良沛编：《中国新诗库》第三辑，长江文艺出版社 1991 年版，分卷收录：胡适、艾青、冯雪峰、田间、汪静之、卞之琳、李广田、何其芳、饶孟侃、周作人。

傅天虹编：《大陆新诗名著名作名句》，香港金陵书社 1991 年版。

傅天虹编：《大中华新诗名作鉴赏》，香港金陵书社 1991 年版。

伊人编：《现代著名诗人情诗精编》，浙江文艺出版社 1992 年版。

蓝棣之编选：《九叶派诗选》，人民文学出版社 1992 年版。

阮章竞主编：《中国解放区文学书系·诗歌编》，重庆出版社 1992 年版。

张永健、张芳彦编：《中国现代新诗三百首》，长江文艺出版社 1992 年版。

敏歧主编：《中外散文诗鉴赏大观·中国现当代卷》，漓江出版社 1992 年版。

唐晓渡编：《灯心绒幸福的舞蹈——后朦胧诗选萃》，北京师范大学出版社 1992 年版。

蓝棣之编选：《我常常享受一种孤独——获奖诗人诗歌选萃》，北京师范大学出版社 1992 年版。

冯艺主编：《中国散文诗大系》，广西民族出版社 1992 年版。

闻一多：《现代诗抄》，《闻一多全集》（第 1 册），湖北人民出版社 1993 年版。

艾青、蔡其矫、流沙河、邵燕祥、陈明远、傅天琳、舒婷：《七家诗选》，中国友谊出版公司 1993 年版。

胡明扬编：《中外名诗赏析大典》，四川辞书出版社1993年版。

罗洛编：《新诗选》，上海书店出版社1993年版。

万夏、潇潇主编：《中国现代诗编年史·后朦胧诗全集》（上、下卷），四川教育出版社1993年版。

张品兴等编：《名家散文诗学生读本》，华夏出版社1994年版。

古继堂主编：《台港澳暨海外华文新诗大辞典》，沈阳出版社1994年版。

林志浩、王庆生主编：《中国现当代文学作品选读》（上、下册），高等教育出版社1994年版。

张俊山主编：《古今中外散文诗鉴赏辞典》，中州古籍出版社1994年版。

吕进、毛翰主编：《中国诗歌年鉴》（1993卷），西南师范大学出版社1994年版。

阎月君、周宏坤编：《后朦胧诗选》，春风文艺出版社1994年版。

吴思敬编著：《冲撞中的精灵——中国现代新诗卷》，陕西人民出版社1994年版。

齐东野、白鹿选编：《中国现代爱情诗100首》，上海文艺出版社1994年版。

张同道、戴定南编：《二十世纪中国文学大师文库·诗歌卷》，海南出版社1994年版。

王圣思编：《九叶之树常青——"九叶诗人"作品选》，华东师范大学出版社1994年版。

曹文轩、李朝全主编：《现代诗歌名篇导读》，山西教育出版社1994年版。

陆耀东：《中国现代爱国诗歌精品》，武汉大学出版社1994年版。

江水选编：《台湾抒情短诗100首》，上海文艺出版社1995年版。

张默、萧萧编著：《新诗三百首（1917—1995）》（上、下），九歌出版社1995年版。

吕进主编：《新诗三百首》，河北人民出版社1996年版。

江水选编：《中国当代抒情短诗100首》，上海文艺出版社1996年版。

郁金选编：《中外著名情诗选》，新华出版社1996年版。

许霆、鲁德俊编选：《中国十四行体诗选》，人民文学出版社1996年版。

张品兴等编：《名家新诗学生读本》，中国国际广播出版社1996年版。
丁国成主编，《诗刊》社编选：《中国新时期争鸣诗精选》，时代文艺出版社1996年版。
白桦主编：《20世纪中国名家诗歌精品》（上、中、下册），广州出版社1996年版。
李葆琰等编：《中国现代经典诗库》（10册），北岳文艺出版社1996年版。
张朗编：《小诗瑰宝》，丝路出版社1996年版。
谢冕、孟繁华编：《中国百年文学经典文库·诗歌卷》，海天出版社1996年版。
公木主编：《中国新文艺大系·诗集（1937—1949）》，中国文联出版公司1996年版。
孙光萱编著：《中国现代名诗100首》，湖北教育出版社1996年版。
谢冕、钱理群主编：《百年中国文学经典》，北京大学出版社1996年版。
盛仰红编：《百年诗歌精品》，上海社会科学院出版社1996年版。
辛笛主编：《20世纪新诗辞典》，汉语大词典出版社1997年版。
孙鑫亭：《古今中外哲理诗鉴赏辞典》，中州古籍出版社1997年版。
杜运燮、张同道编选：《西南联大现代诗钞》，中国文学出版社1997年版。
邹荻帆、谢冕主编：《中国新文学大系（1949—1976）·诗卷》，上海文艺出版社1997年版。
谢冕主编：《中国百年诗歌选》，山东文艺出版社1997年版。
唐金海、陈子善、张晓云主编：《新文学里程碑：诗歌卷》，文汇出版社1997年版。
蔡世华、孙宜君编：《大学生背诵诗文精选》，中国矿业大学出版社1997年版。
程光炜编选：《岁月的遗照》，社会科学文献出版社1998年版。
江水选编：《中国新诗经典》，上海文艺出版社1998年版。
毛翰主编：《20世纪中国新诗分类鉴赏大系》，广东教育出版社1998年版。
艾晓林主编：《中国新诗一百首赏析》，重庆出版社1998年版。
王彬、顾志成编：《二十世纪中国新诗选》，大众文艺出版社1998年版。

吴晓东选编：《中国沦陷区文学大系·诗歌卷》，广西教育出版社1998年版。

张文槐、傅之悦主编：《现当代诗歌名篇赏析·中国》，重庆出版社1999年版。

谭五昌编：《中国新诗300首》，北京出版社1999年版。

王天红选注：《中外抒情诗选》，吉林人民出版社1999年版。

王贺成主编：《中国诗典》，哈尔滨出版社1999年版。

《台港文学选刊》刊出《20世纪台港及海外华文经典作家诗选》，1999年12月。

姜耕玉主编：《20世纪汉语诗选》（5卷），上海教育出版社1999年版。

陈超：《20世纪中国探索诗鉴赏》，河北人民出版社1999年版。

文鹏、姜凌主编：《中国现代名诗三百首》，北京出版社2000年版。

江水选编：《二十世纪九十年代诗选》，上海文艺出版社2000年版。

李霆鸣选编：《中学生阅读与欣赏：中国现当代诗歌卷》，四川人民出版社2000年版。

岑献青选编：《中国现当代文学名篇佳作选·诗歌卷》，中国少年儿童出版社2000年版。

沈庆利：《写在心灵边上：中外抒情诗歌欣赏》，中国纺织出版社2001年版。

曹文轩主编：《20世纪末中国文学作品选·诗歌卷》，北京大学出版社2001年版。

谢冕、杨匡汉主编：《中国新诗萃》（台港澳卷），人民文学出版社2001年版。

彭燕郊主编：《中外著名诗歌诵读经典·中国现当代抒情诗》，湖南少年儿童出版社2001年版。

张新颖编选：《中国新诗：1916—2000》，复旦大学出版社2001年版（2011年推出修订版）。

陈其强：《中国现当代文学名著导读》，上海文艺出版社2001年版。

苗雨时、张雪杉编：《精短新诗200首》，百花文艺出版社2001年版。

谭五昌、谯达摩主编：《词语的盛宴：中国20世纪六七十年代出生诗人作品精选》，经济日报出版社 2001 年版。

马悦然、奚密、向阳主编：《二十世纪台湾诗选》，麦田出版、城邦文化事业股份有限公司 2001 年版。

傅天虹主编：《大中华新诗千家选萃》，香港国际炎黄文化出版社 2001 年版。

钱理群主编：《中国现当代文学名著导读》，北京大学出版社 2002 年版。

杨景龙编著：《短章小诗百首》，河南文艺出版社 2002 年版。

陈村主编：《网络诗三百——中国网络原创诗歌精选》，大象出版社 2002 年版。

马铃薯兄弟编选：《中国网络诗典》，江苏文艺出版社 2002 年版。

《诗刊》编辑部编：《中华诗歌百年精华》，人民文学出版社 2002 年版。

祁国、张小云主编：《中国新诗选》，青海人民出版社 2002 年版。

朱栋霖、龙泉明编：《中国现代文学作品选（1917—2000）》，高等教育出版社 2002 年版。

刘福春主编：《二十世纪中国文艺图文志·新诗卷》，沈阳出版社 2002 年版。

夏传才：《中国现代文学名篇选读》，南开大学出版社 2002 年版。

常立、卢寿荣编著：《中国新诗》，上海人民美术出版社 2002 年版。

洛夫主编：《百年华语诗坛十二家》，台海出版社 2003 年版。

高永年主编：《二十世纪中国文学作品选·诗歌卷》，江苏教育出版社 2003 年版（2011 年 3 月修订为《中国现当代文学作品精选·诗歌卷》）。

奚密编选：《二十世纪台湾诗选》，中国社会科学出版社 2003 年版。

张仁健主编：《中华百年经典散文诗》，北岳文艺出版社 2003 年版。

张默编：《现代百家诗选》（新编），尔雅出版社有限公司 2003 年版。

丁国成等编：《袖珍新诗鉴赏辞典》，上海辞书出版社 2003 年版。

魏建编：《现代中国文学读本》（上、下），齐鲁书社 2003 年版。

杨晓民编：《百年百首经典诗歌》（1901—2000），长江文艺出版社 2003 年版。

姜飞主编：《感性的归途：阅读 20 世纪中国文学经典》，四川人民出版社 2003 年版。
龙泉明主编：《中国新诗名作导读》，长江文艺出版社 2003 年版。
张贤明：《现代短诗一百首赏析》，文化艺术出版社 2004 年版。
裴休昌编选：《中外诗歌精选》，江苏文艺出版社 2004 年版。
伊沙选编：《现代诗经》，漓江出版社 2004 年版。
李方选析：《现代诗选》，太白文艺出版社 2004 年版。
马阳、翁光宇、熊国华主编：《海外华文文学大系·诗歌卷》，山东文艺出版社 2004 年版。
方群、孟樊、须文蔚主编：《现代新诗读本》，扬智文化事业股份有限公司 2004 年版。
王光明、孙玉石编：《二十世纪中国经典散文诗》，长江文艺出版社 2005 年版。
赵阳主编：《难忘的 100 篇散文诗》，人民日报出版社 2005 年版。
伊沙编：《被遗忘的经典诗歌》（上、下卷），太白文艺出版社 2005 年版。
西渡编：《名家读新诗》，中国计划出版社 2005 年版。
沈庆利编：《中国新诗选读——高中语文选修课程资源系列》（诗歌与散文），人民文学出版社 2005 年版。
沈庆利编：《二十世纪中国诗歌精选》（增订版），人民文学出版社 2005 年版。
刘树元主编：《中国现当代诗歌赏析》，浙江大学出版社 2005 年版。
柯岩、胡笳主编：《与史同在：当代中国新诗选》，作家出版社 2005 年版。
王家新编：《中外现代诗歌欣赏》，语文出版社 2005 年版。
郝英编：《中国名家诗歌》，光明日报出版社 2005 年版。
彬彬主编：《一生必读的名家诗歌》，内蒙古文化出版社 2005 年版。
《诵读中国》（5 卷 10 本），人民文学出版社、中华书局 2006 年版。
沈奇编选：《现代小诗 300 首》，山东文艺出版社 2006 年版。
袁桂娥、秦方奇：《沉思与对话：20 世纪中国文学经典解读》，崇文书局 2006 年版。
黄智鹏编著：《你一生应诵读的 50 首诗歌经典》，北京图书馆出版社

2006年版。

吴秀明等主编：《20世纪中国文学经典文本》，浙江大学出版社2006年版。

刘建勋、方蕴华主编：《中外文学名著导读》，西北大学出版社2006年版。

香港散文诗学会主编：《中外华文散文诗作家大辞典》，香港日月星制作公司2007年版（2010年修订本出版）。

蔡天新主编：《现代汉诗100首》，生活·读书·新知三联书店2007年版。

张新颖：《新诗一百句》，复旦大学出版社2007年版。

秦宇慧、王立编：《现当代诗歌精选集》，当代世界出版社2007年版。

张德明：《中国新诗90年90家》，《诗歌月刊·下半月》2007年9、10月合刊。

本书编写组编：《中国现当代诗歌选读读本》，山东人民出版社2007年版。

孙玉石：《中国现代诗导读（1937—1949）》，北京大学出版社2007年版。

孙玉石：《中国现代诗导读（1917—1937）》，北京大学出版社2008年版。

李莉编著：《青少年最喜欢的现代诗歌经典》，延边人民出版社2008年版。

杨四平、严力、[美]梅丹理等：《中国当代诗歌》（大学语文汉英读本），上海文艺出版社2008年版。

孙方杰、王夫刚选编：《到诗篇中朗诵——100位中国诗人的100首汉语佳作》，中国文史出版社2008年版。

林贤治、肖建国主编：《旷野》，花城出版社2008年版。

傅天虹主编：《汉语新诗90年名作选析》（1917—2007），香港银河出版社2008年版。

傅天虹主编：《汉语新诗名篇鉴赏辞典》（台湾卷），香港银河出版社2008年版（中国文史出版社2012年版）。

郑观竹编著：《现代诗三百首笺注》，花城出版社2008年版。

《诗向梦边生——二十世纪中国汉诗经典》，中国国际广播出版社2008年版。

上海辞书出版社文学鉴赏辞典编纂中心编：《新诗三百首鉴赏辞典》，

上海辞书出版社 2008 年版。

孙基林编选：《20 世纪中国诗歌精选》，山东文艺出版社 2008 年版。

江歌选编：《中国新诗精选》，上海人民美术出版社 2008 年版。

张清华主编：《1978—2008 中国优秀诗歌》，现代出版社 2009 年版。

王富仁主编：《二十世纪中国诗歌经典》，北京师范大学出版社 2009 年版。

谢冕主编：《中国新文学大系 1976—2000》（第二十二集·诗卷），上海文艺出版社 2009 年版。

王兆胜编著：《精美散文诗读本》，山东友谊出版社 2009 年版。

陆澄编：《中国朗诵诗经典》，上海百家出版社 2009 年版。

王泽龙编选：《诗韵华魂·现当代诗歌精选》，陕西师范大学出版社 2009 年版。

余小曲编：《现代诗人诗选》，中国戏剧出版社 2009 年版。

邓荫柯：《1916—2008 经典新诗解读》，中国青年出版社 2009 年版。

韩作荣主编：《新中国六十年文学大系·诗歌精选》，长江文艺出版社 2009 年版。

王宗仁、邹岳汉主编：《新中国六十年文学大系·散文诗精选》，长江文艺出版社 2009 年版。

人民文学杂志社编：《人民文学奖历年获奖作品精选：散文诗歌卷》，重庆大学出版社 2009 年版。

贺建华选编：《最美的诗》，新世界出版社 2009 年版。

刘永升主编：《最美的诗》，大众文艺出版社 2010 年版。

重庆《读点经典》编委会编：《中外朗诵经典诗文选》，重庆出版社 2010 年版。

陈仲义：《百年新诗百种解读》，安徽文艺出版社 2010 年版。

杨克主编：《中国新诗年鉴十年精选》，中国青年出版社 2010 年版。

吕秋艳编：《中外诗歌精选》，吉林出版集团有限责任公司 2010 年版。

庞秉均编：《中国现代诗选》（英汉对照），中国对外翻译出版公司 2010 年版。

崔士宏、马立荣主编：《中国最美的诗歌·世界最美的诗歌大全集》，华文出版社 2010 年版。

海啸编:《百年中国长诗经典》,中国画报出版社 2010 年版。

张同吾编:《中国现代诗选 60 首:献给俄罗斯汉语年》,现代出版社 2010 年版。

左东岭主编:《汉语言文学专业本科生必背诗文名篇》,北京大学出版社 2010 年版。

谢冕主编:《中国新诗总系》(10 卷本),人民文学出版社 2010 年版。

周成华主编:《现代文学观止》,吉林大学出版社 2010 年版。

于海娣主编:《最美的诗歌》,中国华侨出版社 2010 年版。

姜耕玉、赵思运主编:《新诗 200 首导读》,东南大学出版社 2011 年版。

李犁、吉狄马加主编:《新世纪中国诗典》,群众出版社 2011 年版。

《清华百年诗集》编委会编:《清华百年诗集:1911—2011·新诗卷》,中国社会出版社 2011 年版。

马超、雪潇主编:《百年新诗百篇导读》,吉林大学出版社 2011 年版。

朱丹枫等编:《中国红:中国新诗 90 年红色经典》,四川文艺出版社 2011 年版。

黄川模编:《汉语新诗 240 首》(1918—2008),内蒙古人民出版社 2011 年版。

王明韵编著:《最美的诗歌》,合肥工业大学出版社 2011 年版。

高岩等编著:《中国文学名著导读》,清华大学出版社 2012 年版。

傅天虹主编:《汉语新诗名篇鉴赏辞典》(台湾卷),中国文史出版社 2012 年版。

彭国梁编:《让诗意充盈我们的心灵:世界文学史上最美的诗歌》,湖南文艺出版社 2012 年版。

谢冕主编:"百年新诗"丛书(分社会卷、女性卷、乡情卷、人生卷、情爱卷等),百花文艺出版社 2012—2013 年版。

程光炜主编:《中国现代文学经典阅读》,北京大学出版社 2012 年版。

赵红丽主编:《最受读者喜爱的诗歌大全集》,外文出版社 2012 年版。

明月生主编:《最美的诗歌大全集》,中国华侨出版社 2012 年版。

萧萧、白灵主编:《新诗读本》(增订版),二鱼文化事业有限公司 2002

年版。

王家新：《中外现代诗歌导读》，中国人民大学出版社2012年版。

《读点经典》编委会编：《读点经典·第3辑：最美的诗》，凤凰出版社2012年版。

张珍编：《世界最美的诗歌》，立信会计出版社2012年版。

《名作欣赏》精华读本编委会编，谢冕、孙绍振等著：《中国现当代诗歌名作欣赏》，北京大学出版社2012年版。

唐晓渡、张清华编选：《当代先锋诗30年：谱系与典藏》，江苏文艺出版社2012年版。

毛羽、马文静编：《最美的散文·最美的诗歌》，辽海出版社2012年版。

赵志峰编：《中国现代诗歌经典选读》，中国民主法制出版社2012年版。

俞超编：《中国当代诗歌经典选读》，中国民主法制出版社2012年版。

伊沙：《新世纪诗典》第1季，浙江文艺出版社2012年版；第2季，九州出版社2014年版；第3季，浙江文艺出版社2015年版；第4季，浙江人民出版社2016年版；第5季，浙江人民出版社2016年版；第6季，浙江人民出版社2018年版。

徐志摩等：《中国最美的诗歌　世界最美的诗歌》，中国华侨出版社2012年版。

李小雨、曾凡华编选：《中国新时期朗诵诗选》，线装书局2013年版。

黎娜主编：《一本书读完最美的诗歌》，中国华侨出版社2013年版。

张贤明编：《中国现代名诗100首赏读》，现代出版社2013年版。

《精致阅读》编委会编：《最美的诗》，光明日报出版社2013年版。

洪子诚、程光炜主编：《中国新诗百年大典》（30卷），长江文艺出版社2013年版。

子川主编：《新诗十九首——中国新诗沙溪论坛推介作品赏析》，江苏文艺出版社2013年版。

徐志摩等：《那光阴是一朵迷人的花：最美的民国，最美的诗》，湖南文艺出版社2013年版。

孙光萱、张新、戴达编：《新诗鉴赏辞典》（重编本），上海辞书出版社2013年版。

何云春等编：《中华红诗精选》，线装书局2013年版。
李怡选编：《今文观止·诗歌赏析》，巴蜀书社2013年版。
薛静选编：《今文观止·散文诗赏析》，巴蜀书社2013年版。
崔旌晖主编：《最美的诗歌：典藏版》，中国华侨出版社2013年版。
张智编：《中国新诗300首》（1917—2012），加拿大Poetry Pacific Press（太平洋诗歌出版社）2013年版。
苏易主编：《中国最美的诗歌》，团结出版社2014年版。
《大昆仑》开设"昆仑典藏——中国百年新诗经典赏析"专栏，吴投文主持，2014年1月。
刘琅、桂苓编著：《百年百人汉诗经典》，中国友谊出版公司2014年版。
上海辞书出版社文学鉴赏辞典编纂中心编著：《新诗三百首鉴赏辞典》（重编本），上海辞书出版社2014年版。
北岛选：《给孩子的诗》，中信出版社2014年版。
普冬主编：《新世纪诗选》，黄河出版社2014年版。
疏影编著：《中国最美的诗歌 世界最美的诗歌》，北方妇女儿童出版社2014年版。
何言宏主编：《二十一世纪中国文学大系：2001—2010·诗歌卷》，南京师范大学出版社2014年版。
钱理群编著：《现代文学经典读本》，北京大学出版社2015年版。
孙郁编著：《当代文学经典读本》，北京大学出版社2015年版。
筱禾编：《中外诗歌精选》，团结出版社2015年版。
周鹏程：《中国实力诗人作品选读》（1940—2015），中国文联出版社2015年版。
张德明编：《百年新诗经典导读》，暨南大学出版社2015年版。
李艳霞编：《世上最美诗歌》，江苏美术出版社2015年版。
伊沙编：《当代诗经》，青海人民出版社2015年版。
李麟、王萌主编：《最美散文诗》（中学生读本），北岳文艺出版社2015年版。
冯慧娟编：《最美的诗》，吉林出版集团有限责任公司2015年版。
董颖编：《经典的魅力：中国现当代文学经典文本解读》，新华出版社

2015年版。

张伯存主编：《中国现代文学作品选》，东北师范大学出版社2016年版。

李少君、张德明主编：《中国好诗歌：你不能错过的白话诗》，现代出版社2016年版。

果麦编：《给孩子读诗》，浙江文艺出版社2016年版。

李朝全主编：《诗歌百年经典》（1917—2015），中央编译出版社2016年版。

陈希、向卫国编：《中国新诗读本》，中山大学出版社2016年版。

李天靖、严志明、山刚主编：《有意味的形式：中外现代诗歌精选》，上海文艺出版社2016年版。

刘永丽主编：《中国现当代新诗文本细读》，中国社会科学出版社2016年版。

王明韵主编：《中国新诗百年大系·安徽卷》，合肥工业大学出版社2016年版。

老刀编选：《中国新诗百年百首》，羊城晚报出版社2016年版。

邱华栋主编，周瑟瑟编选：《那些年我们读过的诗》，人民日报出版社2016年版。

周瑟瑟、陈亚平主编：《新世纪中国诗选》，白山出版社2016年版。

张智、朱立坤主编：《百年诗经·中国新诗300首》（1917—2016），加拿大Poetry Pacific Press（太平洋诗歌出版社）2016年版。

韦泱：《百年新诗点将录》，文汇出版社2017年版。

张默、萧萧主编：《新诗三百首百年新编》（1917—2017），九歌出版社2017年版。

张贤明主编：《百年新诗代表作》（现代卷），现代出版社2017年版。

谭五昌编：《新诗百年诗抄》，浙江人民出版社2017年版。

中国作家协会、诗刊社编：《中国新诗百年志》，中国工人出版社2017年版。

唐诗主编：《双年诗经：中国当代诗歌导读暨中国当代诗歌奖获得者作品集》（2015—2016），四川人民出版社2017年版。

周良沛主编：《中国百年新诗选》，崇文书局2017年版。

祁国：《当代传世诗歌三百首》，时代文艺出版社2017年版。

上海辞书出版社文学鉴赏辞典编纂中心编：《新诗鉴赏辞典》（新1版），上海辞书出版社2017年版。

杨克：《给孩子的100首新诗》，接力出版社2017年版。

刘福春、高秀芹主编：《北大新诗日历》，北京大学出版社2017年版。

张贤明主编：《百年新诗代表作》（1949—2017），现代出版社2018年版。

臧棣、西渡主编：《北大百年新诗》，四川人民出版社2018年版。

徐正华主编：《中国新诗百年精选》，百花洲文艺出版社2019年版。

李少君主编：《我亲爱的祖国：庆祝新中国70周年朗诵诗选》，中国言实出版社2019年版。

唐诗主编：《双年诗经：中国当代诗歌导读暨中国当代诗歌奖获得者作品集》（2017—2018），四川人民出版社2019年版。

桂兴华主编：《新中国红色诗歌大典：1949—2019》，上海社会科学院出版社2019年版。

吴投文：《百年新诗经典解读》，吉林大学出版社2019年版。

**新诗年选**

中国社科院文学研究所编：《1980年新诗年编》，江苏人民出版社1981年版。

中国社科院文学研究所编：《新诗选——中国文学作品年编（1981）》，中国社会科学出版社1984年版。

中国社科院文学研究所编：《1983·新诗年编》，花城出版社1985年版。

中国社科院文学研究所编：《1985·新诗年编》，花城出版社1986年版。

《青年诗选》，中国青年出版社1981年版。

《青年诗选》（1981—1982）、（1983—1984）、（1985—1986），中国青年出版社1983年、1985年、1988年版。

《诗刊》社编：《1979—1980诗选》，四川人民出版社1982年版。

《诗刊》社编：《一九八一年诗选——一九八九年诗选》，人民文学出版社1983—1991年版。

人民文学出版社编辑部编：《1990—1992三年诗选》，人民文学出版社1994年版。

吕进、毛翰主编：《中国诗歌年鉴》，1993卷—1997卷，西南师大出版社、中国新诗研究所 1994—1998 年版。

本社编：《全国诗歌报刊集萃》，1985—1992 年，安徽文艺出版社 1986—1993 年版。

**长江诗歌年选**

中国作协创研部编：《中国诗歌精选》，1997—2019 年度，长江文艺出版社 1999—2020 年版。

王剑兵主编：《中国散文诗精选》，2002—2018 年度，长江文艺出版社 2003—2019 年版。

**《中国新诗年鉴》**

杨克主编，1998—2019 年度，花城出版社等 1999—2020 年版。

**太阳鸟诗歌年选**

臧棣、陈树才、宗仁发等选编：《中国最佳诗歌》，1998—2019 年度，辽宁人民出版社 1999—2020 年版。

**漓江诗歌年选**

《诗刊》社选编：《中国年度最佳诗歌》，1999—2003 年度，漓江出版社 2000—2004 年版。

《诗刊》社选编：《中国年度诗歌》，2004—2008 年度，漓江出版社 2005—2009 年版。

《诗探索》编辑委员会选编，林莽主编：《中国年度诗歌》，2009—2019 年度，漓江出版社 2010—2020 年版。

邹岳汉、王剑冰编选：《中国年度（最佳）散文诗》，2000—2019 年度，漓江出版社 2001—2020 年版。

**21 世纪中国文学大系·诗歌卷**

张清华主编：《2001 年中国最佳诗歌》，春风文艺出版社 2002 年版。

张清华主编：《2002 年诗歌》—《2010 年诗歌》，春风文艺出版社 2003—2011 年版。

**"中国好文学丛书·诗歌卷"**

张清华编：《中国诗歌年选》，江苏文艺出版社 2012 年版。

张清华编：《2012 最佳诗歌》《2013 最佳诗歌》，江苏文艺出版社 2013 年、2014 年版。

张清华编：《沉默的大多数@2014》，江苏凤凰文艺出版社2015年版。
张清华编：《这里是人间的哪里》，江苏凤凰文艺出版社2016年版。
张清华、王士强编：《2018诗歌年选》，江苏凤凰文艺出版社2019年版。

**花城诗歌年选**

王光明编选：《2002—2003中国诗歌年选》，花城出版社2004年版。
王光明编选：《2004中国诗歌年选》—《2011中国诗歌年选》，花城出版社2005—2012年版。
李小雨编选：《2012中国诗歌年选》—《2014中国诗歌年选》，花城出版社2013—2015年版。
大卫、周所同编选：《2015中国诗歌年选》，花城出版社2016年版。
周所同、吕达选选：《2016中国诗歌年选》，花城出版社2017年版。
徐敬亚、韩庆成编选：《2017中国诗歌年选》—《2019中国诗歌年选》，花城出版社2018—2020年版。
王幅明、陈惠琼选选：《2010中国散文诗年选》—《2018中国散文诗年选》，花城出版社2011—2019年版。

**文学观察书系，人民文学杂志社编选**

韩作荣主编：《2002年文学精品·诗歌卷》—《2004年文学精品·诗歌卷》，敦煌文艺出版社2003—2005年版。

**罗晖主编**

《2002中国诗歌选》—《2018中国诗歌选》，青海人民出版社等2003—2019年版。

《2017中国年度优秀诗歌选》—《2019中国年度优秀诗歌选》，吉林文史出版社等2018—2020年版。

**梁平、韩珩主编，《星星》诗刊社、四川师范大学文理学院选编，《中国年度诗歌精选》**

《中国2007年度诗歌精选》—《中国2019年度诗歌精选》，四川民族出版社、四川人民出版社等2008—2020年版。

**年度排行榜书系·诗歌**

谭五昌主编：《2011年中国诗歌排行榜》—《2012年中国诗歌排行榜》，百花洲文艺出版社2012—2013年版。

邱华栋等主编：《2013年中国诗歌排行榜》—《2018年中国诗歌排行榜》，百花洲文艺出版社2014—2019年版。

**新华出版社**

杨志学、唐诗主编：《中国年度优秀诗歌（2011卷）》—《中国年度优秀诗歌（2019卷）》，新华出版社2012—2020年版。

杨志学、亚楠等主编：《中国年度优秀散文诗（2012卷）》—《中国年度优秀散文诗（2019卷）》，新华出版社2013—2020年版。

**《中国诗选》双语本**

北塔等主编：《中国诗选2012》—《中国诗选2019》，青桐国际出版公司、上海文艺出版社等2012—2019年版。

**北岳诗歌年选**

张光昕、王辰龙等主编：《2013年诗歌选粹》—《2019年诗歌选粹》，北岳文艺出版社2014—2020年版。

爱斐儿、陈克海等主编：《2015年散文诗选粹》—《2019年散文诗选粹》，北岳文艺出版社2016—2020年版。

**中国新诗排行榜**

谭五昌主编：《2013年中国新诗排行榜》—《2019年中国新诗排行榜》，北京师范大学出版社等2014—2020年版。

**"现代"诗歌年选**

中国当代文学研究会诗歌委员会选编，林莽主编：《2015中国年度作品·诗歌》—《2019中国年度作品·诗歌》，现代出版社2016—2020年版。

中国当代文学研究会诗歌委员会选编，邹岳汉主编：《2015中国年度作品·散文诗》—《2019中国年度作品·散文诗》，现代出版社2016—2020年版。

**年度诗人选**

朱零编选：《2015年度诗人选》—《2017年度诗人选》，作家出版社2016—2018年版。

**其他**

符马活编：《诗江湖·2001网络诗歌年选》，青海人民出版社2002年版。

敬文东主编：《2003年诗歌》，山东画报出版社2004年版。

沈浩波、符马活主编：《2008—2009中国诗歌双年巡礼》，浙江文艺出版社2009年版。

阎志主编：《中国诗歌2010年网络诗选》—《中国诗歌2019年网络诗选》，人民文学出版社2010—2019年版。

阎志主编：《中国诗歌2010年民刊诗选》—《中国诗歌2019年民刊诗选》，人民文学出版社2010—2019年版。

阎志主编：《中国诗歌2018年度诗人作品选》—《中国诗歌2019年度诗人作品选》，人民文学出版社2018—2019年版。

小鱼儿等主编：《中国网络诗歌年鉴》2007—2019卷，一行出版社（美国）2010—2019年版。

张德明主编：《中国年度好诗三百首》，2012年度、2016年度，长江文艺出版社2013年版、暨南大学出版社2017年版。

晁一民主编：《中国诗人年度诗歌选集2017》—《中国诗人年度诗歌选集2019》，四川民族出版社2018—2020年版。

# 后　记

　　本书是我主持的国家社科基金项目"百年新诗选本与中国现代新诗的经典化研究"（16BZW141）的最终成果。本书的出版，得到了江南大学、社科处及人文学院领导的支持与关怀，在此特致谢忱。在项目研究及本书写作过程中，江南大学人文学院杨晖教授、华枫副教授与王冰冰博士，我的妻子、江南大学马克思主义学院的胡彦老师，参与其中，做了很多工作；中国社会科学出版社的陈肖静女士为本书的编辑出版付出了大量心力，在此一并表示感谢。感谢家长对我的支持与关心。

郭　勇

2021 年 10 月